BASTEI
LÜBBE

Jon Land

DIE SPUR DES DRACHEN

Thriller

Aus dem Amerikanischen von
Petra Kall

BASTEI LÜBBE

BASTEI LÜBBE TASCHENBUCH
Band 14945

Erste Auflage: August 2003

Bastei Lübbe Taschenbücher ist ein Imprint der Verlagsgruppe Lübbe

Deutsche Erstveröffentlichung
Titel der amerikanischen Originalausgabe: BLOOD DIAMONDS

Umschlaggestaltung: Tanja Østlyngen
Titelbild: Mauritius – age
Satz: KCS GmbH, Buchholz/Hamburg
Druck und Verarbeitung: Maury Imprimeur A/S
Printed in France
ISBN: 3-404-14945-9

DANKSAGUNGEN

Sollten Sie nach dem Buch gesucht haben, das ich Ihnen zuletzt versprochen hatte, so haben Sie es gefunden. Dasselbe Buch, ein anderer Titel. Solche Dinge passieren, und sollte Ihnen das Cover so gut gefallen wie mir, dann verstehen Sie auch den Grund für diese Änderung.

Eines, was sich nicht geändert hat, ist die Liste der Menschen, denen ich zu Dank verpflichtet bin, eine Liste, die mit der fabelhaften Toni Mendez beginnt, einer Agentin, die meine eigene Vision mit mir teilt und mich durch ihre bereichert. Zwanzig gemeinsame Jahre sind es jetzt, und sie ist besser denn je.

Ebenfalls besser denn je ist die fantastische Verlagsfamilie bei Tor/Forge, angeführt von Tom Doherty und Linda Quenton und in der Öffentlichkeitsarbeit unterstützt von Jennifer Marcus und Jodi Rosoff. Ich habe hier nicht den Raum, all denjenigen zu danken, die für Verkauf und Marketing zuständig sind, die dieses Buch eigenhändig in die Geschäfte gestellt haben, in denen Sie es gekauft haben. Ich werde daher, stellvertretend, mein größtes Dankeschön Natalia Aponte aussprechen, einer brillanten Lektorin, die gerade rechtzeitig aus dem Mutterschaftsurlaub zurückgekehrt ist, um dieses Buch zu dem zu machen, was es jetzt ist. Gleichzeitig ist der Einfluss von Ann Maurer, der Lektorin all meiner 24 Bücher, auf jeder Seite zu spüren.

Mein ganz *besonderer* Dank gilt diesmal Rabbi Jim Rosenberg, der mir unglaublich einfühlsame Ratschläge in Bezug auf Literatur erteilt – mit derselben Souveränität, mit der er mir in Fragen zur israelischen und jüdischen Kultur hilft. Unsere gemeinsamen Mittagessen sind mir langsam ebenso wichtig wie diejenigen mit Natalia bei Bolo, bei denen es um die grobe Abstimmung der Handlung geht. Bob und Maggie Smith (die ich während einer Signierstunde kennen gelernt habe), Cathy Brown sowie Carol Hatfield haben mir bei den Szenen in St. Louis sehr geholfen, während Pnina Levin mir gemeinsam mit Nancy und Moshe Aroche ihr Fachwissen in Bezug auf Israel zur Verfügung stellte. Unglücklicherweise ziehen diejenigen, die mir beim Thema Palästina geholfen haben, es bei dem derzeit herrschenden politischen Klima vor, ungenannt zu bleiben. Ihre Bemühungen schätze ich selbstverständlich dennoch sehr. Ebenso die von Emery Pineo, noch immer der intelligenteste Mensch, den ich kenne, dann Bob Burges sowie Irv und Josh Schechter.

Tja, ich muss ein weiteres Buch schreiben, also dann, bis nächstes Jahr zur selben Zeit. Der Titel? Ich sollte mich wohl diesmal besser zurückhalten. Schreiben Sie mir eine E-Mail an JonLandauthor@Netscape.net (ich arbeitete noch immer daran, JonDLand.com mit Chris Banks Hilfe ans Laufen zu bekommen) und ich werde sie den Titel wissen lassen, sobald er feststeht. In der Zwischenzeit gibt es eine Geschichte zu erzählen, also blättern Sie um und lassen Sie uns beginnen.

PROLOG

TONGO, SIERRA LEONE, 2000

»Meine Herren, wenn Sie mir bitte folgen wollen«, forderte Colonel Masio Verdoon die Parlamentsabgeordneten auf, die sich im Schatten des Lastwagens drängten. »Es kann losgehen.«

Die sechs Abgeordneten, von Präsident Kabbah persönlich ausgewählt, folgten Verdoon in die Hitze der Mittagssonne. Tongo lag in der Region Kono, weit östlich der Küste mit ihrer kühlenden Seeluft. Die Abgeordneten marschierten hinter dem Colonel her durch die feuchtheiße Luft den leicht ansteigenden Hügel hinauf. Ihre Schuhe knirschten über die Steine. Sie rümpften die Nase bei dem Gestank, den der sonnengetrocknete Schlamm an den Ufern des Flusses unter ihnen verströmte. Dunkle Schweißflecken bildeten sich auf ihren Hemden, wurden rasch größer und sahen wie riesige Insekten aus, die sich durch den Stoff fraßen.

»Wie Ihnen bekannt sein dürfte, haben wir die Diamantenfelder in Tongo vor über einem Jahr von der Revolutionären Einheitsfront zurückerobert«, fuhr Colonel Verdoon fort, kurz bevor sie die Kuppe des Hügels erreicht hatten. Er trug sein krauses schwarzes Haar kurz; sein Gesicht war von Narben übersät, und sein Bauch hing über den Patronengurt, was seine Fettleibigkeit hervorhob. »Deshalb ist es den Rebellen praktisch unmöglich, Waffen auf dem schwarzen Markt zu kaufen. Gleichzeitig wurde die Regierung in die Lage versetzt, die Gewinne für beträchtliche Investitionen in unsere nationale Infrastruktur zu nutzen.«

Stirnrunzelnd warfen die Abgeordneten einander Blicke zu. Es gab keine Hinweise auf solche Investitionen, im Gegenteil. Die Abgeordneten hatten angezweifelt, dass die einst so reichen Diamantenfelder überhaupt noch genug Gewinn abwarfen – genau das war der Grund für diese Inspektionsreise.

Auf der Hügelkuppe, die zu dem schmalen Streifen Wasser hinunter führte, war der Pfad geebnet. Regierungssoldaten standen an beiden Ufern auf Posten und überwachten Dutzende von Arbeitern, die geschäftig große Siebe ins Wasser tauchten und schüttelten, um Schlamm und Sand auszusieben und nachzuschauen, was im Gitter hängen geblieben war. Ihre Bewegungen wirkten wie die Schritte eines gemeinsamen, einstudierten Tanzes.

»Bei den hiesigen Diamanten handelt es sich um Ablagerungsgestein. Die Abbaumethode hat sich seit Jahrhunderten nicht geändert, von ein paar Ausnahmen abgesehen.«

Als die Gruppe sich dem Fluss näherte, sammelten weitere Arbeiter gerade hastig den Inhalt der Siebe in Schubkarren und brachten sie zu einem Förderband, auf das die Steine und Felsstücke geschaufelt wurden.

»Das Förderband ist mit Wagenschmiere eingestrichen«, erklärte Verdoon. »Wir haben festgestellt, dass Rohdiamanten am Fett kleben bleiben, normale Steine aber nicht.« Verdoon verschwieg, dass dieses Wissen den Rebellen zu verdanken war, die Tongo wesentlich erfolgreicher ausgebeutet hatten, als es sich noch in ihren Händen befand. Das Förderband transportierte die Steine aus dem Flussbett zu einem zentralen Platz, auf dem mehrere Tische zwischen hohen Bergen ausgeschaufelten Abraums standen. Unter den wachsamen Augen der Soldaten sortierte eine weitere Gruppe von Arbeitern mögliche Diamanten aus und gab sie in hölzerne Tröge.

»Seit ich die Verantwortung für die Sicherheit übernommen habe, hat es hier in Tongo keine Zwischenfälle gegeben«, erläuterte Verdoon stolz. »Wir vermuten, dass die Rebellen das Gebiet geräumt haben. Für den Fall ihrer Rückkehr haben wir in den Wäldern der Umgebung Minen gelegt und Fallen aufgestellt.«

Ein Lastwagen rollte einen Forstweg hinunter, der in den Wald geschlagen war. Die offene Ladefläche war voller Männer und Frauen in zerrissenen Shorts und ausgefransten T-Shirts. Der Laster parkte quer zum steilen Abhang. Zwei Soldaten, bewaffnet mit M 16-Gewehren, stiegen aus dem Führerhaus.

»Die nächste Schicht«, erklärte Colonel Verdoon den Regierungsabgeordneten, die um ihn herum standen. »Die Schichten dauern jeweils acht Stunden, von Sonnenaufgang bis Sonnenuntergang.« Er warf einen prüfenden Blick auf die Armbanduhr. »Die Leute scheinen ein wenig zu früh dran zu sein, aber ...«

Seine Stimme verebbte. Die Soldaten scheuchten die Arbeiter vom Lastwagen und stießen sie mit den Läufen ihrer M 16-Gewehre. Einige Männer waren in der Gluthitze zusammengebrochen. Die Soldaten stiegen auf die Ladefläche, um diejenigen von ihnen herunter zu scheuchen, die sich noch rühren konnten.

Verdoon räusperte sich nervös. Er hoffte, dass ihm die Peinlichkeit erspart blieb, einen weiteren Arbeiter tot zu sehen. Als sämtliche Männer sich aufrappelten, stieß er einen Seufzer der Erleichterung aus und blinzelte gegen die Sonne. In diesem Augenblick sah er, wie Gewehrläufe unter den Körpern der scheinbar zu Tode erschöpften Männer zum Vorschein kamen und den Arbeitern zugeworfen wurden, die bereits vom Lastwagen geklettert waren. *Rebellen! Die RUF!*

Während Verdoon sich verzweifelt bemühte, die Abgeordneten den Hügel hinunter zu treiben und in Sicherheit zu bringen, begann die Schießerei, die immer wieder von den durchdringenden Schreien Getroffener übertönt wurde. Die Rebellen feuerten über die Flussufer hinweg und schossen die Arbeiter und Soldaten nieder. Nur wenigen Arbeitern gelang es, aus dem Fluss zu entkommen, und nur eine Hand voll Soldaten konnte in die Wälder flüchten.

Verdoon zog seine Pistole, stürmte seitlich den Hügel hinauf und feuerte im selben Moment, als die Angreifer ihn bemerkten. Zwei Abgeordnete gingen schreiend zu Boden, während am Flussufer mehrere Rebellen Macheten zückten, die unter ihren T-Shirts verborgen gewesen waren. Sie setzten den überlebenden Arbeitern nach, die verzweifelt zu entkommen versuchten.

Klingen sirrten durch die Luft. Blut spritzte. Die Schreie der Getroffenen gellten in Verdoons Ohren. Er versuchte zu schlucken, doch sein Mund war zu trocken. Er stellte fest, dass der Schlitten seiner Pistole leer eingerastet war, und drückte das Magazin heraus, um ein neues einzulegen. Erst dann fiel ihm ein, dass sich keine Ersatzmagazine an seinem schmuckvollen Pistolengurt befanden, der für zeremonielle Anlässe gefertigt war.

Wie eine Welle brandeten die Rebellen den Hügel hinauf. Ihre erhobenen Macheten flirrten im Sonnenlicht. Verdoon war noch damit beschäftigt, den letzten Abgeordneten den Hügel hinunter zu bugsieren, als eine Gruppe Rebellen mit blutige Klingen auf ihn losstürmte. Verdoon sank auf die Knie und hob instinktiv die Arme, um seinen Kopf zu schützen.

Dann spürte er einen stechenden Schmerz am Arm, als würde Eis unter seine Haut fahren. Er blickte an sich hinunter und sah seinen rechten Arm im Schlamm liegen. In grellem Entsetzen schrie er auf und wandte den Blick der großen, schlanken Gestalt einer Frau zu, die plötzlich vor ihm stand, eine Machete in der Hand, von der frisches Blut tropfte.

»Der Drache«, stammelte Verdoon, während die Klinge gehoben wurden und auf ihn hinunterzischte. »Ich spucke auf ...«

Ein Blitz explodierte vor Verdoons Augen, noch ehe er den Satz beenden konnte. Er versank in einem Meer aus Rot, das die Welt verschluckte.

ERSTER TAG ... HEUTE

1.

Der alte Lastwagen rumpelte die Straße entlang auf das offene Lagerhaus zu. Ein bärtiger Palästinenser erhob sich von einem Stuhl, der in einer angrenzenden Gasse im Schatten stand, und trat an den Bordstein. Er beobachtete, wie die abgefahrenen Reifen des Lastwagens auf der Schotterstraße knirschend zum Stehen kamen. Keiner der Einwohner von Beit Jala in der West Bank konnte sich erinnern, wann die Straßen das letzte Mal gereinigt worden waren – auf jeden Fall nicht mehr, seit israelische Panzer sie nach einer paradeähnlichen Zurschaustellung der Macht Monate zuvor aufgerissen hatten. Der Lastwagen stand mit der Beifahrerseite neben dem Lagerhaus. Ein stämmiger Mann mit dicken, haarigen Unterarmen lehnte sich aus dem Fenster.

»Wassili Anatoljewitsch, zu Ihrer Verfügung, Genosse.«

Anatoljewitsch streckte eine Hand aus und packte die des Palästinensers mit so kraftvollem Griff, dass es sein Alter Lügen strafte. Er war zwischen sechzig und siebzig, hatte dichtes, straff zurückgekämmtes, silbergraues Haar und leuchtend blaue Augen. Sein Gesicht war glatt und ohne Falten, bis auf die spinnwebartig verästelten lila Adern, die sich über Nase und den Wangen ausbreiteten.

»Gab es Probleme am Checkpoint?«, fragte der hoch gewachsene, drahtige Palästinenser, an Anatoljewitsch gewandt. Er hatte kein Gramm Fett zu viel am Körper.

»Habe ich Ihnen doch gesagt, Genosse«, erwiderte Anatoljewitsch augenzwinkernd. »Wir haben einen Spitzenpreis für diese Papiere bezahlt. Das ist einer der Vorteile, wenn man Israeli ist«, fügte er mit seinem ausgeprägten russischen Akzent hinzu. »Die Beamten am Checkpoint glauben, wir transportieren Vorräte für Gilo.« Er bezog sich auf eine nahe gelegene jüdische Siedlung in der West Bank, die von Jerusalem annektiert worden war. »Ihr Name, Genosse? Ich glaube nicht, dass ich ihn …«

»Abu.«

»Das ist alles?«

»Das reicht.«

Wieder lächelte Anatoljewitsch, diesmal ein wenig gezwungen. »Solange die Bezahlung reicht, die Sie mitgebracht haben – was, Genosse?«

»Sobald ich die Ware überprüft habe.« Der Palästinenser, der sich selbst Abu nannte, strich sich mit der Hand durch seinen dichten Bart. »Drinnen.«

Mit diesem Wort deutete er auf die Vorderseite des Lagerhauses, wo zwei weitere Palästinenser in dünnen Jacken ein großes Tor geöffnet hatten.

Anatoljewitsch blinzelte in das dunkle Innere und nickte. »Was immer Sie sagen, Genosse. Aber wir müssen uns beeilen. Ich habe noch eine Verabredung, zu der ich nicht zu spät kommen darf.«

»Die Geschäfte scheinen gut zu laufen.«

Anatoljewitsch lächelte. »Besser als je zuvor.«

Der Fahrer des Russen setzte den alten Laster rückwärts ins Lagerhaus. Der Mann, der sich Abu nannte, ging die ganze Zeit neben dem Fenster auf der Beifahrerseite her, als wollte er den Wagen führen. Seine zwei Mitstreiter schlossen das Tor des Lagerhauses hinter dem Lastwagen und sperrten das Licht aus dem großen Raum. Ein paar alte Lampen baumelten von der Decke;

an den Wänden flackerten schmutzige Neonröhren. Sonnenlicht fiel in Streifen durch die wenigen Fenster und die bröckelnde Decke, die verirrte, aus Kampfhubschraubern abgeschossene Granaten vor Monaten durchlöchert hatten. Die Straßen waren unter Beschuss genommen worden, nachdem das Feuer aus palästinensischen Maschinengewehren mehrere Fenster im nahen Gilo hatten zersplittern lassen.

Anatoljewitsch und sein Fahrer stiegen aus dem Führerhaus und gesellten sich zu einem der Palästinenser, der hinter der Ladefläche des Lastwagens stand. Anatoljewitsch schob die Klappe hoch. Eine Anzahl hölzerner Kisten und röhrenförmiger Container aus Plastik kam zum Vorschein; sie wirkten harmlos, wäre nicht die russische Kennzeichnung an den Seiten gewesen.

»Wie versprochen.« Anatoljewitsch blickte Abu, der wieder an seiner Seite erschienen war, strahlend an.

Der Palästinenser zog eine der Kisten nach vorn.

»Hundertvierundvierzig Kalaschnikow-Sturmgewehre«, sagte Anatoljewitsch, während Abu die Kisten aufstemmte, »ein Dutzend pro Kiste. Munition in separaten Schachteln inklusive. Ich habe ein paar mehr dazugelegt, als Zeichen meines guten Willens.«

Abu ignorierte das Lächeln des Russen und prüfte das Gewicht einer Kalaschnikow. »Frisch geölt«, bemerkte er.

»Natürlich, Genosse. Die Gewehre sind brandneu. Es wurde noch nie daraus geschossen. Russische Militärausrüstung, für die man heutzutage wenig Verwendung hat. Schlecht für das Militär in meinem einstigen Heimatland, aber gut fürs Geschäft.«

Von dort, wo er neben den Gewehren hockte, blickte der Palästinenser zu dem Waffenhändler auf. »Offensichtlich.«

Der Russe zuckte die Schultern. »Der Verlust des Militärs ist unser Gewinn, nicht wahr, Genosse? Sie werden niemals vermissen, was sie nie hatten.«

»Was ist mit den Raketenwerfern?«

Anatoljewitsch griff in den Laderaum des Lastwagens und zerrte einen der Plastikcontainer nach vorn. Sein vorquellender Bauch drückte gegen die Ladekante des Lasters, als er versuchte, den Container zu bewegen. Auf Kosten eines kleinen Kratzers an seiner goldenen Rolex schaffte er es schließlich, den Container an die Kante der Ladefläche zu ziehen.

Schweigend beobachtete der Palästinenser den Russen, wie dieser zwei Riegel zurückschob und den Container aufklappte.

»Das ist unser neuestes Modell«, erklärte der Russe stolz. »Noch nicht mal von der russischen Armee eingetragen.« Wieder grinste er. »Die Sendung ist verspätet. Offensichtlich ist meine frühere Regierung mit den Zahlungen im Rückstand.«

Zufrieden inspizierte der Palästinenser die röhrenförmigen Abwurfvorrichtung und die in den maßgeschneiderten Schlitz eingepasste Rakete dicht darunter.

»Die israelischen Panzer und Kampfhubschrauber haben einen würdigen Gegner gefunden, nicht wahr, Genosse?«

Abu schaute ihn an; dann wandte er seine Aufmerksamkeit wieder dem Raketenwerfer zu. »Könnte sein, dass ich noch mehr davon haben will.«

»So viele Sie möchten! Kaufen Sie zehn, dann gibt es einen gratis. Das Geschäft läuft gut. Ich kann es mir leisten, großzügig zu sein.«

»Bei den Preisen, die Sie verlangen, verwundert mich das nicht.«

»Wo wir gerade von Preisen sprechen, Genosse ...«

Abu winkte einem seiner beiden Untergebenen, der daraufhin einen ramponierten Rucksack vom Rücken nahm. »In amerikanischen Dollarscheinen, wie gewünscht«, erklärte Abu, als der Mann Anatoljewitsch den Rucksack reichte.

Der Russe nahm ihn und ließ ihn an seiner Seite baumeln, ohne ihn zu öffnen.

»Sie zählen nicht nach?«, fragte Abu.

»Später, bei einem Wodka, während ich Ihre neue Einkaufsliste durchgehe. Sie sollten mir Gesellschaft leisten.«

»Die israelischen Grenzen sind für uns immer noch geschlossen.«

»Genau das ist der Grund, warum ich eine Flasche mitgebracht habe. Ich habe sie im Führerhaus.«

Anatoljewitsch machte sich auf den Weg nach vorn, wobei er den Palästinenser anrempelte, der den Rucksack mit dem Geld getragen hatte.

Die Jacke des Mannes verrutschte und enthüllte eine Pistole in einem Schulterhalfter. Der Russe lächelte den Mann an, dann Abu, bevor er ins Fahrerhaus kletterte.

Rasch streckte er den Arm über den Sitz hinweg aus und tastete mit der Hand auf der Bodenmatte.

»Suchen Sie das hier?«, fragte der Mann, der sich selbst Abu nannte, vom Fenster her. Er hielt ein Maschinengewehr in die Höhe.

»Ich suche den Wodka, Genosse«, sagte der Russe mit gezwungenem Lächeln. »Ich wollte nur den Wodka holen.«

»Er lag im Handschuhfach«, erwiderte der Palästinenser und hielt mit der anderen Hand die Flasche hoch.

»Ich ...«

»Sie haben die Pistole in Sergeants Khaleds Halfter gesehen. Eine Beretta, Kaliber neun Millimeter, die Sie als Standardausrüstung der palästinensischen Polizei erkannt haben. Wir haben sie von den Israelis bekommen.«

»Sie ...«

»Ich bin Inspector Bayan Kamal von der palästinensischen Polizei.« Ben Kamal legte die Flasche Wodka auf den Boden des

Lagerhauses. Das Maschinengewehr in der Rechten, benutzte er die linke Hand, um seine *Keffiyah* und den falschen Bart abzunehmen. »Und Sie, Wassili Anatoljewitsch, sind wegen illegalen Handels mit Feuerwaffen verhaftet.«

2.

Danielle Barnea folgte dem Mann seit dessen Ankunft in Israel am Tag zuvor. Seinen Papieren nach war sein Name Ranieri. Er reiste mit einem Schweizer Pass. Danielle glaubte nicht, dass er Schweizer war – Deutscher vielleicht, oder Italiener.

Sie hatte den Verdacht, dass der Mann die Nationalität so oft wechselte wie seinen Namen.

Am Flughafen Ben Gurion waren die beiden Koffer Ranieris in einem abgeteilten Sektor durchsucht worden, der für Diplomaten und registrierte Kuriere reserviert war. Danielle bemerkte, dass Ranieri beim Verlassen des Sektors dieselben zwei Koffer trug, mit denen er hinein gegangen war.

Ranieri hatte sich vom Flughafen aus direkt zu einem Juwelier mit Namen Katz & Katz auf der Dizengoff Street in Tel Aviv begeben. Das Geschäft lag unmittelbar hinter dem weitläufigen Gebäudekomplex aus Geschäften und Wohnungen im Dizengoff-Center. Ranieri nahm den kleineren der beiden Koffer mit hinein. Danielle hielt sich in sicherer Entfernung und beobachtete über die Straße hinweg, wie Ranieri mit einem lockigen Mann – einer der Geschäftsinhaber, vermutete sie – in einem Hinterzimmer verschwand.

Danielles Gedanken schweiften zurück zum Morgen des Vortags …

Als sie aufgewacht war, hatte ihr ehemaliger Commander der Spezialeinheit, Dov Levy, in einer Ecke ihres Schlafzimmers gesessen.

»Guten Morgen, Lieutenant«, sagte er, kaum dass sie den Wecker abgestellt hatte. »Oder sollte ich sagen *Pakad*, Chief Inspector?«

Danielle fuhr hoch und bemühte sich, ihre Hirnwindungen von den nächtlichen Spinnweben zu befreien. »General Levy?«

»Ich wollte Sie eigentlich wecken«, bemerkte Levy im Plauderton. Er saß in den Schatten der zugezogenen Jalousien. »Aber dann habe ich beschlossen, zu warten. Ist lange her, nicht wahr? Die Beerdigung Ihres Vaters, wenn ich mich recht erinnere.«

Danielle nickte. Sie hielt die Decke an sich gedrückt.

»Wie lange ist das jetzt her? Fünf Jahre? Mein Gott, Sie haben sich kein bisschen verändert.«

Danielle fuhr sich mit der Hand durch ihr schulterlanges, rotbraunes Haar und versuchte es in Form zu zwingen. Ihr zerrupftes Erscheinungsbild war ihr peinlich.

»Tut mir Leid, dass ich hier so hereinplatze«, fuhr Dov Levy fort, »aber ich musste sichergehen, dass wir nicht zusammen gesehen werden.«

»Meine Alarmanlage ...«, begann Danielle.

»Ja, vom Feinsten. Die Schlösser ebenfalls. Es ist gut zu wissen, dass meine einstigen Fähigkeiten mich noch nicht im Stich gelassen haben.« Seine Stimme wurde ernst. »Tut mir Leid, dass Sie kürzlich bei der National Police entlassen wurden.«

»Freigestellt«, verbesserte Danielle, verlegen, dass Levy von ihrem Unglück wusste. »Ich habe Beschwerde eingereicht«, fügte sie lahm hinzu.

»Ich fürchte, damit werden Sie nicht viel erreichen, solange Moshe Baruch das Sagen hat. Sie sind zu bekannt, hatten zu viel Erfolg und sind als führende Ermittlungsbeamtin, die oft im

Rampenlicht steht, eine zu große Bedrohung für ihn. Ich konnte diesen Bastard noch nie leiden. Würde ich in der Regierung sitzen …«

»Sitzen Sie denn nicht dort?«

»Nicht mehr.«

Danielle versuchte ein Lächeln. »Damit sind wir schon zu zweit, was?«

Levy blickte zu Boden; dann sah er wieder auf, einen traurigen Ausdruck in den Augen. »Ich hätte Sie nie aus dem Sayaret entlassen sollen.« Er schüttelte den Kopf. »Zwölf Jahre sind vergangen, und es schmerzt mich noch genau wie damals.«

»Was in Beirut passiert ist, hat Ihnen keine andere Wahl gelassen«, sagte Danielle und versuchte nicht zu zeigen, dass es sie noch mehr verletzt hatte.

»Das macht es für mich auch nicht besser. Ich habe das Gefühl, Sie im Stich gelassen zu haben. Und Ihren Vater ebenfalls. Vielleicht ist jetzt die Chance gekommen, Wiedergutmachung zu leisten. Wie würde es Ihnen gefallen, wieder in die Sondereinheit zurückzukehren?«

Danielle hätte die Gelegenheit sofort ergriffen, hielt sich jedoch zurück. »Ich bin nicht mehr die Frau, die ich einmal war, General. Nach allem, was passiert ist …«

»Sie sind Detective, Danielle, und ein Detective ist genau das, was ich benötige.«

»Warum ich, eine Außenseiterin?«

»Weil man den Insidern in dieser Sache nicht trauen kann.« Levy lehnte sich zurück. »Was wissen Sie über Diamantenschmuggel?«

»Ein paar Fälle hatte ich über die Jahre hinweg auf meinem Schreibtisch.«

»Ich spreche von Diamanten, die dazu benutzt werden, auf der Welt Bürgerkriege in Entwicklungsländern zu finanzieren.«

Danielle schüttelte den Kopf.

»Man nennt sie Blutdiamanten«, fuhr Levy fort. »Rohe, unbearbeitete Steine, die aus Afrika nach Israel geschmuggelt und gegen Waffen und Munition eingetauscht werden.«

»Woher stammen diese Waffen?«

»Genau das müssen wir herausfinden.«

»Wir«, sagte Danielle betont.

»Es ist ein Einsatz auf höchster Ebene«, erklärte der ehemalige Kopf des Sayaret. »Ich kann Ihnen nichts anderes sagen, weil nichts offiziell ist. Sie werden niemand Verantwortlichen finden, der irgendetwas bestätigt. Dafür gibt es Gründe, und so wird es auch bleiben ... bis Sie mir die Beweise bringen, die ich brauche.« Wieder beugte Levy sich vor. Seine Knie knackten. Er verzog das Gesicht. »Alles, was ich habe, ist die Identität eines Kuriers und eine geheime Information, der zufolge er morgen in Israel zurück erwartet wird. Es handelt sich um eine einfache Überwachungsaktion.«

Danielle schaute Levy an, der sie mit seinem durchdringenden Blick betrachtete.

»Haben Sie irgendwelche Zweifel?«, fragte Levy.

Ja, sie hatte Zweifel. Vor zehn Jahren noch waren ihr eine Frau oder ein Mann von sechsunddreißig Jahren alt vorgekommen, jedenfalls den Standards des Sayaret nach. Nun war sie selbst seit drei Wochen sechsunddreißig. Den Morgen ihres Geburtstags hatte sie damit verbracht, wieder einmal Formulare auszufüllen bei dem Versuch, in den aktiven Ermittlungsdienst zurückzukehren. Sie hatte geglaubt, dieselbe Person bleiben zu können, die sie immer gewesen war. Die Frau, die unter Dov Levy im Sayaret gedient hatte.

Doch diese Frau war sie nicht mehr. Zu vieles war passiert in den Jahren seither. Physisch fühlte Danielle sich nicht älter, doch sie hatte das Gefühl der Kühle, der Gelassenheit, der Überlegenheit verloren: Damals hatte ihr Herz in Stresssituationen, wenn die Luft mit Kugeln erfüllt war, ruhig weiter geschlagen. Damals hatte sie ihre Atmung kontrollieren können, wenn sie im Dreck eingegraben war oder sich hinten auf einem Lastwagen versteckte.

Danielle konnte sich nicht erinnern, wann sie diese Überlegenheit das letzte Mal gespürt hatte. Es musste auf jeden Fall vor ihrer Rückkehr aus New York vor einem Jahr gewesen sein.

»Ist etwas nicht in Ordnung, Lieutenant?«, riss Levys Stimme sie aus ihren Gedanken. »Bin ich bei Ihnen an der richtigen Adresse? Wenn ich woanders Ausschau halten soll, wenn Sie irgendwelche Zweifel haben, brauchen Sie es nur zu sagen. Oder Sie schweigen und sind dabei.«

Danielle hatte geschwiegen …

Ranieri war aus dem Juweliergeschäft wieder aufgetaucht. Den Koffer, mit dem er das Geschäft betreten hatte, trug er nicht mehr bei sich. Für Danielle hatte das keinen Sinn ergeben. Soviel sie wusste, war er hierher gekommen, um etwas abzuholen und nicht, um etwas dazulassen. Offensichtlich ging hier irgendetwas vor sich, das weder sie noch Dov Levy in ihre Überlegungen einbezogen hatten.

Am Abend, nachdem Ranieri zum Essen gegangen war, hatte sie sein Hotelzimmer im Dan peinlich genau durchsucht. Sie hatte nichts Wichtiges gefunden, jedenfalls nichts, das darauf hindeutete, dass er die große Summe bei sich trug, von der Dov Levy gesagt hatte, sie wäre zu erwarten.

An diesem Morgen dann war Ranieri in dasselbe Juweliergeschäft auf der Dizengoff Street zurückgekehrt, das er schon am Tag zuvor besucht hatte. Diesmal hatte er irgendetwas vom Verkaufsschalter mitgenommen. Danielle war nicht nah genug, um erkennen zu können, um was es sich handelte.

Nachdem Ranieri das Geschäft verlassen hatte, hatte er sich

ständig nach möglichen Verfolgern umgedreht. Immer wieder hatte er sein Schritttempo verändert, um mögliche Beschatter auflaufen zu lassen.

Er war von Tel Aviv nach Jerusalem gefahren. Unentdeckt war Danielle ihm durch die Altstadt bis auf einen Markt in Ostjerusalem gefolgt, einen *Souq*, wo die scharfen Gerüche nach Falafel, würzigem Kebab und rauchenden Maiskolben allgegenwärtig waren. Ranieri hatte sich seinen Weg zwischen den fahrbaren Grills hindurchgebahnt, hinter denen lächelnde Straßenverkäufer standen, und hatte sich schließlich an einen Tisch auf der Terrasse des Café Europa an der As-Zahra Street in der Mitte des Platzes gesetzt.

Die eigenwillige Speisekarte, auf der sowohl arabische als auch europäische Kost angeboten wurde, hing an der steinernen Fassade des Cafés. Ein Kellner war erschienen und hatte Ranieris Bestellung aufgenommen. Kurze Zeit später war er mit einer kleinen Kanne Kaffee, einem Tablett mit Gebäck und einer Zeitung zurückgekehrt. Die restlichen Tische waren unbesetzt bis auf einen, an dem ein Palästinenser in einer *Keffiyah* saß und eine Wasserpfeife rauchte, eine *Nargileh*; der weiße Rauch duftete nach Äpfeln. Eine Junge hatte zwischen den leeren Tischen den gepflasterten Boden gefegt.

Danielle hatten die Nerven geflattert. Sie war weiter zurückgewichen, zwischen die Geschäfte und Kioske auf der anderen Seite des großen, zur Fußgängerzone erklärten Platzes. Sie hatte gespürt, dass der Austausch, den zu vollziehen Ranieri hierher gekommen war, unmittelbar bevorstand.

Doch wie würde er bezahlen, um die Waffen zu erhalten, von denen Dov Levy gesprochen hatte?

Danielle hatte beobachtet, wie Ranieri mit seinem Brillenetui spielte, wie er die Brille herausnahm und wieder hineinlegte. Danielle war sicher gewesen, dass die Brille am Abend zuvor nicht in seinem Hotelzimmer gelegen hatte. Sie hatte diese Brille bisher überhaupt nicht bei ihm gesehen. Ranieri hatte die Zeitung aufgeschlagen und zu lesen angefangen. Die Brille hatte er wieder in seine Jackentasche gesteckt.

Natürlich!

Danielle war wie elektrisiert. Plötzlich war ihr alles klar geworden. Sie hatte weiterhin so getan, als würde sie die Lederwaren, die handgefertigten Schmuckstücke und die Berge von Tand durchstöbern, die den größten Teil der Geschäftsauslagen ausmachten, während sie auf die Kontaktperson wartete.

3.

Im Innenspiegel beobachtete Anatoljewitsch, wie Sergeant Khaled zusammen mit einem weiteren palästinensischen Polizeibeamten seinen Fahrer festnahm. Ausdruckslos blickte er Ben an. »Ich habe schon von Ihnen gehört ...«

»Ebenso.« Mit dem Bart war auch die Strenge aus Bens Gesicht verschwunden. Er hatte blaue Augen und trug sein dunkles Haar noch immer mit Seitenscheitel, obwohl er bereits vor sieben Jahren aus den USA nach Palästina zurückgekehrt war. Sein kantiges Gesicht betonte seine hohen, vorstehenden Wangenknochen.

»Sie sind der Amerikaner ...«

»Ich bin Palästinenser.«

»... der hierher gekommen ist, um bei der Ausbildung der palästinensischen Polizei zu helfen. Ihre Männer sind wertlos«, sagte Anatoljewitsch und spuckte aus.

»Wir haben euch geschnappt.«

»Sie verraten Ihr eigenes Volk, Genosse.«

»Dann sind wir schon zwei.«

Anatoljewitsch grinste. »Israel ist nicht mein Land. Nur ein Ort, an dem man Geschäfte macht.«

»Zu dumm, dass das Recht auf Rückkehr auch russische Gangster mit einschließt.«

Anatoljewitsch blieb unbeeindruckt. »Wir sind viel mehr als Gangster. Sie müssten das wissen.«

»Sie scheinen sich keine Sorgen zu machen.«

»Glauben Sie, dass Sie mich lange festhalten können?«

»Glauben Sie, die israelischen Behörden werden um Ihre Freilassung kämpfen?«

»Die nicht.«

Ben nickte verstehend. »Aber Ihre Komplizen in der russischen Mafia.«

Anatoljewitsch lachte spöttisch. »So etwas gibt es nicht, Genosse. Seien Sie nicht naiv.«

»Das Gleiche wurde auch von der amerikanischen Version der Mafia behauptet. Los, steigen Sie aus dem Laster. Lassen Sie Ihre Hände da, wo ich sie sehen kann.«

Anatoljewitsch stieß vorsichtig die Tür auf und stieg aus. »Sie verschwenden Ihre Zeit.«

Ben reichte einem seiner Beamten das Maschinengewehr und legte Anatoljewitsch Handschellen an.

»Haben Sie Familie, Inspector?«

Heftig drehte Ben den Russen herum und starrte ihn finster an. »Meine Familie ist außerhalb Ihrer Reichweite.«

»Glauben Sie ernsthaft, *jemand* ist außerhalb unserer Reichweite?«

»Meine Familie ist tot. Ermordet von einem noch größeren Schweinehund, als Sie es sind.«

Der Russe zuckte die Achseln. »Zu schade.«

»Los jetzt«, forderte Ben ihn auf und führte ihn zur Tür des Lagerhauses, die Sergeant Khaled bereits hochschob.

Ben schubste Anatoljewitsch und seinen Fahrer auf die Straße, wo vier weitere palästinensische Polizeibeamte mit schussbereiten Gewehren neben zwei Jeeps standen. Eine Menschenmenge hatte sich gebildet, die beim Anblick Bens erstarrte, der Anatoljewitsch zu einem der wartenden Wagen führte.

Die Menge bestand aus Personen jeden Alters, Frauen und Männern. Einige jubelten Ben zu, andere stießen drohend die Fäuste in die Luft. Ben spürte den Ärger, noch bevor das Geschubse anfing, unmittelbar gefolgt von Sprechchören, die immer lauter und drängender wurden.

»Khay'in!«

Verräter.

Als Nächstes wurden Steine geworfen. Sie trafen Bens Beine und den Oberkörper. Ein größerer Stein traf Anatoljewitsch im Gesicht und ließ ihn zu Boden gehen. Ben zerrte den Russen hoch und schätzte die verbleibende Entfernung zu den Polizeifahrzeugen. Doch selbst wenn sie die Wagen durch den Steinhagel erreichen sollten, würden sie mehrere dieser fanatisierten Menschen überfahren müssen, um zu entkommen.

Ben hielt kurz inne und schützte sein Gesicht mit einem Arm. Weitere Steine streiften seinen Kopf und die Schultern. Die Menge näherte sich den Polizisten. Die ganze Zeit erklangen die Sprechchöre.

»Khay'in!«

Die uniformierten palästinensischen Polizeibeamten schienen sich in nichts von den Israelis zu unterscheiden, die von diesen Menschen gehasst wurden …

Schritt für Schritt gingen die Beamten weiter. Nur die Jeeps trennten sie jetzt noch von der Menge. Einige versuchten, die Wagen auf die Seite zu kippen, andere näherten sich weiter, bis den Beamten keine Wahl mehr blieb.

Sie hoben ihre Waffen.

Bevor Ben befehlen konnte, nicht zu feuern, traf ein Stein seinen Unterkiefer. Sein Mund füllte sich mit Blut, und die Welt um ihn herum wurde dunkel. Als sein Blick sich wieder klärte, sah er Gewehre in den vordersten Reihen des Mobs, die auf seine zwei Leute gerichtet waren, die ebenfalls ihre Waffen erhoben hatten.

»Nein!«, rief Ben, doch der erste Schuss übertönte seinen Schrei.

Weitere Schüsse folgten. Ben sah, wie zwei palästinensische Polizisten fielen, gefolgt von einem dritten, unmittelbar nach Anatoljewitschs Fahrer. Ben zerrte den Russen zurück auf das Lagerhaus zu und stieß ihn ins Innere, nachdem er die Tür an ihren quietschenden Schienen hochgeschoben hatte.

»Kommt schon! Kommt schon!«, rief er Sergeant Khaled und dem anderen Beamten zu, die ihm gefolgt waren. Kaum im Lagerhaus, ließen sie die Tür herunter.

»Was jetzt, Inspector?«, keuchte Sergeant Khaled.

»Die Rückseite! Wir verschwinden durch die ...«

Ben hielt inne. An der Rückseite des Lagerhauses splitterte Glas im Kugelhagel. Weitere Geschosse schlugen ins Tor. Plötzliches Sonnenlicht erfüllte den Raum.

»Ein wundervolles Land bauen Sie hier auf, Genosse«, höhnte Anatoljewitsch.

4.

Ranieri war inzwischen bei seiner vierten Tasse arabischen Kaffee und knabberte noch immer an den knusprigen Barazak-*Keksen.* Danielle beobachtete ihn jetzt seit zwei Stunden. Sie hatte an einer Kaffeebar auf der anderen Seite des Platzes eine günstige Stelle gefunden, zusammen mit einer kleinen Gruppe amerikanischer Touristen. Danielle kehrte dem Kurier den Rücken zu, hatte ihren Stuhl aber so stehen, dass sie ihn in der Schaufensterscheibe eines benachbarten Geschäfts sehen konnte.

Seit einiger Zeit blickte er ständig auf die Uhr. Plötzlich zog er Geldscheine aus der Tasche, um seine Rechnung zu bezahlen. Sofort lief Danielle über den Platz.

Ranieri hatte gerade die Geldscheine abgezählt, als sie wie zufällig ihm gegenüber am Tisch Platz nahm.

»Ich glaube, da liegt ein Irrtum vor«, sagte er und sah überrascht auf.

»Weil Sie jemand anders erwartet haben? Aber dieser Jemand wurde verhaftet«, bluffte sie. »Stattdessen bin ich gekommen.«

Ranieri legte den Kopf schief. Er bemühte sich, Ruhe zu bewahren, doch in seinem hageren Gesicht zuckte es. »Ich weiß überhaupt nicht, wovon Sie sprechen. Sie sollten lieber gehen. Die Polizei ist hier.«

»Ich weiß«, sagte Danielle und schob ihm über den Tisch ihren Ausweis zu.

Ranieri lehnte sich zurück und warf einen kurzen Blick auf das Papier, bemüht, keine Reaktion zu zeigen. Danielle hoffte, dass ihm nicht auffiel, dass ihr Ausweis abgelaufen war.

»Wen wollten Sie hier treffen?«, fragte sie.

»Niemanden.«

»Wo sind die Diamanten, die Sie nach Israel eingeflogen haben?«

»Ich weiß nicht, wovon Sie sprechen«, erwiderte Ranieri, dieses Mal selbstsicher, und schob Danielle ihren Ausweis der National Police wieder zurück.

»Dann haben Sie doch bestimmt nichts dagegen, wenn ich mir Ihre Brille anschaue.«

Der Mann runzelte die Stirn. »Brille? Ich trage keine Brille.«

»Sie steckt in Ihrer rechten Jackentasche. Ich habe gesehen, wie Sie damit herumgespielt haben, bevor ich kam.«

»Warum verhaften Sie mich dann nicht?«, fragte Ranieri.

»Ich würde lieber nur mit Ihnen reden … nachdem Sie mir Ihre Brille gegeben haben. Sie müssen sie heute Morgen bei Katz und Katz in Tel Aviv mitgenommen haben. Ich habe es beinahe übersehen.«

»Sie haben keine Ahnung, was hier gespielt wird, oder?«

»Ich nehme an, es hat etwas mit dem Koffer zu tun, den Sie gestern bei dem Juwelier gelassen haben.«

Ranieri griff nach der Zigarettenschachtel, änderte dann jedoch seine Meinung.

»Wie haben Sie die Blutdiamanten durch den Zoll bekommen?«

Ranieris Lippen zitterten. »Wenn Sie so viel wissen, ist Ihnen sicher auch klar, wie weit Sie sich im Moment außerhalb Ihrer Zuständigkeit bewegen.«

»Das werden wir sehen.«

»Ich kann Ihnen die Brille nicht geben. Ich kann Ihnen auch nicht sagen, was ich bei dem Juwelier gelassen habe. Man würde mich umbringen.« Er blickte sie an. »Sie wissen doch so viel. Dann müssten Sie das eigentlich auch wissen.«

Danielle ging nicht darauf ein. »Ich werde die Brille an mich nehmen, sobald ich Sie verhaftet habe. Anschließend werden wir eine schöne Fahrt nach Tel Aviv unternehmen und uns anhören, was die Leute in dem Juweliergeschäft zu sagen haben.«

Ranieri schüttelte langsam den Kopf. »Man wird Sie auch töten, Chief Inspector.«

Danielle zeigte keinerlei Regung. »Es wären nicht die Ersten, die das versuchen.«

Angst blitzte in den Augen des Kuriers auf, ein erstes Anzeichen von Unsicherheit. Doch er bewegte sich nicht. Schließlich griff er ganz langsam in die Jackentasche und zog ein hartschaliges Brillenetui hervor.

»Dann gehe ich davon aus, dass wir verhandeln?«, fragte er und legte das Etui vor sich auf den Tisch.

»Warum machen wir nicht …«

Das Knallen der ersten Gewehrschüsse ließ Danielle abrupt verstummen. Sie sprang vom Stuhl auf und warf sich herum. Ihr erster Gedanke war, dass man auf sie zielte, und dass die Kugeln von Männern abgefeuert wurden, die Ranieri die Flucht ermöglichen wollten.

Dann sah sie bewaffnete Gestalten durch die Straße rennen, die im Laufen wild in die Gegend feuerten. Zwei fielen aufs Pflaster und krochen davon, versuchten verzweifelt, aus der Schusslinie zu gelangen.

Danielle zog ihre Pistole und drehte sich wieder zum Tisch um.

Gerade machte Ranieri einen Satz nach vorn und versuchte, das Etui zu ergreifen, das zu Boden gefallen war, doch Danielle riss den Tisch zurück und kippte ihn um, noch bevor Ranieri an das Etui heran konnte. Sie sah, wie es auf den Asphalt fiel und Ranieri sich streckte, um es zu ergreifen. Danielle trat ihn in den Magen. Ranieri stürzte auf einen anderen Tisch, kippte ihn um und rannte stolpernd davon, kaum dass er auf den Beinen war.

Danielle wollte gerade das Etui aufheben, als wieder Schüsse peitschten. Sie sah den Jungen mit dem Besen mitten im Kugelhagel stehen. Mit einem Hechtsprung flog sie auf den Jungen zu, packte ihn und deckte seinen Körper mit dem ihren. Eine weitere Salve ließ Glassplitter von einem Tisch in der Nähe auf Danielles Rücken sprühen.

Sie sprang auf, die Pistole in der Hand. Ein Detective, den sie von der National Police kannte, starrte sie mit glasigen Augen an. Er stolperte vorwärts, die Waffe in der verkrampften Hand. Dann bäumte er sich auf und fiel auf den Gehsteig, von einer weiteren umherirrenden Kugel getroffen.

Was geschieht hier?

Wieder dröhnte Gewehrfeuer. Mit langen Sätzen eilte Danielle zum Detective, ohne die Gefahr zu beachten. Tief geduckt, um den Mann besser zu schützen, blickte sie über die Straße – gerade rechtzeitig, um eine Gestalt zu sehen, die ein Maschinengewehr auf sie richtete.

5.

»Ich glaube, die stehen auf meiner Seite, Genosse«, höhnte Anatoljewitsch, als die Belagerung des Lagerhauses anhielt. »Ich habe Ihnen doch gesagt, dass Sie mich nicht lange festhalten werden.«

Aus Gewohnheit warf Ben einen Blick auf seine Armbanduhr. Ein Stein hatte das Glas zerschlagen. Er schätzte, dass etwa eine halbe Stunde vergangen war, seit sie in dem Gebäude Zuflucht gesucht hatten. Über sein Handy hatte er versucht, Verstärkung anzufordern, doch das Signal war nicht stark genug, um jemanden zu erreichen.

Draußen heulten Sirenen.

»Sie sollten sich ergeben«, sagte Anatoljewitsch.

Ben ignorierte den Russen. Nachdem er einen seiner beiden verbliebenen Beamten losgeschickt hatte, die Menge daran zu hindern, durch die Rückseite des Lagerhauses ins Innere zu kommen, hatte er den Russen mit Handschellen an einen Stützbalken gefesselt.

»Sie sagten, Ihr Name sei Bayan Kamal«, sagte Anatoljewitsch zu Ben, der neben einem der nach vorn weisenden Fenster stehen geblieben war. »War Ihr Vater der verstorbene Jafir Kamal?«

Ben wirbelte herum und blickte den Russen an. »Woher kennen Sie den Namen meines Vaters?«

Anatoljewitsch lachte rau – das Lachen eines Kettenrauchers. Sein Blick streifte den mit Waffen beladenen Lastwagen. »Das passt.«

»Wenn Sie etwas zu sagen haben, sagen Sie es.«

Anatoljewitsch nahm den Blick vom Laster und zuckte die Achseln. »Wie der Vater, so der Sohn.«

»Mein Vater war ein Held«, erwiderte Ben, peinlich berührt, dass er sich wie ein Kind anhörte.

»Das glauben Sie?«, Anatoljewitsch schüttelte den Kopf. »Sie sind so irregeleitet, wie er es war.«

»Ich habe fast keine Munition mehr!«, rief Sergeant Khaled von der anderen Seite des Lagerhauses, bevor Ben dem Russen antworten konnte.

»Und Sie, Sohn von Jafir Kamal?«, zog Anatoljewitsch ihn auf. »Haben Sie auch keine Munition mehr?«

»Ich hebe die letzte Kugel für Sie auf«, drohte Ben, der tatsächlich nur noch einen Ladestreifen hatte.

»Machen Sie es wie Ihr Vater«, sagte Anatoljewitsch abfällig. »Ergeben Sie sich. Sonst werden Ihre Landsleute Ihnen bei lebendigem Leib die Eier abschneiden.«

Er lachte wieder und rüttelte mit den Handschellen am Balken. Ben beachtete ihn nicht. Er nutzte die Chance, die ein Abflauen des Schusswechsels ihm bot, um sein letztes Magazin in die Neunmillimeter zu schieben.

»Das sollten Sie sich lieber mal ansehen, Inspector«, meinte Sergeant Khaled.

Ben spähte aus dem Fenster. Zwei Mercedes-Limousinen kamen langsam die Straße heruntergefahren, als gäbe es gar keine Schießerei. Die Wagen hielten langsam. Drei der vier Türen des vorderen Mercedes öffneten sich. Ein Trio breitschultriger, gut gekleideter Männer stieg aus. Zwei bezogen vor dem Wagen Position, der dritte hinten, neben der vierten Tür, die nun ebenfalls geöffnet wurde. Ben sah, wie Colonel Nabril al-Asi ausstieg. Die drei breitschultrigen Männer reihten sich hinter dem Chef des gefürchteten palästinensischen PSS ein, des Protective Security Service. Al-Asi knöpfte seine Anzugjacke zu und schlenderte gemächlich zu der Menschenmenge hinüber.

Die Leute wichen zurück. Diejenigen, die nicht mit Steinen oder Knüppeln bewaffnet waren, sondern mit Gewehren oder Pistolen, senkten ihre Waffen. Ben hörte die Menge durch das zerbrochene Fenster hindurch murmeln. Er wusste, dass sich in Windeseile die Nachricht verbreitet, wer soeben erschienen war.

Al-Asi sagte kein Wort, machte nicht einmal eine Handbewegung. Er ging einfach weiter, eine Hand lässig in der Tasche seiner Anzugjacke, als wäre nichts geschehen und als hätte kurz zuvor kein heftiger Kampf getobt, der jeden Moment wieder losbrechen konnte.

Auf halbem Weg zum Lagerhaus bückte sich der Colonel und hob einen Stein auf. Er warf ihn von der Straße. Drei weitere Steine trat er achtlos zur Seite, bevor er das Tor des Lagerhauses erreichte und klopfte.

»Alles in Ordnung, Inspector. Sie können herauskommen.« Al-Asi hatte der Menge jetzt den Rücken zugekehrt. Argwöhnisch sahen die drei Männer zu, die ihn begleiteten.

Ben ging zum Tor des Lagerhauses, zog den Bolzen zurück und schob es nach oben.

»Guten Tag, Colonel«, grüßte Ben.

»Schön, Sie zu sehen, Inspector«, erwiderte al-Asi. Sein schwarzes Haar mit den grauen Strähnen war säuberlich zurückgekämmt, der Schnurrbart perfekt gestutzt, was ihm das Aussehen des jungen Omar Sharif verlieh. Auch sein Lächeln ähnelte dem des Schauspielers, doch als er sich jetzt der Menge zuwandte, lächelte al-Asi nicht.

»Geht nach Hause. Alle!«, sagte er in einem Ton, der keinen Zweifel ließ.

Der Großteil der Menge wich zurück; die meisten drehten sich um und verschwanden, doch einige blieben starrköpfig stehen.

»Haut ab!«, rief al-Asi, als würden sie sich unerlaubt auf seinem Grund und Boden aufhalten. Auch die Zauderer verschwanden. »So ist es schon besser«, sagte er zu Ben.

»Woher wussten Sie, dass ich hier bin?«

»Ich habe es geahnt, als ich die Nachricht von Krawallen in Beit Jala bekam. Ich hatte das Gefühl, dass Sie es sein könnten, noch bevor Ihr Bürgermeister mich anrief und fragte, ob ich helfen könne.«

»Dann stehe ich wieder mal in Ihrer Schuld.«

»Diesmal gebührt der Dank dem Bürgermeister.« Al-Asi blickte an Ben vorbei auf den Lastwagen, der sich im Innern des Lagerhauses befand. »Ich vermute, es stimmt, was man sich über eine laufende Ermittlung erzählt, bei der es um einen russischen Waffenhändler geht. Sie hätten mir Bescheid sagen sollen.«

»Ich hatte alles unter Kontrolle.«

Al-Asi lachte. »Das habe ich gerade gesehen.«

»Möchten Sie meinen russischen Freund hier in Gewahrsam nehmen?«

Al-Asi packte Ben fest an der Schulter und führte ihn vom offenen Tor des Lagerhauses weg. »Das erledigen meine Männer. Ich brauche Ihre Hilfe bei etwas anderem, falls es Ihnen nichts ausmacht.«

»Natürlich nicht.«

»Gut. Wir werden eine Spazierfahrt machen. Und da ist noch etwas, das mich hierher geführt hat ...«

Al-Asi sah das Blut an Bens Schläfe und reichte ihm ein Taschentuch.

»Es geht um Pakad Barnea, Inspector«, fuhr der Colonel ernst fort. »Ich fürchte, ich habe keine guten Neuigkeiten.«

6.

Die Abteilung der Ost-Jerusalemer Polizei teilte sich einen alten Ziegelbau mit dem örtlichen Postamt, das gegenüber vom Herodestor stand, einen Steinwurf vom Rockefeller Museum entfernt. Danielle fand sich als einzige Insassin der tief in einem feuchten, kalten Kellergeschoss untergebrachten Zellen wieder. Es stank nach nassem Beton und Schweiß.

Danielle saß bereits seit mehreren Stunden in der Zelle, als ein Soldat einen älteren Mann den stickigen Flur hinunterscheuchte. Die Smokingschuhe des Mannes klapperten auf dem ausgetretenen Steinboden. Mit unbehaglicher Miene sah er zu, wie der Soldat die Zellentür aufschloss.

»Es ist lange her, Pakad Barnea.«

Danielle erhob sich steif und kniff die Augen zusammen. »Ich erinnere mich an Sie … von der Beerdigung meines Vaters, nicht wahr?«, sagte sie.

Der ältere Mann nickte. »Ihr Vater und ich waren enge Freunde. Mein Name ist Shlomo Davies.«

»Sie sind Anwalt«, fiel Danielle wieder ein. »Wie haben Sie herausgefunden, dass ich hier bin? Man hat mir nicht erlaubt, jemanden anzurufen.«

»Ein Mann im Shin Bet, der Ihren Vater gekannt hat, rief mich kurz nach Ihrer Verhaftung an.«

»Man hat mir gesagt, man wollte das Ganze geheim halten.«

»Wir sind in Jerusalem, Pakad. Nichts bleibt lange geheim.

Allerdings«, fuhr Davies fort, »hätte man es wohl gerne geheim gehalten, damit Sie vor Ihrer ersten Vernehmung nicht anwaltlich vertreten werden. Ich nehme an, Sie haben noch mit keinem Verantwortlichen gesprochen?«

»Kein Wort«, erwiderte Danielle. Nervös rang sie die Hände. »Gibt es eine Möglichkeit, dass Sie mich hier herausholen?«

»Auf Kaution?«

»Egal wie.«

»Im Moment nicht.« Der ältliche Anwalt verzog das Gesicht. »Vielleicht überhaupt nicht.«

»Dann muss ich jemandem eine Botschaft übermitteln. Kann ich etwas zum Schreiben haben?«

»Natürlich.« Davies reichte Danielle Stift und Notizblock aus seiner Aktentasche.

Sie schrieb einen Namen darauf und reichte ihm den Block zurück.

Davies zog die Augenbrauen hoch. »Dov Levy, der berühmte General?«

Danielle nickte. »Er war mein Vorgesetzter im Sayaret.«

»Ich wusste gar nicht, dass Frauen im Sayaret dienen.«

»Nicht mehr«, erklärte Danielle. In der Zelle schien es plötzlich eiskalt zu sein. »Seit zwölf Jahren nicht mehr.« Ihre Stimme wurde leise. »Nicht mehr seit Beirut …«

»Einsatzkommando in Stellung.«

Danielle Barnea hörte Captain Ofir Rosens Worte über das Rauschen des Meeres zu sich herüberwehen. Das schwarze Gummifloß wurde an der Küste Beiruts an den felsigen Strand des Mittelmeers gespült. Sie hatten einen Kilometer vom Land entfernt den Motor abgestellt und Paddel benutzt, um seichtes Gewässer zu erreichen. Von dort aus waren sie auf die Strömung angewiesen, die sie den Rest der Strecke schieben sollte. Diese

Maßnahmen wurden ergriffen, um die schwarz gekleideten Gestalten, die sich im Innern des Bootes drängten, in der nebligen Nacht unsichtbar zu machen – selbst für jemanden, der auf den Docks des wenige hundert Meter entfernten St.-Georg-Jachtclubs einen Spaziergang machte.

»Wir sind bereit. Ich wiederhole, wir sind bereit.«

Rosens geflüsterte Ankündigung wurde weitergeleitet, vom zehn Kilometer entfernten Flugzeugträger bis zum Bergungsteam in Beirut, das bis zum Abschluss der Mission auf Abruf bereitstand.

Danielle kletterte als Letzte hinaus. Sie ließ sich bis zur Taille ins kalte, aufgewühlte Meer fallen und zog das Floß hinter sich auf den Strand. Durch die Handschuhe fühlten ihre Finger sich feucht und eisig an. Danielle streifte die Handschuhe ab und ließ sie fallen; dann beeilte sie sich, den Rest des Sturmtrupps einzuholen.

Die Kommandos des Sayaret bestanden aus den besten Soldaten der Welt. Sie wurden oft mit Todesschwadronen in einen Topf geworfen, doch die Agenten des Sayaret waren darauf spezialisiert, Vergeltungsschläge gegen Terroristenführer durchzuführen, deren oberstes Ziel die Vernichtung Israels war.

Sheik Hussein al-Akbar, ihre Zielperson in jener Nacht, war mit drei Bombenanschlägen auf Schulbusse in Verbindung gebracht worden, bei denen vierzig israelische Kinder getötet und weitere sechzig verkrüppelt worden waren.

Der Sheik hatte ein ehemaliges Luxushotel in der Hafengegend von Beirut in eine seiner Privatvillen verwandelt. Geheimdienstinformationen hatten ergeben, dass die Villa wie eine Festung angelegt war und von einem Dutzend Soldaten bewacht wurde.

Danielle war das einzige weibliche Mitglied des Einsatzkommandos in jener Nacht – und eine von drei Frauen, die jemals für die Elitetruppe des Sayaret ausgewählt worden waren. Sie und die anderen Mitglieder des Kommandos drängten sich jetzt in einem alten, rostigen Van, der von einem örtlichen Doppelagenten gesteuert wurde. Langsam fuhr er die Allenby Street entlang und durch die Innenstadt von Beirut, die von leeren Patronenhülsen und verlassenen Gebäuden beherrscht wurde.

Kurz nachdem sie das berühmte St. George Hotel passiert hatten, zogen die Mitglieder des Teams die muslimischen Gewänder aus dem rückwärtigen Teil des Van über ihre nassen Uniformen und überprüften gegenseitig deren Sitz, um sicherzugehen, dass ihre Uzis, Granaten und Pistolen verdeckt waren. Danielle wollte gerade die Arme durch ihr Gewand stecken, als Captain Rosen mit der Rechten ihr Handgelenk umklammerte.

»Sparen Sie sich die Mühe, Lieutenant«, sagte er.

»Sir?«

»Sie gehen nicht mit. Das Risiko können wir nicht eingehen.« Rosen ließ ihr erst gar keine Gelegenheit zu einer Erwiderung. »Sie sind eine Frau. Keine Frau darf in diesem Teil der Welt zusammen mit so vielen Männern gesehen werden. Wenn Sie erkannt würden ...«

Danielle nickte, doch die Enttäuschung stand ihr ins Gesicht geschrieben.

»Sie kümmern sich um die Rückendeckung und die Kommunikation«, befahl Rosen ihr.

Der Van bog von der Allenby in die El Sayad Street ein, eine Seitenstraße, die an das Grundstück der Sheik-Festung grenzte, und hielt. Danielle beobachtete, wie die Mitglieder des Teams nacheinander aus dem hinteren Teil des Van glitten. Rasch nahm sie ihren Platz vor dem Monitor ein und setzte die Kopfhörer auf. Captain Rosens Brille war mit einer winzigen Kamera versehen. Alles, was er sah, wurde in den Van übertragen und dort auf Band aufgenommen.

Auf dem Monitor konnte Danielle beobachten, wie der Gehweg schnell vorbei glitt. Sie erhaschte kurze Blicke auf die anderen Mitglieder des Trupps, die sich dem Eingang zur Villa entlang einer drei Meter hohen Steinmauer näherten, die das Gelände umschloss. Der Monitor zeigte einen bewaffneten Posten am vorderen Tor des ehemaligen Luxushotels, der die Mitglieder der Spezialeinheit mit einer Mischung aus Verwirrung und Besorgnis beobachtete.

»Wir sind mit dem Sheik verabredet«, erklärte Captain Rosen auf Arabisch.

»Mir hat man gesagt, es würde niemand erwartet.«

»Dann rufen Sie den Sheik an, damit das Versehen ausgeräumt werden kann.«

Der Posten überlegte kurz; dann griff er nach seinem Walkie-Talkie. Auf Danielles Monitor war eine winzige Rauchwolke zu sehen, die in die Luft stieg; gleichzeitig hörte sie das Zischen eines Schusses aus einer schallgedämpften Pistole. Die Leiche des Postens wurde beiseite gezerrt, bevor die anderen Wachen der Festung irgendetwas mitbekommen konnten. Ein Mitglied des Teams zog sein Gewand aus; darunter kam eine Uniform zum Vorschein, die mit der des erschossenen Postens identisch war. Er nahm die Position des Mannes ein. Der Rest des Teams eilte weiter auf die Villa zu.

Danielle sah, wie Rosens Kamera von Seite zu Seite schwenkte. Er drehte den Kopf hin und her, um Stärke und Position des Gegners abzuschätzen. Danielle prägte sich alles ein; sie war innerlich mit dabei und wünschte sich inständig, dass die Mission reibungslos verliefe.

»Kommt schon«, murmelte sie. »Kommt schon …«

Wie zur Antwort auf ihre Bitte verteilten sich die Mitglieder des Einsatzkommandos auf ihre vorher besprochenen Positionen. Die ersten Schüsse fielen. Sie kamen sporadisch, in kurzen

Stößen. Die Wachen des Sheik wurden einer nach dem anderen ausgeschaltet.

Auf dem Monitor wurde das Hotel jetzt rasch größer. Rosen huschte zum Eingang, dicht gefolgt von den zwei Mitgliedern des Kommandos, die die Vorderseite abdeckten. Danielle konnte sie rechts und links vom Captain sehen. Dann hob Rosen einen Fuß und trat gegen die Tür.

Plötzliche Gewehrsalven betäubten Danielles Gehör. Das Einsatzkommando wurde beschossen! Das Bild auf dem Monitor wackelte; Captain Rosen ging mit einem Hechtsprung zu Boden, rollte sich herum und feuerte aus der Bewegung. Danielle wurde schwindelig. Das Bild zeigte einen weiteren der Posten des Sheik, der von einem Geländer im ersten Stock stürzte.

Weiteren Schüssen in anderen Teilen des Hauses folgten Meldungen über weitere gefallene feindliche Wachen. Im Kopf zählte Danielle mit, wie viele es waren. Sie atmete leichter, als alle bis auf einen sich gemeldet hatten. Dies erlaubte es dem Team, in den ersten Stock vorzudringen – für den letzten und entscheidenden Angriff auf Sheik Hussein al-Akbar.

Ein Hinterhalt, vom letzten Posten oben am Treppenabsatz gelegt, scheiterte kläglich und endete damit, dass seine von Kugeln durchlöcherte Leiche die Stufen hinunterrollte. Die Mitglieder des Kommandotrupps hatten keinen Grund, oben mit weiteren Wachen zu rechnen; dennoch bewegten sie sich vorsichtig, nachdem sie den ersten Stock erreicht hatten.

Danielle konnte den leeren Flur dahinter überblicken; die zuckenden Bilder ließen erkennen, dass Captain Rosen den Blick hierhin und dorthin schweifen ließ. Plötzlich bemerkte Danielle, wie der Lichteinfall sich fast unmerklich veränderte, als hätte jemand eine Tür einen Spalt weit geöffnet, sodass mehr Licht aus einem Zimmer fiel.

Danielle packte ihre Kopfhörer. »Zurück!«

»Was? Wiederholen!«, befahl Rosen.

»Zurück! Da stimmt was nicht. Ich glaube, es ist eine Falle!«

»Negativ. Wir sind ...«

Rosens Worte brachen abrupt ab, als eine Gestalt in langem Mantel und Cowboyhut durch die offene Tür brach, die Danielle aufgefallen war. Er sprang vor die heranrückenden Israelis. Danielle schrie im selben Moment in ihr Mikro, als sie die zwei Maschinengewehre sah, die der Unbekannte schussbereit in den Händen hielt.

Die Salven erreichten ihre Ohren als verzerrtes Rattern. Captain Rosens versteckte Kamera sendete ununterbrochen die aus den Läufen des Schützen hervorzuckenden Blitze.

Rosen ging als Erster zu Boden. Seine Kamera wirbelte wild umher, bevor der Blick auf die Decke gerichtet stehen blieb. Danielle konnte nichts mehr sehen, während das unaufhörliche Rattern zweier Maschinengewehre wirkungslos von den Mitgliedern des Kommandotrupps erwidert wurde, deren verzweifelte Schreie in Danielles Ohren widerhallten.

»Nein!«, stieß sie hervor, und ihr Magen verkrampfte sich. »Nein!«

Danielle riss sich das Headset vom Kopf, hechtete aus ihrem Stuhl und griff nach einer Uzi, die an der Wand hing. Sie war fast schon zur hinteren Tür hinaus, als der arabische Fahrer des Teams, ein örtlicher Informant, sie von hinten packte.

»Das dürfen Sie nicht!«

»Lassen Sie mich gehen!«, befahl Danielle und stieß ihn zur Seite.

»Sie wissen, was Sie zu tun haben! Sie haben Ihre Befehle!«

Ihre Hand lag jetzt auf dem Riegel. »Halten Sie das Maul, verdammt!«

Dann aber blieb sie stehen. Der Mann hatte Recht: Sie musste das Protokoll einhalten, auch wenn eine Sache schiefging. Und dieses Protokoll besagte, dass sie nun flüchten und einen Bericht über die Lage einreichen musste.

»In Ordnung, bringen Sie uns hier raus«, befahl Danielle und wandte sich zögernd von der Tür ab. Der Araber kletterte wieder hinters Steuer. Danielle kehrte an ihren Platz zurück, um das System abzuschalten und das Band zu sichern. Der Van war gerade auf die Allenby Street eingebogen und sauste davon, als ein Gesicht aus dem Innern der Festung auf dem Monitor erschien; es war in einem seltsamen Winkel zu sehen, da der Mann offensichtlich von oben auf die Leiche von Ofir Rosen schaute. Doch Danielle erkannte das Gesicht deutlich genug, und sie sah auch wieder den Cowboyhut, den sie zuvor erblickte hatte.

Das Gesicht, in das sie blickte, würde sie niemals vergessen.

Unvermittelt lächelte der Mann. Er tippte sich an den Hut, der von lange getrocknetem Schweiß an der Krempe verfärbt war, bevor die Sohle eines Stiefels sich über die Kamera hob.

Ein Tritt beendete die Übertragung.

»Nach meiner Rückkehr wurde ich aus dem Sayaret entlassen«, endete Danielle, »und zum Shin Bet versetzt.«

»Sie haben nichts falsch gemacht.«

»Vorschrift, in solchen Fällen.«

»Ihr Vater konnte sich nicht für Sie einsetzen?«, fragte Davies zögernd.

»Er war einer der Männer, die diese Vorschrift verfasst hatten.« Danielle konzentrierte sich erneut. »Nichts davon ist jetzt wichtig. Sie müssen Levy erzählen, was passiert ist, falls er es nicht schon weiß.«

Shlomo Davies rieb die Hände aneinander. Sein Blick war plötzlich ausweichend, als würde er Danielle in einem anderen Licht sehen. »Wollen Sie damit sagen, dass Levy mit dem zu tun hatte, was Sie nach Ostjerusalem geführt hat?«

»Nehmen Sie Kontakt mit ihm auf. Bitte«, flehte Danielle den alternden Anwalt an. Sie hatte Angst, die Legende des israelischen Geheimdienstes wieder einmal im Stich gelassen zu haben.

»Also gut.« Davies zuckte die Achseln und blätterte eine neue Seite in seinem Notizblock auf. Er vertrat seit vier Jahrzehnten das Gesetz in Israel; als er sich aus der Kanzlei zurückgezogen hatte, deren Gründungsmitglied er gewesen war, hatte er sich immer noch nicht zur Ruhe gesetzt. »Ich habe der Polizei hier in Jerusalem mitgeteilt, dass es keinerlei weitere Vernehmungen von Ihnen geben wird, es sei denn, ich bin anwesend und Sie sind offiziell vorgeladen«, erklärte Davies. »Das wird voraussichtlich morgen sein. Dann wird man Sie in ein Gefängnis im Stadtzentrum überstellen. Ich werde von dieser Maßnahme unterrichtet – jetzt, da ich offiziell Ihr Anwalt bin.« Davies' Gesicht wurde hart, und in seinen Augen erschien ein Funkeln. »Die für Kriminalfälle zuständige Abteilung meiner Kanzlei arbeitet bereits an den Formalitäten. Ich habe mir sämtliche Aussagen der Zeugen am Tatort vorlegen lassen.«

»Danke.«

»Wenn Sie mir jetzt erklären könnten, was in Ostjerusalem geschehen ist ...«, sagte der alternde Anwalt und zückte seinen Stift. »Was hat Sie dazu gebracht, auf Ihren Vorgesetzten Moshe Baruch zu schießen und ihn zu töten?«

7.

»Was noch?«, wollte Ben wissen. Er saß neben Colonel al-Asi auf dem Rücksitz in dessen Mercedes.

»Ich habe es Ihnen gesagt, Inspector, es ist ...«

»Sie hat Commander Baruch *getötet*. Mehr wissen Sie nicht?«

»Beruhigen Sie sich, Inspector.«

Ben mühte sich, seinen Atem zu beruhigen. Hitze kochte unter seiner Haut. »Tut mir Leid, Colonel.«

»Es gibt keinen Grund, sich zu entschuldigen. Ich verstehe das, glauben Sie mir. Die gemeinsamen Unternehmungen, bei denen Sie und Pakad Barnea zusammengearbeitet haben, waren Symbole für den Frieden, als der noch möglich schien«, fügte al-Asi grimmig hinzu.

»Ich dachte, es wäre immer noch möglich für uns, zusammen zu sein.«

»Sie haben beide einen hohen Preis für Ihre Anstrengungen bezahlt.«

»Sie wissen mehr über das, was passiert ist, nicht wahr?«

Al-Asi schüttelte den Kopf. »Nein. Noch nicht. Meine Kontaktleute arbeiten daran. Geben Sie ihnen etwas Zeit.«

»Aber …«

»Wir warten bei mir zu Hause, Inspector. Sie könnten mir bei einer bestimmten Sache helfen.«

Al-Asi wies seinen Fahrer an, sie nach Kharja am östlichen Stadtrand Jerichos zu fahren, in ein kleines Viertel gut bewachter Häuser mit Blick auf den Jordan, die für die höchsten Beamten der palästinensischen Regierung reserviert waren. Ben war noch nie im Haus des Colonels gewesen, war aber nicht überrascht, westlichen Stil vorzufinden, besonders bei den üppig angelegten und überaus sorgsam gepflegten Rasenflächen. Die Besitzer der meisten Häuser in der West Bank hatten Probleme, überhaupt so etwas wie einen Garten auf ihren winzigen Grundstücken anzulegen.

Al-Asi führte Ben zur Rückseite des Hauses. Auf einem Flecken Gras, nicht weit vom dekorativen Fischteich entfernt, lag ein Durcheinander auseinander genommener Schaukeln und Klettergerüste für Kinder.

»Ich dachte, Sie könnten mir helfen, das hier zusammenzusetzen, Inspector. Ich habe Probleme, die Anleitung zu lesen.«

»Sie lesen besser Englisch als ich, Colonel.«

Al-Asi runzelte die Stirn. »Dieses Mal offensichtlich nicht. Kommen Sie, ich zeige es Ihnen.« Er marschierte auf die Holz- und Stahlteile zu, zwischen denen verschiedene Werkzeuge lagen.

»Wir müssen zuerst das Grundgerüst zusammensetzen«, erklärte Ben und suchte sich die größten Pfähle heraus.

»Sie haben sich die Anleitung ja nicht einmal angesehen«, sagte Al-Asi.

»So was habe ich schon ein paarmal zusammengebaut, Colonel.«

Al-Asi sah erleichtert aus. »Dann war meine Eingebung also richtig. Ich hätte Handwerker bestellen können, aber ich habe in letzter Zeit versucht, mich selbst mehr mit den Dingen des täglichen Lebens auseinanderzusetzen. Ich hoffe, bald mehr Zeit für private Dinge und die Familie zu haben.« Er blickte über das Durcheinander und schüttelte den Kopf. »Das hier sollte mein erstes Projekt werden.«

»Das haben wir in kurzer Zeit zusammengebaut«, versprach Ben und machte sich daran, die Teile voneinander zu trennen, wie er es in Detroit für seine eigene Familie bereits dreimal getan hatte.

Al-Asis Handy klingelte. Er entschuldigte sich, um das Gespräch im Schatten dreier junger Olivenbäume zu führen. Als die Unterhaltung beendet war, klappte er das Telefon zu und kehrte zu Ben zurück, einen grimmigen Ausdruck im Gesicht.

»Es ist in Ostjerusalem passiert. Commander Baruch hatte eine Abordnung Zivilbeamter bei einem geheimen Sondereinsatz geführt.«

»Was hatte Danielle bei solch einem Einsatz zu suchen?«

»Nach allem, was ich weiß, hätte sie nicht dabei sein sollen, zumindest nicht als Teil von Baruchs Einsatzkommando.«

»Wollen Sie damit sagen, dass sie eigens da war, um ihn zu beseitigen?«

»Das will ich ganz und gar nicht damit sagen. Das sagen die Israelis.«

Wieder kämpfte Ben darum, seine Gefühle unter Kontrolle zu halten. »Wie kommt es, dass Sie überhaupt so viel wissen, Colonel?«

Al-Asi bückte sich, wobei er sorgfältig darauf achtete, das seine Hose nicht schmutzig wurde, und legte seine Werkzeuge zusammen. »Ich habe die israelischen Behörden großzügig über den Aufenthaltsort zweier palästinensischer Dissidenten informiert, die im Austausch für diese Information verhaftet wurden.«

»Wenn das alles ist, was Sie wissen, hat man Sie übers Ohr gehauen.«

»Nicht wirklich. Ich versuche sowieso seit einiger Zeit, diese Dissidenten loszuwerden. Jedenfalls ist das im Moment alles, was meine israelischen Kollegen wissen. Alles bleibt im Nebel. Pakad Barnea selbst beantwortet keine Fragen.«

»Sie streitet die Anschuldigungen nicht ab?«

»Nein, aber sie bestätigt sie auch nicht.«

Ben schüttelte entschieden den Kopf. »Danielle ist zu so etwas nicht fähig.«

»Sie hat in letzter Zeit unter erheblichem Druck gestanden, Inspector.«

»Meinen Sie vielleicht, ich wüsste das nicht?«

»Ich spreche von den letzten paar Monaten. Wann haben Sie Pakad Barnea zuletzt gesehen?«

»Sie würden nicht fragen, wenn Sie die Antwort nicht bereits wüssten«, erwiderte Ben, passte zwei Bretter zusammen und legte die Löcher übereinander. »Geben Sie mir einen von den größeren Dübeln. Einen von denen da drüben.«

»Vor zwölf Wochen«, meinte der Colonel und reichte ihm den Dübel. »Seitdem ist viel passiert, angefangen damit, dass Commander Baruch sich geweigert hat, Pakad Barnea in ihrem früheren Rang und Aufgabenbereich wieder einzustellen.«

»So viel weiß ich auch.«

»Sie hat Beschwerde eingereicht. Ich glaube, die Sache ist noch anhängig.«

»Das stimmt. Doch die Kommission ist gespickt mit Baruchs Spießgesellen vom rechten Flügel.«

»Die derzeit leider vorherrschende Mentalität in Israel«, bemerkte al-Asi. Er klang tief bekümmert. »Es gibt keinen Raum mehr für einen Schlichter. Der Wunsch nach Zusammenarbeit wird als Zeichen von Schwäche ausgelegt.«

»Danielle und ich haben seit fast einem Jahr nicht mehr zusammengearbeitet«, erinnerte ihn Ben, nahm einen Holzhammer, den al-Asi ihm reichte, und schlug den Holzdübel vorsichtig ein.

»Pakad Barneas Ruf eilt ihr überall voraus, Inspector.«

»Sie geben mir die Schuld? Wegen meiner Beziehung zu ihr?«

»Ich weise keine Schuld zu, ich erkläre nur.«

»Unsere Beziehung ist zu Ende.«

Al-Asi sah zu, wie Ben zwei zusammengebaute Teile herumdrehte, und reichte ihm einen zweiten Holzdübel. »Haben Sie das auch John Najarian erzählt, dem Geschäftsmann aus Detroit, der so sehr daran interessiert ist, Sie einzustellen?«

»Eine weitere Frage, auf die Sie die Antwort schon wissen dürften, Colonel.«

»Sie haben beschlossen, sein Angebot anzunehmen.«

»Ich denke ernsthaft darüber nach, ja.« Ben lehnte die ersten zwei Teile des Schaukelgerüstes gegen seine Hüfte. »Ich hätte wissen müssen, dass mein Telefon verwanzt ist.«

»Nicht Ihres, Inspector«, meinte al-Asi und ließ sein typisches ironisches Lächeln sehen. »Seins. In Amerika, von einem Kollegen bei der CIA. Ich vertraue darauf, dass diese bedauerlichen Neuigkeiten über Pakad Barnea Sie dazu bringen, ein wenig länger bei uns zu bleiben«, meinte al-Asi, nachdem Ben den zweiten Dübel eingeschlagen hatte.

Ben griff nach dem dritten Teil des Grundgerüstes, um die ersten beiden miteinander zu verbinden. »Ich muss Danielle sehen.«

»Da sind die Chancen größer, dass ich dieses Ding hier allein zusammensetze. Ich bekomme Sie höchstens als Gefangenen in ein israelisches Gefängnis.«

»Bitte, Colonel.«

Al-Asi schüttelte den Kopf. »Ich tue mein Bestes.« Sein Gesichtsausdruck wurde angespannt. Er schien nach Worten zu suchen, was untypisch für ihn war. »Ich dachte, Sie wären soweit, Pakad Barnea vergessen zu können.«

»Könnten Sie das unter den gegebenen Umständen, Colonel?«

Al-Asi runzelte die Stirn. »Vermutlich nicht.«

»Ich auch nicht.«

ZWEITER TAG

8.

KATANI, SIERRA LEONE

Die Lastwagen fuhren über die Hügelkuppe und donnerten wie eine Büffelherde ins Dorf. Hühner flatterten zur Seite, Frauen nahmen hastig kleine Kinder auf den Arm, drückten sie an ihre Brust und rannten zu ihren Lehmhütten. Ein Jeep führte den Konvoi an, gefolgt von zwei offenen Truppentransportern, voll bis obenhin mit Männern in Militärkleidung, deren Uniformen eine unbestimmbare Kombination aus Arbeitskleidung und Tarnanzug war. Ein paar hatten die Ärmel von ihren Hemden abgetrennt, andere trugen nur durchgeschwitzte T-Shirts. Der zweite Transporter hatte einen abgedeckten Wagen im Schlepp; es war ein Wagen, wie er normalerweise benutzt wurde, um Gemüse zu den Märkten zu transportieren.

Die Fahrzeuge, alt und mit lauten, dröhnenden Motoren, kamen in der Mitte des Dorfes zum Stehen. Sofort sprang die bewaffnete Besatzung der Lastwagens zu Boden, fächerte aus, durchsuchte das Dorf und trieb die Bewohner zur Mitte der Straße. Die Leute gehorchten ohne Protest, doch ihre Augen waren vor Furcht geweitet.

Das Dorf Katani lag südwestlich von Masiaka, einer größeren Stadt am Fuße der Occraberge von Sierra Leone. Die Temperaturen stiegen zu dieser Jahreszeit oft bis knapp vierzig Grad Celsius. Schwärme von Fliegen schwirrten in der Luft. Die ständige Anstrengung, die Quälgeister zu verscheuchen, war ermüdend.

Fliegen schienen in der drückenden Hitze Westafrikas gut zu gedeihen – einer Hitze, die sich über ihr vorhergesagtes Ende hinaus hielt, die Luft tagsüber in Dampf verwandelte und nachts dicht und feucht am Boden lag, ohne Abkühlung zu bringen.

Noch immer trieben die Soldaten die Dorfbewohner in der Mitte der Ansiedlung zusammen. Ein paar – blind, ohne Beine oder mit anderen schweren Behinderungen – blieben hinter den anderen zurück. Gedämpfte Schluchzer waren zu hören. Frauen drückten ihre Babys fester an ihre Brust. Die Soldaten stießen sie grob mit den Läufen ihrer Gewehre. Andere machten sich daran, die Gebäude des Dorfes methodisch zu durchkämmen. Dabei zerstören sie alles, was ihnen in die Hände fiel.

Schließlich stieg eine hoch gewachsene Person vom Rücksitz des führenden Jeeps. Ihre Kampfstiefel kickten Steine und Müll aus dem Weg, als sie die Straße hinunterschritt, flankiert von Soldaten mit Kalaschnikows. Eine Pistole steckte in einem Halfter an ihrer Hüfte. Sie ging mit schnellen Schritten, die Hände auf dem Rücken verschränkt. Ihre steife Haltung betonte ihre mehr als zwei Meter große Gestalt. Ihr Gang glich eher einem Schleichen als einem Gehen; ihre Bewegungen waren geschmeidig und leichtfüßig. Ihre Haut war von einem satten Braun und noch nicht von Narben gezeichnet. Ihr Haar, streng auf dem Kopf zusammengebunden, besaß die gleiche schwarze Schattierung wie ihre stechenden Augen, die beinahe vollkommen schwarz wirkten.

Die Frau, deren Uniform keinerlei Rangabzeichen schmückte, ging mit einem Ausdruck von Abscheu an den verfallenden und heruntergekommenen Gebäuden vorbei. Sie ignorierte die Fliegen und rümpfte die Nase bei dem Gestank, der von den erbärmlichen sanitären Anlagen aufstieg. Sie schüttelte den Kopf, das Gesicht vor Schmerz verzogen. Sie beobachtete die letzten Bewohner des Dorfes, die sich auf dem schotterartigen, lehmfarbenen Staub aneinander drängten, der von Reifenspuren durchzogen war. In den Vertiefungen dampfte übel riechendes Wasser in der Sonne. Einigen Leuten fehlte eine Hand, vielen der ganze Arm.

Die Frau bewegte sich in die Mitte der Menschenmenge, hielt kurz inne, um den Kopf eines Babys zu streicheln, ging dann weiter und begann schließlich:

»Ich bin General Latisse Matabu, Führerin der Revolutionären Einheitsfront, Stimme des Volkes von Sierra Leone. Ich weiß, dass ihr alle von mir gehört habt. Die meisten von euch fürchten die RUF. Ihr habt vermutlich die Geschichten von unserer Unbarmherzigkeit und Gerissenheit gehört.«

Sie blieb stehen und richtete ihre nächsten Worte an einen einbeinigen Mann, der sich auf behelfsmäßige Krücken stützte.

»Wie manche von euch bezeugen können, stimmen diese Legenden. Sehr wahrscheinlich *habe* ich all die Dinge getan, von denen ihr gehört habt, doch nie ohne guten Grund. Viele der Gräueltaten, die man mir zur Last legt, wurden verübt, *bevor* ich die Revolutionäre Einheitsfront übernommen habe, die für euch kämpft.« Matabu schritt durch die Menge, die Hände lässig auf dem Rücken verschränkt. »Dennoch will Präsident Kabbahs Regierung euch glauben machen, ich sei eine Verbrecherin.«

General Latisse Matabu blieb stehen. Ihre Miene wurde hart. Sie hielt den Blicken derer stand, an denen sie vorbeiging und sah, wie die Leute vor ihr zurückwichen.

»Vielleicht haben sie Recht, und ich bin tatsächlich eine Verbrecherin. Aber wir befinden uns im Krieg, und euer Dorf steht an einem wichtigen Kreuzungspunkt zwischen den Occrabergen und den Festungen der RUF in Kono. Ich habe gehört, dass die Truppen der Regierung euer Dorf als Stützpunkt benutzt haben, um Aktionen gegen meine Truppen zu unternehmen. Ich habe außerdem gehört, dass sie eine Offensive planen, die aus eurem Dorf eine Festung machen würde.«

Matabu zog einen Folienbeutel aus ihrer Jackentasche und hielt ihn hoch über den Kopf, damit alle Dorfbewohner ihn sehen konnten. »Das wurde vor zwei Tagen außerhalb von Katani gefunden. Ein Kautabakbeutel, noch frisch. *Amerikanischer* Kautabak.« Sie blieb unmittelbar vor einem zahnlosen alten Mann stehen. »Ist das deiner?«

Der alte Mann schüttelte den Kopf.

»Deiner?«, wollte sie von einem jüngeren Mann wissen.

Auch der junge Mann schüttelte den Kopf.

Eine Frau mit einem Baby im Arm wurde als Nächste gefragt. »Deiner?« Ohne eine Antwort abzuwarten, zog Matabu sich zurück. »Das dachte ich mir. Doch wenn der Tabak keinem hier im Dorf gehört, wem dann? Wer hat Whiskey getrunken aus den Flaschen, die wir zerbrochen in den Wäldern liegen sahen? Wer hat den Inhalt der Dosen gegessen, die meine Soldaten in den Sümpfen gefunden haben?«

Matabu ging weiter und blieb vor einer Anzahl zu Tode verängstigter Dorfbewohner stehen. »Wart ihr das?«

Sie erhielt keine Antwort, was sie nicht weiter überraschte.

»Was soll ich glauben? Dass ein friedliches Dorf wie eures nicht nur meinen Feind beherbergt, sondern auch seinen *eigenen*? Eindringlinge von außerhalb, die des Teufels Arbeit für ihn tun sollen?«

Ein befremdliches Lächeln huschte über ihr Gesicht, als würde sie an etwas denken, von dem sie allein wusste. »Vielleicht ist der Teufel gar kein so schlechter Kerl«, fuhr Latisse Matabu fort. »In vielen Teilen meines Landes kennt man mich unter einem anderen Namen: der Drache.«

Sie blieb vor der Menge stehen. Ein paar Meter entfernt standen ihre Soldaten auf Posten. »Wenn meine Feinde das von mir denken, soll es so sein! Doch die Menschen dieses Dorfes müssen nicht meine Feinde sein. Wenn ihr meine Freunde seid, werdet ihr mir sagen, was ihr über die Soldaten wisst, denen ihr Unterschlupf gewährt habt. Ihre Waffen, ihre Stärke, ihre Bewegungen.« Sie trat in eine Pfütze braunes Wasser, das sich in einer Reifenspur gesammelt hatte. »Eure Straßen verraten mir, dass sie mit ihren Fahrzeugen darauf gefahren sind. Euer Farmland erzählt mir, dass ihre Stiefel euer Land zertreten haben. Die Revolutionäre Einheitsfront will nicht, dass ihr euch beteiligt. Wir wollen nur eure Kooperation, unser Land von einer Pest zu befreien, die ihm von den Vereinigten Staaten und den Vereinten Nationen aufgezwungen wurde. Nun, wie ist es mit euch? Wer will für euch sprechen?«

Ein paar Dorfbewohner warfen sich Blicke zu, doch niemand machte den Mund auf.

»Euer Schweigen bestätigt meinen Verdacht«, fuhr Latisse Matabu fort, »und diese Bestätigung bedeutet, dass euer Dorf bestraft werden muss, bis ich zufrieden gestellt bin. Das Dorf muss auf eine Weise bestraft werden, die es für immer zerstört. Also sprecht jetzt, oder bezahlt den Preis für euer Schweigen!«

Immer noch sagte niemand ein Wort. Matabu schüttelte den Kopf und blickt hinauf in den Himmel, als würde sie um spirituelle Führung bitten.

»Ich habe eurem Dorf die Chance geboten, zu überleben. Ihr selbst habt diese Chance vertan. Ich habe euch die Wahl gelassen, die Truppen der Regierung aber nicht!« Latisse Matabu schüttelte den hageren Kopf. »Jetzt müsst ihr für eure Sturheit bezahlen!«

Sie deutete auf die zwei Soldaten, die ihr am nächsten standen. Sofort eilten die Männer zu dem Wagen, der an den zweiten Truppentransporter angehängt war. Einer den beiden schlug eine Plane zurück und enthüllte eine große, stahlfarbene Kiste; sie war so groß wie ein Sarg, nur höher. Der andere Soldat näherte sich der Kiste, um gleich darauf wegzuspringen. Anscheinend hatte er den Eindruck gehabt, sie hätte sich bewegt oder als hätte sich im Innern etwas verlagert.

Die beiden Männer tauschten nervöse Blicke; dann hängten sie den Wagen ab und zogen ihn auf ihre Anführerin zu.

»Meint ihr, ich wüsste nicht, was Verlust bedeutet? Meint ihr, ich wüsste nicht, was Leid heißt?«, fragte Latisse Matabu die Dorfbewohner herausfordernd, die zusammengedrängt vor ihr standen. Vor Angst traten die Augen der Menschen hervor, als sie den Soldaten zusahen, wie diese den Wagen mit der Kiste genau vor dem Drachen abstellten. »Ich kenne diese Dinge nur zu gut! Ich kenne sie besser, als irgendeiner von euch sie jemals kennen wird. Daher stammt meine Kraft – eine Kraft, die ich dazu benutzt hätte, jeden von euch zu befreien.« Sie schüttelte in ehrlicher Enttäuschung den Kopf. »Doch jetzt habt ihr mich verraten, und euer Land! Dafür müsst ihr bezahlen!«

Matabu griff nach ihrem Pistolengurt. Ängstlich wichen die Dorfbewohner zurück. Jammern und Stöhnen waren zu hören. Doch Matabu packte einen Meißel, mit dem sie die Kiste aufzustemmen begann. Einer ihrer Soldaten näherte sich ihr von den Gebäuden her, die seine Kameraden pflichteifrig durchsucht hatten.

»General«, sagte er leise, »von den Amerikanern fehlt jede Spur.«

»Natürlich. Sie sind hier nur durchgefahren. Sie hatten nicht vor, hier zu bleiben.«

Er blickte sie zweifelnd an. »Aber ich dachte …«

»Was du gedacht hast, spielt keine Rolle. Wichtig ist, dass ich hier ein Exempel statuiere, um dafür zu sorgen, dass kein Dorf zwischen hier und Kono es mehr wagen wird, unsere Feinde zu unterstützen.«

Latisse Matabu wandte ihre Aufmerksamkeit wieder den Einwohnern von Katani zu.

»Schaut das Ende der Welt, wie ihr sie kennt!«, rief sie und hob den Deckel der Kiste. »Schaut die Hölle selbst!«

9.

Shlomo Davies starrte auf den Notizblock, der auf seinen Knien lag. »Wo sollen wir anfangen?«, fragte er. Er saß neben Danielle auf der Pritsche.

Wie Davies vorhergesagt hatte, war Danielle am Abend zuvor in die knapp zwei mal drei Meter große Zelle im *Megrash Haruseim* verlegt worden, dem neueren der beiden Polizeireviere an Jerusalems Jaffa Road und dem einzigen, zu dem ein Gefängnis gehörte. In Hitze der Morgensonne hatte man schnell das Gefühl, in einem Backofen zu sitzen. Die Zelle stank nach dem Urin und Schweiß des letzten Insassen.

»Kommt General Levy? Haben Sie mit ihm telefoniert?«, fragte Danielle.

»Ich möchte, dass wir zuerst darüber sprechen, was in Ostjerusalem passiert ist«, entgegnete der alternde Anwalt statt einer Antwort. Er tupfte sich beständig mit einem Taschentuch die Nase, als könnte das etwas gegen den Gestank ausrichten. »Sie waren kein Mitglied des Trupps, der von Commander Baruch geführt wurde?«

»Das habe ich Ihnen doch gestern schon gesagt. Was ist mit General Levy?«

»Und Baruch wusste nicht von Ihrer Anwesenheit?«, fragte Davies ausweichend.

»Nein.«

Davies machte sich ein paar Notizen und blickte auf. »Ist Ihre

Anwesenheit in Ostjerusalem von jemand anderem als General Levy autorisiert worden?«

»Nein.«

»Es war also eine unabhängige Ermittlung.«

»Das würde ich sagen, ja.«

»Was Ihnen bei Ihrem derzeitigen Status streng untersagt ist.«

»Technisch gesehen.«

Dieses Mal machte sich der alternde Anwalt keine Notizen. »Lassen Sie mich etwas erklären, Pakad. Um Ihre Verteidigung aufzubauen, muss ich ein Gesamtbild erstellen. Wenn wir zum Beispiel zeigen können, dass Sie aufgrund einer legalen Ermittlung in Ostjerusalem waren und nicht wegen der gnadenlosen Verfolgung von Commander Baruch, werden wir uns auf festerem Boden befinden.«

»Gnadenlose Verfolgung? Nennen meine Ankläger es so?«

»Es ist ein gebräuchlicher Ausdruck, der ...«

»... vorsätzlicher Mord bedeutet.«

Davies klickte mit seinem Kugelschreiber.

»Deshalb müssen wir den wahren Zweck für ihre Anwesenheit an einem Ort, an dem sie nichts verloren hatten, erklären«, sagte er.

»Ich sage Ihnen doch, General Levy kann Ihnen alles bestätigen!«

Davies schüttelte den Kopf. »Nein, kann er nicht.«

»Aber Sie haben gesagt ...«

»Ich habe nicht zu Ende gesprochen, Pakad. General Levy ist vor sechs Monaten gestorben.«

10.

Ben blickte auf die Kleidungsstücke, die auf dem Boden im Wohnzimmer seines kleinen Apartments in Jericho lagen. Säuberliche Stapel; die Bügelfalten perfekt, Unterhosen und Socken gefaltet. Es war die einzige Ordnung, die durchzusetzen Ben sich in der Lage fühlte.

Sechs weitere Apartments waren in das Gebäude gezwängt worden, alle von Familien bewohnt. Er war die einzige Person, die allein lebte; wenn er näher darüber nachdachte, fiel ihm kein Palästinenser ein, der sein Heim nicht mit anderen teilte. Meist Familienmitglieder, manchmal Freunde, weil es günstiger war, immer öfter jedoch aus Notwendigkeit.

Die Israelis rissen mehr und mehr Häuser ein und führten in immer mehr Städten Razzien durch auf der Suche nach verdächtigen Aufrührern; daher war eine ständig wachsende Anzahl von Palästinensern gezwungen, Unterschlupf bei Familien und Freunden zu suchen. Das Ergebnis war eine Gesellschaft, die zusammengedrängt und verängstigt in winzigen Nischen hockte. Die Kinder spielten nur noch selten draußen. Den paar Geschäften, die geöffnet blieben, fehlten die Kunden, die für Waren bezahlen konnten.

Als Ben vor fast acht Jahren nach Palästina zurückgekehrt war, hatten die Dinge noch anders ausgesehen. Es hatte Hoffnung gegeben. Das erste Mal seit Generationen, vielleicht seit Menschengedenken, hatte das palästinensische Volk nach vorn blicken und eine Zukunft sehen können. Doch diese Zukunft hatte sich in eine Spirale der Gewalt aufgelöst, die kein Ende zu nehmen schien.

Vor acht Jahren hatte Ben nach seiner Ankunft Wochen gebraucht, um den Entschluss zu fassen, seine Sachen auszupacken. Jetzt brauchte er ähnlich lange, seine paar Habseligkeiten zu packen, um zu gehen. Er verschob es immer wieder, genau wie den Anruf bei John Najarian in Detroit, um dessen Angebot anzunehmen, für seine private Sicherheitsfirma in den Staaten zu arbeiten. Doch Ben konnte jetzt nicht gehen – nicht, solange Danielle sich in einem israelischen Gefängnis befand. Also würden seine Kleidungsstücke in einer Art Zwischenstadium auf dem Boden und den Möbeln liegen bleiben, gefangen zwischen Kommen und Gehen.

Nur Danielle hielt Ben noch in Palästina, trotz ihrer Entfremdung. Irgendwie konnte er den Gedanken nicht ertragen, eine halbe Welt von ihr entfernt zu sein. Alles andere war das Bleiben nicht wert. Es gab fast ausschließlich Feinde und nur sehr wenige Freunde, doch Colonel al-Asi machte dies mehr als wett.

Obwohl der Colonel Ben vor seinen vielen Feinden schützen konnte – die Palästinenser vermochte er nicht zu bewegen, dass sie Ben akzeptierten. Angefangen mit denen, die einem Außenseiter niemals trauten, bis hin zu denen, die ihn wegen seines Wissens, seines Könnens und seiner unermüdlichen Bemühungen hassten, ihr Denken zu modernisieren. Palästina war kein Land für moderne Polizeiarbeit. Zwar gab es den Bedarf, nicht aber den Wunsch auf Seiten derer, die dafür zu sorgen hatten. Die palästinensische Polizei, hatte Ben herausgefunden, war untrennbar mit den Massen verbunden, aus denen sie hervorgegangen war. Viele Beamte patrouillierten nicht mehr durch die Straßen, sondern verübten stattdessen gewalttätige Überfälle auf eben diesen Straßen. In vielen Fällen benutzten sie dabei Gewehre, die von den Israelis beschafft worden waren.

Und von der Detective Force, die Ben als elitär genug betrachtet hatte, sich über diese Auseinandersetzungen zu erheben, waren zu viele Rekruten wegen ihrer Fähigkeiten in die paramilitärische Tanzim oder zu Präsident Arafats Elitetruppe Force 17 gewechselt, oder sie waren zu Sicherheitsdiensten versetzt worden, die mehr Ansehen besaßen. Auch sie hatten ihre Waffen gegen Israel gerichtet anstatt gegen die Kriminellen in Palästina, die zu kontrollieren die Detective Force ins Leben gerufen worden war.

Ben fühlte sich immer mehr ausgenutzt, ein Werkzeug der PR-Leute, die eine Zeit lang mit ihm gespielt hatten und ihn dann wegwarfen, als PR keine Bedeutung mehr hatte. Der Tropfen, der das Fass zum Überlaufen brachte, war die Bombardierung der Polizeiakademie vor den Toren Jerichos durch die Israelis gewesen. Damals war Bens einzige Hoffnung zerstört worden.

Danielle war alles, was ihm geblieben war, obwohl er sie eigentlich gar nicht mehr hatte. Diese Ironie, nach Palästina zurückzukehren und sich in eine Israeli zu verlieben …

Ben ging in dem kleinen Apartment umher, bemüht, die säuberlichen Stapel von Kleidungsstücken zu meiden. Nur einmal hatte er sich bisher so hilflos gefühlt: an dem Abend in Detroit, als er nach Hause kam und feststellen musste, dass ein Serienmörder, der Sandmann, seine Frau und seine Kinder erschlagen hatte. Ben hatte den Killer erschossen – und sich kein bisschen besser gefühlt. Damals war er vom Begräbnis seiner Familie zurückgekehrt und hatte bemerkt, dass er verschiedenfarbige Socken trug. Dies erklärte die sorgfältigen Kleiderstapel, die nun sein Wohnzimmer durchzogen wie Bodenwellen, die seine Gefühle verlangsamen sollten.

Sein Handy klingelte. Ben nahm es vom Schreibtisch und drückte es sich ans Ohr.

»Ja?«

»Wie geht es mit dem Packen voran, Inspector?«, begrüßte ihn die Stimme von Nabril al-Asi.

Ben bezwang den Impuls, die Jalousien zurückzuziehen, um nachzusehen, ob der Colonel unten an der Straße stand und ihn beobachtete.

»Sehr langsam.«

»Gut. Freut mich. Wo Sie morgen hingehen, brauchen Sie sowieso nicht viel.«

»Und wo wäre das, Colonel?«

»Jerusalem, Inspector. Pakad Barnea besuchen.«

11.

»Das ist unmöglich!«, beharrte Danielle, deren Atem plötzlich schneller ging. »Levy kann nicht tot sein!«

»Leider doch.«

»Aber ich habe mit ihm *gesprochen!*«

Shlomo Davies schüttelte den Kopf. »Das kann nicht Levy gewesen sein. Vielleicht hat man Ihnen eine Falle gestellt, Pakad.«

»Man hat mir keine Falle gestellt«, beharrte Danielle und rief sich das Gespräch in ihrem Schlafzimmer ins Gedächtnis, das erst vier Tage zurücklag. Konnte der Mann, von dem sie glaubte, dass es Levy war, ein Hochstapler gewesen sein? Nein, es musste Levy selbst gewesen sein! Sie holte tief Luft und schmeckte den Moder der Zelle in der Kehle. »Ich sage Ihnen, Levy lebt!«

Shlomo Davies runzelte die Stirn. »Und Sie waren wegen dieses Mannes, der sich als Levy ausgab, in Ostjerusalem?«

Danielle nickte. »Ja.«

»Fangen Sie noch einmal da an, als die Gewehrschüsse einsetzten. Konnten Sie ausmachen, von wo die Schüsse kamen?«

»Aus allen Richtungen, schien es mir.«

»Palästinenser und Commander Baruchs Leute, die sich gegenseitig Kugeln um die Ohren fliegen ließen?«

»Das dachte ich.«

»Es gibt da ein Problem.«

»Welches?«

»Es gab nicht einen einzigen palästinensischen Schützen am Tatort. Es wurde keiner verhaftet, keiner getötet, keiner verwundet.«

Danielle war verblüfft. »Das kann doch nicht sein!«

»Den Berichten zufolge, die ich gelesen habe, ist es aber so. Wann haben Sie den Commander an dem Tag das erste Mal gesehen?«

»Ich habe zuerst andere mir bekannte Beamte der National Police gesehen. Außerdem kommt der Mann hinzu, den ich in Deckung gezerrt hatte, nachdem er angeschossen worden war.«

Davies machte sich eine Notiz. »Das wird in den Berichten nicht erwähnt.«

»Der Mann war schwer verletzt. Ich habe Commander Baruch das erste Mal gesehen, als ich über ihm hockte.«

»Hat Commander Baruch sie gesehen?«

»Wir haben uns genau in die Augen geschaut. Dann hat er seine Waffe gehoben und sie auf mich gerichtet. Er wollte schießen, ich konnte es in seinem Blick erkennen. Ich sagte mir, wenn er sieht, dass du es bist, wird er ...«

»Fahren Sie fort«, drängte Davies.

»Er wollte mich erschießen. Davon bin ich überzeugt.«

»Und Sie ...«

»Ich habe geschossen, nachdem er selbst gefeuert hatte.«

»Die Zeugen sagen etwas anderes aus.«

»Was sagen sie denn?«

»Dass *Sie* zuerst auf Baruch geschossen haben. Dass Sie auf den Polizisten geschossen haben, von dem Sie behaupten, Sie hätten ihn beschützen wollen.«

»Nein! Fragen Sie diesen Polizisten, um Himmels willen! Fragen Sie ihn!«

Davies schluckte schwer. »Das kann ich nicht. Der letzte Verwundete ist vergangene Nacht während der Operation gestorben.«

Danielle spürte, wie ihr Herz einen Schlag aussetzte.

»Gibt es noch jemanden, der Ihre Version der Ereignisse bestätigen kann? Was ist mit diesem Mann, den sie in Jerusalem getroffen haben, im Café?«

»Er konnte entkommen.«

»Er müsste zumindest bei einem Teil der Vorfälle Zeuge gewesen sein.«

Danielle hatte beinahe gelacht. »Er wird nicht für mich aussagen.«

»Wer ist er, Danielle?«, drängte der Anwalt. »Was war so wichtig an dem Mann, dass Sie alles riskiert haben, eine nicht autorisierte Ermittlung vornahmen?«

Danielle antwortete nicht. Sie erinnerte sich plötzlich an etwas. Sie hatte es bis jetzt vergessen; es war überlagert gewesen von der schrecklichen Realität dessen, was am Tag zuvor geschehen war.

Das Brillenetui. Der Kurier, Ranieri, hatte es auf den Tisch gelegt, unmittelbar bevor die Schießerei begann! Danielle erinnerte sich, wie sie den Tisch umgekippt hatte, um das Etui aus seiner Reichweite zu bringen …

Danielle blickte auf und blickte Shlomo Davies an. »Was wäre, wenn ich beweisen könnte, was ich in Ostjerusalem getan habe?«

Der Anwalt schien die Ohren zu spitzen. »Alles, was beweisen kann, dass Sie nicht mit dem ausdrücklichen Ziel dorthin gekommen sind, Commander Baruch zu töten, wäre äußerst hilfreich für Ihren Fall.«

Das Brillenetui war vom Tisch gefallen. Sie hatte es zur Seite geschoben, nachdem die Schießerei anfing. Danielle war sicher – genauso, wie sie sicher war, dass Ranieri davongelaufen war, ohne das Etui mitzunehmen!

»Kennen Sie den Namen des Cafés in Ostjerusalem?«, fragte sie den Anwalt.

Davies blätterte ungeschickt durch seine Notizen, plötzlich verwirrt. »Ich bin sicher, dass ich es irgendwo aufgeschrieben habe …«

»Es könnte eine Brille auf dem Boden gefunden worden sein, in einem schwarzen Etui.«

»Eine Brille?«

»Bitte, fragen Sie dort nach. Aber rufen Sie nicht an. Gehen Sie persönlich hin.«

»Nach Ostjerusalem?«

»Oder schicken Sie jemanden, dem Sie vertrauen. Sagen Sie ihm, er soll behaupten, die Brille gehöre ihm … oder Ihnen … und er sei gekommen, um sie zu holen.«

Davies kniff die Augen zusammen. »Was ist so wichtig an dieser Brille?«

»Sie ist der Schlüssel, Mr. Davies. Mit der Brille kann ich beweisen, dass alles, was ich sage, der Wahrheit entspricht.«

12.

»Entspannen Sie sich«, meinte eine der Wachen in dem Versuch, Ranieri zu beruhigen. »Sie haben nichts zu befürchten. Sie sind sicher. Essen Sie etwas«, fügte der Mann hinzu. Er saß über ein üppig belegtes Tablett mit Meeresfrüchten gebeugt, auf dem unter anderem gekühlte Wellhorn- und Strandschnecken neben winzigen *Crevettes grises* und Hummerschwänzen geschichtet waren.

»Nein, danke«, erwiderte Ranieri unterwürfig.

Der große Mann war einer von Vieren, die in drei Schichten dafür abgestellt waren, ihn im Antwerpener Hilton zu bewachen, dem neuesten und sichersten Luxushotel der Stadt. Nach der Schießerei in Ostjerusalem war Ranieri aus Israel geflüchtet und über Athen nach Antwerpen geflogen, um dort Zuflucht zu suchen. Er hatte keine Ahnung, was am Tag zuvor schief gegangen war; er wusste nur, dass das Treffen einen katastrophalen Ausgang gehabt hatte, der ihn zu einem gezeichneten Mann machte. Er hatte das verloren, was einzutauschen er gekommen war.

Antwerpen war seine beste Chance: Das Einzige von Wert, das Ranieri behalten hatte, waren Informationen, die für die einflussreichen Mächte, die in der Stadt ihr Hauptquartier hatten, von äußerster Wichtigkeit waren. Zumindest so wichtig, um sicherzustellen, dass er lange genug in Sicherheit und am Leben gelassen wurde, um seine Geschichte zu erzählen.

Er hatte sie früh an diesem Morgen am Grote Market getroffen, im Herzen des alten Stadtviertels. Wie befohlen, hatte er sich neben den großen Brunnen gestellt, der in der Mitte eines dreieckigen Platzes stand, der an zwei Seiten von wunderschön restaurierten Kaufmannshäusern gesäumt wurde, an der dritten Seite vom historischen Rathaus. Ranieri fühlte sich allerdings nicht wohl dabei, so eingeschlossen zu sein, besonders nicht nach dem Vorfall auf dem Souq in Ostjerusalem am Tag zuvor.

Die Männer, die er erwartete, waren pünktlich gekommen und hatten ihn geradewegs ins Hilton gebracht, wo er sich seitdem in sicherem Gewahrsam befand. Als Erstes am nächsten Morgen sollte er Bericht erstatten. Ranieri hatte die Bedingungen für seine Kooperation gut einstudiert. Er hoffte, die Kraft zu finden, sie auch durchsetzen zu können.

Ranieri zog sich in das Schlafzimmer der Suite zurück, um ein paar von den neuen Kleidungsstücken anzuziehen, die seine Wachen für ihn besorgt hatten. Beim Anblick eines Fensterputzers, der einen seltsamen Hut trug und mit einem Gummiwischer geschäftig die Fenster bearbeitete, zögerte er jedoch.

»Ich muss mal ins Bad«, meinte er, als er wieder ins Wohnzimmer kam.

Der Chef der Wachen blickte amüsiert drein und zwinkerte seinen Kollegen zu. »Nur zu.«

Ranieri betrat das Badezimmer und schloss die Tür hinter sich. Er spritzte sich Wasser ins Gesicht und ließ peinlich berührt das Wasser laufen, als er sich auf die Toilette setzte. Er wünschte, er hätte sich etwas zu lesen mitgenommen.

Es wäre schön, sich über etwas Unwichtiges Gedanken machen zu können, dachte er und freute sich auf den nächsten Tag. Er wusch sich sorgfältig die Hände, bevor er die Tür öffnete und in den Wohnzimmerteil der Suite zurückging.

Ein ihm unbekannter Mann saß auf einem Stuhl, der so gedreht war, dass er zum Badezimmer blickte, die Beine übereinander geschlagen; die Füße steckten in einem Paar Arbeiterstiefel. Ranieri vermutete, dass der Mann der nächsten Sicherheitstruppe angehörte.

Bis er die vier ihm zugeteilten Männer auf dem Plüschteppich liegen sah.

Tot.

Ranieri wich bis an die Wand zurück.

Der Fremde streckte behaglich Arme und Beine, wobei er zwei halbautomatische Pistolen sehen ließ, die in Halftern unter seiner Jacke steckten. Sein Gesicht sah aus wie gegerbtes Leder. Strähniges dunkles Haar lugte unter einem Cowboyhut hervor, dessen Krempe dunkel vor Schweiß war.

Der Hut!

Ranieri hatte ihn schon einmal gesehen, nur Minuten zuvor, im Schlafzimmer.

Dieser Mann war der Fensterputzer.

»Bin durchs Schlafzimmer reingekommen«, erklärte der Mann, als könne er Ranieris Gedanken lesen. »Hab mit so einem kleinen Laserding das Fensterglas zerschnitten und bin reingeklettert. Deine Babysitter haben nicht mal gesehen, was sie getroffen hat. Hätten im Schlafzimmer noch 'nen Mann postieren sollen.« Er zog die Beine an und beugte sich im Stuhl vor. »Du weißt, wieso ich hier bin?«

Ranieri blieb stumm.

»Die Typen, für die ich arbeite, können sich nicht leisten, dass du rumläufst und den Jungs hier in Antwerpen alles petzt. Das würde die Dinge für alle Beteiligten unangenehm machen. Also, lass es uns noch einmal versuchen. Du weißt, wieso ich hier bin?«

Ranieri nickte ängstlich.

»Viel besser. Du hast da was, das dir nicht gehört. Die Burschen, für die ich arbeite, wollen die Lieferung haben.«

»Ich war in Ostjerusalem, wie geplant!«, erwiderte Ranieri gereizt. »Es ist niemand aufgetaucht!«

»Ja, ein Haufen Scheiße, hab ich gehört. Aber das können wir jetzt alles hinter uns lassen, sobald du die Brille rausrückst.«

»Ich ... ich ...«

»Du ... du ... *was?«*

»Ich habe sie nicht.«

»Nein?«

»Ein Detective der israelischen Polizei ist mir nach Ostjerusalem gefolgt. Sie ist im Café an mich herangetreten.«

»Sie?«

Ranieri nickte. »Eine Frau.«

»Das sind die meisten Sies.«

»Sie wusste von meiner Verabredung. Sie wusste alles.«

»Nicht mein Problem.«

»Ich denke mir das nicht aus! Das *könnte* ich gar nicht! Sie hat eine Waffe auf mich gerichtet. Ich habe die Brille auf den Tisch gelegt. Dann hat die Schießerei angefangen. Der Tisch ist umgekippt. Ich habe versucht, mir die Brille zu holen, konnte sie aber nicht finden. Wäre ich länger geblieben, wäre ich das Risiko eingegangen, geschnappt zu werden.«

»Das war doch sowieso nur die Anzahlung.«

»Stimmt.«

»Die Typen, für die ich arbeite, sind mehr daran interessiert, wo der Rest zu finden ist.«

Ranieri schluckte schwer. Das war ein Information, die er für die Beamten hatte aufheben wollen, die er am nächsten Tag treffen sollte, der Hebel, den er brauchte.

»Ich warte«, sagte der Cowboy.

Ranieri betrachtete die anwachsenden Blutlachen um die vier Männer herum, die der Cowboy umgebracht hatte. »Warum sollte ich Ihnen überhaupt etwas sagen? Sie töten mich ja sowieso.«

Der Cowboy nickte. »Vielleicht.«

Dann, mit einer blitzschnellen Bewegung aus dem Sitzen heraus, zog er seine Waffe und schoss Ranieri ins Knie. Das Bein des Kuriers gab unter ihm nach, und er brach zusammen. Geschockt starrte er auf das Blut, das durch das Loch in der Hose an seinem Bein hinunterlief.

»Aber vielleicht auch nicht«, meinte der Cowboy.

Ranieri fuchtelte verzweifelt mit den Händen, nicht fähig, den Blick von der noch immer rauchenden Pistole loszureißen, die der Cowboy lässig in der Hand hielt. »Bitte! Bitte! Ich rede!«

»Dachte ich's mir doch.«

Ranieri keuchte vor Schmerz, bemühte sich, wieder normal Luft zu holen, nachdem der Schock ihm für einen Moment den Atem genommen hatte. »Ich habe mich an die übliche Vorgehensweise gehalten! Habe alles bei einem Juwelier auf der Dizengoff Street in Tel Aviv gelassen. Katz und Katz dieses Mal. Die Lieferung muss noch immer dort sein!«

»Ist das alles?«

»Es ist die Wahrheit!«

»Okay«, meinte der Cowboy und hob seine Waffe gerade hoch genug, um Ranieri in die Stirn zu treffen.

Der Kopf des Kuriers zuckte nach hinten und prallte gegen die Wand, bevor sein Körper zusammensackte, noch einmal zuckte und dann starr wurde.

Der Cowboy stand auf und zog ein Handy aus der Tasche. Während er die Nummer wählte, schlenderte er hinüber zu dem Tablett mit Meeresfrüchten.

»Black«, sagte er, als am anderen Ende abgehoben wurde. »Hier ist alles unter Dach und Fach.«

»Sehr gut, Sie werden nämlich in Israel gebraucht.«

»Ich weiß. Ein Juwelierladen in Tel Aviv hat offenbar, wonach Sie suchen.«

»Es gibt noch etwas anderes, das Ihre Aufmerksamkeit zuerst beanspruchen wird.«

Jim Black schob sich ein paar kleine, wie Shrimps aussehende Dinger vom Tablett in den Mund. »Scheiße!«, entfuhr es ihm, und er spuckte aus.

»Was?«

»Nichts. Der verdammte Fisch schmeckt wie Scheiße. Sie können mich zum Abendessen einladen, wenn ich wieder da bin.«

»Beeilen Sie sich!«

»Kein Problem. Wofür brauchen Sie mich denn noch?«

»Ein israelischer Detective. Eine Frau. Ist das ein Problem?«

»Kommt darauf an, wie gut sie ist.«

»Sie sitzt im Gefängnis.«

»Dann ist es kein Problem«, erwiderte Jim Black.

DRITTER TAG

13.

»Mr. Davies wird Sie jetzt empfangen, Sir.«

Ben Kamal erhob sich vom Sofa im Empfangszimmer der Anwaltskanzlei in Tel Aviv, die in einem kleinen, renovierten Gebäude dem Hilton gegenüber lag. Er folgte der Empfangsdame zu einem Büro am Ende eines langen, breiten Flurs. Sie hatte seine Papiere bereits in Augenschein genommen und keines zweiten Blickes gewürdigt, was nicht weiter verwunderlich war. Schließlich waren die Dokumente, mit denen Colonel al-Asi ihn versorgt hatte, in jeder Hinsicht perfekt.

Die Empfangsdame geleitete Ben ins Büro von Shlomo Davies, dem Anwalt, der Danielle Barnea vertrat, und schloss die Tür hinter sich. Davies stand nicht auf, als Ben eintrat. Er sah mitgenommen und verbraucht aus, ein Mann, der längst aus dem Alter heraus war, in dem man mit viel Stress und schlaflosen Nächten leicht fertig wurde. Die Haarsträhnen, die an seinen Schläfen klebten, waren schlecht gekämmt, seine Augen müde und blutunterlaufen, als hätte er zu viel von dem gesehen, was er nicht mehr sehen wollte.

»Danke, dass Sie mich empfangen, Mr. Davies«, sagte Ben.

Der alte Mann runzelte die Stirn und machte sich nicht die Mühe, ihm einen Stuhl anzubieten. »Ich habe heute den Anruf eines hoch gestellten Beamten erhalten, der mir sagte, dass Sie kommen und ich Sie empfangen solle. Na gut. Ich habe Sie empfangen. Wenn Sie mich bitte entschuldigen würden, Mr. Kaplan, ich habe andere Dinge, die meiner Aufmerksamkeit bedürfen.«

»Ich weiß. Deshalb bin ich hier.«

»Deshalb sind *Sie* hier?«

»Mein Name ist nicht Kaplan, Sir. Ich heiße Kamal. Inspector Bayan Kamal von der palästinensischen Polizei.«

Davies wollte aufstehen, ließ es dann aber. »Was bedeutet das alles? Worum geht es hier?«

»Danielle Barnea.«

Der alte Mann sah Ben blinzelnd an und kniff die Augen zusammen. »Sie sagten, Ihr Name ist Kamal?«

»Ja.«

Davies nickte. »Ich glaube, ich verstehe.«

»Das bezweifle ich stark, Sir.«

»Sie und Danielle Barnea ...«

Ben ließ diesen Kommentar stehen.

»Sie haben sehr mächtige Freunde, Inspector Kamal.«

»Einen jedenfalls.«

»Oft braucht man gar nicht mehr. Aber glauben Sie mir, wenn ich Ihnen sage, dass Sie nichts tun können, um Pakad Barnea zu helfen.«

»Ich will Sie nur sehen.«

»Ich fürchte, auch das ist nicht möglich.«

»Es sei denn, ich wäre ein unabhängiger Berater, von Ihrer Kanzlei beauftragt, Beistand zu leisten. Überprüfen Sie meine Papiere, Mr. Davies. Es ist für alles gesorgt«, schloss Ben und schob die Dokumente, die Colonel al-Asi besorgt hatte, über den Tisch.

Der alte Mann blätterte sie durch, offensichtlich beeindruckt. »Ihr mächtiger Freund?«

»Manchmal braucht man nur einen, genau wie Sie sagten.«

Davies kicherte und zog die Oberlippe dabei gerade hoch genug, um eine Lücke in einer der rechten Zahnreihen sehen zu lassen, die eine fehlenden Brücke hinterlassen hatte. »Ich will nicht, dass Pakad Barnea abgelenkt ist.«

»Ich will helfen.«

»Ich sagte Ihnen bereits, dass Sie nichts tun können.«

Ben blieb direkt vor Shlomo Davies' Schreibtisch stehen. »Ihre Befragungen haben ziemlich auffällige Diskrepanzen in Danielles Geschichte aufgedeckt, nicht wahr?«

»Woher ...«

»Der Polizist, den sie gerettet hat, ist im Krankenhaus während der Operation gestorben, nicht wahr?«

»Seine Verletzungen waren sehr schwer.«

»Vielleicht ist er aber auch gestorben, weil er der Einzige gewesen ist, der Danielles Geschichte über die Geschehnisse bestätigt hätte.«

»Es waren noch andere Polizisten am Tatort, die ich vernehmen werde.«

»Sie werden genauso wenig in der Lage sein, sie zu vernehmen, wie Sie einen der palästinensischen Schützen finden werden, die angeblich das Feuer eröffnet haben.«

»Wollen Sie damit sagen, Danielle wurde verladen?«, fragte Davies ungläubig.

»Jemand tut sein Bestes, die Wahrheit zu verschleiern. Und es gibt noch etwas«, fuhr Ben fort und erzählte, was al-Asi am Abend zuvor berichtet worden war. »Es gibt keinen Eintrag darüber, dass Commander Baruch Ostjerusalem überhaupt betreten hat.«

Die Augen des alten Mannes weiteten sich, seine Miene verlor die Entschlossenheit. »Ich hatte noch keine Zeit, diese Eintragungen zu überprüfen.«

»Das macht nichts. Diese Eintragungen werden mittlerweile dahingehend geändert worden sein, dass sie die Anwesenheit des Commanders erklären, das versichere ich Ihnen.«

»Können Sie mir den Grund dafür nennen?«

»Lassen Sie mich mit Danielle sprechen, vielleicht kann ich es Ihnen dann sagen.«

»Sie hat mir bereits alles gesagt, was sie weiß, sogar von ...« Davies wurde blass. »Mein Gott ...«

»Was ist?«

»Ich habe mich gerade an etwas erinnert. Pakad Barnea hat mich beauftragt, eine bestimme Sache zu überprüfen. Ich habe es vergessen ...«

»*Was* sollten Sie überprüfen?«

»Das Café in Ostjerusalem, in dem sie saß, als die Schießerei losging. Pakad Barnea hat etwas von einer Brille in einem schwarzen Etui erzählt, die der Schlüssel sein soll.«

»Eine Brille?«

Davies nickte. »Sie gehörte dem Mann, den sie dort getroffen hat. Sie hat mich gebeten, dorthin zurückzukehren und festzustellen, ob jemand die Brille gefunden hat.«

»Worauf warten wir noch?«

14.

»Ich habe die Ergebnisse Ihrer letzten Blutuntersuchung«, sagte der Arzt, als er das Büro von Latisse Matabu im Hauptquartier der Revolutionären Einheitsfront in Kono betrat.

Die RUF kontrollierte diesen Teil Sierra Leones und gab sich keine Mühe, sich zu verstecken. Wenn überhaupt, war die RUF unter Matabus Führung immer offener geworden, was ihre Geschäfte und ihre Vorbereitungen für die politische Legitimität betraf, die mit ihrem bevorstehenden Aufstieg zur Macht einher gehen würde. Jetzt, da die Friedensverhandlungen abgebrochen waren, würde Präsident Kabbah nicht mehr in der Lage sein, die

Flut noch lange aufzuhalten. Früher oder später würden die Amerikaner aufgrund ihrer Misserfolge und der sinnlosen Verluste die Bemühungen satt haben, den Frieden zu erhalten. Sie würden abziehen – und dann gab es nichts mehr, was der RUF bei der Einnahme von Makeni, Freetown und anderen dichter besiedelten Gebieten im Weg stand. Die Macht in Sierra Leone würde an seine rechtmäßigen Erben zurückfallen.

Langsam erhob Matabu sich hinter ihrem Schreibtisch. »Es sieht Ihnen gar nicht ähnlich, so schroff zu sein, Doktor Sowahy.«

Der Arzt, ein runzeliger alter Mann mit dichtem weißem Haar und Haut wie abgenutzter Teer, reichte ihr ein Stück Papier. »Ich möchte, dass Sie das hier selber lesen.«

Matabu überflog die Zeilen. »Das geht mich etwas an?«

»Das sollte es.«

Sie reichte ihm das Papier zurück. Ein gebrochenes Rückgrat vor vielen Jahren hatte Sowahy für immer gebeugt. Sich nach etwas zu strecken, war eine Qual für ihn. »Ich habe im Moment wichtigere Dinge im Kopf, um die ich mir Sorgen mache.«

»Ich will, dass Sie die Medikamente nehmen.«

»Warum?«

»Damit Sie dieses Land regieren können.«

»Ich regiere dieses Land bereits. Ich besitze nur den Titel noch nicht.«

Dr. Sowahys Gesichtsausdruck war so ernst wie seine Stimme. »Sie sterben, General.«

Matabu lächelte. »Wenn ich getötet werden könnte, Doktor, wäre ich bis heute schon viele Male gestorben.« Ihre Stimme wurde eine Nuance leiser. »Besonders dieses eine Mal, an das Sie sich bestimmt erinnern.«

Der Arzt blickte sie vorwurfsvoll an. »Ja. Ich habe Sie schließlich behandelt.«

»Eine Schande, dass Sie nicht heilen konnten, was in meinem Innern zerbrochen ist.«

»Sie geben sich immer noch die Schuld für etwas, worüber Sie keine Macht hatten und das nicht Ihre Schuld war.« Der Arzt ergriff die Kante von Matabus Rattanschreibtisch, um sich abzustützen. »Nun, ich bin genauso stur wie Sie, außerdem älter und geduldiger. Ich habe die Medikamente mitgebracht.«

»Sie können sie wieder mitnehmen, wenn Sie gehen.«

Sowahy wurde ernst. Das Weiße in seinen Augen war rot unterlaufen. Er blinzelte schnell hintereinander. »Sie sehen diesen Mann, dieses Tier, in jedem, den Sie töten, General. Und doch können Sie ihn nur einmal töten.«

»Das erste Mal hat es nicht lange genug gedauert, Doktor.«

Ein lautes Klopfen ertönte, bevor Sowahy antworten konnte.

»Herein!«, befahl Latisse Matabu und blickte weiterhin auf den alten Arzt, der sie noch immer so sah wie an dem Tag, als sie vor einem Jahrzehnt in sein Behandlungszimmer getragen und auf seinen Untersuchungstisch gelegt worden war.

»General«, rief der RUF-Sergeant, der ins Zimmer stürmte, »wir haben soeben Nachricht von unseren Kontaktleuten in Israel bekommen. Bei dem Austausch vor zwei Tagen in Ostjerusalem hat es ein Problem gegeben. Ein sehr ernstes Problem ...«

15.

»Wenn es Ihnen nichts ausmacht, Inspector«, meinte Shlomo Davies auf der westlichen Seite Jerusalems am Damaskustor, »werde ich hier auf Sie warten.«

»Das kann ich Ihnen nicht verdenken«, erwiderte Ben Kamal. Der alternde Anwalt setzte sich auf eine Steinbank.

Der Gewaltausbruch von vor zwei Tagen hatte dazu geführt, dass sich jetzt wesentlich mehr israelische Soldaten in diesem Sektor der Stadt aufhielten. Der eigentliche Zweck war allerdings, die letzte Bastion des Tourismus zu schließen, die noch für Palästinenser offen gewesen war. Wenngleich Ostjerusalem technisch gesehen nicht innerhalb der Kontrollzone lag, würden die palästinensischen Geschäftsführer und Ladenbesitzer den Preis bezahlen: Aufgrund der Einschüchterungen und Warnungen durch die israelischen Behörden blieben die Kunden und Touristen aus.

Ben schritt durchs Damaskustor und betrat den Haupt-Souq, typischerweise gesäumt von Händlern, die Essen und Andenken feilboten. Die kräftigen Gerüche nach Gewürzen und reifem Obst, beißend und scharf, reichten normalerweise, um auf ihre Anwesenheit aufmerksam zu machen. Doch die Straßen von Jerusalem waren wie leer gefegt, denn die Betreiber von Kiosken, Geschäften und des Gemüsemarkts durften die Stadt den zweiten Tag in Folge nicht betreten.

Das in einer angrenzenden Straße liegende Café Europe, in dem Danielle sich mit dem Mann getroffen hatte, den vor Davies zu identifizieren sie sich geweigert hatte, war ebenfalls leer. Die Holztische mit den bunten Tischdecken waren sämtlich unbesetzt; kein Kellner war in Sicht.

Ben setzte sich an einen der Tische und stellte sich Danielle vor, wie sie hier kurz vor dem Schusswechsel gesessen hatte. Er versuchte, sich ein Bild davon zu machen, wie das Etui mit der Brille, die ihr so wichtig war, vom umkippenden Tisch fiel. Er warf einen Blick unter seinen Tisch, nur um sicherzugehen, dass die Brille nicht dort war. Beim Gedanken an die Sinnlosigkeit dieser Handlung grinste er sich hinein. Geduldig wartete er, dass ein Kellner zu ihm kam, doch er sah lediglich einen Jungen, der eine Schürze in Herrengröße trug und Stellen fegte, die sichtlich nicht gefegt werden mussten. Der Junge lächelte, und Ben schnippte ihm eine Münze zu.

»Ahlan wa sahlan«, begrüßte ein lächelnder Kellner Ben auf arabisch, offensichtlich überrascht, einen Gast zu haben.

»Bahlan wa sahlan«, erwiderte Ben die Begrüßung.

Der Mann strahlte, als er auf Arabisch angesprochen wurde, und zückte seinen Bestellblock. »Was darf ich Ihnen bringen?«

»Eine Tasse türkischen Kaffee und einmal *Kunafeh*«, bestellte Ben. *Kunafeh* war eine Art Käsekuchen mit Weizenflocken darauf, in Honig getaucht.

»Kommt sofort, *Sidi.*«

»Eine Frage noch. Ich habe vor ein paar Tagen meine Brille hier liegen lassen. Könnten Sie nachsehen, ob sie gefunden wurde?« Ben schob ein großzügiges Trinkgeld über den Tisch.

Der Kellner nahm es dankbar. »Wird gemacht, *Sidi.*«

»Sie lag in einem Hartschalenetui.«

»Ich sehe nach, sobald ich Ihre Bestellung abgegeben habe«, versprach der Kellner und eilte davon. Ben blieb mit dem Jungen allein, der weiter fegte.

Bens Handy klingelte. Rasch hielt er es ans Ohr.

»Guten Tag, Inspector«, grüßte Colonel Nabril al-Asi in seinem typischen, jovialen Tonfall. Hintergrundgeräusche verzerrten seine Stimme so sehr, dass sie nur mit Mühe zu verstehen war.

»Ich kann Sie kaum verstehen, Colonel.«

»Warten Sie einen Moment.«

Das Geräusch verstummte.

»Ist es so besser, Inspector?«, fragte al-Asi. Seine Stimme war nun klar und deutlich.

»Ja. Wie haben Sie das gemacht?«

»Ich habe meinen neuen Rasenmäher abgestellt, einen John Deere aus den Vereinigten Staaten. Allmählich finde ich mich ins häusliche Leben ein. Ich habe viel Zeit, solche Dinge zu lernen, jetzt, da meine Pflichten beschnitten worden sind. Obwohl ich

Schwierigkeiten habe, die Schneidmesser zum Arbeiten zu bringen …«

»Was macht die Schaukel?«

»Funktioniert perfekt, dank Ihnen. Ich rufe nur an, weil ich wissen wollte, wie es Ihnen so geht.«

»Sehr gut, danke.«

»Ich hatte mir Sorgen gemacht, weil ich nicht erwartet hatte, Sie in Ostjerusalem zu finden. Ich nehme an, Sie sitzen in demselben Café, in dem Pakad Barnea saß, als die Schießerei anfing. Liege ich da richtig?«

Ben beugte sich vor; dann hob er die Beine zur Seite, um dem Jungen mit dem Besen Platz zu machen. »Woher wussten Sie, dass ich hier bin, Colonel?«

»Die Amerikaner haben eine bemerkenswerte Technologie, die sie befähigt, den Standort jedes Handybenutzers herauszufinden, wenn er telefoniert. Angeblich dafür entwickelt, jemanden aufzuspüren, der den Notruf gewählt hat.«

»Angeblich.«

»Tatsächlich ist es der Ableger eines weit komplizierteren Systems, bei dem Satelliten benutzt werden, um die Verfolgung terroristischer Zellen zu unterstützen. Die besitzen heutzutage schnurlose Telefone, wissen Sie.«

»Sie haben dieses System von den Amerikanern bekommen?«

»Von den Israelis, vor Beginn unseres derzeitigen Konflikts. Die Israelis wiederum haben es von den Amerikanern. Sehr nützlich, um Freunden auf der Spur zu bleiben, das muss ich schon sagen. Leider wird es nicht annähernd so nützlich sein, wenn die israelischen Freunde, die ich bis jetzt noch halten konnte, mich im Stich lassen.«

»Ich verstehe.«

»Hoffen wir, dass es nicht so weit kommt. Sie bleiben mit mir in Verbindung?«

»Natürlich.«

»Gut.« Ben hörte, wie der Traktorrasenmäher wieder losratterte, bevor der Colonel die Verbindung unterbrach.

Augenblicke später erschien der Kellner wieder, hielt Bens Kaffee in der einen Hand und einen Teller mit *Kunafeh* in der anderen. Er stellte beides hin; dann legte er eine Serviette und Besteck aus seiner Schürze hinzu. Ben roch die warme Honigglasur und war plötzlich hungrig. Ihm fiel ein, dass er nichts mehr gegessen hatte, seit Colonel al-Asi ihn am Abend zuvor angerufen hatte.

»Leider wurde keine Brille gefunden, *Sidi.*«

»Danke, dass Sie nachgeschaut haben«, erwiderte Ben und rührte seinen Kaffee um. Er hatte gewusst, dass es ziemlich aussichtslos war. Ben machte sich über das Gebäck her. Es war frisch; der knusprige Teig und der süße Frischkäse waren noch ofenwarm.

Plötzlich erschien der Junge, der unnötigerweise den Außenbereich des Cafés gefegt hatte. Lächelnd stellte er sich an Bens Seite. Ben erwiderte das Lächeln und fragte sich, warum der kleine Kerl stehen blieb, als er sah, dass der Junge etwas in der linken Hand hielt:

Ein Brillenetui!

16.

DUBNA, RUSSLAND

Bürgermeister Anton Krilew hielt seine morgendlichen Vorstandsbesprechung, als einer seiner Assistenten in den Konferenzraum stürmte.

»Tut mir Leid, wenn ich unterbreche, aber …«

»Immer mit der Ruhe, Konstantin.«

Der junge Mann bemühte sich, wieder zu Atem zu kommen, was ihm nicht ganz gelang. »Ich habe gerade Nachricht aus dem Krankenhaus erhalten.«

Krilew nickte. »Aus welchem Krankenhaus?«

»Aus *allen*.«

Anton Krilew spürte den Anflug einer Panikattacke. Am Konferenztisch im Hauptquartier Dubna wechselte sein Vorstand nervöse Blicke.

Der junge Assistent fuhr fort: »Die Krankenhäuser sind überschwemmt mit Patienten, Herr Bürgermeister. Sie fordern Sie auf, den Notstand auszurufen.«

»Eine Epidemie?«, fragte Krilew sich laut, während er in Gedanken bereits alle Möglichkeiten durchspielte.

»Die Menschen sterben, Bürgermeister, zu *Dutzenden*.«

Dr. Ashar Levin, Leiter des städtischen Krankenhauses von Dubna, war Vorsitzender der kleinen, aber blühenden jüdischen Gemeinde der Stadt. Er stand draußen vor dem Eingang zur Notaufnahme, wo Bürgermeister Krilew ihn fand. Eine zusätzliche Trage wurde mit Hilfe hastig gesetzter Stangen und Seile zwischen Mülleimern zusammengebaut.

»Wir kommen nicht mit«, sagte Levin barsch. Er warf einen prüfenden Blick auf sein Clipboard, um sicherzugehen, dass die richtige Verfahrensweise eingehalten wurde.

»Wie meinen Sie das, Doktor?«

»Die Krankheit breitet sich rasend schnell aus. Es hat vor drei Stunden angefangen, vor allem bei alten Leuten und Kinder, aber jetzt schon sind es Patienten jeden Alters.«

Während Krilew noch zuhörte, kam ein Krankenwagenkonvoi mit kreischenden Bremsen hinter einer behelfsmäßigen Barrikade zum Stehen. Das Krankenhauspersonal mühte sich, Patienten auszuladen, die zu dritt in die Fahrzeuge gepackt worden waren. Der Bürgermeister bekam ein flaues Gefühl im Magen, als Trage um Trage vorbeirollte, jede beladen mit einem Opfer, das in einer Lache aus eigenem Blut und Erbrochenem lag.

»Was ist die Ursache?«, fragte er Dr. Levin.

»Die Symptome sind Erbrechen, Bluten aus sämtlichen Körperöffnungen, und das Austreten von Sekreten. Schließlich kommt es zu Anfällen und zum Versagen des Nervensystems. Die Kranken, mit denen ich gesprochen habe, behaupten, dass ihnen am frühen Morgen übel geworden ist. Keiner von ihnen hat vor diesem Zeitpunkt irgendwelche Symptome gezeigt. Was immer es ist, es ist rasend schnell gekommen.« Dr. Levin nahm den Blick von der endlosen Reihe der Tragen und schaute wieder Krilew an. »Sie sehen, warum wir den Notstand ausrufen müssen.«

Der Bürgermeister von Dubna suchte nach Worten. »Was soll ich Moskau mitteilen? Dass es eine Art Seuche ist?«

Levin schüttelte niedergeschlagen den Kopf. »Sagen Sie, wir wissen es noch nicht. Und sagen Sie, sie sollen herkommen.«

17.

Jim Black betrat den geschlossenen Flügel des Jerusalemer Gefängnisgebäudes, in dem sich Danielle Barneas Zelle befand. Obwohl er die korrekte Uniform trug, schlich er sich auf Umwegen heran, um so weit wie möglich von den Wachen entfernt zu bleiben. Die Eingangstür zum Block war von innen verschlossen, doch Schlösser bedeuteten für Black lediglich eine kleine Unannehmlichkeit.

Das Töten war ohne Zugang natürlich unmöglich. Der wahre Schlüssel zu seinem Beruf war, sich an die richtigen Uniformen und Identifikationen zu halten. Die Leute stellten selten Fragen, wenn in dieser Hinsicht alles stimmte. Zugangscodes waren kompliziert, doch es gab Ausweichmöglichkeiten. Doch solch ausgeklügelte Systeme, das wusste Black, waren in diesem altertümlichen Gebäude nicht installiert.

Black näherte sich dem Flur, in dem sich Danielle Barneas Zelle befand. Er hatte ihre Akte studiert und war beeindruckt. Barnea war eine äußerst fähige Agentin, die selbst oft getötet hatte. Verdammt, sie war beinahe so gut wie er selbst! Sie war in der israelischen Version der amerikanischen Special Forces, die Black hervorgebracht hatten, praktisch aufgewachsen.

Black fragte sich, ob sie vielleicht sogar besser sein könnte als er. Es hätte ihn gereizt, zur Abwechslung einen anständigen Wettkampf auszutragen. Black war schon lange nicht mehr gegen jemanden angetreten, den er als würdigen Gegner einschätzte. In Barnea steckten viel versprechende Anlagen. Er hätte gerne Erfahrungen mit ihr ausgetauscht, Geschichten über ihrer beider Heldentaten.

Doch er war hier in einem Gefängnis, und er musste schnell hinein und wieder hinaus. Er würde direkt zu ihrer Zelle gehen, die schallgedämpfte Waffe zwischen den Stäben hindurch stecken und feuern.

Fast zu simpel, als dass er sich damit befassen sollte.

Jim Black zog die härteren Jobs vor, die er hin und wieder erledigte. Die Rettung von Geiseln oder politisch motivierte Attentate, wo man Hunderten von Wachen entkommen musste. Solche Aufträge waren eine Herausforderung. Black war kein Idealist. Er hatte in seinem Leben keinen Job erledigt, weil er an irgendetwas geglaubt hätte. Hauptsache, das Geld stimmte.

Black erwartete keine zusätzlichen Wachen in dem Flügel und sorgte sich nicht groß, sollte es doch welche geben. Auch Überwachungsgeräte störten ihn nicht sonderlich. Er verstand es hervorragend, Kameras zu meiden und wäre aus dem Gebäude heraus, bevor Kräfte mobilisiert werden konnten, um ihn zu verfolgen.

Black ging weiter. Danielle Barneas Zelle lag jetzt unmittelbar vor ihm. Keine Wachen in Sicht.

Black ließ eine seiner beiden Sig Sauer aus dem Halfter gleiten und schraubte den Schalldämpfer auf. Er hielt die Waffe gesenkt an der Hüfte, als er sich der Gefängniszelle näherte. Einen Augenblick, bevor er die Stäbe erreichte, nahm er die Pistole hoch.

Die Zelle war leer.

18.

»Sie wird gleich da sein«, informierte der wachhabende Beamte Ben Kamal und Shlomo Davies, nachdem er sie in den Raum geschoben hatte, der ihnen zur Verfügung gestellt worden war.

Die beiden Männer saßen Seite an Seite hinter einem kahlen Tisch. Ben zog den Reißverschluss seiner Aktentasche auf und holte einen gelben Notizblock hervor. Die Aktentasche war Davies' Idee gewesen. Ansonsten, hatte der alte Anwalt Ben gewarnt, wäre er das Risiko eingegangen, dass er nicht ins Schema passte. Schließlich trug jeder Anwalt eine Aktentasche. Davies hatte einen seiner Assistenten losgeschickt, eine zu holen, nachdem sie aus Ostjerusalem in sein Büro zurückgekehrt waren. Dann hatte er jene Dinge hineingepackt, bei denen es keine hochgezogenen Augenbrauen geben würde, falls die Tasche von den Wachen geöffnet würde.

Ben selbst hatte das Brillenetui hinzugefügt, das er morgens aus dem Café Europe geholt hatte. Jetzt nahm er es heraus und legte es auf den Tisch.

Die Kehle wurde ihm eng, als die Tür sich öffnete und Danielle Barnea von einer Wache in den Befragungsraum geführt wurde. Ihr Haar war zerzaust, doch die rotbraunen Wellen fielen ihr noch immer bis über die Schultern. Ihre Augen weiteten sich, als sie Ben sah, und blitzten mit jener intensiven Kraft, die er kannte und liebte. Doch sie wirkte verbraucht, und ihr Gesicht war in dem grellen Neonlicht blass und abgespannt.

Danielle für ihren Teil bemühte sich, nicht überrascht auszusehen, als sie Ben im Befragungsraum neben Shlomo Davies sitzen sah. Er erhob sich steif. Ihr fiel auf, dass sie ihn noch nie in einem Anzug gesehen hatte. Er sah mehr wie ein Amerikaner aus als wie ein Palästinenser, was wohl auch beabsichtigt war.

»Pakad Barnea«, begann Davies, und Danielle richtete nach kurzem Zögern den Blick auf ihn. »Ich möchte Ihnen Mr. Benjamin Kaplan vorstellen, einen amerikanischen Strafverteidiger, den wir in solchen Fällen von Zeit zu Zeit hinzuziehen. Mr. Kaplan – Pakad Barnea.«

Danielles Eskorte zog sich durch die Tür zurück und schloss sie hinter sich; Danielle durfte sich jetzt dem Stahltisch nähern. Sie schüttelte Ben die Hand, zog sie jedoch schnell wieder zurück, lange bevor Ben selbst losgelassen hätte.

»Bitte, setzen Sie sich. Wir haben viel zu besprechen. Zuerst einmal – ich habe die Brille mitgebracht, um die Sie gebeten hatten.« Davies nahm Ben das Etui aus der Hand und schob es über den Tisch. »Die Behörden sehen kein Problem darin.«

Danielles Augen weiteten sich, als sie das Etui sah, an das sie sich aus dem Café in Ostjerusalem erinnerte. Sie klappte es auf und nahm die Brille heraus. Nach einer kurzen Prüfung legte sie die Brille ins Etui zurück.

»Wenn es Ihnen nichts ausmacht, Pakad«, fuhr Shlomo Davies fort, »werde ich jetzt die Befragung meinem Kollegen überlassen. Mr. Kaplan?«

»Ich werde Sie nicht über die Schwere der gegen Sie erhobenen Anklage im Unklaren lassen«, begann Ben und schob den

Notizblock gerade so, dass Danielle sehen konnte, was er schrieb. Diese Maßnahme war ein Vorwand, da sie beide annahmen, überwacht zu werden, selbst in diesem angeblich privaten Befragungsraum. Es gab keine Verfassung in Israel, die erlaubt hätte, solche Dinge vor Gericht zu verhandeln. »Das heißt, dass ich der Ansicht bin, dass der Fall gegen Sie streitbar ist.«

Danielle nickte und beugte sich vor, um zu lesen, was Ben geschrieben hatte:

COLONEL AL-ASI HAT DAS HIER ARRANGIERT. ICH MUSSTE DICH SEHEN.

Danielle zeigte keine Reaktion. »Sie hätten sich nicht bemühen sollen.«

»Mr. Davies und ich haben gewisse Unregelmäßigkeiten in den Zeugenaussagen gefunden«, erwiderte Ben. Er schrieb weiter, während er sprach. »Mr. Davies hat mich über Einzelheiten informiert und mir seine Notizen Ihrer Unterredung mit ihm gezeigt.« Er hörte auf zu schreiben, damit Danielle seine letzte Eintragung lesen konnte.

WAS KANN ICH FÜR DICH TUN? SAG MIR, WAS ICH FÜR DICH TUN KANN.

»Sie können nichts für mich tun. Ich bin bei der Kanzlei von Mr. Davies in guten Händen. Sie sollten nach Hause gehen.«

»Ich bin Spezialist für solche Fälle, Pakad Barnea. Diese Schwierigkeiten sind nichts Neues für mich. Ich werde Sie nicht enttäuschen.«

Danielle schaute auf das Brillenetui. »Danke, dass Sie mir meine Brille gebracht haben. Sie wird alles klarer machen.«

Ben schrieb: WIE?

Danielle blickte von ihm weg.

Es klopfte an der Tür zum Befragungsraum.

»Ich gehe schon«, bot Davies an. Seine Gelenke knackten, als er sich erhob und durch den hässlichen grauen Raum schlurfte.

Ben starrte auf Danielles Hände, die auf dem Tisch lagen. Er widerstand der Versuchung, sie zu ergreifen.

»Eine Sekunde«, sagte Shlomo Davies, als es wieder klopfte. »Was ist los?«, fragte er, als er die Tür öffnete. »Haben Sie keinen Schlüssel zu Ihrem eigenen Gefängnis?«

»Muss ich zu Hause gelassen haben«, sagte ein großer Mann mit strähnigem Haar, stieß Davies eine Pistole in den Magen und drückte zweimal ab. Die gedämpften Schüsse waren deutlich genug zu hören, dass Ben und Danielle am Tisch herumwirbelten.

Der große Mann hatte die Pistole bereits auf Danielle gerichtet, als Ben den einzigen Gegenstand ergriff, den er als Waffe benutzen konnte: Die Aktentasche, die der nun tote Anwalt ihm besorgt hatte. Er schleuderte sie mit aller Kraft durch den Raum; gleichzeitig setzte er mit einem Sprung über den Tisch hinweg.

Der große Mann versuchte, sich wegzudrehen, doch die Tasche streifte sein Handgelenk und schlug die Waffe lange genug zur Seite, dass Ben Zeit blieb, sich auf ihn zu stürzen, doch der große Mann hielt sich Ben mühelos vom Leib und betäubte ihn mit einem Schlag gegen den Kopf. Mittlerweile war auch Danielle vom Stuhl aufgesprungen. Sie hechtete vorwärts, auf den Eindringling zu.

Erkennen blitzte in ihren Augen. Ihr klappte der Mund auf.

Sie würde das Gesicht des großen Mannes nie vergessen, obwohl sie es nur einmal gesehen hatte: auf einem grobkörnig flimmernden Monitor.

Das war der Mann, der ihr Sayaret-Team in der Festung von Sheik Hussein al-Akbar in Beirut vor zwölf Jahren aufgerieben hatte!

Es fehlte nur der Cowboyhut.

Der Alarm wurde ausgelöst.

Danielle prallte mit dem Mann zusammen und packte die Hand, in der er die Pistole hielt. Ein Blick in den Flur zeigte ihr den am Boden liegenden Wachmann, der sie hergeführt hatte. Sie hörte hämmernde Schritte, die sich dem Befragungsraum näherten.

Drei Wachen stürmten den Raum, die Waffen gezogen und auf Ben und Danielle gerichtet.

»Zurück!«, rief einer von ihnen, ein Captain. »Sofort!«

Danielle weigerte sich, die Schusshand des großen Mannes loszulassen. »Nein! Er ist keiner von euch! Er hat die Wache im Flur und den alten Mann getötet!«

Der Captain sah auf Shlomo Davies' Leiche hinunter. »Weg von der Waffe und zurück mit Ihnen, sonst erschießen wir Sie!«

Danielle sah die Härte im Blick des Captains und die Art, wie er die Waffe hielt. Sie wusste, dass sie keine Wahl hatte, und löste die Hand vom Gelenk des großen Mannes.

Der Mann schoss aus der Hüfte und traf die drei Wachen mit einem Kugelhagel, der ihnen keine Zeit ließ, auch nur einen Schuss abzugeben.

»Los!«, rief Danielle, packte Ben und zog ihn aus dem Raum.

Kaum draußen, schlug sie die Tür zu, gerade rechtzeitig, um die nächste Salve des großen Mannes abzufangen. Zwei weitere Polizisten kamen um die Ecke gestürmt und standen ihnen plötzlich völlig überrascht gegenüber. Ihre Waffen waren gezogen, doch sie zögerten lange genug, dass Ben und Danielle sie angreifen und mit wuchtigen Schlägen eindecken konnten. Dann schnappten die beiden sich die Uzis der Bewusstlosen.

»Hier entlang!«, rief Danielle und hielt die Maschinenpistole, die sie ergattert hatte, schussbereit.

Sie hatten gerade die ersten Schritte gemacht, als der große Mann aus beiden Pistolen feuernd hinter ihnen den Flur entlanggerannt kam.

19.

Ben eröffnete das Feuer aus seinem Maschinengewehr. Die Wucht und der Rückschlag überraschten ihn; seine Schüsse jagten wild und ziellos durch den Raum, doch bedrohlich genug für den großen Mann, um ihn zu zwingen, auf dem Boden Deckung zu suchen.

Danielle schoss weiter nach hinten auf den Cowboy, an den sie sich von Beirut erinnerte, während sie und Ben zum vorderen Teil des Gefängnistrakts rannten. Immer noch heulten die Sirenen. Irgendwo, nicht weit vor ihnen, riefen Stimmen einander zu.

»Halt das Gewehr über den Kopf, Ben!«, befahl Danielle.

»Was?«

»Tu es einfach und lauf schnell den Flur runter, auf die Vorderseite des Gebäudes zu! Es ist unsere einzige Chance!«

Ben tat, was Danielle ihm befohlen hatte, während sie ihnen den Rücken freihielt. Er klammerte sich an die Hoffnung, dass der Cowboy inzwischen getroffen war oder sich zurückgezogen hatte.

»Wir geben auf! Wir geben auf!«, wiederholte Danielle, als ein weiteres Team von Wachmännern um eine Ecke gestürmt kam und auf sie zu rannte, gerade vor dem Hauptposten der Gefängnissektion des Polizeireviers.

Danielle spürte, wie raue Hände ihr die Waffe entrissen und sie gegen die Wand stießen, als weitere Schüsse den Flur entlang dröhnten.

Die Wachen wanden sich vor Schmerzen; einer nach dem anderen fiel zu Boden. Ben holte sich die Uzi zurück und schoss an den Männern vorbei; dann brach er durch die Tür des Haupteingangs. Mit Absicht zielte er hoch und schoss daneben.

»Danielle!«, rief er, als sie auch schon durch die Tür wirbelte. Hinter ihr flogen Betonsplitter aus dem Rahmen.

Sie gab einzelne Schüsse auf den Cowboy ab, doch er musste sich hinter der Treppe verborgen haben. Ihre Kugeln schlugen harmlos in die Wände.

Black rammte einen neuen Ladestreifen in seine Pistole. Er tat sein Bestes, um seinen Atem zu beruhigen und die Kontrolle über die Situation wiederzuerlangen.

Barnea war auf der Flucht!

Er hatte zu viele Faktoren nicht in Erwägung gezogen: dass Barnea nicht in ihrer Zelle sein könnte; dass sie in die Lage kommen würde, zu fliehen; dass sie nicht allein war …

Sieht aus, als hätte ich diese Sache vermasselt, ging es ihm durch den Kopf. Doch er war irgendwie froh darüber, denn es verschaffte ihm und der Frau die gleichen Chancen. Mal sehen, wer von ihnen besser war.

Black wirbelte schießend um die Ecke, als er versuchte, Barnea und den Mann davon abzuhalten, nach draußen zu entkommen.

Ben und Danielle hatten gerade die Eingangshalle erreicht, die vor dem Haupteingang lag, als die Schießerei wieder losging. Beide wirbelten herum. Hinter der dünnen Deckung der Wand erwiderten sie das Feuer und zielten auf den großen Mann. Eine weitere Sirene jaulte und signalisierte das Eintreffen des ersten Notarztwagens, der vom Alarm herbeigerufen worden war.

»Lauf!«, sagte Danielle. »Ich gebe dir Deckung!«

Ben rannte über den offenen Bereich, der zum Ausgang führte, während Danielle schießend aus der Deckung kam. Ihre Kugeln hielten den Cowboy lange genug in Schach, um es Ben zu ermöglichen, nach draußen zu kommen und die Stufen des alten Gebäudes hinunter zu stürmen.

Wie aufs Stichwort erschien die Ambulanz auf der Bildfläche und hielt fast unmittelbar vor ihm.

Ben richtete seine Waffe auf den Sanitäter im Fahrersitz. »Raus!«

»Aber wir …«

»Raus!«, wiederholte Ben und riss auf seiner Seite die Tür auf.

»Okay, okay«, gab der Fahrer nach. Mit erhobenen Händen stieg er aus. Im selben Augenblick eilte Danielle die Stufen hinab. Ihre letzten Kugeln zersplitterten das Glas hinter ihr, um den Cowboy bei seiner Verfolgung langsamer werden zu lassen.

Ben sah, wie Danielle zur Beifahrerseite des Rettungswagens stürmte, und schlug sofort die Tür hinter sich zu. Polizisten strömten jetzt aus zwei angrenzenden Türen des Hauptgebäudes, der *Megrash Haruseim*, und eröffneten das Feuer auf den Ambulanzwagen.

»Runter!«, rief Ben und duckte sich hinter das Armaturenbrett.

Danielle erhaschte einen kurzen Blick auf den Cowboy. Er brach durch das von Kugeln geschwächte Glas und nahm die beiden völlig überraschten Polizisten mit seinen Pistolen unter Dauerfeuer.

Ben legte seine Uzi neben sich auf den Boden, rammte den Fuß auf das Gaspedal und jagte los, weg vom Gefängnis. Das Geräusch der Gewehrschüsse ging im Kreischen der Reifen des Rettungswagens unter.

20.

»Ich kenne den Mann!«, rief Danielle, die tief geduckt in den Außenspiegel blickte. »Verdammt, ich kenne diesen Hurensohn!«

»Wer ist er?«

»Ich kenne seinen Namen nicht, aber ich weiß, wie er aussieht! Er hat in Beirut vor zwölf Jahren ein Sayaret-Einsatzkommando aufgerieben. Ich war die einzige Überlebende.«

»Sieht so aus, als hätte jemand ihn ausgeschickt, seinen Auftrag zu Ende zu bringen.«

Ben umklammerte das Lenkrad des Rettungswagens. Sie näherten sich einer Kreuzung, an der ein Soldat den Verkehr von der stark verstopften Jaffa Road umleitete, auf der ein Protestmarsch stattfand. Der Soldat sah Ben kommen und hob die Hand. Für einen Moment glaubte Ben, der Mann wollte den Rettungswagen anhalten, stattdessen stoppte er den Verkehr. Ben konnte die Jaffa Road hinunterfahren, unbehindert von den Scheitelkäppchen tragenden Demonstranten, die mit ihren Schildern in die Luft stachen.

»Die Brille!«, fiel Danielle plötzlich ein.

»Ich hab sie hier«, beruhigte Ben sie und holte das Etui aus der Tasche.

Danielle nahm es und hielt es fest, öffnete es aber nicht. »Du kannst mich ein paar Querstraßen weiter absetzen.«

»Warum sollte ich?«

Danielle wurde wütend. »Das ist nicht dein Kampf.«

»Wenn es deiner ist ...«

»Es ist *Israels* Problem. Es geht hier um Militäreigentum, Unmengen davon, das durch Makler hier auf dem Schwarzen Markt verkauft wird – im Austausch für Diamanten, die aus Afrika geschmuggelt werden.«

Im Geiste sauste Ben zurück zu seiner Verhaftung des Russen Anatoljewitsch zwei Tage zuvor. »Gewehre, Raketenwerfer ...«

»Genau!«, sagte Danielle. Vor Überraschung blieb ihr der Mund offen stehen.

»Sprich weiter.«

»Mir wurde die Identität eines Mittelsmannes mitgeteilt, eines Kuriers. Er heißt Ranieri, ist ins Land gekommen, um einen weiteren Handel abzuschließen. Ich sollte die Sendung zu ihrer Quelle zurückverfolgen, die Pipeline zerstören.«

»Die durch Ostjerusalem führt.«

»Ich bin Ranieri bis dorthin gefolgt ... «

»Doch seine Quelle ist nie aufgetaucht«, vervollständigte Ben den Satz für sie.

»Woher weißt du *das* denn?«

»Sein Name ist Anatoljewitsch, und er hat sich zu der Zeit in palästinensischem Gewahrsam befunden«, erwiderte Ben ausdruckslos. Er drehte den Kopf, um Danielle anzusehen. »Ich weiß es, weil ich ihn verhaftet habe.«

21.

»Danke, dass Sie sich bereit erklärt haben, mit mir zu kommen, Doktor.«

»Ich dachte, es würde mir eine weitere Gelegenheit geben, Sie davon zu überzeugen, dass Sie die Medizin nehmen«, erwiderte Dr. Sowahy, an Latisse Matabu gewandt.

Sie saßen zusammen auf dem Rücksitz; der Fahrer und Matabus persönliche Wache hatten vorn Platz genommen. Der letzte Checkpoint auf der Straße, die nach Kono führte, war reine Routine; es war Monate her, seit eine Truppe der Regierung es gewagt hatte, sich im östlichen Teil des Landes zu zeigen, das jetzt wieder von der Revolutionären Einheitsfront kontrolliert wurde.

»Die Probleme mit diesem Austausch, von denen ihr Officer gesprochen hat«, begann der Arzt.

»Was ist damit?«

»Er sagte, es sei ernst.«

»Es sieht Ihnen gar nicht ähnlich, sich in meine Angelegenheiten einzumischen, Doktor.«

»Ihre Angelegenheiten haben eine ungünstige Auswirkung auf Ihre Gesundheit, General. Das lässt mir keine Wahl.«

Matabu wog Sowahys Worte ab. »Diese verlorene Lieferung ist eine Unannehmlichkeit, nichts weiter. Sie werden sehen, was ich meine, wenn wir unseren Bestimmungsort erreicht haben.«

Der Wagen näherte sich einer Lichtung, die aussah wie eine winzige, von einer Straße in zwei Hälften zerschnittene Wiese. Matabu versteifte sich, griff dann über die Lehne des Vordersitzes und packte den Fahrer an der Schulter.

»Halten Sie hier.« Sie wandte sich an Sowahy, ohne ihn wirklich zu sehen. »Hier ist es passiert ...«

Der alte Arzt sah sich um und versuchte, sich zu orientieren.

»Vor drei Jahren, nachdem es der RUF nicht gelungen war, Freetown zurückzugewinnen und sie Tongo verlor, ließ die Regierung meinen Vater wissen, sie wären bereit, Friedensgespräche zu führen. Es hätte genug Gewalt gegeben, genug unschuldige Menschen wären getötet oder vertrieben worden. Sie baten ihn, einen Ort auszusuchen, um sich mit ihnen zu treffen. Er hat diesen hier gewählt. Hier hatte er sich immer sicher gefühlt.«

Latisse Matabu holte einmal tief Atem und stieg aus dem Wagen. Ihre Stiefel knirschten über den Schotter. Sie driftete von Seite zu Seite, als würde sie nach etwas suchen, das sie verloren hatte. Hinter ihr kletterte Sowahy ebenfalls aus dem Wagen, verzog das Gesicht und hinkte auf sie zu.

»Die Abordnungen sollten sich an diesem Checkpoint treffen. Genau hier, glaube ich.« Während Matabu sprach, hielt sie die Hände zu Fäusten geballt an den Seiten. Schweißperlen traten ihr auf die Stirn. Stocksteif stand sie im kniehohen Gras, ohne zu merkten, dass es ihre Beine streifte. »Mein Vater und sein Hauptstab hatten ihre Uniformen angelegt, die Regierungsbeamten trugen Anzüge. Sie stiegen gleichzeitig aus den Wagen und näherten sich einander. Als sie die Hälfte des Weges hinter sich gebracht hatten, zogen die Männer in den Anzügen ihre Waffen und eröffneten das Feuer.« Sie blieb stehen und warf Dr. Sowahy noch einmal einen Blick zu. »Es waren Soldaten. Söldner, genauer gesagt, von der Regierung beauftragt.«

Matabu spuckte auf den Boden, um ihre Verachtung zu unterstreichen.

»Mein Vater hat nie mit einem Hinterhalt gerechnet. Er hielt sich für zu mächtig, zu geachtet. Er hat nicht gemerkt, dass die Regierung keinen Respekt kennt, nur Angst. Auf Angst reagiert sie. Und auf Einschüchterung.«

Latisse Matabu kniff die Augen zusammen. Ihre zu Fäusten geballten Hände zitterten leicht.

»Die Soldaten, die später an jenem Morgen in unser Haus eindrangen, trugen Uniform – Regierungssoldaten, keine bezahlten Söldner. Sie kamen ohne Angst, denn mein Vater war bereits tot. Jedem, dem es in den Sinn kommen mochte, in seine Fußstapfen zu treten, musste eine Lektion erteilt werden. Meine Mutter hat sie kommen sehen und versucht, meinen jüngeren Bruder und meine Schwester zu verstecken. Doch die Soldaten haben sie gefunden. Sie haben sie gefunden, haben meine Mutter zusehen lassen, wie sie ihnen die Gliedmaßen abhackten. Sie hat sich in eine ihrer Klingen gestürzt. Sie brauchte lange Zeit, um zu sterben. Ein schrecklicher Tod, den sie nicht verdient hat, diese Frau, die nur darum gekämpft hat, den Armen zu Essen zu geben. Sie hatte das einzige Wohlfahrtssystem ins Leben gerufen, das es in Sierra Leone je gegeben hat.

Natürlich hat die Regierung jede Verantwortung abgelehnt – bis zum heutigen Tag. Sie machen den Aufstand der RUF dafür verantwortlich. Es sollen Rebellen gewesen sein, die der Führung meines Vaters überdrüssig geworden seien. Doch diese Geschichten sind erstunken und erlogen. Das aber hat die Vereinten Nationen nicht davon abgehalten, sie zu akzeptieren.«

Latisse Matabu öffnete die Augen und starrte in die Ferne. »Wissen Sie, wo ich war, als das alles passiert ist?«

Sowahy hustete und hatte Schwierigkeiten, wieder zu Atem zu kommen. »Zum Studium in den Vereinigten Staaten, wo Ihre Eltern Sie haben wollten.«

»Sie hatten es mir ersparen wollen, noch einmal vergewaltigt zu werden, als die Regierungstruppen das ganze Land vergewaltigten.« Matabu drehte sich so plötzlich zu ihm um, dass er zusammenfuhr. »Sie haben Verbindung mit mir aufgenommen, Doktor.«

Er nickte grimmig. »Ich hielt es für meine Pflicht. Doch ich habe Sie davor gewarnt, zurückzukommen.«

»Sie haben gesagt, es gäbe ein Todesurteil gegen mich.«

»Das stimmt.«

Sie blickte Sowahy weiterhin an. »Nun, ich bin trotzdem nach Hause gekommen. Und was finde ich vor? Eine Regierung, die öffentlich für den Frieden eintritt, während sie insgeheim entschlossen ist, uns zu vernichten. Die Mitglieder der Regierungstruppen, die wir gefangen genommen haben, konnten uns interessante Geschichten erzählen, als wir sie gefoltert haben. Geschichten von amerikanischen Green Berets, von denen sie ausgebildet und ausgerüstet werden. Geschichten von noch mehr Söldnern, die ihnen zu Hilfe kommen, im Deckmantel des Friedensbewahrers. Egal, wie viele wir auch getötet haben, es waren nie genug.«

»Es werden auch nie genug sein, General. Und was sie tun, das tun sie aus Rache am Feind, nicht aus Liebe zum Volk, nach dem, was Ihnen widerfahren ist …«

»Mit der Vergewaltigung hätte ich leben können, doch es hat dem Ungeheuer nicht gereicht.« Matabus Stimme driftete davon, als würde sie zu jemandem sprechen, der weit weg war. »Wir haben versucht, die Wahrheit vor ihm geheim zu halten, doch er hat es herausgefunden. Er hat es herausgefunden und ist zu meinem Haus gekommen ...«

»Ich kenne den Rest«, unterbrach Sowahy in dem Bemühen, es ihr zu ersparen.

»Meine Eltern haben mich fortgeschickt. Ich wäre vielleicht nie zurückgekommen, wenn sie nicht gestorben wären.« Latisse Matabus Augen bekamen einen harten Ausdruck. »Und jetzt, da ich zurück bin, habe ich vor, diesen Krieg zu gewinnen.«

»Wie? Sie können unmöglich gewinnen.«

Matabu lächelte Sowahy an und ging zurück zum Wagen. »Kommen Sie mit«, sagte sie. »Kommen Sie mit, ich zeige es Ihnen.«

22.

»Wassili Anatoljewitsch«, erläuterte Ben. »Mitglied der russischen Mafia, die zurzeit in Israel blüht und gedeiht.«

Danielle konnte immer noch nicht glauben, was sie gerade gehört hatte.

Ben hatte den Mann verhaftet, auf den Ranieri in Ostjerusalem gewartet hatte.

»Das war eine Geheimoperation in Beit Jala«, fuhr Ben fort. »Anatoljewitsch hat eine Ladung Gewehre an mich geliefert, ein paar Stunden, bevor er sich mit diesem Ranieri in Ostjerusalem treffen sollte.«

»Du sagst, er ist in *Haft*?«

Ben nickte. »In einem von Colonel al-Asis sicheren Häusern.«

Ihr Ambulanzwagen näherte sich mehreren ineinander verkeilten Fahrzeugen gegenüber vom Safra Square. Eine typische Situation auf der Jaffa Road. Ben wartete, dass die Wagen, die ihm im Weg standen, Platz machten. Er drückte ein paarmal auf die Hupe, um seinen Absichten zu unterstreichen.

Danielle steckte das Brillenetui in eine Tasche ihrer Hose, die sie jetzt bereits seit drei Tagen trug. »Wir müssen zur West Bank. Ich muss zu diesem …«

Eine Kugel zerschlug das Seitenfenster, eine zweite ließ das Glas des Fensters auf der Beifahrerseite wie ein Spinnennetz zersplittern.

»Da ist er!«, rief Ben. Im Außenspiegel sah er, wie der als Wachmann gekleidete Attentäter sich zu Fuß einen Weg zu ihnen bahnte. Er war nur ein paar Wagen zurück im Verkehrsstau, der sich hinter dem Ambulanzfahrzeug gestaut hatte. »Dein Cowboy!«

Jim Black erkannte, dass er ein wenig länger hätte warten sollen, bevor er das Feuer eröffnete. Er hätte näher an seinem Ziel sein müssen, um freie Schussbahn zu haben. Das Problem war nur: Danielle Barnea näher zu kommen bedeutete, dass auch *sie* ihm näher sein würde. Angst hatte er in Situationen wie dieser zwar nie verspürt, doch ein Risiko musste um jeden Preis vermieden werden.

Wenn er Glück hatte und den Mann am Steuer des Ambulanzfahrzeugs ausschaltete, überlegte Black, hatte er Barnea besser im Visier. Es war ein schwieriger Schuss, aber er hatte schon schwierigere gemeistert.

Während Black schießend die Jaffa Road hinunterlief, wusste er beinahe sofort, dass die Kugeln ihr Ziel verfehlt hatten. Doch der Ambulanzwagen steckte noch im Verkehr fest. Black änderte sein Ziel, richtete die Waffe jetzt auf die Hinterreifen und feuerte eine weitere Salve ab.

»Mach schon! Beweg dich!«, rief Danielle, die sich jetzt tief in den Sitz duckte.

»Der Bastard hat die Reifen zerschossen! Wir schaffen es nicht bis zur nächsten Kreuzung!«

»Dann bieg rechts ab! Da vorn, in die Shadal Street!«

Der Attentäter befand sich jetzt zwei Wagenlängen hinter ihnen. Ben riss das Ambulanzfahrzeug nach rechts und gab Gas. Der Wagen krachte gegen zwei kleinere Fahrzeuge. Langsam schob er sie beiseite; die zerschossenen Reifen flatterten. Ben hob die Uzi vom Boden auf und blickte aus dem Fenster auf der Fahrerseite.

»Warte! Wie viel Schuss hast du noch?«, fragte Danielle ihn.

»Keine Ahnung!«

»Verschwende sie nicht!«

»Aber ...«

»Fahr!«

Das Rattern im hinteren Teil der Ambulanz verstärkte sich, als Ben das Fahrzeug auf die Einmündung der Straße lenkte. Neben ihm wandte Danielle sich um und schob sich durch eine Öffnung zwischen den Sitzen in den hinteren Teil des Wagens.

»Fahr noch zwanzig Meter weiter und halt an!«, rief sie.

Das Fahrzeug wurde so heftig durchgeschüttelt, dass sie sich an der Seitenwand des Fahrzeugs festklammern musste, um nicht zu stürzen. Die Trage hatte sich bereits gelöst und schlug immer wieder gegen die hintere Tür. Danielle entdeckte die vier Sauerstoffflaschen. Sie drehte die Hähne auf und ließ das Gas heraus. Dann riss sie Schläuche und Masken weg, sodass der Sauerstoff ungehindert ins Innere des engen rückwärtigen Raumes strömen konnte.

Danielle war gerade fertig, als Ben den Ambulanzwagen bremste.

»Lass den Motor laufen«, sagte sie, nachdem sie nach vorn in den Wagen zurückgekehrt war. Sie öffnete das Fenster auf der Beifahrerseite. »Und gib mir die Uzi.«

Ben reichte ihr die Maschinenpistole und quetschte sich dann selbst durchs Fenster auf der Fahrerseite hinaus. Danielle kletterte auf ihrer Seite nach draußen. Als Ben auf der Straße erschien, schwirrten Kugeln um ihn herum. Hastig kletterte er über die Motorhaube des Ambulanzwagens und stolperte davon, um sich Danielle am anderen Ende der Gasse anzuschließen.

Sie richtete die Uzi auf den Wagen. Als Ben bei ihr war, gab sie eine Reihe präziser Schüsse ab, die in Kühler und Motorblock einschlugen. Der erste Treffer ließ eine Stichflamme aus der Kühlerhaube emporschießen. Die Flamme entzündete den Sauerstoff, den Danielle im hinteren Teil des Ambulanzwagens hatte ausströmen lassen.

»Runter!«, rief sie und feuerte die letzte Kugel aus der Uzi in den Motorblock.

Die Druckwelle fegte den Dreck von den Hauswänden der Gasse in die Luft wie die Splitter eines Steinregens, der auch auf Ben und Danielle niederging. Mehrere Folgeexplosionen trieben die Wand aus flammendem Stahl, die zwischen ihnen und ihrem Verfolger entstanden war, weiter in die Höhe.

»Jetzt sitzen wir wohl in einem Boot«, meinte Ben, dessen Ohren noch von dem Lärm dröhnten. Zusammen rannten sie ans andere Ende der Straße.

23.

»Ich will mit eigenen Augen sehen, was hier passiert ist«, beharrte Daniel Sukahamin, der Verteidigungsminister von Sierra Leone.

»Das Gebiet um die Stadt herum könnte unsicher sein, Sir«, warnte der Colonel, der das amerikanische Team der militärischen Berater führte.

Sukahamin drehte sich im Jeep zu ihm herum, während das Fahrzeug die Straße entlang raste und sich den Randbezirken Katanis näherte. »Ich dachte, Dörfer wie diese zu sichern, wäre Ihr Job, Colonel. Hat man Sie nicht deshalb hierhergeschickt?«

Daniel Sukahamin war ein enger Verbündeter von Präsident Ahmed Tejan Kabbah, seit Kabbahs Truppen 1998 wieder die Macht von der RUF übernommen hatten. Es war Sukahamin gewesen, der die ECOMOG gestärkt hatte, eine Allianz westafrikanischer Staaten, die gegründet worden war, um die Rebellen während der Zeit des Waffenstillstands in Schach zu halten. Außerdem hatte Sukahamin die Bürgerwehr geschaffen: Er hatte die Idee gehabt, die Kamajors zusammenzutrommeln, um diese Bürgerwehren zu formieren, die ihre eigenen Dörfer gegen Angriffe der Revolutionäre Einheitsfront verteidigen sollten. Die Kamajors waren die traditionellen Jäger des Stammes der Mende, der ethnischen Mehrheit, die in den südlichen und westlichen Provinzen des Landes lebte. Ihre Beteiligung half, die RUF zu zersplittern und sie davon abzuhalten, außerhalb ihrer Basis im Osten Fuß zu fassen.

Doch die Truppen der Bürgerwehr, die CDF, waren kaum unter Kontrolle zu halten. Einmal bewaffnet, richteten sie oft mehr Schaden als Nutzen an. Kämpfe zwischen örtlichen Stämmen brachen aus, wie auch zwischen verschiedenen Stämmen und der regulären Armee. Sukahamin erkannte, dass er mit den Kamajors ein Ungeheuer erschaffen hatte, das auf seine Art genauso schlimm war wie die Revolutionäre Einheitsfront. Es wurde ein Vollzeit-PR-Job, die RUF für die Gräueltaten verantwortlich zu machen, die von den Kamajors begangen worden waren.

Nachdem sich die von den Vereinten Nationen abgestellten Internationalen Friedenstruppen als unwirksam erwiesen hatten – sie wurden häufiger zu Geiseln, als dass sie eine Beschützerrolle spielten –, hatte Sukahamin amerikanische Soldaten als militärische Berater ins Land geholt. Die Aufgabe dieser Soldaten bestand darin – jedenfalls nach außen hin –, die kleine Armee auszubilden und auszurüsten, die der Verteidigungsminister aus den Reihen der Bürgerwehr rekrutiert hatte. Heimlich jedoch führten die Amerikaner Antiterror-Unternehmen und andere Einsätze durch, die darauf abzielten, die Revolutionäre Einheitsfront auseinanderzureißen, vielleicht sogar endgültig zu zerstören.

»Herr Minister«, sagte nun der amerikanische Colonel, »meine Befehle ...«

»Vergessen Sie Ihre Befehle!«, fuhr Sukahamin ihn an. »Mein Land stirbt, Colonel, und die Amerikaner haben Sie hergeschickt, es zu retten« Daniel Sukahamin lehnte sich zurück, verschränkte die Arme und starrte geradeaus. »Wir wissen, dass General Matabu und ihre Rebellentruppen einen weiteren Angriff auf Freetown vorbereiten. Wenn es uns nicht gelingt, die Hauptstadt zu halten, oder wenn wir uns in größere Kämpfe verwickeln lassen, gehen wir das Risiko ein, die Bürgerwehr in Dutzende kleiner Gruppen zu zersplittern. Matabe wird Präsident Kabbah töten lassen und sich selbst zum Staatsoberhaupt ausrufen.« Sukahamin blickte den Amerikaner an. »Haben Sie Kinder, Colonel?«

»Einen Jungen und ein Mädchen, Sir.«

Der Blick des Verteidigungsministers wurde kalt und hart. »Wissen Sie, was mit ihren Kindern geschehen würde, wenn sie hier wären, sobald die Regierung fällt? Die Gliedmaßen des Jungen würden eines nach dem anderen abgehackt, und er würde liegen gelassen, bis er verblutet ist. Das Mädchen würde so oft vergewaltigt, bis es stirbt.«

Der Colonel verzog angewidert das Gesicht.

»Ich übertreibe nicht. Das ist die Realität, der unsere Bevölkerung entgegensieht.«

Sukahamin verstummte, als der Jeep in Katani einfuhr, in dem das Chaos herrschte.

»Was, zum Teufel ...«, sagte der Colonel.

Die Dorfbewohner duckten sich beim Anblick des Jeeps. Die meisten wichen zurück; andere ließen ihre wenigen Habseligkeiten fallen und flohen in die Wälder. Ein paar näherten sich dem Fahrzeug, jammernd und schreiend. Alle redeten gleichzeitig.

Der Colonel zog das M-16 von der Schulter und richtete es auf die Menge. Den anderen beiden Soldaten im Jeep bedeutete er, es ihm gleich zu tun.

»Ich habe Sie gewarnt, Sir! Dieses Gebiet ist nicht sicher«, rief er Sukahamin zu.

Der Verteidigungsminister schwieg. Er versuchte, den verzweifelten Bitten und Rufen der Dorfbewohner einen Sinn zu entnehmen.

»Die Leute fliehen nicht vor der Revolutionären Einheitsfront, Colonel«, sagte Sukahamin schließlich.

Der Colonel schüttelte verwirrt den Kopf. »Vor was denn dann?«

Sukahamin wandte sich erneut den Menschen zu, versuchte, zu begreifen, was er hörte. »Vor dem Weltuntergang, Colonel. Sie sagen, sie fliehen vor dem Weltuntergang.«

24.

»Er hat sein Büro in dem Restaurant hier drüben«, sagte Danielle zu Ben, nachdem der Bus sie in Haifa abgesetzt hatte. »Du kannst draußen warten, wenn du möchtest.«

»Mag dein Freund Sabi keine Palästinenser?«

»Nicht, wenn sie gleichzeitig Polizisten sind.«

»Ich glaube, ich komme besser mit rein.«

»Bitte sehr«, meinte Danielle. Ihr abweisender Tonfall war noch derselbe wie im Befragungsraum.

»Tut mir Leid«, sagte Ben.

»Was tut dir Leid?«

»Musst du wirklich fragen?«

Danielle blickte nicht zu ihm. »Weißt du, was das Schlimmste daran ist? Ich erinnere mich nicht. Meine erste Erinnerung ist, wie ich im Krankenhaus aufgewacht bin. Deshalb kann ich nicht herausfinden, was ich falsch gemacht habe … was ich hätte anders machen können.«

»Erinnerst du dich, was du mir über diesen fehlgeschlagenen Anschlag in Beirut vor zwölf Jahren gesagt hast?«, fragte Ben.

»Nein.«

»Du sagtest, du hättest eine Kopie des Bandes noch Jahre später aufbewahrt. Und du hättest dir dieses Band wieder und wieder angesehen.«

»Und?«

»Um herauszufinden, was du falsch gemacht hast«, fuhr Ben fort, »was du hättest anders machen können. Das hat dir damals nicht geholfen, und es würde dir auch jetzt nicht helfen. Es ist ein Segen, dass du dich nicht erinnern kannst.«

»Du hast mir das Leben gerettet, Ben. Daran jedenfalls kann ich mich erinnern. Ich muss unaufmerksam gewesen sein. Das wäre mir vor zehn oder zwölf Jahren nicht passiert.«

Haifa, im Nordwesten Israels gelegen, war eine bedeutende Hafenstadt; der Hafen war strategisch günstig am Mittelmeer gelegen und wurde von großen wie von kleinen Schiffen angelaufen, von Fischerbooten bis hin zu Vergnügungsschiffen, von prächtigen Jachten bis hin zu Frachtern. Die Stadt besaß außerdem ein blühendes Geschäftszentrum; daher lagen der Klang der Schiffshörner und das Tuten einlaufender Frachter im steten Kampf mit den Geräuschen des Verkehrs, der sich Zentimeter um Zentimeter über die geschäftigen Straßen voranschob.

Über die Jahre hinweg war die Stadt in mehreren Stufen den

Hügel hinauf gewachsen. Der Bus hatte Ben und Danielle auf der untersten Stufe abgesetzt, der Hafenebene, die nur ein kurzes Stück vom Bankers Tavern Restaurant entfernt lag. Dort ging Sabi, der inoffizielle Bürgermeister von Haifa, seinen Geschäften nach. Wenige dieser Geschäfte waren legal: Sabi war so ziemlich der größte Kriminelle, den Israel zu bieten hatte.

Als Schmuggler und israelischer Araber war Sabi einer der wenigen Menschen, die mit jedem zurechtkamen. Die Palästinenser hießen ihn wegen des nicht abreißenden Warenstroms willkommen, den er zügig in die Westbank und den Gazastreifen weiter verschob, frei von israelischen Zöllen und Steuern. Die israelischen Behörden schauten weg, selbst in diesen Zeiten der andauernden *Intifada,* da Sabis Kontakte in Alexandria, Port Said, der Türkei und anderswo für den Handel des Landes lebensnotwendig waren. Die National Police indessen ließ Sabi in Ruhe, weil er die fragwürdigen Elemente, die in und um Haifa kamen und gingen, wesentlich besser unter Kontrolle hielt, als sie es sich je erhoffen konnte. Sabi spielte beide Seiten gegen die Mitte aus und schien dabei nie zu verlieren.

»Pakad Danielle Barnea!«, rief er begeistert, kaum dass Danielle den Fuß ins Restaurant gesetzt hatte. »Sind Sie es wirklich?«

Wie immer saß Sabi in seiner Ecknische, wobei er den größten Teil einer Seite selbst besetzte. Sein unglaublicher Umfang gehörte zu seinem Mythos. Jedes Mal, wenn Danielle ihn traf, schien er dicker geworden zu sein. Er besaß ein Dreifachkinn und einen rundlichen Kopf von der Größe eines Basketballs. Die zwei Männer, die Sabi in der Nische gegenüber saßen, mussten die Beine einziehen, damit er sich herausschieben konnte. Sie beobachteten, wie er Danielle, die ihm auf halbem Weg den Gang entlang entgegenkam, in seine gewaltigen Arme schloss.

Dann schob Sabi sie auf Armeslänge von sich, die Hände auf ihren Schultern, und warf einen kurzen Blick auf Ben, der in der

Tür stehen geblieben war. »Ich habe mir Sorgen gemacht, Pakad Barnea. Nach allem, was ich in den letzten Tagen so gehört habe … Aber bitte, was kann ich für Sie tun?«

»Sie könnten mir etwas von den Russen erzählen, die Waffen über Israel verschieben.«

Sabi setzte eine finstere Miene auf. »Diese Bastarde besitzen keine Ehre. Unmöglich, mit denen Geschäfte zu machen.«

»Sie handeln doch sowieso nicht mit Waffen.«

»Seit langem nicht. Zu gefährlich. Schlecht für das Geschäft. Und alles, was schlecht für das Geschäft ist, ist schlecht für Sabi.«

»Aber nicht schlecht für diese Russen, wie es scheint.«

Sabi kicherte. »Unternehmerische Kriminelle, die von Israel freundlicherweise aufgenommen wurden, nachdem sie ihr eigenes Land ausgelaugt hatten. Befolgen Sie meinen Rat, packen Sie diese Leute am Kragen, und werfen Sie sie hinaus! Kommen Sie«, sagte er und führte sie zu der Nische, die seine beiden Bodyguards freigemacht hatten, »leisten Sie mir Gesellschaft!«

»Ich bin zurzeit nicht in der Position, irgendwelche Ratschläge weiterzugeben«, sagte Danielle, sobald sie in der Nische einander gegenübersaßen.

Sabis ovale Augen mit den schweren Lidern bekamen einen sanften Ausdruck. »Sie sehen hungrig aus, Pakad Danielle Barnea. Bitte, essen Sie etwas!« Er wies auf eine Auswahl an Gerichten auf dem Tisch. »*Min fadlak.* Bedienen Sie sich.«

»Später, Sabi.«

»Nur einen Happen *Tabuleh*«, drängte er und zeigte auf einen Salat. »Oder ein wenig *Molochiya*, Spinatsuppe. Macht Sie stark wie den Amerikaner Popeye.«

Danielle musste gestehen, dass die Gerüche einladend genug waren, um die Konzentration auf jene Dinge zu erschweren, die wichtig waren. Sie hatte seit drei Tagen kaum etwas gegessen. Ihr Magen knurrte, während Sabi sie weiter zu überreden versuchte.

»Wie wäre es mit einem Teller *Mezze*, Vorspeisen, oder frisch gebackenem *Mankushi*? Es liegen gerade ein paar Laibe zum Auskühlen in der Küche.«

»Nein, danke.«

Sabi runzelte die Stirn. »Wenn ein hungriger Mensch es vorzieht, nichts zu essen, heißt das normalerweise, dass er mehr als nur seinen Appetit verloren hat.«

Danielle schwieg.

Sabi nahm eine Flasche, die vor ihm gestanden hatte. »Dann ein Glas Wein.« Er schenkte Danielle ein Glas Cabernet Sauvignon ein, ohne ihre Antwort abzuwarten. »Vom Bestem, was die Kefraya-Weinberge im Libanon zu bieten haben. Sie schicken diesen Wein vorzugsweise mir. Wollen Sie wissen, warum? Weil ich dazwischen gegangen bin, als die israelischen Truppen während der Invasion 1982 ihre Weinberge zertrampelt haben. Die Menschen vergessen solche Gefälligkeiten nicht so schnell.«

Danielle ließ ihr Weinglas unberührt stehen. »Ich verstehe.«

»Wirklich? Dann sollten Sie für mich arbeiten.« Sabi beugte sich vor, dass sein gewaltiger Bauch gegen den Tisch stieß. »Sie würden aufblühen in einer Welt ohne Politik.«

»Politik gibt es überall. Nur ist sie von anderer Art.«

»Und welcher Art ist die Politik, die Sie zu mir führt?«

»Ich muss in die Westbank.«

Sabi sah sie argwöhnisch an, dann warf er einen Blick auf Ben. »Hat das irgendetwas mit dem Palästinenser zu tun, der da in der Tür steht?«

»Er hat mir heute das Leben gerettet.«

»Ich weiß, wer der Mann ist, Pakad. Ich weiß alles über ihn.«

Danielle schaute nicht zu Ben, sondern hielt den Blick auf Sabi gerichtet. »Nicht so viel, wie Sie denken. Können Sie mir helfen, in die Westbank zu kommen?«

»Das erbittet man nicht oft von mir. Aus der Westbank heraus, ja, aber in die Westbank hinein …« Er zuckte die Achseln, dass sein dicker Hals mit den Schultern zu verschmelzen schien. »Das dürfte kein Problem sein. Ich werde nur ein wenig Zeit brauchen, um die Vorbereitungen zu treffen.«

»Nehmen Sie so viel Zeit, wie Sie brauchen. Könnte ich die Restaurantküche benutzen?«

Sabi zündete sich eine riesige Zigarre an, fragte Danielle aber nicht weiter aus. »Natürlich. Noch etwas, Pakad?«

Danielle warf Ben einen kurzen Blick zu. »Nur eine Sache noch …«

25.

»Ich werde nicht fragen«, meinte Ben, als er Danielle in die Küche folgte.

»Es ist besser, wenn du es siehst.«

In der Küche angekommen, die erfüllt war von den köstlichen Gerüchen nach Kräutern und frischem Gemüse, füllte Danielle eine Schüssel mit Wasser. Dann zog sie das Brillenetui aus der Tasche und öffnete es. Nachdem sie die Brille herausgenommen hatte, drückte sie die großen, übermäßig dicken, gefärbten Gläser nacheinander heraus und ließ sie in die Schüssel gleiten, wo sie im Wasser schnell zu Boden sanken. Dann schob sie die Schüssel in die Mikrowelle, stellte die Temperatur sehr hoch ein, schaltete die Uhr auf fünf Minuten und drückte den Startknopf.

Die Mikrowelle begann zu surren. Ben sah, wie das Wasser zu kochen begann, als sein Handy klingelte.

»Meine israelischen Kollegen sind sehr wütend auf mich, Inspector«, begrüßte Nabril al-Asi ihn. Seine Stimme klang heiser und ungeduldig.

»Ich …«

»Sie wollen wissen, warum jemand, dessen Papiere sie auf mein Geheiß genehmigt haben, in einen Gefängnisausbruch verwickelt ist.«

»Gefängnisausbruch?«

»So war es doch, oder?«

»Nein. Das heißt ... ja, aber nicht so.«

»Ist Pakad Barnea immer noch in Haft?«

»Nein.«

»Ist sie mit Ihnen in Haifa?«

Ben erinnerte sich an die neue Technologie, die es al-Asi erlaubte, seine Position anhand seines Handysignals zu bestimmen. »Ja.«

»Dann haben Sie ihr geholfen, zu entkommen.«

»Weil sie sonst getötet worden wäre. Im Gefängnis war ein Attentäter«, erwiderte Ben und blickte zu Danielle hinüber. Die Mikrowelle surrte weiter. »Ein amerikanischer Attentäter, den Pakad Barnea zuvor bereits getroffen hat. Er hat zugeschlagen, als wir im Befragungszimmer zusammensaßen.«

»Ich nehme an, Sie wollen mir erzählen, dass er für die neun Toten verantwortlich ist – die acht israelischen Polizisten und den Anwalt, der Pakad Barnea vertreten hat.«

»Um ehrlich zu sein ...«

»Ich glaube Ihnen, Inspector. Das Problem ist nur – die *Israelis* werden Ihnen nicht glauben. Die Geschichte, die sie verbreiten, erzählt nichts von einem Attentäter. Ich möchte, dass Sie mir genau zuhören: Wenn Sie jetzt in die Westbank zurückkehren, kann ich Sie da rausholen, Sie beschützen. Noch einen Tag, und ich habe keine Kontrolle mehr über die Sache. Sie müssen *sofort* zurückkommen.«

Ben warf erneut einen Blick auf Danielle. »Tut mir Leid, Colonel«, sagte er ins Telefon.

Er hörte al-Asi seufzen. »Mir auch. Sie und Pakad Barnea sind drauf und dran, die meist gesuchten Personen in ganz Israels zu werden, mehr noch als die Terroristen, die ich meinen israelischen Kollegen von Zeit zu Zeit serviere.«

Ben schluckte schwer. »Was ist mit Ihnen?«

»Machen Sie sich um mich keine Sorgen. Ich leiste den Israelis zu viele Dienste, als dass sie lange sauer auf mich sein werden. Sie werden mich vermutlich wegen der Anschläge aufs Korn nehmen und dann das Gebäude bombardieren, wenn ich nicht da bin.«

»Danke, Colonel. Es tut mir Leid, dass ich Sie mit hineingezogen habe.«

»Ich habe dieser Tage kaum etwas anderes zu tun. Ich verbringe viel Zeit in Rafiqs Baumarkt, um Sachen für das Haus und unser neues Büro zu holen. Jeden Tag bin ich dort. Übrigens, kennen Sie sich mit Rosen aus?«

»Nein.«

»Ich pflanze welche in meinem neuen Garten, mache aber irgendetwas falsch. Ich nehme an, Pakad Barnea ist bei Ihnen?«

»Ja.«

»Ob Sie etwas von Rosen versteht?«

»Ich kann sie fragen.«

Ben konnte al-Asi am anderen Ende der Leitung erneut seufzen hören. »Bemühen Sie sich nicht. Ich fürchte, ich verschwende nur meine Zeit. Schaukeln bauen, Rasen mähen, Gärtner spielen. Wir können nicht wieder aufleben lassen, was wir verloren haben.«

»Wir müssen es versuchen, Colonel.«

»Gestern habe ich einen Trupp angeführt, um ein besonders widerwärtig militantes Versteck im Flüchtlingslager von Jabalaya auszuheben. Die Bewohner haben sich gegen uns erhoben, bevor wir auch nur in die Nähe kamen.« Al-Asi unterbrach sich. »Ich habe immer gedacht, unsere Leute stehen im Schlamm, aber eigentlich ist es Treibsand, nicht wahr, Inspector?«

»Ich habe das Gefühl, ich sinke auch ein.«

Die Mikrowelle piepte, als Ben sein Handy zurück in die Tasche gesteckt hatte. Danielle nahm die Schüssel aus dem Gerät. Ben sah sofort, dass die Brillengläser nicht mehr zu erkennen waren; sie waren im jetzt kochenden Wasser geschmolzen. Dennoch spähte Danielle in das dampfende Wasser. Sie wartete, bis es sich ein wenig abgekühlt hatte, bevor sie hineingriff und ein Objekt vom Boden der Schüssel nahm.

»Eine interessante Verschreibung bei Fehlsichtigkeit, meinst du nicht?«, fragte Danielle und öffnete die Handfläche, damit Ben den kleinen Diamanten sehen konnte, der dort lag.

26.

General Latisse Matabu führte Dr. Sowahy einen Pfad entlang, der von der Regierung vor Jahren durch die Wälder von Kono, der östlichen Region Sierra Leones, geschlagen worden war. Die tiefen schlammigen Rillen ließen erkennen, dass dieser Pfad vor kurzer Zeit von Lastwagen benutzt worden war. Soldaten der RUF standen in regelmäßigen Abständen auf Posten oder saßen in hohen Bäumen, wo sie zusätzlich neben ihren Gewehren auch mit Ferngläsern ausgerüstet waren.

»Keine Angst, man wird nicht auf Sie schießen, solange ich nicht den Befehl gebe«, beruhigte Matabu den alten Arzt. »Die Rückeroberung Konos vor zwanzig Jahren hat uns die Möglichkeit eröffnet, die Waffen zu kaufen, die wir brauchen, um die Regierungstruppen und die so genannten Militärberater aus den Vereinigten Staaten zu bekämpfen. Die Soldaten, die meinen Vater getötet haben, wurden von den USA ausgebildet und bewaffnet. Dafür werden sie sehr bald bezahlen!«

»Was ist mit den Friedensverhandlungen?«

»Ein Betrug, den sich Präsident Kabbah für uns ausgedacht hat. Ich habe alle Kinder und sämtliche Mitglieder der UN-Friedenstruppen freigelassen, die seine Regierung als Geiseln betrachtet hat. Aber was ist mit den Zugeständnissen, die uns im Austausch versprochen wurden? Nein, die Regierung verlangt viel und gibt nichts! Was wir haben wollen, müssen wir uns in Freetown selber holen.«

»Sie wollen wieder einen Krieg auf breiter Front führen«, bemerkte Dr. Sowahy.

Matabu nickte. »Der letzte Versuch der RUF, die Hauptstadt einzunehmen, ist fehlgeschlagen. Dieser Fehlschlag hat meinen Vater das Leben gekostet. Ich habe nicht die Absicht, seine Fehler zu wiederholen. Die Diamantenfelder hier und anderswo zurückzuerobern war erst der Anfang. Alles andere wird folgen.«

Matabu blieb am Ende des Pfades stehen und drehte sich zu dem alten Arzt um. »Ich habe meine Krankheit General Treest zu verdanken, Doktor. Dabei glaube ich nicht einmal, dass er Spaß daran hatte, mich zu vergewaltigen. Er wollte mich einfach nur verletzen. Doch ich habe ihm die Schmerzen, die er mir verursacht hat, hundertfach vergolten. Ich habe ihm eine Ende bereitet, wie es schlimmer nicht sein kann … genau so, wie ich den anderen Regierungsmitgliedern ein Ende bereiten werde. Sie sind nicht besser als Treest.«

Matabu teilte ein letztes Stück widerspenstiges Buschwerk, und vor ihnen erschien der Fluss, den sie zwei Jahre zuvor von den Regierungstruppen zurückerobert hatte. Bewohner der nahen Dörfer durchsiebten das schlammige Wasser mit Gittersieben unter den wachsamen Blicken der RUF-Soldaten, die am Ufer standen. Die Szenerie wirkte genauso wie an dem Tag, als sie einen Laster mit ihren Soldaten hergebracht hatte, die als Arbeiter verkleidet waren. Der Unterschied lag nur darin, wer jetzt die Kontrolle hatte.

»Willkommen in Tongo, Doktor«, sagte Matabu, an Sowahy gewandt. »Das letzte unserer Felder mit Ablagerungsdiamanten, auf dem sich der Abbau lohnt. Die Felder in Bo und Kanema sind alle trocken, und bald wird es auch hier so sein. Aber das spielt keine Rolle. Wenn es soweit ist, wird Sierra Leone uns gehören.«

27.

Der Brillant funkelte in Danielles Handfläche. Fein geschliffen und so groß wie der Nagel ihres kleinen Fingers, schien der Stein aus dem Wasser zu steigen, das ihn aus der dampfenden Schüssel begleitet hatte.

»*Das* war in einem der Brillengläser?«, fragte Ben, der noch immer nicht seinen Augen traute.

»Eingebettet in ein Polymer, das bei 150 Grad Celsius schmilzt, und verborgen unter getöntem Glas. Damit ist der Stein praktisch unauffindbar. Wäre Ranieri durchsucht worden, hätte man den Stein sehr wahrscheinlich nicht entdeckt.«

»Hat Levy dir das erzählt?«

Danielle schüttelte den Kopf. »Nur dass Diamanten ins Land geschmuggelt werden, um Waffen davon zu kaufen.«

»Wie hast du alles andere herausgefunden?«

»Ranieri hat zweimal dasselbe Juweliergeschäft in Tel Aviv aufgesucht – das erste Mal sofort vom Flughafen aus, das zweite Mal vorgestern Morgen auf dem Weg nach Ostjerusalem.«

»Warum zweimal?«

»Beim ersten Mal hat er etwas abgeliefert, beim zweiten Mal muss er die Brille mitgenommen haben. Wie Ranieri die Diamanten am Zoll vorbei geschmuggelt hat, weiß ich auch nicht. Ich bin ihm gefolgt, seit er am Flughafen eintraf, und wollte mich an Anatoljewitschs Fersen heften, der erschienen wäre, um Ranieri zu treffen. Dann hätte ich die Fährte aufnehmen können, die zu den Waffen führt. Aber dank deiner gütigen Hilfe ist Anatoljewitsch nie angekommen.«

»Tut mir Leid, dass ich es dir wieder mal vermasselt habe.«

Ben schaute zu, wie Danielle eine zweite Schüssel nahm und den Inhalt der ersten hineinschüttete. Sie hielt eine Hand über die Schüssel und ließ das Wasser zwischen den Fingern hindurchlaufen. Bei jedem Diamanten, den Danielle auffing, war ein leises Klicken zu hören. Alles in allem waren es an die zwei Dutzend kleine, aber wunderschöne Steine. Danielle ließ sie in die erste Schüssel fallen und betrachtete, wie sie unter dem harten Neonlicht der Küche funkelten.

»Wie viel sind sie wert?«, fragte Ben, und musste an den Brillantring denken, den er seiner Frau vor fünfzehn Jahren gekauft hatte – für den größten Teil seiner Ersparnisse. Bei dem Gedanken an seine Frau wurde Ben die Kehle eng, und die wohl bekannte Trauer stieg in ihm auf.

»Ich würde sagen, eine halbe bis eine drei viertel Million Dollar. Genug, um sehr viele Waffen zu kaufen.«

»Die noch immer nicht aufgetaucht sind.«

»Das kann sich rasch ändern«, erwiderte Danielle. »Warum statten wir Anatoljewitsch nicht einen Besuch ab?«

28.

DUBNA, RUSSLAND

Den Kopf im Nacken warf Bürgermeister Anton Krilew einen Blick auf eine weitere Flugzeugstaffel, die über das Zentrum von Dubna flog, als ein Lastwagenkonvoi die Hauptstraße entlangrumpelte. Krilew senkte den Kopf und sah, wie ein Offizier vom

Rücksitz eines vom Militär gestellten Fahrzeuges sprang und zu ihm eilte. Der Offizier war ein kleiner, stämmiger Mann mit rundem Kopf.

»Gott sei Dank, sind Sie da!«, rief Krilew. Bewaffnete Soldaten sprangen aus den vier Lastern. »Es ist schlimmer geworden, seit ich Moskau kontaktiert habe!«

Der Offizier sah sich um; dann bedeutete er seinen Soldaten, sich zu verteilen. »Ich bin Oberst Juri Petroskow«, stellte er sich vor. »Verantwortlich für die innere Sicherheit in dieser Region.«

»Anton Krilew, Bürgermeister von Dubna.« Krilew streckte die Hand aus.

Petroskow schien die ausgestreckte Hand nicht zu bemerken. »Sie werden mich jetzt in Ihr Büro führen, damit ich dort mein Hauptquartier einrichten kann.«

»Gute Idee, dann kann ich Sie über die aktuelle Lage ins Bild setzen.«

Petroskow betrachtete prüfend die Straße. »Ich muss nicht ins Bild gesetzt werden.«

»Aber die Telefone funktionieren nicht mehr, in der ganzen Stadt nicht.«

»Ich weiß«, sagte Petroskow. »Sie wurden auf meinen Befehl abgestellt.«

»Auf *Ihren* Befehl?«, wiederholte Krilew verwundert.

Doch Petroskow war bereits losmarschiert. Der Bürgermeister hatte Mühe, ihn einzuholen.

»Wie viele Tote gibt es bis jetzt?«, fragte der Oberst.

»Ich weiß es nicht, die Berichte kommen zu schnell herein. Ein paar Tausend vielleicht, darunter viele Kinder.« Krilew betrachtete die schwer bewaffneten Soldaten, die weiter die Straßen durchkämmten und zwischen Gebäuden verschwanden. »Ich hatte Ärzte angefordert, zusätzliches medizinisches Personal und Vorräte.«

»Das alles werden Sie bekommen.« Schwungvoll drehte der Oberst sich zu ihm um. »Sobald die Stadt gesichert ist.«

»Gesichert? Ich verstehe nicht, was Sie …«

Petroskow legte den Kopf zurück. »Dubna steht unter Quarantäne, Herr Bürgermeister. Bis auf Weiteres darf ohne Erlaubnis, entweder von mir oder einem meiner Offiziere, niemand hinein oder heraus. Ist das klar?«

»Als ich Moskau angerufen habe …«

»Ist das *klar*?«

»Ja.«

»Sobald ich mein Hauptquartier eingerichtet habe, bringen Sie mich in die Krankenhäuser. Ich will mit den Ärzten sprechen. Und mit den anderen Stadtverordneten.«

»Natürlich.« Krilew keuchte mittlerweile von der Anstrengung, mit den raumgreifenden Schritten des Oberst mitzuhalten. »Aber es gibt neue Informationen. Einige Zeugen haben kleine Flugzeuge beobachtet, die in den letzten Tagen in geringer Höhe über die Stadt geflogen sind. Andere Zeugen sprechen von einem seltsamen Geruch, der seitdem von den Wäldern ausgeht. Ich glaube, dass …« Er verstummte, als er merkte, dass Petroskow ihm gar nicht zuhörte. »Herr Oberst?«, versuchte Krilew ihn auf sich aufmerksam zu machen.

»Überlassen Sie *mir* die Ermittlungen, Herr Bürgermeister.«

Krilew blieb abrupt stehen. »Sie wissen bereits, was passiert ist«, stellte er fest. »Sie haben das hier erwartet.«

»Ich bin darauf vorbereitet.«

»*Worauf* denn? Meine Stadt liegt im Sterben, Oberst, und Moskau schickt Sie, um mir zu helfen?«

»Moskau hat mich geschickt, Bürgermeister, um zu verhindern, dass die Dinge noch schlimmer werden. Wo ist Ihr Büro?«

VIERTER TAG

29.

Wassili Anatoljewitsch beugte sich im Stuhl vor, grinste Danielle an und sagte zu Ben: »Also kehrt der Sohn von Jafir Kamal zurück.« Er ließ den Blick durch das komfortabel möblierte, bewachte Zimmer in Colonel al-Asis sicherem Haus im exklusiven Vorort Al-Bireh im Norden Ramallahs schweifen. »Sagen Sie, Inspector, behandeln die Palästinenser alle ihre Gefangenen so? Kein Wunder, dass ihr kein eigenes Land besitzt.«

»Fühlen Sie sich schlecht behandelt?«, fragte Ben.

»Ich habe gestern meine letzte Flasche Wodka geleert.« Anatoljewitsch strich sich das Haar mit den Händen glatt. Er war frisch rasiert und roch nach Fliederseife, wie sie in den schicken Boutiquen von Tel Aviv verkauft wurde. »Wo ist eigentlich denn Ihr Colonel al-Asi? Er hat mir eine neue Flasche versprochen, damit ich mit Ihnen spreche, Inspector.«

»Sie können noch heute ein freier Mann sein, wenn Sie uns helfen«, sagte Ben, ohne auf Anatoljewitschs Worte einzugehen.

»Ich werde so oder so ein freier Mann sein. Es dauert nur ein bisschen länger.«

»Aber Sie werden kein reicher Mann sein«, warf Danielle ein.

Anatoljewitsch musterte Danielle lüstern. »Sie bringen eine sehr hübsche Frau mit. Ich bin erstaunt.«

»Pakad Barnea war so freundlich, an Ihrer Stelle an dem Treffen in Ostjerusalem teilzunehmen, das Sie am Montag verpasst haben«, erklärte Ben.

»Was für ein Treffen? Wovon sprechen Sie?«

»Hiervon.« Danielle holte einen kleinen Beutel hervor, der die Brillanten enthielt, die in Ranieris Brille eingebettet gewesen waren. Sie öffnete den Beutel und nahm einen der schön geschliffenen Steine heraus. »Die sollten Sie im Austausch für Waffen bekommen.«

Anatoljewitsch quollen die Augen aus dem Kopf. Er streckte eine Hand aus, als wollte er nach dem Brillanten greifen, zog sie dann aber zurück.

»Was ist jetzt?«, fragte Ben. »Wollen Sie mit uns kooperieren oder nicht?«

Am Abend zuvor hatte Danielle sich das Haar kurz geschnitten und sich eine Brille ohne verstärkte Gläser sowie ein paar formlose Kleidungsstücke auf dem Flohmarkt besorgt, um ihre Verkleidung zu vervollständigen.

»Was meinst du?«, hatte sie Ben gefragt.

»Du siehst gut aus.«

»Du gibst mir allen Grund, an deiner Urteilsfähigkeit zu zweifeln.«

Ben zuckte die Achseln. »Ich bin froh, dass deine Haare nachwachsen.«

»Und jetzt bist du dran ... «

Danielle hatte sein Haar schwarz gefärbt, straff zurückgekämmt und anschließend mit Pomade eingerieben, um ihm einen wachsartigen Glanz zu verleihen.

»Rasieren darfst du dich in der nächsten Zeit nicht«, hatte sie ihn angewiesen, nachdem sie sein Gesicht mit Selbstbräuner dunkler getönt hatte. Als sie fertig war, hatte Ben in den Spiegel geschaut und zugeben müssen, dass sein Erscheinungsbild sich stark verändert hatte.

»Du kannst das sehr gut.«

»Ich hatte mal viel Übung.«

»Im Sayaret?«

»Ja. Damals schien alles so einfach zu sein.«

»An der Mission, bei der du dem Cowboy das erste Mal begegnet bist, war nichts einfach.«

»Vielleicht wurde er bei der Explosion des Krankenwagens gestern getötet.«

»Glaubst du wirklich, Danielle?«

»Nein. Männer wie er sterben nicht so einfach.« Sie hielt kurz inne. »Oder wie du, Ben.«

»Ist das ein Kompliment?«

»Was meinst du? Du hast mir in New York das Leben gerettet …«

»Aber nicht das deines Kindes.«

»Du bist stärker, als du denkst, Ben. Du wirst stark genug sein für uns beide.«

»Vielleicht«, erwiderte Ben, bemüht, das Thema zu wechseln. »Und wenn du mit dem Cowboy richtig liegst, werden wir ihn zweifellos wiedersehen.«

»Ich hätte ihn in Beirut töten sollen, wie ich es vorgehabt hatte«, sagte Danielle.

»Du warst damals vierundzwanzig, nicht wahr?«

»Fünfundzwanzig. Alt für die Spezialeinheit.«

»Aber jung für den Shin Bet, als sie dich wieder eingestellt haben.«

»Um mir einen ehrenvollen Abschied zu gewährleisten.«

»So etwas gibt es nicht, Danielle.«

Sie hatten die Fahrt in die Westbank kurz nach Sonnenaufgang angetreten, versteckt auf der Ladefläche eines mit Kühlschränken und Öfen voll beladenen Lasters, der nach Ramallah unterwegs war. Sabis Transfervisas hatte die israelischen Checkpoints zu bloßen Formalitäten werden lassen; der Laster war bei den drei Stopps nicht einmal durchsucht worden. Im Zentrum von Ramallah waren sie in ein Taxi umgestiegen, das sie den Rest des Weges zu Colonel al-Asis sicherem Haus in Al-Bireh gebracht hatte, in dem Anatoljewitsch jetzt immer noch auf die Brillanten starrte, die Danielle aus der Tasche gezogen hatte.

»Wir wollen genau wissen, was für Waffen Ranieri kaufen wollte«, sagte Ben. »Und für wen.«

»Und wo wir diese Waffen finden können«, fügte Danielle hinzu.

Anatoljewitsch lehnte sich zurück. »Wenn ich rede, kann ich gehen?« Der Russe kicherte. »Ist das der Deal, für den ihr den ganzen Weg hierher gekommen seid?« Er schüttelte den Kopf. »Da müsst ihr mir schon etwas Interessanteres anbieten.«

»Nein«, erwiderte Ben. »Wir haben eine bessere Idee.« Er blickte zu Danielle hinüber.

»Wir wollen dieselbe Ware kaufen, die Sie an Ranieri verkaufen wollten«, nahm sie seinen Gedanken auf.

»Und wo bleibt dann mein eigentlicher Kunde, Genossen?«

»Ihr eigentlicher Kunde ist nicht mehr in der Lage, Sie zu bezahlen«, erinnerte Danielle ihn, den Beutel in der Hand. »Wir schon.«

Anatoljewitsch blickte auf den Beutel. »Sie müssen mehr bieten als das, was da drin ist.«

Ben und Danielle warfen einander Blicke zu.

»Sie wissen es nicht, stimmt's?«, verhöhnte der Russe sie.

»Was wissen wir nicht?«

»Die Brillanten in dem Beutel waren nur eine Anzahlung.«

»Anzahlung?«, fragte Danielle ungläubig.

Anatoljewitsch nickte. »Eine viel größere Summe wartet bei dem Juwelier, den Ranieri dieses Mal als Mittelsmann benutzt hat.«

»Wie viel?«

»Zehn Millionen Dollar.«

»Was wollten Sie verkaufen, das *zehn Millionen Dollar* wert ist?«, wollte Ben wissen. Er konnte nicht glauben, was er gehört hatte.

Anatoljewitsch verschränkte die Arme vor der Brust. »Lassen Sie mich frei. Lassen Sie mich diesen Beutel mit Brillanten behalten, und ich werde es Ihnen vielleicht verraten.«

»Nein«, erklärte Danielle. »Wir wollen sehen, was Sie für diesen Betrag verkaufen wollten.«

»In Ordnung, warum nicht?« Anatoljewitsch lächelte. »Ich habe zurzeit sowieso nichts Besseres zu tun.« Der Russe ließ den Blick auf Ben ruhen, während er sich lässig erhob. »Lassen Sie uns gehen, Inspector. Unterwegs werde ich Ihnen die Wahrheit über Ihren Vater erzählen.«

30.

Vom sicheren Haus in Al-Bireh aus wurden sie über eine staubige Straße bis zu einem verlassenen Gebäude gefahren, das sich zwanzig Kilometer entfernt in Ramallah befand. Ben und Danielle ließen Anatoljewitsch mit al-Asis Wachen zurück und gingen hinein.

»Pakad Barnea«, grüßte Colonel al-Asi freudig, »wie schön, Sie zu sehen.«

Er nahm ihre Hände und küsste sie leicht auf beide Wangen. Der Colonel trug Zimmermannshosen und ein Hemd, aber keine

Krawatte. Das Innere des Gebäudes roch nach Farbe und Sägemehl. Ben sah, dass einer von al-Asis Fingern verbunden war.

Der Colonel wandte sich ihm zu. »Was halten Sie von meinem neuen Hauptquartier, Inspector?«

Das vorherige Hauptquartier in Jericho war ein Jahr zuvor von israelischen Bomben zerstört worden, wie Ben wusste.

»Es scheint voranzugehen.«

»Nicht so schnell, wie ich gehofft hatte«, gab al-Asi zu und betrachtete seine Hände. »Das Gebäude sollte abgerissen werden, um Platz für ein weiteres Hotel zu schaffen. Ich habe es mir angeeignet, als die Gewaltausbrüche die Pläne des Eigentümers geändert haben. Ich kann nicht gut mit Hammer und Nägeln umgehen, wie Sie wissen. Doch angesichts meines drastisch gekürzten Budgets muss ich es schnell lernen.« Al-Asi hakte einen Hammer in die Schlaufe seiner Zimmermannshose. »Sie sollten wissen, dass meine israelischen Kollegen weiterhin wild entschlossen sind, Sie beide zu erwischen.«

»Sie haben sich mit Ihnen in Verbindung gesetzt?«, hakte Ben nach.

»Ein höflicher Anruf mit einer verschleierten Warnung, dass ich Sie beide ausliefern soll, falls unsere Wege sich kreuzten. Man hat mich höflich darauf hingewiesen, dass dieses Gebäude andernfalls am nächsten Tag nicht mehr steht.«

»Was haben Sie geantwortet?«

»Dass ich der Einzige bin, der verhindern kann, dass jeden Monat ein Dutzend mehr Selbstmordattentate in Israel verübt werden, als ohnehin schon.«

»Sie hören sich verbittert an, Colonel«, bemerkte Ben.

»Es sind schwierige Zeiten. Die neue israelische Regierung lässt Ehrlichkeit vermissen. Unsere alte Beziehung besteht nicht mehr. Es wurde viel verschwendet. Wir haben alles verloren, was wir gewonnen hatten.«

»Wieder einmal.«

»Sie verstehen mich.«

»Mein Vater hätte Sie auch verstanden.«

»Er war seiner Zeit voraus, Inspector«, erwiderte al-Asi.

»Weil er den Frieden wollte.«

»Und weil er erkannt hatte, dass wir uns mit den Israelis arrangieren müssen, um diesen Frieden zu bekommen. Dass die anderen arabischen Staaten uns in dem Moment im Stich lassen, in dem es ihren Bedürfnissen und Interessen am besten dient.«

»Warum ist er dann getötet worden, Colonel?«, fragte Ben, während Danielle die beiden Männer weiterhin schweigend anschaute.

»Ich habe Ihnen gesagt, was ich weiß.«

»Ja. Dass er von meinem früheren Commander bei der palästinensischen Polizei, Omar Shaath, getötet wurde. Ich möchte aber gerne mehr erfahren.«

»Leider gibt es nicht mehr.«

»Sie haben also keine Ahnung, *warum* Shaath meinen Vater getötet hat. Was mein Vater nach seiner Rückkehr getan hat, das zu seiner Ermordung führte.«

Al-Asi seufzte. »Ihr Vater hat sich dafür ausgesprochen, dass die Palästinenser ihren eigenen Frieden mit den Israelis machen sollen, weil sie sonst Gefahr liefen, wesentlich mehr zu verlieren, als sie bereits verloren hatten. Er war einer der wenigen, die sich gegen gewaltsame Vergeltung ausgesprochen haben. Doch nicht einmal einem Mann von seinem Ansehen und seiner Position ist es allein gelungen, den gesamten Rat zu überzeugen.«

»Welchen Rat?«

Al-Asi schien sich unbehaglich zu fühlen. »Eine ad hoc zusammengestellte Gruppe palästinensischer Führer, die sich nach dem Sechstagekrieg gebildet hatte. Es waren alles Männer, die 1948 erlebt hatten und nicht glauben wollten, dass es noch schlimmer kommen könnte. Der Sechstagekrieg 1967 hat sie eines Besseren belehrt. Sie haben sich zusammengefunden, um darüber zu diskutieren, was man dagegen tun sollte.«

»Und mein Vater war Mitglied dieses Rates?«, murmelte Ben. Verschwommen erinnerte er sich an die Abreise seines Vaters aus Michigan um diese Zeit herum. Jafir Kamal hatte damals erklärt, eine Weile geschäftlich unterwegs zu sein; er hatte nicht gesagt, wie lange er wegbleiben würde oder wohin er ging. Ben und seine Mutter hatten ihn zum Flughafen gefahren. Ben erinnerte sich an einen Kuss und eine liebevolle Umarmung. Es war das letzte Mal gewesen, dass er seinen Vater gesehen hatte.

Al-Asi nickte. »Die Mitglieder haben Jafir Kamal ursprünglich mit offenen Armen willkommen geheißen. Sie waren in dem Glauben, er sei zurückgekehrt, um seinen Platz als Held des Volkes wieder einzunehmen und sie in den Kampf um unser Land zu führen.«

»Er hat sie enttäuscht.«

»Seine Stimme war die Stimme der Vernunft, doch seine Bemerkungen sind auf taube Ohren gestoßen.«

»Shaath war Mitglied des Rates.«

»Ja.«

Ben schluckte schwer. »Als er meinen Vater umbrachte ...«

»Er könnte auf eigene Faust gehandelt haben«, erwiderte al-Asi und kam damit Bens Frage zuvor, »oder Befehlen gefolgt sein.«

»Also wurde mein Vater getötet. Dennoch hat der Rat es nicht geschafft, die gewaltsame Antwort auf die israelische Besetzung zu verhindern, wie mein Vater es wollte.«

»Seltsam, nicht wahr?«

»Ja«, erwiderte Ben und war sich im selben Moment sicher, dass al-Asi weit mehr wusste, als er sagte.

31.

»Wo im Gazastreifen ist die Ware?«, fragte Ben, der hinter dem Steuer saß, und blickte Anatoljewitsch an. Colonel al-Asi hatte sie mit einer Limousine mit den seltenen diplomatischen Kennzeichen versorgt, die ihnen eine sichere Fahrt über jene Straße gewährte, die die Westbank mit dem Gazastreifen verband, sowie freie Fahrt durch den gefährlichen Eres Checkpoint.

»In den Fischereihäfen an der Mittelmeerküste«, erwiderte der Russe uninteressiert.

»Die Ware befindet sich auf einem *Schiff*?«, fragte Danielle verwundert.

Anatoljewitsch lächelte. »So in der Art, ja.« Er blickte zu Ben. »Interessant, dass Sie in Ihre Heimat zurückkehren, genau wie damals Ihr Vater.«

»Ich denke, es ist an der Zeit, dass Sie mir erzählen, was Sie über ihn wissen.«

»Wir haben uns einmal getroffen«, begann der Russe. »1967, als er nach dem Sechstagekrieg heimgekehrt war ...«

»Ich bin für eine Abstimmung!«

Der Tumult – das Rufen und die drohend gereckten Fäuste – hatte einen Höhepunkt erreicht, als Jafir Kamal sich von seinem Stuhl an dem Tisch erhob, an dem die palästinensischen Ratsmitglieder saßen. Er wartete, bis die anderen Männer sich beruhigt hatten.

»Ich wünsche, gehört zu werden, bevor wir abstimmen«, sagte er ernst.

»Es hat schon genug Gerede gegeben, Abu Kamal! Es ist an der Zeit, etwas zu tun!«, rief ein Ratsmitglied.

»Es sind genug Menschen unseres Volkes gestorben! Wenn wir uns jetzt nicht gewaltsam gegen die Israelis zur Wehr setzen, wird die Lektion von *al-Nakba,* der Katastrophe, für uns verloren sein«, rief ein zweites Ratsmitglied und bezog sich auf die Gründung Israels im Jahre 1948, die Abertausende von Palästinensern ihre Heimat gekostet hatte.

»Min al nahr ila al barh«, intonierte der Ratsvorsitzende. »Dieses Land wird unser sein, vom Fluss bis zum Meer!«

»Ja«, pflichtete Jafir Kamal ihm bei. »Von unserem Volk sind genug gestorben.«

»Sie wollen sich also zurücklehnen und nichts tun, während die Israelis unser Land stehlen und unsere Häuser niederbrennen?«

»Was weiß er schon?«, entrüstete sich ein weiteres Ratsmitglied verbittert. »Er hat hier keine Heimat mehr. Der große Jafir Kamal ist aus seiner neuen Heimat Amerika gekommen, um uns alle zu retten.«

»Er sollte keine Stimme haben! Er soll nicht das Recht haben, abzustimmen!«

»Einverstanden!«

Weitere Männer taten ihre Zustimmung kund. Ein Junge, bekleidet mit einem formlosen, abgetragenen Hemd und ausgefransten Hosen, kämpfte sich durch den Trubel, um von einem Tablett Tee an die Ratsmitglieder auszuschenken. Die wild fuchtelnde Hand eines Mannes traf den Jungen, als dieser gerade einem anderen Mann ein Glas reichte, und die warme Flüssigkeit ergoss sich über dessen Gewand. Das Ratsmitglied schlug dem Jungen mit dem Handrücken ins Gesicht, dass die restlichen Tassen durch die Luft flogen.

Jafir Kamal half dem Jungen auf die Beine und beobachtete, wie er zurück in die Küche stürmte, bevor er auf die Kritik reagierte, die gegen ihn gerichtet war. »Es ist wahr, dass ich meine Familie nach Amerika gebracht habe. Es ist wahr, dass ich in den Nachwehen des Krieges zurückgekommen bin und meine Frau und zwei Söhne zurückgelassen habe.« Sein Blick wurde hart. »Es ist ebenfalls wahr, dass das Land, in dem ich aufgezogen wurde und in dem ich meine Kinder aufzog, nun als militärischer Außenposten der Israelis herhalten muss. Ich würde sagen, das gibt mir das Recht, mit abzustimmen.«

»Sie sprechen wie ein Esel, Abu Kamal.«

»Ja, weil aus euch allen Esel geworden sind! Ihr bestraft mich, weil ich ein Außenseiter bin«, fuhr Jafir Kamal fort und wandte sich zu dem Fremden um, der still und unbeweglich in einer Ecke des Raumes stand. »Und doch ist es ein Außenseiter, den ihr um Hilfe angeht.«

»Unsere Freunde in Ägypten haben ihn geschickt, um uns zu helfen«, rief ein anderes Ratsmitglied.

»Sie meinen unsere Freunde in Russland, nicht wahr?«, erklärte Kamal und starrte den Fremden an.

»Was macht es für einen Unterschied, solange wir die Waffen geliefert bekommen, die wir brauchen?«

»Natürlich«, erwiderte Jafir Kamal zynisch und warf dem Fremden einen abschätzigen Blick zu, »damit wir für die Ägypter und die Syrer deren Krieg auskämpfen – einen Krieg, den sie bereits verloren haben.«

Die Ratsmitglieder blickten einander ungläubig an.

»Möchten Sie denn, dass wir mit den Israelis Frieden schließen, Abu Kamal?«, fragte der Vorsitzende herausfordernd.

»Wenn wir uns auf annehmbare Bedingungen einigen können, ja. Ich würde vorschlagen, eine Delegation zu entsenden, die sich mit der israelischen Führung trifft.«

»Das ist verrückt! Die Israelis werden nichts davon hören wollen! Sie erkennen nicht einmal unser Recht auf unser Land an«, rief eine andere Stimme.

»Das Leben in Amerika hat Sie verweichlicht«, fügte der Vorsitzende des Rates hinzu, »während Sie uns auffordern, dass wir hart sein sollen. Sie ermutigen uns, unser Erbe zu verraten, unseren Glauben, sie ermutigen uns sogar, die eigene Zerstörung hinzunehmen. Ihr Volk, Abu Kamal, Ihr eigenes Volk!«

Der Junge kehrte mit einem weiteren beladenen Tablett zurück und begann, die Gläser noch vorsichtiger zu verteilen.

»Sie haben den Mann gehört«, sagte ein junger Soldat namens Omar Shaath. Er überragte Jafir Kamal um einiges, als er aufstand, um ihm gegenüberzutreten. »Sie sind nicht mehr der Held, der Sie einst waren! Sie sind eine Schande für unser Volk und sollten von hier verschwinden!«

Jafir lehnte mit einem leichten Lächeln und einem Kopfschütteln ab, als der Junge ihm eine Tasse Tee anbot. »Erst wenn ich meine Stimme abgegeben habe, ob Sie sie nun zählen wollen oder nicht. Und ich will vom Inhalt dieses Plans hören.«

»Wir haben schon genug gehört!«, rief Shaath zornig und tastete nach der Pistole, die unter seinem Gürtel steckte. »Jetzt machen Sie, dass Sie hier weg kommen, bevor ich …«

»Es macht mir nichts aus, es noch einmal zu erklären«, unterbrach ihn eine andere Stimme aus einer dunklen Ecke des Hinterzimmers. Die Fenster waren verhängt worden, und das einzige Licht stammte von Laternen, die einen trüben Schein auf das fahle Gesicht des Mannes warfen. Er war jung, Ende zwanzig oder Anfang dreißig, seinem Aussehen nach zu urteilen. Aus seiner rauen Stimme hörte man Erfahrungen heraus, für die er an Jahren eigentlich viel zu jung war. »Ja, ich begrüße es sogar. Mein Land hält Jafir Kamal in höchsten Ehren und würde seine Unterstützung begrüßen.«

Der Mann aus Russland richtete seine nächsten Worte an Jafir Kamal.

»Wir sind bereit, die Ladung über den Jordan hereinzubringen, sobald die endgültige Zusage gegeben wurde und sämtliche Vorbereitungen getroffen worden sind.«

»Sie erwarten keine Bezahlung?«

»Ihr Sieg über Israel wird Bezahlung genug sein. Die Waffen sind durchweg vom Besten, und nicht nur Handfeuerwaffen. Genug, um eine kleine Armee auszurüsten. Fünf Lastwagenladungen für den Anfang. Sie warten bereits vor der Grenze darauf, dass Sie grünes Licht geben.«

»Sie wollen, dass wir die Drecksarbeit für Ihr Land übernehmen«, beschuldigte Jafir Kamal ihn.

»Mein Land ist der einzige wirkliche Verbündete Ihres Volkes. Würden wir Sie offen unterstützen, das zurückzuerobern, was Ihnen gehört, würde es die Vereinigten Staaten dazu bewegen, eine noch aktivere Rolle zugunsten des illegalen Staates Israel zu übernehmen. Also muss es im Verborgenen geschehen, mit heimlichen Lieferungen, bis das Blatt sich gewendet hat und Sie Ihr Land zurück haben.«

»Haben Sie noch etwas zu sagen, Abu Kamal?«, fragte der Vorsitzende des Rates.

Jafir Kamal schüttelte den Kopf und schaute den massigen Omar Shaath an, der ihn hasserfüllt anstarrte.

»Dann wird abgestimmt. Jeder, der dafür ist, hebe die Hand.«

Alle bis auf Jafir Kamal hoben die Hand. Der Russe in der dunklen Ecke des Raumes lächelte.

»Wie schnell können Sie liefern?«, fragte der Vorsitzende des Rates ihn.

»Geben Sie mir ein paar Tage«, versprach der junge Mann. »Dann haben Sie alle Waffen, die Sie brauchen.

Wie betäubt saß Ben hinter dem Steuer. Sein Hemd war durchgeschwitzt, und Schweißtropfen liefen ihm übers Gesicht. Die Geschichte des Russen gab ihm das Gefühl, als säße sein Vater mit ihm im Wagen. Ihm war heiß; gleichzeitig zitterte er.

»Woher wissen Sie das alles?«, fragte er.

»Ist das nicht offensichtlich, Genosse?« Anatoljewitsch grinste. »Ich war der junge Mann in der Ecke.«

32.

Noch immer grinsend sah Anatoljewitsch zu Danielle hinüber. »Überrascht, Pakad?«

»Überhaupt nicht.« Danielle blickte den Russen an und strich sich über die Wange. »Was könnten Sie in der früheren Sowjetunion gewesen sein …? Lassen Sie mich nachdenken. Ich wette, es war der KGB oder der GRU – der militärische Geheimdienst. Oder Sie kamen erst zum GRU und *später* zum KGB. Vielleicht waren mit den Angelegenheiten des nahen Ostens betraut. 1967 waren Sie wie alt? Fünfundzwanzig?«

Anatoljewitsch lächelte wie ein Mann, den man ertappt hatte. »Dreißig.«

Danielle wandte sich von ihm zu Ben um. »Die Russen hatten damals überall im nahen Osten, besonders in Ägypten, Militärberater und Hilfspersonal. Es geht das Gerücht, dass die Ägypter sie nach dem Sechstagekrieg nach Israel geschickt haben, um die Opposition aufzumischen.«

»Sehr gut, *Commissar* Barnea«, sagte Anatoljewitsch.

»Die Ägypter wollten, dass ihre russischen Freunde einen Guerillakrieg der Palästinenser gegen die Israelis unterstützen«, fuhr Danielle fort. »Falls die israelische Regierung herausbekommen hätte, dass Sie einer dieser Russen waren, hätten man Sie zurück nach Russland gejagt.«

Zum ersten Mal sah Anatoljewitsch verärgert aus. Seine Unterlippe zitterte vor Zorn; an seiner Schläfe schwoll eine Ader an. »Meinen Sie, ich wüsste nicht, wer Sie sind, Sie beide? Verräter!« Anatoljewitsch drehte sich schwungvoll zu Ben um. Speichel tropfte ihm aus den Mundwinkeln. »Genau wie Ihr Vater ein Verräter war.«

»Weil er nicht eure Kriege für euch kämpfen wollte?«

»Mit Hilfe eines Mannes, wie Ihr Vater einer war, hätte unser Plan aufgehen können!«, rief der Russe wutentbrannt. »Stellen Sie sich meine Enttäuschung vor, als er allein gegen die Pläne des palästinensischen Rates stimmte, der eigentlichen *Intifada*.« Der Russe schüttelte den Kopf. »Die Routen, die Ablenkungsmanöver, alles war arrangiert. Ich war bereit, die Gewehre ins Land bringen zu lassen.«

»Aber Sie haben es nie getan. Sonst hätte der Rat sie benutzt. Was also ist 1967 schief gegangen? Warum sind Ihre Waffen niemals geliefert worden?«

Anatoljewitsch beruhigte sich mit einem tiefen Atemzug. Dann gähnte er und reckte sich. »Ich denke, ich werde ein Schläfchen halten. Wecken Sie mich, wenn wir den Hafen von Gaza erreichen. Vielleicht erzähle ich meine Geschichte dann zu Ende.«

33.

»Wir haben geschlossen«, sagte Jacob Katz zu dem Mann, der an die Tür seines Geschäfts geklopft hatte. »Es ist Sabbat.«

Der Mann schob einen Fuß in die Tür, bevor Katz sie schließen konnte. »Wir haben eine Verabredung, Sie und ich«, sagte er mit amerikanischem Akzent.

Katz schaute sich den Mann genauer an. Er war groß und breitschultrig; seine Augen funkelten wie die Brillanten, die in den Schauvitrinen des Geschäfts auslagen. Ein Ohr des Mannes war bandagiert, und seine Wange war von Blasen übersät wie von einem Sonnenbrand. Der Rest seiner Haut sah aus wie raues Leder. Er hielt einen Cowboyhut in der Hand, der um die Krempe herum glänzte.

»Ich habe nicht das, was Sie wollen«, brachte Katz hervor. »Ich habe es woanders untergebracht.«

»Das dachte ich mir«, sagte der Cowboy. »Genauso wie ich wusste, dass Sie wahrscheinlich überlegt haben, es für sich zu behalten.«

»Nein, ich habe nur gewartet, dass …«

Der Cowboy schob die Tür auf. Katz wich zurück.

»Ich habe alles getan, was Sie verlangt haben«, beharrte er und versuchte, selbstsicher zu klingen. »Lassen Sie mir bis morgen Zeit. Dann habe ich es hier.«

»Ja, ja«, meinte Jim Black und sah sich um. »Ich habe denen schon gesagt, dass Sie genau das sagen würden. Ich habe denen gesagt, sie sollen Sie in Ruhe lassen. Was wollen Sie von ihm, habe ich gefragt.« Er wandte sich zu Katz um. »Aber diese Leute waren nicht so verständnisvoll wie ich.«

Black schlenderte weiter und betrachtete den Inhalt der Vitrinen. »Hübsche Steine.«

Katz schwieg.

»Ich habe gehört, Sie bearbeiten hier viel.«

Katz nickte. »Hinten.«

»Könnten Sie mir etwas davon zeigen?«, fragte Black, scheinbar ehrlich interessiert.

»Was?«

»Könnten Sie mir zeigen, wie Sie das machen?«

Katz wusste, dass er keine Wahl hatte. »Ja, sicher. Hier entlang, bitte.«

Katz ging durchs Geschäft in eine Nische, wo er die richtige Kombination auf einem Tastenfeld drückte. Er hatte sich so hingestellt, dass seine Bewegungen verborgen blieben, doch der

Cowboy schien ihm ohnehin keine Beachtung zu schenken. Er wirkte uninteressiert, bis sie den Arbeitsbereich betraten.

»He!«, bemerkte er, »das sieht ja aus wie ein wissenschaftliches Labor.«

»Wir müssen es so sauber wie möglich halten.«

Black sah sich um. »Überwachungskameras. Ich wette, die haben Sie eine ganze Menge gekostet.«

»Ja, allerdings.«

»Ich habe mal als Sicherheitsmensch für die israelische Diamantenbörse in Ramat Glan gearbeitet. Die hatten so an die tausend Kameras und mehr Metalldetektoren, als eine alte Hure Filzläuse. Und gepanzerte Türen. Man brauchte tatsächlich einen Panzer, um da durchzubrechen.«

»Ich bin mal dort gewesen«, erwiderte Katz und bemühte sich, nicht zu gönnerhaft zu klingen. »Die Börse zieht pro Tag zwanzigtausend Besucher an.«

Der Cowboy ging an ihm vorbei. »Die Jungs, die die Bearbeitung für Sie machen, sitzen an diesen komischen Tischen hier?«

»Ja.«

»Die sehen nicht gerade bequem aus.«

»Man gewöhnt sich daran.«

Jim Black warf Katz wieder einen Blick zu. »Schätze, ein Mann kann sich an so ziemlich alles gewöhnen. Wie funktioniert es? Der Vorgang, meine ich?«

»Mit Präzisionswerkzeugen, die für die Arbeit mit Diamanten speziell angefertigt werden.«

Der Cowboy nahm ein Teil, das wie eine elektrische Zahnbürste aussah, aus einer der dafür vorgesehenen Halterungen an einem der Tische. Er drückte auf einen Knopf am Griff, und eine winzige Polierscheibe begann sich mit mechanischem Surren zu drehen. Er drückte fester auf den Knopf, und die Scheibe drehte sich schneller. Der winzige Motor jaulte.

»Haben Sie Zahnpasta?«, fragte der Cowboy. »Ich könnte eine Politur vertragen.«

»Dieses Ding wäre in einer Sekunde bis aufs Zahnfleisch durch. Das ist ein Polierwerkzeug. Es wird dazu benutzt, die Farbe des Diamanten sichtbar zu machen. Der letzte Schritt des ganzen Prozesses.«

»Das Ding ist so scharf?«

»Ja.«

»Lassen Sie mal sehen.«

Die freie Hand des Cowboy schoss blitzschnell vor und packte Katz an der Kehle. Als Nächstes lag Katz mit dem Rücken auf einem der Werktische. Der Cowboy hielt die rotierende Polierscheibe über Katz' Gesicht.

»Keine Sorge«, sagte er. »Ich werde Ihre Zähne nicht ruinieren.«

Jim Black zielte mit dem Werkzeug auf Katz' Wange und bewegte es langsam nach unten.

34.

Wie erwartet machten die Papiere, die Colonel al-Asi besorgt hatte, ihnen den Übergang durch den Eres Checkpoint leichter. Ben fuhr weiter nach Gaza City. Dort angekommen überquerte er den Palestine Square und fuhr am Flughafen vorbei nach Gaza Port. Er hatte seit seiner Rückkehr wenig Zeit in Gaza verbracht; die Kontraste des Lebens in Palästina waren hier noch auffälliger als in der Westbank. Die Zustände in den Flüchtlingslagern waren schlimmer geworden, als die Schließung der israelischen Grenzen immer mehr Bewohner in die Armut drängte. Die öffentlichen Dienstleistungen hatten deutlich abgenommen, wie man an den riesigen Müllbergen sah, die auf den Straßen unter der heißen Sonne vor sich hin dampften und einen schrecklichen Gestank verbreiteten. Dennoch herrschte auf dem Platz geschäftiges Treiben. Die Hoffnung lebte weiter, während Kredite verlängert und um Waren gefeilscht wurde. Noch auffälliger war der perfekt getrimmte, mit Blumen bepflanzte Gehweg, der den Mittelstreifen zwischen den Fahrspuren der Sharia Omar al-Mukhtar Street bildeten; in Gewänder gekleideten Frauen bearbeiteten die Anlagen mit behelfsmäßigen Gießkannen und Rechen.

Der letzte Teil der Fahrt verlief entlang der Küstenstraße Al-Rasheed, die im Westen auf ihrer gesamten Länge am Strand entlang führte. Die Restaurants und Hotels, von denen man einen Blick über die Küste hatte, machten allesamt einen verlorenen und verlassenen Eindruck. Es fiel Ben leicht, die Augen zu schließen und sich vorzustellen, was in einer friedlichen Welt hätte sein können. Doch die Gerüche der ungeklärten Abwasser, die vom Mittelmeer und dem stinkenden, über die Küste verbreiteten Müll aufstiegen, zerstörten rasch diese Illusion.

»Wir sind fast da«, meinte Danielle zu Anatoljewitsch, der noch immer so tat, als würde er auf dem Rücksitz schlafen.

Der Russe ließ die Arme verschränkt und die Augen geschlossen. »Ich weiß. Ich hatte gehofft, mehr von Ihrer erquicklichen Konversation mithören zu können.«

»Der Hafen liegt dicht vor uns«, verkündete Ben. »Was jetzt?«

»Wir suchen uns ein Boot.«

Wegen der geringeren Nachfrage nach ihrer Ware auf den Märkten gab es viele kleine Fischerboote in dem heruntergekommenen, nahezu verlassenen Hafen. Israelische Schekel blieben die gängige Währung in Gaza, statt arabischer Dinare, und Danielle besaß mehr als genug davon, um einen zwölf Meter langen Kutter zu mieten, der aussah, als wäre er ein Jahrzehnt lang weder entrostet noch gereinigt worden. Das Deck war übersät mit Splittern und Rissen, die aus dem Holz gehackt waren. Viele der Schrauben, an denen die Reling befestigt war, waren längst herausgefallen.

Sobald sie an Bord gegangen waren, übernahm Danielle das Ruder und steuerte den Fischkutter in langsamer Fahrt durch den Hafen. Selbst in den offenen Gewässern des Mittelmeeres behielt sie die bedächtige Geschwindigkeit bei, bis sie sich an die trägen Reaktionen des Bootes gewöhnt hatte. Das eine Mal, als sie versuchte, schneller zu werden, klapperte und spuckte der Motor und rülpste dunkle ölige Wolken durch die Auspufftöpfe, was Danielle zwang, sofort das Gas wegzunehmen.

»Ich brauche einen Kurs!«, rief sie Anatoljewitsch über das Rattern zu.

»Sie machen das gut. Fahren Sie einfach weiter geradeaus.« Der Russe drehte sich um und zwinkerte Ben zu. »Wenn ich euch zu schnell zu viel verrate, erschießen ihr mich vielleicht und werft meine Leiche über Bord.«

»Das würden wir niemals tun, und das wissen Sie«, erwiderte Ben auf Russisch.

Anatoljewitsch blickte schockiert drein. »Sie sprechen meine Sprache, Genosse?«

»Ich habe sie gelernt, noch bevor ich Englisch gelernt habe. Mein Vater hat mir Russisch beigebracht.«

»Interessant, finden Sie nicht auch? Vielleicht hat Ihr Vater das getan, weil er mit meinen Landsleuten Geschäfte gemacht hat, lange bevor er nach Amerika ausgewandert ist. Weil wir diejenigen waren, die Nahrungsmittel und andere Dinge gebracht haben, als die Israelis das Land mit praktisch nichts zurückließen. Ihr Vater muss gewusst haben, dass nur wir die Zukunft des Landes sein konnten.«

»Haben Sie dieselben Wege für die Nahrungsmittel und die

Vorräte benutzt, auf denen Sie jetzt die Waffen transportieren wollen?«

»Sehen Sie einen Unterschied?«

»Sie nicht?«

»In beiden Fällen ging es ums Überleben. Ihr Vater hat das gewusst. Er hat Ihnen Russisch beigebracht, weil er dachte, dass Sie eines Tages seinen Platz einnehmen und die Rolle ausfüllen, die er einst ausgefüllt hat. Ihr, ein Volk ohne Chancen, habt euch mit uns zusammengetan.«

»Und mein Vater …«

»Er vor allem. Bevor er nach Amerika ging.«

»Die anderen politisch Verantwortlichen haben ihm keine Wahl gelassen. Sie wollten ihn vor dem Sechstagekrieg aus dem Land haben. Und dann haben sie ihn angefleht, zurückzukehren.«

Anatoljewitsch sah überrascht drein. »Glauben Sie?«

»Meine Mutter hat es mir erzählt.«

»Das wollte er euch alle glauben machen.«

»Warum?«

»Weil es leichter zu akzeptieren war als die Wahrheit.«

»Und was ist die Wahrheit?«

»Was glauben Sie denn, Genosse? Dass sein Verschwinden so kurz vor dem Sechstagekrieg reiner Zufall war?«

»Er wusste, was kam?«

Der Russe nickte. »Eine kleine Anzahl Palästinenser war informiert worden in der Hoffnung, sie würden den Angriff von innen heraus unterstützen.«

»Doch mein Vater hat sich geweigert, den Guerillakrieg in Israel anzuführen«, nahm Ben den Faden auf. »Daher war er gezwungen, Palästina zu verlassen. Darum ist er mit uns nach Amerika gegangen. Aber warum hat niemand anders seinen Platz eingenommen?«

»Es gab niemand anderen, der zum Anführer getaugt hätte, Genosse. Oh, ein paar haben es versucht. Omar Shaath, zum Beispiel.«

»Der Mann, der ihn umgebracht hat.«

»Ihr Vater hat gewusst, auf was er sich einließ, als er zurückkam. Er ist von der irrigen Annahme ausgegangen, etwas bewirken zu können, genau wie Sie.« Anatoljewitsch wühlte in seinen Taschen. »Wo wir gerade davon sprechen … ich habe etwas, das ich Ihnen zeigen möchte.«

Seine Hand tauchte mit einem zerknitterten schwarzweißen Schnappschuss wieder auf. Er glättete das Bild, so gut er es vermochte, bevor er es Ben reichte. Ben sah einen Jungen, der einem ernst blickenden Mann Tee anbot, der das Angebot jedoch abzulehnen schien.

»Sie sehen ihm ziemlich ähnlich«, bemerkte Anatoljewitsch.

Ben wurde die Brust eng, als er das Foto betrachtete. »Haben Sie das aufgenommen?«

Der Russe nickte. »In der Nacht, als der palästinensische Rat sich traf. Meine Vorgesetzten haben stets auf Dokumentation bestanden. Versteckte Mini-Kameras waren damals noch unzuverlässig, aber ich hatte Glück.«

Ben starrte weiter auf das Foto. Mit einem melancholischen Gefühl wurde ihm klar, dass es vielleicht das letzte Bild seines Vaters war, bevor er ein paar Tage später ermordet wurde. 1967 war Wassili Anatoljewitsch als Vertreter des KGB in die Westbank gekommen. Er hatte das Angebot gemacht, Lastwagen voller Gewehre zu liefern, damit die Palästinenser die Waffen gegen die Israelis einsetzen konnten. Das Angebot war angenommen worden; nur Jafir Kamal hatte widersprochen. Ein paar Tage später war er tot. Soweit bekannt, waren die Gewehre nie angekommen. Vielleicht konnte Anatoljewitsch als Einziger den Grund dafür nennen.

Aber vielleicht gibt es noch eine andere Person, überlegte Ben und richtete den Blick auf den Jungen neben Jafir Kamal. Das Licht im Zimmer reichte gerade aus, um eine zerbrechlich wirkende Gestalt zu zeigen, die das Gesicht unterwürfig gesenkt und im Schatten verborgen hielt.

Ben blickte Anatoljewitsch an. »Wer war der Junge?«, fragte er.

»Ich habe nie daran gedacht, danach zu fragen«, erwiderte der Russe. »Ich hielt ihn immer für den Sohn eines der Ratsmitglieder. Ich dachte, Sie hätten es sein können, als Ihr Colonel es mir gegeben hat.«

Ben sah von dem Foto auf. Es war die Art grobkörniger Schnappschuss, wie Ben sie als Junge mit seiner Polaroidkamera gemacht hatte.

»Al-Asi hat Ihnen das gegeben?«

Der Russe nickte. »Offensichtlich ist es in seinen Besitz gelangt, nachdem er den Protective Security Service übernommen hatte. Das ist mit vielen unserer alten Akten geschehen. Wir haben mit Ihrem Volk viele Jahre lang enge Beziehungen gepflegt.« Anatoljewitsch hielt kurz inne. »Interessant, wie ich mich dabei wiederfand, wieder einmal Waffen für die Palästinenser zu beschaffen. Mit beträchtlich mehr Erfolg, möchte ich dazu sagen.«

»Bis letzten Dienstag.«

»Dank Ihnen.«

»Es waren ganz andere Umstände.«

»Ja, Profit anstelle von Politik. Ich ziehe den Profit vor. Wir haben noch etwas gemeinsam, wissen Sie.«

»Es war mir nicht klar, dass wir überhaupt etwas gemeinsam haben.«

»Wie alt waren Sie, als Ihr Vater gegangen ist, um hierhin zurückzukommen?«

»Sieben.«

»Etwa so alt wie ich war, als mein Vater in den Zweiten Weltkrieg gezogen ist. Ich habe ihn auch nie wiedergesehen. Es ist schrecklich, seinen Vater auf diese Weise zu verlieren.« Anatoljewitsch zeigte auf das Bild, das Ben noch immer in der Hand hielt. »Behalten Sie es, wenn Sie möchten. Ich habe keine Verwendung dafür.«

»Colonel al-Asi muss der Ansicht gewesen sein, dass Sie es brauchen können.«

»Wahrscheinlich wollte er mir nur klarmachen, wie weit sein Einfluss reicht. Damit ich weiß, dass er mich im Griff hat.«

»Das sieht dem Colonel ähnlich.«

»Er ist Ihnen ein guter Freund, Genosse. Er hat unmissverständlich klar gemacht, was passiert, falls ich auf unserer kleinen Reise auf dumme Gedanken käme.«

Ben betrachtete den Schnappschuss noch einmal und ließ ihn dann behutsam in die Tasche gleiten, um ihn nicht zu knicken. »Was ist mit meinem Vater passiert, Anatoljewitsch? Warum wurde er ermordet?«

»Ben!«, rief Danielle von der Brücke, bevor der Russe antworten konnte. »An Backbord, sieh dir das an!«

35.

Der Frachter schaukelte sanft auf den Wellen. Selbst aus dieser Entfernung verlieh sein verwittertes Äußeres ihm den Anschein eines Geisterschiffs, das durch die Zeit und das Wasser driftete. Ein uraltes, verrostetes Relikt, siebzig Meter lang, dem Untergang geweiht.

»Ihre zehn Millionen Dollar teure Ladung ist *da drauf*?«, fragte Ben.

»Da stimmt etwas nicht«, sagte Anatoljewitsch leise, als sie sich bis auf ein paar hundert Meter genähert hatten. Er senkte das Fernglas, das sie aus einem der Schränke des Fischkutters gerettet hatten. Es zitterte in seiner Hand. »Es sind keine Wachen an Deck.«

»Wachen?«

»Wir sollten wenden und nach Gaza zurückkehren.«

»Wir fahren nirgendwohin, bevor wir nicht gesehen haben, was sich an Bord befindet.«

»Haben Sie nicht gehört, was ich gesagt habe? Es ist niemand an Deck. Vielleicht ist es hier nicht sicher.«

Ben trat einen Schritt auf den Russen zu. »Was ist an Bord, Anatoljewitsch?«

»Wenden Sie. Ich bitte Sie darum. Wenden Sie, bevor es zu spät ist!«

Ben ließ die Hand zur Pistole gleiten.

»Es sieht verlassen aus«, rief Danielle von der Brücke zu den Männern herunter. »Ist am Heck verankert. Er hat Recht. Ich sehe niemanden an Deck oder im Innern des Ruderstandes.«

»Ihr Dollbord befindet sich nur zehn Meter oberhalb der Wasserlinie«, sagte Ben. »Ich habe in der Materialkiste einen Enterhaken und ein Seil gesehen, mit dem wir an Deck gelangen könnten.«

Anatoljewitsch packte Ben am Ärmel. »Bitte, ich flehe Sie an! Sie verstehen das nicht!«

»Erklären Sie es mir.«

»Die Gewehre, die Sie in Beit Jala kassiert haben – was glauben Sie, woher die kamen?«

»Das haben Sie doch gesagt. Russland. Militärüberschuss.«

»In der russischen Armee ist *alles* Überschuss, weil es dieser Tage keine nennenswerte russische Armee gibt. Auch die Gewehre. Als Handelsware werden sie an den höchsten Bieter verkauft, und manchmal spielt es keine Rolle, an *welchen* Bieter. Und es sind nicht nur Gewehre.« Anatoljewitsch schwieg kurz. »Auch andere Dinge.«

»Was für Dinge?«

»Nur weil wir den kalten Krieg verloren haben, Genosse, heißt das nicht, dass wir nicht gekämpft haben. Unsere Wissenschaftler waren so fleißig wie eure, um herauszufinden, wie man siegen könnte. Doch im All stationierte Laserkanonen und dergleichen lagen außerhalb unserer Möglichkeiten,« erklärte der frühere KGB-Mann mit unüberhörbarem Hohn in der Stimme. »Wir mussten andere Methoden finden, euch zu besiegen. Doch als wir dann verloren, war alles umsonst, was wir erreicht hatten. Bis wir einen Markt dafür entdeckten.«

»Die Palästinenser?«

»Unter anderem.«

»Nicht viele können es sich leisten, zehn Millionen Dollar zu bezahlen.«

»Es sei denn, sie sind in Besitz beträchtlicher Bodenschätze.«

»Die Diamanten ...«

»Rohdiamanten, aus afrikanischen Minen gestohlen und weitergereicht an Mittelsmänner, die sie nach Israel bringen, um sie gegen Waffen zu tauschen.«

»Aber Sie sagen, es gibt mehr als nur Gewehre und Munition auf diesem Frachter.«

»Sehr viel mehr, Genosse. Deswegen müssen Sie *Commissar* Barnea da oben sagen, sie soll das Boot wenden!«

Ben wurde wütend. »Was ist an Bord? Sind es nukleare Waffen? Biologische? *Chemische*?«

»Das wollen Sie nicht wissen, glauben Sie mir«, erwiderte Anatoljewitsch und warf einen Blick über den Bug, während Danielle das Boot immer näher an den Stahlrumpf des Frachters heranmanövrierte. »Sagen Sie ihr, sie soll wenden, bevor es zu spät ist.«

»Beantworten Sie zuerst meine Frage.«

»Nicht nuklear, nicht biologisch, nicht chemisch! Was auf diesem Frachter ist, stammt aus einem geheimen Programm, das ich in Dubna gesehen habe, als ich noch beim KGB war und später, als ich kurze Zeit für den FSS gearbeitet habe. Ich bin aktiv geblieben bis zu den letzten Tagen der Sowjetunion. Ich ließ sie über das Ausmaß unseres Fortschritts im Dunkeln. Vorausschauend, Sie verstehen«, fügte Anatoljewitsch mit ironischem Unterton hinzu. »Bereits mit der Planung beschäftigt.«

»Mit den Vorbereitungen, die Ergebnisse dieses Programms zu verkaufen.«

»Ja. Auf den richtigen Zeitpunkt warten, das richtige Angebot, die richtigen Leute.«

»Was war zu verkaufen?«

Anatoljewitsch blickte Ben wütend und offensichtlich verzweifelt an. »Wir müssen dafür sorgen, dass der Frachter in die Luft gesprengt wird, bevor es zu spät ist!«

Ben erwiderte eisig: »Erst wenn wir gesehen haben, was an Bord ist.«

36.

Kyrillische Buchstaben, mit verblassender, abblätternder Farbe auf den Rumpf gemalt, verkündeten den Namen des Frachters: *Peter der Große*. Danielle manövrierte ihren Fischkutter nahe an eine der Bordwände heran und ließ den Anker fallen.

Ben fädelte den Enterhaken durch das daneben liegende Seil und schleuderte ihn hoch. Schon beim ersten Versuch hakte er am Dollbord fest. Ben kletterte hinauf. Er brauchte beide Hände, um diesen Kraftakt zu bewältigen. Die Pistole, die Colonel al-Asi besorgt hatte, steckte unter seinem Gürtel. Er spürte die Kraft seiner Muskeln und war froh wie nie zuvor, dass er so eifrig darauf bedacht gewesen war, sich seit seiner Rückkehr nach Palästina in Form zu halten.

Anatoljewitsch kam als Nächster. Für ihn wäre diese Aufgabe unmöglich zu bewältigen gewesen, hätte Danielle ihm nicht geholfen. Ben näherte sich bereits dem Ende des Seils und spähte über das Schiffsdeck. Er atmete tief durch und kletterte über das Dollbord; dann half er Danielle und Anatoljewitsch, ebenfalls auf das Deck der *Peter der Große* zu steigen.

»Sehen Sie, was ich meine?«, fuhr der Russe ihn ängstlich an. »Genau, wie ich es Ihnen gesagt habe. Jetzt lassen Sie uns von hier verschwinden, bevor es zu spät ist!«

»Wir werden zuerst einen Blick unter Deck werfen«, beharrte Ben.

Danielle blickte prüfend über das Deck. »Die Rettungsboote sind alle noch an ihrem Platz.« Ihr Blick begegnete dem Bens. »Wo ist die Besatzung?«

Auch Ben blickte über das Deck des Frachters. Von Nahem sah die *Peter der Große* noch älter aus, in einem noch schlimmeren Zustand als vom weitem. Die Oberflächen wölbten sich und warfen Rostblasen. Die Farbe war verblasst und blätterte ab. Rostige Schweißnähte verliefen wie die gezackten Narben vom Messerwunden über das Deck und die Aufbauten. Braune Roststreifen zogen sich wie Krebs, der langsam den Körper des Frachters zerfraß, über die metallenen Oberflächen. Die Luft stank nach getrocknetem Öl, und das gesamte Deck war mit einem Ölfilm verschmiert.

»Lasst uns sehen, was wir hier finden«, sagte Ben schließlich.

Die drei bewegten sich auf den Eingang zur Treppe zu, die sich unterhalb der verwaisten Brücke der *Peter der Große* befand. Anatoljewitsch blieb in sicherer Entfernung an Deck zurück, während Ben und Danielle, die Waffe im Anschlag, sich der Tür näherten, die sich nach innen öffnete. Die Tür klemmte; Ben gab Danielle durch Handzeichen zu verstehen, dass er versuchen wollte, sie aufzubekommen. Danielle nickte und sah zu, wie Ben den Riegel aufbrach, indem er sich mit der Schulter gegen das rostige Türblatt warf.

Die Wucht des Stoßes ließ Ben auf dem nassen Deck ausrutschen. Danielle sah, wie er stürzte, als plötzlich ein Schuss aus dem Innern des Treppenhauses kam. Der Lärm war ohrenbetäubend. Danielle hechtete zu Boden und glitt über das Deck, feuerte dabei in die Dunkelheit. Sie hörte einen grunzenden Laut und dann das Poltern eines Körpers, der eine Treppe hinunterfiel.

»Ben!«, rief Danielle. »Ben!«

»Mir geht es gut! Was ist mit …«

Bens Stimme erstarb, als er über das Deck blickte und Anatoljewitsch auf dem Rücken liegen sah. Eine Blutlache breitete sich unter ihm aus. Seine Brust war zerfetzt; offenbar hatte ihn ein Schuss aus einer Schrotflinte getroffen. Das erklärte auch die Lautstärke des Schusses, der noch immer in Bens Ohren nachhallte.

Danielle sprang auf und drehte sich blitzschnell in die Tür hinein, die Waffe die schmale Treppe hinunter gerichtet. Die Leiche des Mannes, den sie getroffen hatte, lag am Treppenabsatz. Er war tot; seine Augen blickten starr in Leere. Der Lauf einer Schrotflinte lugte unter seinem Körper hervor.

»Ein Besatzungsmitglied?«

»Jedenfalls ist er so gekleidet.«

»Es könnten noch mehr da unten sein.«

Danielle streckte die Hand aus, um Ben auf die Füße zu helfen. »Es gibt nur einen Weg, das herauszufinden.«

37.

General Latisse Matabu träumte von einem Schiff. Einem großen Schiff, das ihre letzte Hoffnung in seinen Laderäumen mit sich trug. Doch dieses Schiff gehörte ihr nicht. Fremde liefen an Deck umher und bedrohten das letzte Geschenk, das sie, Latisse Matabu, der Welt hinterlassen wollte.

Seltsam, wie die Geschenke, mit denen sie gesegnet war, ihr nicht helfen konnten, sich selbst zu heilen. Die gewaltigen Kräfte, die sie vom Drachen geerbt hatte, waren machtlos gegen die Krankheit, die ihren Körper verwüstete. Auch die Rache, die sie nach ihrer Rückkehr nach Sierra Leone an General Treest geübt hatte, konnte nichts daran ändern. Latisse Matabu wusste das alles – genau wie Dr. Sowahy. Sie konnte sich nichts mehr vormachen. Sie musste akzeptieren, doch nicht einzigartig zu sein, sondern so wie jeder andere.

Der Arzt war an diesem Tag wieder zu ihr gekommen. Er sah ernst aus, nachdem er seine Untersuchungen beendet hatte.

»Was ist?«, fragte sie.

Dr. Sowahy kam um den Schreibtisch herum und sah Latisse Matabu, die in ihrem Stuhl saß, ins Gesicht. »Ich habe Geschichten gehört über Ihre Fahrt nach Katani vor zwei Tagen, General.« Er kniff die Augen zusammen und schüttelte langsam den Kopf. »Was haben Sie getan?« Dr. Sowahy gab sich gar nicht erst die Mühe, seine Abscheu zu verbergen.

»Ich habe getan, was einer meine Vorfahren lange vor mir bereits getan hat. Mein Großmutter hat mir oft eine Geschichte von einer meiner Ahnen erzählt, die sie die Moorfrau nannten. Die Geschichte beginnt 1347 in Anatolien, in der heutigen Türkei …«

»Orhan, Sohn Osmans des Ersten, Begründer des Osmanischen Reiches, erreichte den Hügelkamm und blieb stehen. Durch den wirbelnden Nebel, der sich aus dem Nichts gebildet hatte, starrte er hinunter ins Tal. Dort erschienen aus grauen Schwaden, die über den Boden krochen, die Ruinen einer uralten Festung.

Der größte Teil der Mauern war schon lange zerfallen; es gab nur noch einen einzigen Eingang in die Festung, der durch einen Bogengang führte. Die Farbe der Mauern musste einst die von poliertem weißem Granit gewesen sein. Die Jahre hatte ihre Überreste rötlich gefärbt, mit einem Stich ins Braune. Stellenweise war der Stein geschwärzt, dort, wo das Sonnenlicht ihn nicht mehr erreichte. Die drei Türme waren mit der Zeit in unterschiedlicher Höhe eingestürzt. Das Kuppeldach wies Risse auf, war ansonsten aber unversehrt. Die Zinnen, auf der einst die Wachen der Festung patrouilliert waren, waren nur noch Schutthaufen.

Orhan befahl seinen Truppen, die Stellung zu halten und machte sich auf den Weg hinunter ins Tal, wobei er seinen Weg sorgfältig wählte. Der Pfad schien schmaler zu werden. Nur der Boden unmittelbar vor ihm war zu erkennen, alles andere wurde vom Nebel verschluckt, je weiter er hinunter gelangte. Tote, blattlose Äste stachen wie Hände aus dem geisterhaften Grau.

Schließlich tauchte die Ruine der Festung direkt vor ihm auf. Orhan blieb neben dem Schutt eines Bogenganges stehen und spähte in die Dunkelheit, bevor er hindurchschritt.

»Komm herein«, rief eine alte, brüchige Stimme aus dem Innern. »Ich habe auf dich gewartet.«

Orhan ging weiter, bis die Gestalt einer alten Frau unmittelbar vor ihm erschien. Ehrfurchtsvoll sank er auf ein Knie. »Ich bin …«

»Ich weiß, wer du bist. Orhan, Sohn Osmans des Ersten, Herrscher der Osmanen.«

Orhans Augen gewöhnten sich allmählich an die Dunkelheit. Vor sich sah er eine dunkle, schlanke Gestalt, gekleidet in formlose Lumpen von der gleichen Farbe wie die gefleckte, runzlige Haut. Sie war mehr Schatten als Mensch und saß auf einer Strohmatte, die vom Licht, das durch die Ritzen in den Wänden des Gemäuers fiel, nur schwach beleuchtet wurde.

»Jetzt sage mir, was dich zu mir geführt hat«, forderte die Moorfrau ihn auf. Ihr milchiger Blick hielt den Orhans fest. »Sage mir, was dich dazu brachte, eine Hexe um Hilfe zu bitten.«

»Ich muss das Werk meines Vaters vollenden und die Welt außerhalb Anatoliens erobern, die unsere Herrschaft erwartet.«

Die Moorfrau lächelte und ließ dabei die Stümpfe verrottender Zähne und lila Zahnfleisch sehen. »Diese Welt wird dich sehr viel kosten.«

Orhan trat einen Schritt näher, blieb dann jedoch stehen, als wäre eine unsichtbare Barriere vor ihm aufgetaucht. »Meine Armeen sind nicht stark genug, ganz Europa zu bekämpfen.«

»Du wirst deine Armeen nicht brauchen, wenn du meinen Anweisungen folgst. Doch der Preis ist hoch.«

»Ich bin bereit, dir zu geben, was du verlangst!«

Die Moorfrau bot dem Herrscher der Osmanen zwei knochige, verwitterte Hände dar. »Dann setz dich zu mir, Orhan, und höre zu, wenn ich dir deine Aufgabe erkläre …«

»Ich habe genug gehört!«, sagte Dr. Sowahy zornig.

»Die Geschichte ist noch lange nicht zu Ende«, fuhr Matabu fort. »Die Moorfrau schickte Orhan in eine sterbende Stadt am Schwarzen Meer. Sie befahl ihm, Ratten zu fangen und zu weiteren Häfen zu segeln, wo er die Ratten auf Dutzenden italienischer Handelsschiffe aussetzen sollte, die noch vor Anker lagen. Diese Handelsschiffe legten in verschiedenen europäischen Häfen an und leerten ihre Laderäume. Und in jedem Hafen tauchten die Ratten auf, durstig und ausgehungert, und verbreiteten eine Seuche, die die Welt für immer veränderte.

Der Schwarze Tod kam über ganz Europa, und bald war der Westen für Orhan und seine Nachfolger keine Bedrohung mehr. Seine Feinde waren vernichtet. Das osmanische Weltreich war geboren. Die Moorfrau hatte Wort gehalten. Orhan hielt ebenfalls Wort und verschaffte ihr eine Überfahrt auf einem Handelsschiff, das nach Afrika segelte, wo sie ihre wahre Heimat fand. Allerdings war sie nun nicht mehr als die Moorfrau bekannt. Ihre Kräfte und Fähigkeiten verschafften ihr in Afrika einen neuen Namen bei denen, die sie fürchteten: der Drache.«

Matabu lächelte dünn. »Was, wenn ich in Besitz eines vergleichbaren Mittels wäre, um mein Weltreich zu errichten, so wie Orhan sein Reich geschaffen hat?«

Sowahy schüttelte den Kopf. »Ich höre mir das nicht länger an!«

»Das sollten Sie aber, Doktor, weil das, was damals geschehen ist, wieder geschehen wird. Unsere Feinde werden bezwungen, genau wie die Feinde Orhans …«

Matabu spürte einen dumpfen Schmerz, der sich hinter ihren Augäpfeln bildete, dann ein Stechen, das in ihre Wangen schoss und sie schwindlig machte.

»Was ist los?«, fragte Dr. Sowahy und griff nach ihrer Hand, um ihren Puls zu fühlen.

Matabu zog die Hand weg. »Ein Anfall …«

»Sie dürfen sich nicht so anstrengen.«

Matabu lächelte leicht. »Ich erschaffe die Welt neu, Doktor. Das geht nicht ohne Mühe.«

38.

Ben und Danielle stiegen langsam die Stahltreppe hinunter und lauschten auf Geräusche. Doch über dem leisen Rattern der noch im Leerlauf arbeitenden Dieselmotoren des Frachters und dem rhythmischen Klatschen der Wellen gegen den Rumpf war nur das Echo ihrer eigenen Schritte zu vernehmen.

Sie durchsuchten die ersten zwei Decks, fanden aber nichts. Nur leere Kojen und Kajüten und eine Messe voller halb gegessener Mahlzeiten: Was immer hier passiert war, es war offensichtlich sehr schnell vor sich gegangen.

Je tiefer sie kamen, desto schaler und heißer wurde die Luft. Das dritte Unterdeck lag in den tiefsten bewohnbaren Eingeweiden des Schiffes, mit Zugang zu den verschiedenen Laderäumen. Die ersten zwei, in denen Ben und Danielle nachschauten, beherbergten nur ein paar Überbleibsel von Maschinen und Autoteilen – der Abfall einer früheren Ladung.

Ein tropfendes Geräusch und eine Tür, die langsam hin und her knarrte, veranlasste Danielle und Ben, sich dem dritten Laderaum vorsichtig zu nähern. Beide packten ihre Pistolen fester. Ben spähte ins Innere und schob dann die Tür auf. Danielle schloss sich ihm an.

Im Innern des Laderaumes lagen die Leichen der fehlenden Besatzungsmitglieder der *Peter der Große* nebeneinander. Ein Dutzend mindestens.

»Mein Gott«, murmelte Danielle und schlüpfte an Ben vorbei.

»Erschossen?«

»Ja«, erwiderte Danielle. Um dies festzustellen, reichte eine oberflächliche Untersuchung. »Alle zur gleichen Zeit, wie es aussieht.«

»Wann?«

Danielle fand eine Stelle mit getrocknetem Blut und überlegte kurz. »Irgendwann letzte Nacht.«

»Sie wurden umgebracht und dann hierher geschleppt, um sie zu verstecken«, vermutete Ben.

»Nein«, erwiderte Danielle, die sich die Blutspritzer ansah. »Die meisten sind zuerst hierher gebracht und *dann* getötet worden. Daran, wie die Körper gefallen sind, kann man erkennen, dass man sie in einer Reihe aufgestellt hatte.«

»Ein Massaker«, meinte Ben und folgte Danielle aus dem Laderaum.

Noch angespannter als zuvor schloss er die Tür hinter ihnen. Sie gingen weiter zum nächsten Laderaum. Die Luft wurde kalt, als sie sich näherten, beinahe frostig. Der letzte Laderaum war offensichtlich ein Kühlraum.

Diesmal trat Danielle zuerst ein, die Waffe schussbereit.

Der Laderaum war leer.

Danielle senkte die Pistole. Sie zitterte in der frostigen Luft; vor ihrem Gesicht bildete sich Nebel.

»Sieh dir das an«, sagte Ben, der in der Mitte des Laderaums am Boden hockte. Danielle ging zu ihm.

»Hier war irgendetwas.« Ben deutete auf den Boden. »Jedenfalls dem Staubmuster nach zu urteilen.«

Danielle leuchtete mit einer Taschenlampe, die sie vom Fischkutter mitgenommen hatte, und suchte nach Hinweisen, was im Laderaum gewesen sein könnte. »Kisten«, sagte sie schließlich. »Ungefähr ein mal zwei Meter.«

»Offensichtlich wurden sie gestohlen. Aber von wem?«

»Gute Frage«, sagte eine vertraute Stimme von der Tür her, die in den Laderaum führte.

Danielle wirbelte herum und stand General Dov Levy von Angesicht zu Angesicht gegenüber.

39.

Professor Deirdre Cotter hielt ihren Hut auf dem Kopf fest, als der Jeep über die schmale Straße raste, die durch den Dschungel geschlagen war.

»Sie haben mir noch immer nicht gesagt, wohin wir fahren«, sagte sie zu dem Minister aus Sierra Leone, der neben ihr auf dem Rücksitz des Jeeps saß.

»Ins Dorf Katani, Doktor«, erwiderte Daniel Sukahamin.

»Es heißt ›Professor‹, nicht ›Doktor‹.«

»Was immer Sie sagen, Miss.«

»Gut. Dann erklären Sie mir, warum Sie mich dorthin fahren.«

»Weil Sie gebraucht werden, Miss.«

»Sie sind Verteidigungsminister von Sierra Leone. Ich bin Agrarwissenschaftlerin und arbeite im Auftrag der Vereinten Nationen.«

»Wir wissen sehr genau, was Sie tun, Miss«, versicherte Sukahamin.

»Wozu brauchen Sie mich dann?«

»Sind Sie die Deirdre Cotter, die vor drei Jahren mit ihrem Ehemann ins Land gekommen ist?«

»Müssen Sie das wirklich fragen?«

»Zwei Jahre nach Ihrer Ankunft wurde Ihr Mann von den Rebellen der RUF als Geisel genommen und getötet.«

»Ja ...«

»Und doch sind Sie geblieben. Sie sind über die Zeit hinausgeblieben, die man von Ihnen erwartet hatte. Warum?«

Deirdre Cotter schluckte schwer. »Weil ich dachte, ich könnte etwas bewirken. Ich *wollte* etwas bewirken.«

Sukahamin blieb gelassen. »Sie werden Ihre Chance bekommen, Professor.«

»Was wissen Sie über die Dörfer in dieser Gegend?«, fragte der Verteidigungsminister von Sierra Leone, während die Straße schmaler wurde und der Jeep sich dem Ort Katani näherte.

»Hier gibt es Fischerei und Landwirtschaft. Die Dörfer sind im Wesentlichen autark.«

»Bis gestern, Professor.«

Der Jeep verlangsamte seine Fahrt, als die ersten Hinweise an den Rändern der unbefestigten Straße erschienen, an einen Baum genagelt. Bisher hatten sich noch keine Menschenseele gezeigt, obwohl der Jeep bereits den Fluss passiert hatte, aus dem die Dorfbewohner ihr Wasser holten. Normalerweise gab es hier einen ständigen Strom von Menschen, die Fässer und Behälter hin und her schleppten. Deirdre Cotter wurde noch argwöhnischer, als sie ohnehin schon war.

Der Jeep fuhr ins Dorf, das aus wenig mehr als einer Ansammlung baufälliger Gebäude bestand. Manche der größeren, besser gepflegten Häuser besaßen Fenster und gewölbte Dächer, während andere kaum als Hütten bezeichnet werden konnten, die aus festgestampftem, getrocknetem Lehm bestanden. Diese Hütten bildeten einen Halbkreis um die Dorfmitte.

Die Dorfmitte lag menschenleer vor ihnen. Deirdre Cotter erwartete, ängstliche Gesichter zu sehen, die hinter Türen hervorlugten oder zwischen Vorhängen hindurch spähten, die aus Sackleinen oder anderen Stofffetzen gefertigt waren.

»Das Dorf ist verlassen«, bemerkte sie, während der Jeep weiter durch die unebene Landschaft holperte, an dem verlassenen Dorf vorbei.

»Seit gestern«, bestätigte Sukahamin. »Die Leute hier hatten den Tag davor ein paar unwillkommene Gäste: die RUF.«

Cotter wurde wütend. Ihre Lippen zitterten. »Wo ziehen Sie mich hier mit hinein? Ich habe Ihnen schon gesagt, ich bin *Agrarwissenschaftlerin*. Die Vereinen Nationen haben mich und andere hierher geschickt, um Ihre Leute zu unterrichten, wie sie das Land besser bearbeiten können und nicht, um in den Bürgerkrieg verwickelt zu werden!«

»Sie, Miss, *sind* in den Krieg verwickelt, seit Ihr Mann ermordet wurde«, erwiderte Sukahamin ernst. »In Sierra Leone ist *jeder* darin verwickelt.«

Der Jeep hielt, und Sukahamin stieg aus, von Fahrer und Bodyguard beschattet. Sie hatten ihre Waffen umgehängt, um sie schneller greifen zu können.

»Hier entlang«, winkte der Verteidigungsminister, als Cotter schließlich aus dem Jeep stieg. Sie wischte sich die schweißnassen Hände an ihren Cargohosen ab. »Die Felder liegen in einem Tal gleich hinter der Kuppe dort.«

Schwärme von Insekten plagten sie, und Cotter schlug unablässig nach ihnen, doch vergeblich. Sie schienen immun zu sein gegen Mückenspray. Das einzige Mittel, das in diesem Teil der Erde wirkte, war eine Mischung aus Schlamm und Blättern, deren Zusammenstellung ihr ein Dorfbewohner Monate zuvor gezeigt hatte. Doch die Mixtur stank furchtbar und hinterließ einen gräulichen Film auf der Haut, den man kaum abwaschen konnte, selbst mit heißem Wasser und Seife nicht.

Sukahamin übernahm die Führung, als die Gruppe sich dem Grat näherte. Plötzlich lag ein leicht bitterer, säureartiger Geruch in der Luft, wie Deirdre Cotter ihn noch nie wahrgenommen hatte. Ihr Atem schmeckte bitter, und sie hatte das Bedürfnis, sich zu übergeben.

Schließlich aber stand sie oben am Grat neben Sukahamin und blickte wie er ins Tals hinunter.

»Der Teufel ist in mein Land gekommen, nicht wahr, Professor?«

»So sieht es aus«, erwiderte Cotter, die ihren Augen nicht traute.

40.

Ben hatte seine Pistole bereits gezogen, als Danielle rief: *»Nein!«* Sie trat einen Schritt näher auf Dov Levy zu, dem ehemaligen Chef des Sayaret. »Das ist General Levy, der Mann, der mir diesen Auftrag erteilt hat.«

»Ja, so inoffiziell er auch gewesen sein mag«, bestätigte Levy. »Vielen Dank, Inspector. Und Sie«, fuhr er zu Ben gewandt fort, »müssen sich mir nicht vorstellen.«

»Sie hatten vergessen, mir zu sagen, dass Sie tot sind«, bemerkte Danielle spitz.

»Erstaunlich, wie viel Bewegungsfreiheit einem der Tod verschafft«, erwiderte Levy. Er musste jetzt Mitte fünfzig sein. Sein Haar war noch immer dicht, sein Körper durchtrainiert und kräftig. »Es erlaubt mir, Dinge anzusehen, ohne dass jemand es merkt.«

»Oder es andere für Sie tun zu lassen«, fügte Danielle hinzu.

»Es ist schwierig, unter den gegebenen Umständen einen Stab zu bilden, Lieutenant.«

»Ich bin kein Lieutenant mehr.«

»So wie ich kein General mehr bin, und doch kämpfen wir noch im selben Krieg.« Levy trat aus dem Laderaum in das trübe Licht, das von den schwankenden Glühbirnen im Korridor dahinter geworfen wurde, dicht gefolgt von Ben und Danielle. Levy trug einen dunklen, schmuddeligen Bart, als hätte er sich nicht mehr rasiert, seit Danielle ihn das letzte Mal gesehen hatte. »Was ist aus den Gewehren geworden, Lieutenant?«

»Es gab keine Gewehre«, erwiderte Ben, bevor Danielle antworten konnte.

»Wie bitte?«

»Er hat Recht«, erklärte Danielle. »Dieser Frachter hatte keine Gewehre geladen. Er hat etwas viel Tödlicheres transportiert. Sag es ihm, Ben.«

Ben berichtete von den ausweichenden Kommentaren Anatoljewitschs über die verschwundene Ladung, für die er mehr als zehn Millionen Dollar in Diamanten bekommen hätte.

»Das alles ist Ihre Schuld«, maulte Levy, als Ben geendet hatte.

»*Meine* Schuld?«

»Wenn alles nach Plan verlaufen wäre, hätte Anatoljewitsch Lieutenant Barnea vor drei Tagen von Ostjerusalem hierher geführt.« Mürrisch wandte Levy sich an Ben. »Da Sie Anatoljewitsch verhaftet hatten, haben wir jetzt keine Ahnung, was mit der Ladung geschehen ist, oder um was es sich dabei handelt.«

»Wie haben Sie uns gefunden?«, fragte Danielle, plötzlich misstrauisch.

»Ich habe Sie in Haifa aufgespürt. Sabis Quellen sind nicht immer so diskret, wie er es gern glauben macht. Jedenfalls bin ich euch in die Westbank gefolgt.«

»Und danach?«

»Ihr Freund, Colonel al-Asi, hat dem Russen eine Wanze verpasst, sodass ich Sie anpeilen konnte«, sagte Levy zu Ben. »Der Colonel scheint immer gerne zu wissen, wo Sie gerade sind.«

»Genau wie Sie immer gerne wissen, wo ich gerade bin«, fügte Danielle hinzu.

»Ich bin Ihnen nach Gaza und anschließend aufs Meer hinaus gefolgt.«

»Sie haben sie benutzt!«, fuhr Ben ihn an. »Wenn Sie die üblichen Stellen eingeschaltet hätten, anstatt Danielle …«

»Das konnte ich nicht.«

»Warum nicht?«, wollte Danielle wissen.

»Kommen wir noch einmal auf Ostjerusalem zurück, Lieutenant. Sagen Sie mir, was schief gegangen ist.«

»Commander Baruch war dort.«

»Zufall?«

»Ja.«

»Nein«, korrigierte Levy.

»Was?«

»Denken Sie nach!«

»Es gab keinen Eintrag, dass Baruch überhaupt nach Ostjerusalem gefahren ist«, erinnerte sich Ben. »Es stand nichts in den Logbüchern.«

»Natürlich nicht, Inspector, denn er war nicht dort in seiner Eigenschaft als Chef der National Police.« Levy richtete seine Aufmerksamkeit wieder auf Danielle. »Die Position seiner Männer, wie sie um den Platz verteilt waren – woran hat Sie das erinnert?«

Danielle versuchte, sich die Abfolge der tödlichen Ereignisse in Ostjerusalem wieder ins Gedächtnis zu rufen.

... und sah bewaffnete Gestalten durch die Straße rennen, die im Laufen wild in die Gegend feuerten. Zwei fielen aufs Pflaster und krochen davon, versuchten, sich aus der Schusslinie zu ziehen. Danielle hielt ihre Waffe ruhig und drehte sich wieder zum Tisch um ...

Mein Gott! dachte sie, als es ihr klar wurde.

Sie wälzte sich vom Jungen herunter und hechtete hoch, die Pistole in der Hand. Ein Detective, den sie von der National Police kannte, starrte sie mit glasigen Augen an. Er stolperte vorwärts, die Pistole locker in der Hand. Dann bäumte er sich auf und stürzte auf den Gehsteig, ein Opfer der umherirrenden Kugeln ...

Die Art und Weise, wie Baruchs Team den Platz in Ostjerusalem abgedeckt hatte, deutete auf einen Schutzauftrag hin, nicht auf einen Anschlag. Doch es gab nur eine Person, zu deren Schutz Baruch und seine Leute dort gewesen sein konnten: Anatoljewitsch.

Und eine einzige Person, die eine Bedrohung für Baruch hätte darstellen können.

»Die Polizisten haben auf mich geschossen«, sagte Danielle als könne sie ihren eigenen Worten nicht glauben. »Sie haben auf mich geschossen ...«

41.

»Sie wissen jetzt, was ich meine, nicht wahr?«, sagte der frühere Chef des Sayaret. »Sie verstehen, warum ich Sie gebraucht habe, Lieutenant?«

»Nach Beirut ...«

»*Wegen* Beirut. Es wurde angeordnet, Sie danach wieder einzustellen, aber das war falsch. Ich wusste es, und ihr Vater wusste es auch, doch wir konnten nichts tun.«

»Der Mann, der unser Team vernichtet hat, war derselbe, der mich im Gefängnis umbringen wollte. Ein Mann, der sich wie ein Cowboy kleidet.«

»Sein Name ist James Allen Black. Beeindruckende Akte bei der amerikanischen Spezialtruppe, aber er fand ein wenig zu viel Gefallen an seiner Arbeit. Der Mann ist sehr gut, aber auch sehr teuer.«

»Sie wissen das, und der Kerl lebt noch?«

»Ich habe von ihm erfahren, nachdem die israelische Regierung sich seine Talente bereits ein paar Mal zunutze gemacht hatte. Wenn es stimmt, was ich über Black gehört habe, können Sie sich glücklich schätzen, noch am Leben zu sein.«

»Er auch«, erwiderte Danielle lässig und trat einen Schritt nach vorn in den dünnen Lichtstrahl, bis sie unmittelbar vor Levy stand. »Doch ich hätte genauso leicht in Ostjerusalem getötet werden können, nicht wahr?«

»Es war etwas eingetreten, das ich nicht vorhersehen konnte. Inspector Kamal hat Anatoljewitsch verhaftet. Als der Russe nicht wie geplant auf dem Platz auftauchte, sondern Sie, ist Baruch in Panik geraten.«

»Weil er gedacht hat, *ich* wäre diejenige gewesen, die den Russen abgefangen hat, nicht Ben.« Jetzt wurde Danielle alles klar. »Weil ich das Netzwerk durchdrungen hätte, zu dem Baruch gehörte.«

»Und seine Beteiligung entdeckt hätten, genau. Ich vermute, Commander Baruch hat versucht, seinen Hintern zu retten, als er seinen Leuten den Befehl gab, auf Sie zu schießen.«

»Weil Baruch bestochen wurde«, setzte Danielle den Gedanken fort.

»Nicht nur er, glauben Sie mir. Wir haben es mit einer riesigen Verschwörung zu tun, durch die viele israelische Beamte sehr reich geworden sind, Lieutenant.«

»Wollen Sie damit sagen, *die* wussten, was an Bord dieses Frachters war?«, warf Ben ein.

»Nein. Gewehre, Raketen, Plastiksprengstoff – je weniger sie über die Ladung wussten, desto besser.« Levy wandte seine Aufmerksamkeit wieder Danielle zu. »Commander Baruch muss geglaubt haben, dass Sie in Ostjerusalem sind, um gegen *ihn* zu ermitteln. Und da hat er geglaubt, ihm bliebe keine andere Wahl.«

»Sie vergessen etwas«, sagte Danielle, die sich im Geiste wieder in Ostjerusalem befand. »*Palästinenser* haben von allen Seiten das Feuer auf Baruch eröffnet.«

»Palästinenser, von denen niemand eine Spur finden konnte, weil es nur einen einzigen Schützen gegeben hat. Und der war *kein* Palästinenser.«

Danielle machte große Augen. Sie spürte, wie sie zitterte. Immer mehr Erinnerungen an die Geschehnisse auf dem Platz fluteten zurück: der verletzte Detective, das Dauerfeuer, mit dem das Café unter Beschuss genommen worden war …

»Sie haben auf die Polizisten geschossen«, sagte sie kaum hörbar, »einschließlich den Mann, den ich zu retten versucht habe.«

»Nur um sie daran zu hindern, Sie zu erschießen.«

»Kurz bevor ich Moshe Baruch getötet habe.«

»Nicht ganz«, erwiderte Levy.

»Wie meinen Sie das?«

»Nicht Sie haben Baruch getötet. Das war ich.«

»Der Bericht der Ballistiker hätte das bestätigt«, fuhr Levy fort, »wäre ein solcher Bericht angefordert worden. Deshalb wurden in der Gegend keine Spuren von palästinensischen Schützen gefunden.«

Danielle war sprachlos. Erleichterung durchströmte durch sie. *Sie hatte niemanden getötet an jenem Tag auf dem Platz!*

»Was tun wir jetzt?«, brachte sie heraus.

»Jemanden in der Regierung suchen, dem wir anvertrauen können, was wir herausgefunden haben, Lieutenant. Es steht zu viel auf dem Spiel, als dass wir einem Skandal aus dem Weg gehen könnten. Lassen Sie uns die Wahrheit ans Licht bringen!« Levy überlegte kurz. »Bleiben Sie heute Nacht in Gaza. Wir treffen uns morgen früh am Fischmarkt.«

»Wie finden wir Sie?«, fragte Danielle.

»Kommen Sie einfach«, erwiderte Levy, an beide gewandt. »Ich finde Sie.«

42.

Bürgermeister Krilew und Oberst Petroskow bahnten sich einen Weg durch die Flure einer umfunktionierten Entbindungsklinik im Zentrum von Dubna. Sie schoben sich an Toten und Sterbenden vorbei.

»Sie hatten mir mehr medizinisches Personal versprochen«, beklagte sich Krilew. Er merkte, dass Petroskow ihn nicht verstehen konnte, und riss sich den Mundschutz ab. »Ich sagte, Sie hatten mir mehr medizinisches Personal versprochen«, wiederholte er und nahm seinen ganzen Mut zusammen, nachdem er zwei Tage lang das anmaßende Gehabe des Obersten und seine barschen Befehle ertragen hatte. »Sie hatten mir Experten versprochen! Impfstoffe! *Hilfe*!«

Petroskow unterbrach seine stumme Zählung der Leichen, die er gerade durchführte. »Nichts von alledem hätte irgendetwas bewirkt.«

»Ihre Soldaten haben aus meinem Volk Gefangene in ihren eigenen vier Wänden gemacht.«

»Das ist zu ihrem Besten.«

»Warum wurde ich nicht wegen der Ausgangssperre gefragt?«

Petroskow blieb stehen und drehte sich abrupt zum Bürgermeister um. »Sie haben hier nicht mehr das Sagen, Krilew«, stieß er ungeduldig hervor. »Ich dachte, das hätte ich Ihnen unmissverständlich klar gemacht. Hier wurde das Kriegsrecht ausgerufen.«

»Von *Ihnen*?«

»Von Kräften, an die weder Sie noch ich jemals heranreichen können.«

»Wollen Sie damit sagen, dass Moskau weiß, was hier vor sich geht?«

»Moskau weiß alles, glauben Sie mir.«

»Dennoch tut man dort *nichts*?«

»Man hat mich geschickt.«

»Und die Bürger meiner Stadt sterben weiter. Tausende sind es jetzt schon, und es werden mit Sicherheit noch viele folgen.«

»Das Schlimmste ist vorüber.«

»Ich bin immer noch Dubnas höchster Beamter, Oberst. Ich habe Verantwortung gegenüber den Einwohnern.«

»Sie haben Verantwortung gegenüber Moskau, Bürgermeister, so wie ich.«

Krilew und Petroskow drückten sich an eine Wand, während eine Flut von Pflegern Tragen an ihnen vorbeirollten, auf denen mit Laken zugedeckte Leichen lagen. Die Reihe zog sich den Flur hinunter, so weit das Auge reichte.

»Sie sagten, Sie würden mich in einer bestimmten Sache aufsuchen, Oberst.«

»Ja. Meine Männer haben ein Dutzend von Ihren ›Einwohnern‹ aufgestöbert. Die Leute haben versucht, durch die Wälder aus Dubna zu fliehen. Drei mussten erschossen werden, weil sie dem Befehl nicht nachkamen, stehen zu bleiben.«

»Erschossen?« Krilew konnte kaum glauben, was er gehört hatte. »Das ist ungeheuerlich!«

Petroskow blieb völlig unbewegt. »Ihre Vollzugseinrichtungen können die Zahl derjenigen, die wir in Haft nehmen müssen, nicht bewältigen. Es müssen andere Vorkehrungen getroffen werden.«

»Was soll ich Ihrer Meinung nach tun, Oberst? Ein weiteres Gefängnis bauen?«

»Irgendeine zivile Einrichtung wird genügen. Bitte wählen Sie etwas Passendes aus. Und warnen Sie die Bevölkerung. Jedem weiteren Versuch, Dubna zu verlassen, werde ich mit härtesten Maßnahmen begegnen.«

Endlich nahm die Reihe der Toten ein Ende, und die beiden

Männer setzten ihren Weg zum Krankenhauslabor fort. Es war dem kleinen Team von Wissenschaftlern zur Verfügung gestellt worden, die am Tag zuvor angekommen waren. Krilew wusste, dass Wasserproben von überall aus der Stadt in regelmäßigen Abständen ins Labor gebracht wurden, außerdem Erde, Pflanzen und anderes »biologisches Material«.

»Das wäre alles, Bürgermeister«, sagte Petroskow, als sie die bewaffneten Wachen erreicht hatten, die in Habachtstellung vor der Tür standen.

Krilew wich nicht zurück. »Was sagen Ihre Wissenschaftler?«

»Sie glauben, die Situation ist unter Kontrolle.«

»Denen, die sterben, hilft das nicht, Oberst. Oder denen, die ihnen vielleicht noch folgen.«

»Es wird keine weitere Ansteckung geben, Bürgermeister«, sagte Petroskow ungeduldig. »Halten Sie die Bevölkerung unter Kontrolle und lassen Sie mich alles andere regeln.«

Bevor Krilew etwas erwidern konnte, war der Oberst durch die Türen verschwunden, die sich hinter ihm sofort wieder schlossen.

FÜNFTER TAG

43.

»Na, wie fühlt man sich so als Palästinenserin?«, fragte Ben, als er und Danielle früh am nächsten Morgen zum Fischmarkt in Gaza gingen.

Danielle sah sich um und stellte fest, dass sie dank Bens Bemühungen von den palästinensischen Frauen praktisch nicht zu unterscheiden war. Ben hatte am Abend zuvor die passende Kleidung auf einem Flohmarkt erstanden und Danielle gezeigt, wie man sie trug. Das formlose Kleid und der Schal, der den unteren Teil ihres Gesichts bedeckte, waren bislang ausreichend gewesen, dass sie zu Fuß und mit dem Jeep unbehelligt an mehreren israelischen Patrouillen vorbeikam, ohne dass die Israelis ihr auch nur einen zweiten Blick zuwarfen.

»Wie weit ist es noch bis zum Fischmarkt?«

»Nur noch ein paar Querstraßen. Riechst du ihn noch nicht?«

»Du kannst jetzt nie mehr in deine Heimat zurück«, hatte Danielle in der Nacht zuvor gesagt, als sie neben Ben im Bett lag. Es war weit nach Mitternacht gewesen, und keiner von beiden hatte schlafen können.

»Welche Heimat meinst du?«, hatte Ben gefragt.

»Du hättest schon vor Monaten nach Detroit zurückkehren sollen. Du hast es nur meinetwegen nicht getan.«

»Und ich habe es nicht eine Minute bereut.«

Danielle hatte den Arm ausgestreckt und eine Lampe angeknipst. »Deshalb habe ich dir aus Haifa etwas mitgebracht – von Sabi.«

Ben und Danielle hatten in Gaza City im Al-Amal Hotel eine Unterkunft gefunden. Seltsamerweise hatte man von keinem Zimmer einen direkten Blick aufs Meer, doch sie waren geräumig, mit hohen Decken. Da es keine Klimaanlage gab, hatten sie die Fenster in der Nacht aufgelassen.

Die Geräusche waren friedvoll: das leise Rauschen des nahen Meeres, ferne Verkehrsgeräusche, der gedämpfte Klang einer Stimme, die vom Wind hergetragen wurde. Keine Gewehrschüsse, keine Schreie. Ein friedliches Palästina – eine Illusion, durch die Nacht genährt, die sich im Morgengrauen verflüchtigen würde.

Es war seit einem Jahr, seit Danielles Aufenthalt in New York so tragisch in einem Krankenhaus geendet hatte, die erste Nacht gewesen, die Ben und sie zusammen verbracht hatten. In der ersten Zeit nach ihrer Rückkehr hatten beide – abgekämpft und erschöpft wie sie waren – immer wieder Entschuldigungen gefunden, einander aus dem Weg zu gehen. Danielle brauchte viel Ruhe, und Ben war zufrieden, sie in Ruhe zu lassen. Indem er einfach nur für sie da war, hatte er gehofft, seine Absichten deutlich zu machen. So, wie Danielle ihre Absichten deutlich gemacht hatte, als die Zeit ihrer Erholung endete: Sie hatte Ben nicht einmal angerufen.

Es wäre ein Leichtes gewesen, Danielle die Schuld zu geben – oder dem politischen Klima, das den Verkehr zwischen Israel und der Westbank beinahe lahm gelegt und den Kontakt zwischen Israelis und Palästinensern praktisch verboten hatte. Selbst Colonel al-Asi hatte Ben davor gewarnt, Kontakt aufzunehmen, um nicht das Risiko einzugehen, als Kollaborateur abgestempelt zu werden; dies hätte die Todesstrafe nach sich ziehen können, der Dutzende von Palästinensern zurzeit entgegensahen.

Doch nichts von alledem hätte Ben etwas ausgemacht; zumindest wäre es ein Jahr zuvor noch so gewesen. Doch als er Danielle im Rollstuhl aus dem Krankenhaus in New York gefahren hatte, hatte sich alles geändert. Die Kluft, die stets zwischen ihnen bestanden hatte, wurde plötzlich nicht mehr von einer Brücke überspannte. Statt nach Entschuldigungen zu suchen, zusammen sein zu können, wurde es für beide leichter, nach einem Vorwand zu suchen, getrennt zu bleiben.

Oft war es ihnen gelungen, einen neuen Anfang zu machen. Jetzt aber, seit dem Verlust ihres ungeborenen Kindes, hatte sich alles geändert. Sie hatten sich nicht mehr viel zu sagen, weil das Wesen ihrer Beziehung sich verändert hatte – bis Colonel al-Asi Ben von Danielles Verhaftung berichtet hatte.

Seltsam, wie es in dem Moment keinen Sekundenbruchteil des Zögerns gegeben hatte, zu handeln. Danielle hatte ihn gebraucht, und er war für sie da gewesen.

Bei diesem Gedanken überkam Ben tiefe Trauer.

Auch seine Frau hatte ihn damals gebraucht, und nun war sie tot. Seine Kinder hatten ihn gebraucht, und auch sie waren tot. Augenblicke früher, und Bens Familie wäre noch am Leben. Augenblicke später, und Ben wäre ebenfalls tot. Augenblicke hatten ihn schließlich zurückgebracht nach Palästina, hatten ihn zu Danielle geführt und ihm flüchtige Blicke auf ein Glück ermöglicht, von dem er vergessen hatte, dass es tatsächlich existierte …

»Ausweise«, fuhr Danielle nun fort, »und einen neuen Pass, damit du hier weg kannst, bevor es zu spät ist.«

»Wirst du mit mir kommen?«

»Ich kann nicht.«

»Dann kann ich es auch nicht.«

»Es wird nicht klappen mit uns beiden«, sagte Danielle. »Das sollten wir inzwischen begriffen haben.«

»Vielleicht haben wir uns nicht genug Mühe gegeben.«

»Du machst dir selbst etwas vor, Ben. Keiner von uns beiden hat einen anderen Menschen – und das ist das Schlimmste, worauf man eine Beziehung aufbauen kann. Wir bleiben nur zusammen, wenn uns keine Wahl bleibt. Deshalb hat es bisher nie mit uns geklappt.«

»Wenn das Baby nicht gestorben wäre ...«

»Ist es aber.«

»Wir dürfen es nicht darauf beruhen lassen.«

»Wir haben keine Wahl, Ben, und das wissen wir beide.«

»Ich werde nicht aufgeben«, beharrte er. »Ich habe es satt, aufzugeben. Ich bin es leid, dich an Dinge zu verlieren, die wichtiger zu sein scheinen als unsere Beziehung.«

»Solche Dinge wird es immer geben.«

»Nach dieser Geschichte hier nicht mehr«, sagte Ben.

Seit Jahrzehnten gehörte der Fischmarkt zu den Hauptattraktionen in Gaza. Erst seit kurzem gab es weniger Käufer, weniger Händler, weniger Umsatz. Die desolate Wirtschaftslage Palästinas – in Verbindung mit den Reisebeschränkungen nach Israel – hatte die Nachfrage stark verringert; außerdem hatte eine große Zahl Fischer anstelle der Netze Gewehre in die Hand genommen.

Dennoch bewegte sich eine ansehnliche Zahl von Kunden zwischen den Reihen der auf Eis liegenden Fische, die erst Stunden zuvor aus dem Meer gefischt worden waren.

»Ich sehe Levy nicht«, sagte Ben. Nervös suchte er mit Blicken den Markt ab.

»Er hat gesagt, er würde uns finden«, erinnerte ihn Danielle. »Gehen wir einfach weiter.«

Plötzlich raste ein israelischer Jeep durch die Fußgängerzone.

Hupend schoss er genau auf Ben und Danielle zu, die zur Seite sprangen und sich nur noch eilig wegdrehen konnten, in der Hoffnung, nicht erkannt zu werden.

Doch der Patrouillenjeep jagte an ihnen vorbei.

»Meinst du, sie suchen uns?«, fragte Ben.

»Nein«, erwiderte Danielle nachdenklich. »Das war eine spezielle Einheit der Militärpolizei. Es muss etwas anderes gewesen sein.«

Der Jeep war kurz vor den Docks stehen geblieben, an einem riesigen Eistablett neben einer großen Waage, auf der die Fischer von Gaza ihren Fang wogen. Danielle befreite sich aus Bens Griff, als er versuchte, sie zurückzuhalten, und bewegte sich vorsichtig in Richtung Jeep.

Die drei Militärpolizisten standen über dem riesigen Eistablett und schüttelten die Köpfe. Einer machte sich Notizen, ein anderer sprach in ein Walkie-Talkie. Danielle erreichte die erste Reihe der kleinen Menschenmenge, die sich um die Gruppe gebildet hatte, als Ben sie am Ellenbogen packte.

»Was hast du ...«

»O Gott«, stieß Danielle hervor, noch ehe Ben zu Ende gesprochen hatte.

Jemand lag auf dem Eistablett; der Tote war nur deshalb zu sehen, weil die Polizisten die Eisbrocken beiseite gefegt hatten. Danielle erhaschte einen Blick auf das milchweiße Gesicht der Leiche und spürte, wie sich ihr der Magen umdrehte.

Der Tote war General Dov Levy.

44.

Danielle wirbelte zu Ben herum.

»Levy«, murmelte sie.

Ben reckte sich, um über sie hinweg zu blicken, doch jetzt war es Danielle, die ihn fortschob.

»Die Soldaten dürfen dich nicht sehen, Ben«, mahnte sie zur Vorsicht. Sie zitterte vor Schock und Wut.

»Die Soldaten sind nicht mehr unser größtes Problem. Wer Levy getötet hat …«

»… könnte noch immer hier sein und auf uns warten. Ich weiß. Dieser verdammte Cowboy! Das war er! Er muss es gewesen sein!«

»Halte dein Gesicht unten«, wies Ben sie an, als Danielle die Straße hinauf und hinab spähte.

»Black ist hier. Ich werde diesen Hurensohn finden und erledigen!«

Ben drehte sie zu sich herum. »Nicht jetzt. Nicht solange er die Oberhand hat. Jetzt müssen wir erst einmal zusehen, dass wir hier wegkommen.«

Unwillig brach Danielle ihre Suche nach Jim Black ab. »Du hast Recht.«

»Komm mit mir«, sagte Ben und nahm Danielle sanft am Arm.

Laster und Lieferwagen, die zu den Marktständen und Restaurants gehörten, standen unterhalb der Docks dicht geparkt. Ben ging weiter, bis er auf einen Wagen stieß, bei dem der Motor noch lief, um den Kompressor mit Strom zu versorgen, der die Laderäume des Lasters kühlte. Er öffnete die Fahrertür und schob Danielle in Kabine.

Ben fuhr den Laster auf die Straße, am Gewirr der anderen Fahrzeuge vorbei, die kreuz und quer parkten. Dann wählte er eine Nummer auf seinem Handy.

»Al-Asi?«, fragte Danielle, noch immer vor Wut bebend.

»Wer sonst?«

Das Telefon klingelte einmal, dann erstarb das Signal. Ben wählte erneut, mit dem gleichen Ergebnis.

»Was ist?«

»Die Nummer ist nicht zu erreichen.«

»Versuch es noch einmal.«

»Hat keinen Zweck. Al-Asi hatte mich ohnehin schon vorgewarnt. Sieht so aus, als hätten seine Feinde ihn schließlich eingeholt.«

Im Schneckentempo fuhr Ben weiter. Ein Konvoi israelischer Fahrzeuge raste auf der anderen Straßenseite an ihm vorbei, auf dem Weg zum Fischmarkt.

»Wir haben selber Feinde, um die wir uns Sorgen machen müssen«, erinnerte Danielle.

»Bis wir sie aufhalten, indem wir alle Teile des Puzzles zusammensetzen.«

»Die Diamanten, Ranieris Spur, wer immer den Cowboy angeheuert hat ...«

»Das alles ist miteinander verbunden«, meinte Ben. »Und mit Russland.«

»Mit Russland?«

Ben nickte. »Du hast doch gehört, was Anatoljewitsch gesagt hat. Was immer sich auf dem Frachter befand – es kam aus Russland, aus Dubna.«

»Willst du damit sagen, wir sollten *da hin*?«

»Ich. Du versuchst, in Israel jemanden zu finden, dem du vertrauen kannst.«

»Ich werde wohl eher auf der Stelle erschossen, erinnerst du dich?«

»Es muss etwas geben ... jemanden«, klammerte Ben sich an einen Strohhalm.

»Vielleicht«, meinte Danielle nachdenklich. »Vielleicht.«

45.

»Ich muss wissen, wie viel Zeit ich noch habe«, sagte General Latisse Matabu zu Dr. Sowahy.

Der Arzt beendete die Blutdruckmessung und legte das Messgerät in den alten, verwitterten Arztkoffer, den er schon besaß, solange er sich erinnern konnte.

»Mit Medikamenten … ein Jahr«, erwiderte er.

»Und ohne?«

Er zuckte die Achseln. »Einen Monat, bevor Sie handlungsunfähig sind. Dann vielleicht noch zwei weitere.«

»Vier Wochen also.«

»Die Krankheit wirkt sich bereits auf Ihr Gehirn aus. Ich kann nicht versprechen, dass Sie so lange bei klarem Verstand bleiben.«

»Dann muss ich sehr viele Dinge sehr schnell erledigen«, erwiderte Matabu.

Sie entließ den Arzt und ging zum Spiegel. Betroffen sah sie, wie viele Falten und Furchen in ihrem Gesicht noch tiefer geworden waren als zuvor. Ihre Haut sah kränklich blass aus, und ihre Augen hatten den Glanz verloren. Keines dieser Symptome war neu; sie fielen nur deutlicher auf.

Neu war allerdings, wie Matabu feststellte, dass sie die Knöpfe ihres Uniformhemds falsch zugeknöpft hatte. Als sie versuchte, sie neu zu knöpfen, waren ihre Finger steif und unbeholfen. Eine Welle der Müdigkeit überkam sie. Matabu musste sich auf den Rand ihrer Pritsche setzen; sie fühlte sich fiebrig, und ihr war leicht schwindelig: Einer der schlimmen Anfälle, die kamen und gingen, letztlich jedoch mit zunehmender Häufigkeit.

Die Krankheit war nicht diagnostiziert worden, bis sich während der letzten Monate, die sie in den Vereinigten Staaten verbracht hatte, die ersten Symptome einstellten. Die verschiedensten Untersuchungen waren gemacht worden; am Ende hatten die Ärzte ihr einen ganzen Notizblock voller Rezepte überreicht.

Matabu hatte sich geweigert, die Medikamente zu nehmen; sie hatte nicht geglaubt, die Mittel tatsächlich zu brauchen. Sie konnte, sie *durfte* nicht sterben, weil das Werk, von dem ihre Großmutter beharrlich geglaubt hatte, sie sei dafür geboren, noch nicht vollendet war: Sie sollte die Retterin ihres Volkes sein.

Ihre Großmutter war gestorben, bevor Treest und seine Soldaten in Latisses Zuhause eingedrungen waren an jenem Tag, als sie noch ein junges Mädchen gewesen war. Die Wachen, die Latisses Vater zu ihrem Schutz zurückgelassen hatte, waren verprügelt und verstümmelt worden. Dann hatte Treest Latisse gefunden, im Gemüsekeller, unter dem Mais versteckt.

Latisse bebte vor Zorn. Wieder überfiel sie die Erinnerung an den brennenden Schmerz, als General Treest sie vergewaltigt hatte. Seine Männer hatten sie am Boden festgehalten, während Treest wieder und wieder in sie hineinstieß.

Doch die Vergewaltigung allein hatte Treest als Strafe für sie nicht gereicht. Er war zurückgekehrt, nachdem Latisse den Sohn geboren hatte, den Treest bei der Vergewaltigung gezeugt hatte. Er war in ihr Haus gestürmt, hatte sie verprügelt, weil sie die Existenz des Kindes geheim gehalten hatte, hatte dann das Körbchen mit dem schlafenden Kind gegriffen und war aus dem Haus gestürmt.

Latisse war Treest und seinen Soldaten den Hügel hinauf gefolgt. Außer Atem hatte sie den General angefleht, ihrem Sohn kein Leid zuzufügen, ihn ihr zurückzugeben. Doch Treest hatte ihr mit einem verzerrten Lächeln erklärt, dass sie nicht geeignet sei, sein Kind großzuziehen. Drei seiner Männer hatten Latisse festhalten müssen, als der General das Körbchen mit ihrem Sohn an den Rand der Klippe trug und es mit ausgestrecktem Arm über den Fluss hielt. Latisse erinnerte sich, dass Treest breit gegrinst hatte, bevor er das Körbchen fallen ließ.

Dann erst hatten seine Männer Latisse losgelassen. Das Körbchen war bereits in den Fluss gefallen, als Latisse den Rand der Klippe erreichte. Sie war den Abhang hinunter geklettert, durch Dornengestrüpp hindurch und an halsbrecherischen Steilstellen vorbei. Dann hatte sie das Flussufer abgesucht, ihr Baby aber nicht finden können …

Nachdem sie ihr Hemd neu geknöpft hatte, tauchte Latisse Matabu aus der kleinen, getarnten Baracke auf, in der sich ihre Wohnquartiere befanden, und hielt kurz inne. Die Welt hatte vergessen, was für ein wunderschönes Land Sierra Leone war, und gelegentlich ging es ihr genauso. An Tagen wie diesem jedoch nahm es die makellosen Schönheit einer Landschaft an, die von einem Künstler gemalt worden war. Tau bedeckte die Blätter der sanft schwankenden Äste, die einen Baldachin über der reich duftenden Scholle bildeten. Die Flüsse waren jetzt ruhig, wie grüne Bänder, die sich um die Landschaft wanden.

Latisse ging weiter, an ihren stets präsenten Wachen vorbei, auf den getarnten Eingang des Bunkerkomplexes zu, in dem der größte Teil der Artillerie untergebracht war. Sie stieg die hölzernen Stufen hinunter und folgte einem feuchten unterirdischen Tunnel, der von einzelnen, von der Decke hängenden Glühbirnen beleuchtet wurde. Die Luft war warm und roch nach Schlamm, beinahe wie der Gemüsekeller, in dem sie sich damals vor General Treest versteckt hatte. Die letzte Tür – sie bestand aus dickem Holz, das sich an den Kanten abschälte – hatte ein spezielles Schloss, zu dem nur Latisse den Schlüssel besaß. Sie öffnete das Schloss, riss den Bolzen zurück und trat ein.

Ein Schwall eiskalter Luft schlug ihr entgegen. Einen größeren Unterschied zur dampfenden Hitze draußen konnte man sich kaum vorstellen. Sie konnte das leise Dröhnen der vier kraftvollen Generatoren hören, die benötigt wurden, um die Temperatur im Lagerraum unter vier Grad Celsius zu halten.

Im Innern standen Dutzende von Kisten bis auf halber Höhe zur Decke gestapelt. Orhan hatte seine Waffe an den Ufern des Schwarzen Meeres gefunden – der Moorfrau sei Dank. Latisse hatte die ihre in Russland gefunden – der russischen Unterwelt sei Dank.

Der Inhalt der Kisten würde jedoch nicht in Sierra Leone eingesetzt. Die Geschichte, die Latisses Großmutter über Orhan erzählt hatte, hatte ihr die Notwendigkeit aufgezeigt, seine wahren Feinde zu identifizieren. Der Drache hatte bereits Vorbereitungen getroffen, um den letzten Schritt seines Planes zu tun.

An diesen Tag zu denken, wärmte Latisse in der kalten Enge des Lagerraumes. Sie stellte sich vor, dass ihre Großmutter neben ihr stand und ihr anerkennend und stolz zulächelte.

»Ich lasse dich nicht im Stich«, sagte Latisse Matabu leise. »Ich lasse Sierra Leone nicht im Stich.«

46.

Danielle betrat das am Nordende der Dizengoff Street in Tel Aviv gelegene Juweliergeschäft. Sie wartete, bis derselbe Mann frei war, den sie mit Ranieri gesehen hatte, bevor sie sich dem Ladentisch näherte.

»Ich bin Jacob Katz«, begrüßte der Mann sie. »Wie kann ich Ihnen behilflich sein?«

»Ich möchte gern Brillanten von Ihnen schätzen lassen.«

Es war kalt für einen Frühlingstag in Tel Aviv. Draußen fiel leichter Regen, der viele Kunden und Schaulustige fern hielt. Danielle hatte sich durch die Straßen und Geschäfte bewegt, den ständigen Gedanken im Kopf, dass sie gesucht wurde. Ihre Verkleidung würde sie zwar davor bewahren, von einem oberflächlichen Betrachter entdeckt zu werden – selbst von einem wachhabenden Soldaten oder Polizisten –, doch gegen ein Kommando, das speziell nach ihr suchte, würde die Verkleidung nicht viel helfen. Jim Black zum Beispiel. Oder Beamte der National Police, die mitbekommen hatten, dass jemand, auf den ihre Beschreibung passte, in Tel Aviv gesehen worden war.

Katz & Katz lag an der Ecke einer Gasse, vermutlich schon ein halbes Jahrhundert lang, denn das Schild draußen besagte: »UNSER ACHTUNDVIERZIGSTES GESCHÄFTSJAHR!« Drinnen kauften die Leute eher mit den Augen statt mit ihren Geldbörsen; die meisten bestaunten die wundervollen Steine, die hinter dickem Panzerglas ausgestellt waren.

Jacob Katz, dessen lockiger Schopf brauner Haare an ein Vogelnest erinnerte, lehnte sich über den Verkaufstresen. Ein dicker Mullverband bedeckte den größten Teil seiner linken Wange. »Was sagten Sie bitte?«

»Ich wollte wissen, ob Sie eine Schätzung für mich machen.«

»Normalerweise bekommen wir hundert Dollar dafür.«

»Kein Problem.«

»Sie müssen ein Formular ausfüllen«, erklärte der jüngere Mr. Katz und kramte in einer Schublade zu seiner Rechten.

»Sie möchten sicher erst einmal einen Blick darauf werfen, bevor ich etwas niederschreibe«, meinte Danielle und legte einige der Steine, die sie aus Ranieris Brille gerettet hatte, auf den Tresen. »Sie erkennen sie wieder, nicht wahr?«

Katz' Augen quollen hervor, und er begann zu zittern. »Was tun Sie hier? Wer sind Sie?«

»Lassen Sie uns irgendwo hingehen, wo wir unter uns sind.«

Das Büro des jüngeren Katz war fensterlos und winzig. Er schloss die Tür hinter sich.

»Sie haben bisher noch nie eine Frau geschickt.«

Danielle sah, wie ihm der Schweiß ausbrach. Sein Hemd wurde feucht. Er atmete schwer.

Sie legte die Brillanten auf den Tisch zwischen ihnen. »Diese Steine jagen Ihnen ziemliche Angst ein.«

Katz berührte seine bandagierte Wange. »Nach gestern …«

»Das hier sind die Steine, die Sie Ranieri vor fünf Tagen gegeben haben. Aber sie waren nur eine Anzahlung.«

»Und Sie sind hier, um den Rest zu holen?«

Danielle blickte auf seinen Verband, der dunkel war von getrocknetem Blut. »Ich bin gekommen, um herauszufinden, wer das bereits getan hat.«

Jacob Katz ließ sich auf einen Stuhl sinken.

Danielle beugte sich über seinen Schreibtisch zu ihm hinüber. »Ich bin Chief Inspector der National Police.«

Katz' Augen weiteten sich vor Angst. »Ich habe Sie nicht gerufen! Ich habe Ihnen nichts zu sagen! Wenn ich rede, werden sie …«

»Werden sie *was*?«

»Mein Vater …«, brachte Katz hervor.

»Reden Sie weiter.«

»Verschwinden Sie. Lassen Sie mich in Ruhe!«

»Erzählen Sie mir von Ihrem Vater, und ich werde gehen.«

»Es sei denn, man hat Sie geschickt. Es sei denn, Sie testen mich …« Er vergrub das Gesicht in den Händen und raufte er sich die Haare. *»Anee holeh.«*

»Und wenn ich hier bin, um Ihnen zu helfen?«

»Das hat der Cowboy gestern auch gesagt.«

»Cowboy?«, fragte Danielle. Sie spürte ein Prickeln ihren Rücken entlang.

Katz deutete auf seinen Verband. »Er hat mir eine Polierscheibe durch die Wange gebohrt.«

Danielle zögerte kurz. »Erzählen Sie mir von Ihrem Vater.«

»Er wurde verhaftet. Waffenschieberei. Die Behörden nennen ihn einen Schmuggler. Die Leute, von denen ich geglaubt habe, sie hätten Sie geschickt, haben alles eingefädelt. Sie dachten, er würde sie bestehlen. Das hat er auch, aber nicht so viel. Er hat nur ein paar Rohdiamanten behalten.«

»Wie hat Ranieri die Steine ins Land gebracht?«

»Hören Sie«, sagte Katz beschwörend, »ich kann nicht mit Ihnen reden. Wenn ich das tue, werden sie meinen Vater umbringen lassen.«

»Helfen Sie mir, und vielleicht kann ich Ihrem Vater helfen.«

Die Hand des jüngeren Katz tauchte aus seinen Haaren auf, und er sah zu ihr hoch. »Sie können ihn herausholen?«

»Zumindest kann ich dafür sorgen, dass er beschützt wird, solange er im Gefängnis ist.«

»Sie werden ihn umbringen, wenn sie herausfinden, dass ich mit Ihnen gesprochen habe.«

»Sie hatten jemand anders erwartet«, stellte Danielle fest.

Katz nickte. »Die Russen. Um die Rohdiamanten abzuholen, die Ranieri geliefert hat. Ich habe sie mir selbst noch nicht angeschaut.«

Er stand auf und ging zur Wand. Ein kräftiger Stoß, und ein Geheimfach kam zum Vorschein. Katz griff hinein und holte den Koffer heraus, den Danielle als den wieder erkannte, den Ranieri ins Land gebracht hatte. Katz legte ihn auf seinen Schreibtisch und hob den Deckel an. Dabei drehte er den Koffer so, dass Danielle einen Blick auf den Inhalt werfen konnte.

»Erkennen Sie es?«

»Eine Thora, eine Schriftrolle«, erklärte Danielle verblüfft.

»Nicht irgendeine Thora. Das ist eine Thora des *Holocaust*.«

»Eine der wertvollsten Besitztümer der jüdischen Kultur«, erinnerte Danielle sich. »Wird mit Sicherheit niemals von den Zollbeamten angerührt, aus Angst, sie zu beschädigen.«

»Aus gutem Grund. Die Nazis haben Schriftrollen wie diese in ganz Europa gesammelt und sie in einem Gebäude in Prag gelagert, das sie ›Museum einer Ausgestorbenen Rasse‹ nannten. Nach dem Krieg sollten die Schriftrollen nach London gebracht werden, in die Synagoge von Westminster, um wiederhergestellt und später in Tempel auf der ganzen Welt versandt zu werden.«

Liebevoll strich Katz über die Thora. »Diese hier ist eine tschechische Schriftrolle«, erklärte er und schraubte die Deckel der Einrollvorrichtung ab, die die Rolle zusammenhielt, die so genannten Lebensbäume. »Die *Atsei Chayim* wurden ausgehöhlt. Das würde bei einer näheren Betrachtung auffallen, doch wie Sie schon sagten – diese Schriftrollen werden niemals eingehend überprüft.«

Katz legte die Deckel der Lebensbäume auf den Schreibtisch. Dann hob er die Thora vorsichtig in die Höhe und drehte sie herum.

Dutzende verschieden großer Steinen rollten aus den ausgehöhlten röhrenförmigen Behältern und klickerten am Boden des Koffers aneinander. Die Farben waren unterschiedlich, von klar bis dunkelgrau, von leuchtendem Weiß zu dumpfem Gelb – sie sahen nicht im Entferntesten aus wie wertvolle Steine.

»Blutdiamanten«, murmelte Danielle, als sie die Steine in diesem rohen Zustand sah, bevor sie geschliffen, poliert und überzogen teuer waren. Sie versuchte, den Wert der vor ihr liegenden, aufgehäuften Steine zu schätzen. »Wie viel sind die wert?«

»Fünf Millionen. Fertig bearbeitet wird der Wert an der israelischen Diamantenbörse zehnmal so hoch sein.«

»Ranieri liefert Ihnen also die rohen Steine in diesen Schriftrollen ...«

»Und im Gegenzug geben wir ihm bearbeitete Steine.«

»Zehn Millionen Dollar, wobei die in die Brille geschmolzenen Diamanten zehn Prozent Anzahlung sind.«

»Das ist so üblich … Standard.«

»Es gibt keine Standards für solche Tricks.«

»Gibt es doch, für Blutdiamanten, dank des Ursprungszertifikats«, widersprach Katz. »Unbearbeitete Steine können ohne Zertifikat nicht mehr auf dem freien Markt verkauft werden. Das liegt an der neuen Registrierungsvorschrift, die vom Diamantenkartell erlassen wurde.«

»Vorschriften, die erlassen wurden, um genau das zu vermeiden, wovon sie ein Teil geworden sind.«

»Legitime Diamanten gegen illegal geschmuggelte Rohdiamanten auszutauschen erlaubt uns, dies zu umgehen. Jeder macht Gewinn.«

»Überprüft denn nie jemand den Bestand? Haben Sie denn keine Angst, dass die Unterschiede entdeckt werden?«

»Angst vor wem?«

»Vor Ihren Diamantenhändlern. Dem Syndikat, bei dem Sie einkaufen.«

Katz hätte beinahe gelacht. »Glauben Sie im Ernst, dass De Beers und die anderen sich um Blutdiamanten kümmern?«

»Tun sie das nicht?«

»Nur insoweit, als *sie* die Preise bestimmen. Das Kartell kümmert sich um die Kontrolle des Marktes, um nichts anderes. Sollte es plötzlich eine Schwemme Blutdiamanten geben, könnte das die Preise gefährlich in die Tiefe treiben und für Instabiliät sorgen.«

»Also kaufen sie die Steine auf, was alle wissen, nur um die Preise dort zu halten, wo sie sie haben wollen. Das Kartell behält die Kontrolle.«

Katz nickte. »Ist das so überraschend? Außerdem wird niemand verletzt.«

»Außer den Menschen in den afrikanischen Ländern, wohin die Waffen geliefert werden, die man mit Ihren Diamanten kauft.«

»Ich sagte Ihnen doch, ich habe keine Wahl.«

»Hatten Sie aber. Ihr Vater ebenfalls. Sie können von Glück sagen, dass Sie nicht schon längst verhaftet wurden.«

»Verhaftet von wem? Seien Sie nicht naiv! Warum, glauben Sie, bin ich nicht selbst zur Polizei gegangen? Warum, glauben Sie, war es mir egal, dass Sie Polizistin sind?«

Danielle erinnerte sich an die Behauptungen, die Dov Levy auf der *Peter der Große* aufgestellt hatte: dass die israelischen Behörden, wie auch Moshe Baruch, in der Sache drin steckten.

»Die Behörden werden bezahlt, damit sie wegsehen«, erklärte Katz. »Damit sie alles so halten, wie es ist, mit einem stabilen Diamantenmarkt. Weil dieser ganze Unsinn von wegen seltene Diamanten ein Mythos ist. Die Preise müssen künstlich hochgehalten werden. Jeder, der dieses Spiel gefährdet, wird bestraft.«

»Ihr Vater zum Beispiel.«

»Haben Sie nicht gehört, was ich sagte? Diese Leute sind niemandem verantwortlich. Sie können meinen Vater so lange im Gefängnis behalten, wie sie wollen.«

»Es sei denn, Sie helfen mir«, wiederholte Danielle.

»Wie?«

»Um welche Uhrzeit erwarten Sie Ihre russischen Freunde hier?«

47.

»Genießen Sie Ihren Aufenthalt in Russland«, sagte der Zollbeamte und stempelte den Pass, den Danielle bei Sabi für Ben beschafft hatte.

»Vielen Dank.«

Erschöpft bewegte Ben sich durch den gedrängt vollen Moskauer Flughafen und fragte sich, wie er das 180 Kilometer weiter nördlich liegende Dubna am besten erreichen könnte. Er hatte keine Ahnung, ob noch Hinweise darüber zu finden waren, was man in die Kisten verladen hatte, die vom Frachter *Peter der Große* gestohlen worden waren, und er hatte nicht die leiseste Ahnung, wo er danach suchen sollte. Da Anatoljewitsch tot war, war dies seine einzige Spur.

Vor dem Moskauer Flughafen entdeckte Ben einen Bus, der nach Norden fuhr. Er war froh, sich zwischen den Menschenmassen an Bord verlieren zu können. Obwohl er erschöpft war, bot er einer Frau mit einem Baby auf dem Arm seinen Platz an. Sie machte sich nicht die Mühe, ihm zu danken, sank lediglich in den Sitz und hielt ihr Baby fest an sich gedrückt, als hätte sie Angst, jemand könne es ihr wegnehmen.

»Wohin fahren Sie?«, fragte ein alter Mann, der neben Ben stand, während der Bus über Moskaus Straßen fuhr, die mit Schlaglöchern übersät waren. Das knirschende Getriebe und die altersschwachen Stoßdämpfer machten die Fahrt zu einem schrillen Erlebnis. Der Gestank nach heißen Auspuffgasen durchdrang das Innere des Busses, und mehr als ein Passagier hatte den Ärmel vor den Mund gepresst.

»Dubna.«

Der alte Mann starrte Ben überrascht an. »Dieser Bus fährt nicht nach Dubna.«

»Dann muss ich den falschen erwischt haben«, meinte Ben; vermutlich hätte er seiner Fähigkeit, Instruktionen auf Russisch lesen zu können, nicht trauen sollen.

»Kein Bus fährt mehr dorthin, schon seit Tagen nicht mehr.« Der alte Mann kam näher zu Ben und senkte die Stimme. »Ich habe gehört, dass der alte Reaktor dort in die Luft geflogen sein soll. Schlimmer als Tschernobyl. Die Leute werden krank und sterben. Keiner von außerhalb darf dort hinein.«

»Kennen Sie jemanden, der dort lebt?«

»Vettern«, erwiderte der alte Mann. »Ich habe ein paarmal anzurufen versucht. Keiner ist drangegangen. Ein großer Mist. Aber ich mache keinen Ärger. Wer würde mir auch glauben?«

Ben hielt den Blick auf den alten Mann gerichtet und wartete, dass er fortfuhr.

»Zwanzig Jahre habe ich am Reaktor in Dubna gearbeitet. Zwanzig Jahre – und dann keinen Job mehr. Wenn es jemand weiß, dann ich.«

»Was weiß?«

»Das mit dem großen Mist«, erwiderte der alte Mann und kicherte. »Weil das Atomkraftwerk schon vor einem Dutzend Jahren geschlossen worden ist.«

48.

Sergeant Major J. Peter Reese vom britischen Royal Marine Corps marschierte, die Hände auf dem Rücken verschränkt, vor den Reihen der uniformierten Soldaten von Sierra Leone, die in Habachtstellung vor ihm standen, auf und ab.

»Gute Neuigkeiten, Jungs«, verkündete Reese. Seine schneidende Stimme schallte über den Exerzierplatz des Benguema-Ausbildungszentrums vor der Hauptstadt Freetown. Während Reese sprach, wiederholte ein Dolmetscher, der ihm wie ein Schatten folgte, seine Worte in Krio, der Landessprache Sierra Leones. »Meine Regierung hat beschlossen, im wahren Geist der Großzügigkeit, ihr Engagement eurem verkorksten kleinen Land gegenüber zu erneuern, indem sie weiterhin die internationalen Militärberater und das Ausbildungsteam führt. Das heißt, dass ihr euch für weitere sechs Monate mit mir vergnügen müsst, ihr dämlicher, unfähiger Haufen!«

Der Dolmetscher konnte mit Reeses Stimmgewalt nicht recht

mithalten, was aber nichts daran änderte, dass ein kollektives Stöhnen durch die Reihen ging, wenngleich die fünfhundert Mann weiterhin starr geradeaus blickten. Das Nächste, was der Sergeant Major zu sagen hatte, verpatzte der Dolmetscher ebenfalls: dass Großbritannien zusätzliche fünf Millionen Pfund zur Verfügung stellte.

Reese marschierte weiter die Reihen entlang, den Rücken gewölbt, die Brust vorgestreckt. Trotz der brütenden Hitze trug er seine vollständige Ausgehuniform, einschließlich des Kampfschwerts, das er tatsächlich im Feld getragen hatte – im Falklandkrieg. Doch er hatte nie Gelegenheit gehabt, das Schwert zu ziehen. Die Uniform saß wie angegossen und lenkte seine Schutzbefohlenen vom leichten Hinken ab, der Folge einer Trainingsverletzung, die Reeses aktiven Dienst beendet hatte.

»Okay, ich würde den Rest meines kürzlich verlängerten Aufenthalts liebend gerne in Gottes Version der Hölle verbringen und euch Babys zur Brust nehmen, die ihr vor fünf Wochen nicht einmal ein Gewehrkaliber vom Arsch eurer alten fetten Mamas unterschieden konntet. Aber ich muss noch zweitausend Burschen mehr von eurer Sorte auf Herz und Nieren prüfen, also werdet ihr mein hübsches Gesicht schon bald zum letzten Mal sehen.«

Sergeant Major J. Peter Reese von den Royal Marines starrte den Soldaten an, der ihm am nächsten stand.

»Ich hoffe, das stinkt euch gewaltig«, fuhr er fort und drehte sich auf dem Absatz um, »aber macht euch keine Sorgen, Bürschchen, der alte Pete hat erfreuliche Neuigkeiten: Ihr habt mich noch eine ganze Woche. Jetzt seid ihr glücklich, was?«

»Ja, Sir!«, brüllten die Rekruten wie aus einem Mund.

»Ich höre nichts. Seid ihr *glücklich*?«, rief Reese.

»Ja, Sir!«

»Schon besser.« Er nickte und zwinkerte einem weiteren Ausbilder der britischen Marine zu, der gerade seinen Aufenthalt in Sierra Leone verlängert bekommen hatte. »Also gut, ich denke, wir können zum nächsten Schritt übergehen. Lasst uns rausgehen und ein paar Rebellen killen!«

Enthusiastisches Gebrüll explodierte in der Menge, kaum dass der Dolmetscher verstummt war. Die Rekruten stachen mit ihren M 16-Gewehre in die Luft.

»Es sind keine echten Rebellen – noch nicht. Zu Hause nennen wir das Krieg spielen, Jungs. Aber eins kann man ziemlich sicher sagen: Wer sich im Spiel umbringen lässt, ist auch unter den ersten, die draufgehen, wenn's ernst wird. Achtet also auf die Regeln und Vorschriften und haltet euch an das, was ihr gelernt habt. Dann werdet ihr die Rebellen in den Arsch treten können. Man kann sie nicht immer daran hindern, dass sie zuschlagen, doch man kann sie mit Sicherheit davon abhalten, anschließend wieder abzuhauen.«

Sergeant Major J. Peter Reese marschierte zurück zu den vorderen Reihen der Regierungstruppen Sierra Leones, die in einer Woche ausgeschickt würden, um es mit der Revolutionäre Einheitsfront aufzunehmen.

»Nun zum Spiel, Jungs: Der Wald hinter dem Grundstück ist gespickt voll mit Männern aus Trupp A. Sie tragen die olivgrüne Uniform der RUF. Eure Aufgabe ist es, sie aufzuspüren, auszuräuchern und mit euren Farbpatronen zur Hölle zu schicken, bevor sie das mit euch tun. Ihr müsst wissen, dass die Männer von Trupp A jeden schmutzigen Trick anwenden werden, für den die Rebellen bekannt sind, also tretet sie in den Arsch!«

Als der Dolmetscher seine eigene Version von Reeses Worten beendet hatte, lief erneut wildes Geschrei durch die Reihen von Trupp B. Mit Farbpatronen geladene M 16-Gewehre wurden gen Himmel gereckt.

»As yu mek yu bed, na so yu go ledohn pan am«, fuhr der Ser-

geant Major fort, wobei er das erste Mal, soweit die Rekruten sich erinnern konnten, ihre Muttersprache benutzte. Dann übersetzte er selbst, was er gesagt hatte: »Wie man sich bettet, so liegt man.«

Selbst nach fünfundzwanzig Jahren als Royal Marine konnte Sergeant Major J. Peter Reese nicht den genauen Moment bestimmen, in dem er feststellte, dass etwas schief gegangen war, nachdem er Trupp A, der die Rolle der Rebellen der Revolutionäre Einheitsfront spielte, den Befehl gegeben hatte, mit dem Angriff zu beginnen.

Ihre Antwort hatte ihn nur verzerrt aus dem Funkgerät erreicht.

Im Rückblick muss es wohl das gewesen sein, das Reese alarmiert hatte, obgleich er den Grund nicht genau nennen konnte, selbst als er bereits das Halfter seiner Handfeuerwaffe aufschnappen ließ.

»Ich werde es abblasen, Captain«, sagte Reese zum kommandierenden Offizier des Ausbildungszentrums, der neben ihm stand. Die Deckung der undurchdringlichen Wälder, die bis ans Benguema-Ausbildungszentrum reichten, machte es Reese unmöglich, irgendetwas deutlich zu erkennen, selbst mit dem Fernglas von seinem Beobachtungsposten im zehn Meter hohen Wachturm. Dennoch drehte er an der Feineinstellung; vielleicht entdeckte er ja doch etwas, das ihm sagte, was nicht stimmte.

Captain Marks, der während des Falklandkriegs erst zwölf Jahre alt gewesen war, starrte ihn an. »Was ist?«

»Irgendwas ist da faul, Sir. Ich kann es fühlen.«

Marks wandte sich wieder dem Waldland zu und tat so, als würde er etwas beobachten. »Hören Sie, Sergeant Major, dies ist eine sehr wichtige Übung, und wir müssen unseren Terminplan einhalten, wenn wir …«

Das Stakkato von Gewehrfeuer übertönte die letzten Worte des Captains. Reese griff nach dem Walkie-Talkie an seinem Gürtel. Er sprach hinein, doch niemand antwortete.

»Heilige Mutter Gottes«, murmelte Captain Marks, als er Rauchfahnen aus den Wäldern aufsteigen sah, die vom Wind verweht wurden.

»Teufel noch mal!«, rief Reese, zog seine Pistole und eilte zur Leiter.

Marks spähte durch die Öffnung im Turm auf ihn hinunter. »Was ist, Sergeant Major? Was ist passiert?«

»Man hat uns reingelegt, das ist passiert!«, antwortete Reese und kletterte weiter die Sprossen hinunter. »Die verdammte RUF ist *tatsächlich* da draußen!«

Reese sprang die letzten drei Meter und rannte los. Das Schwert in der einen Hand, die Pistole in der anderen, eilte er auf die Wälder zu, so schnell sein Hinken es ihm gestattete.

49.

Danielle stand ein Stück entfernt auf der Dizengoff Street und beobachtete das Diamantengeschäft bis weit in den Nachmittag hinein. Sie wartete auf die Russen, die Jacob Katz erwartete. Danielle dachte an den Cowboy, James Allen Black, der die Wange des Mannes durchbohrt hatte. Sie konnte sich vorstellen, wie Black gelächelt haben musste, wie er Katz' Schreie genossen hatte. Danielle hoffte, dass Black an diesem Nachmittag auftauchte. Doch wer immer es sein mochte, der Plan sah vor, dass Katz das Außenlicht des Geschäfts einschaltete, um Danielle wissen zu lassen, dass der Besucher erschienen war.

Das letzte Mal, als Danielle vor Katz & Katz gewartet hatte – an dem Tag, als sie Ranieri gefolgt war –, hatten Zweifel sie geplagt. Dass sie es vielleicht nicht mehr drauf hatte. Dass Moshe Baruch vielleicht Recht gehabt hatte und dass sie am besten für einen Posten in der Verwaltung geeignet war. Diese Zweifel waren jetzt wie weggeblasen. Danielles Selbstvertrauen war zurückgekehrt, als sie erkannte, dass sie sich nie wirklich geändert hatte – die *Umstände* hatten sich geändert. Und sobald die veränderten Umstände ihre alten Fähigkeiten verlangten, standen sie gleichsam auf Abruf bereit.

Während Danielle darauf wartete, dass der Russe erschien, schlenderte sie an Geschäften und Cafés vorbei, immer mit guter Sicht auf Katz & Katz; einige Cafés betrat sie, blieb aber niemals zu lange, um Aufmerksamkeit auf sich zu lenken. Während sie die vielen Kaffees trank, versuchte sie, sich den Umfang der Verschwörung zusammenzureimen, die Ben und sie entdeckt hatten.

Kuriere, aus Afrika geschickt, schmuggelten Rohdiamanten nach Israel. Sie tauschten sie gegen geschliffene Stücke, die dann benutzt wurden, um Waffen von der blühenden russischen Unterwelt zu erwerben. Diese Waffen wurden an Rebellen geschickt, die jene grausamen Bürgerkriege führten, die den afrikanischen Kontinent verwüsteten. In der Zwischenzeit verkauften die Russen ihre legal geschliffenen Brillanten an der Diamantenbörse. Die ursprünglichen Blutdiamanten gelangten schließlich in Geschäfte wie Katz & Katz. Jeder profitierte bei diesem Deal. Jeder bekam, was er wollte.

Bis auf die Millionen unschuldiger Afrikaner, die in den Kriegen, die mit den Blutdiamanten finanziert wurden, ihr Leben verloren oder vertrieben wurden.

Schließlich, eine Stunde vor Sonnenuntergang, wurden vor Katz & Katz die Lichter eingeschaltet. Doch der jüngere Katz hätte sich nicht zu bemühen brauchen; Danielle hatte die zwei finsteren Gestalten beobachtet, als sie das Geschäft betraten. Sie hatte sofort gewusst, wer sie waren. Sie trugen dünne Jacken, die die Pistolenhalfter über ihrem Herzen kaum zu verdecken vermochten. Massige Männer mit starrem Blick. Sie hatten ihren Wagen ein Stück die Straße hinunter geparkt. Danielle beobachtete, wie sie dorthin zurückkehrten, nachdem sie das Geschäft mit der Thora in Ranieris Koffer verlassen hatten.

Wieder in ihrem Wagen, legte Danielle einen Gang ein und setzte sich auf die Fährte der Männer, als diese sich in den Verkehr eingefädelt hatten. Es war ein typischer, geschäftiger Sonntag; die Menschen genossen den freien Tag nach dem Sabbat, und der Verkehr war dicht. Doch es vereinfachte Danielles Aufgabe, den Wagen der Russen im Auge zu behalten, während sie in sicherer Entfernung blieb.

Auf dem Highway wurde das Ziel der Männer deutlich: Sie fuhren direkt auf »Klein Moskau« zu, eine große Ansiedlung vor den Toren Jerusalems am Rande der Westbank in den trockenen, braunen Hügeln von Achelon. Danielle hatte es nur einmal besucht. Sie erinnerte sich, dass Klein Moskau sich in Nichts von den anderen jüdischen Siedlungen in der Westbank unterschied: Sie alle besaßen ein und dasselbe vorgefertigte Erscheinungsbild. Kleine, zweckdienliche Häuser, dicht beieinander, mit schmalen Streifen Erde dazwischen, aus denen eines Tages Rasenflächen werden sollten. Schulen im Schutz befestigter Sicherheitsmauern, komplett mit Bunkern als Keller für den Fall eines Angriffs.

Heftig umstritten, war die Siedlung zuerst den entschlossenen Friedensbemühungen der Barak-Regierung zum Opfer gefallen – ein Opferlamm, noch bevor die Bauarbeiten beendet waren. Eine der ersten Amtshandlungen der neuen israelischen Regierung hatte darin bestanden, die Bauarbeiten mit dem ausdrücklichen Ziel weiterführen zu lassen, dort russische Immigranten unterzubringen. Bis auf das andere Klima und die andersartige

Landschaft hätte Klein Moskau in Russland liegen können, so unverändert verhielten sich die Bewohner. Sie waren entschlossen, ihre eigene Kultur zu erhalten, anstatt sich der israelischen anzupassen.

Die Soldaten an einem der israelischen Armeecheckpoints vor den Toren Jerusalems warfen einen Blick auf Danielles Papiere, die Sabi besorgt hatte, und ließen sie durch. Doch Danielle fragte sich, wie lange die Papiere noch den prüfenden Blicken standhalten würden und wie viel länger ihre behelfsmäßige Verkleidung sie schützte. Sobald der erste Soldat ihr sagen würde, sie solle an den Straßenrand fahren, oder wenn er gar seine Waffe zog, würde Danielle wissen, dass sie gefangen war. Doch solange der Inhalt von Anatoljewitschs Frachter nicht aufgetaucht war, musste sie es riskieren. Dov Levy war dafür gestorben. Sie schuldete es ihm.

Fast am Ende der einzigen Straße, die nach Klein Moskau hinein führte, entdeckte Danielle zwei Zivilisten mit Gewehren über der Schulter, die die Insassen eines jeden Fahrzeugs überprüften. Sie bezweifelte, dass ihre Papiere sie so leicht überzeugen würden wie die Soldaten am Checkpoint, sah aber keinen Weg, die beiden Männer zu umgehen. So blieb ihr nur eine Möglichkeit, die sie eigentlich hatte vermeiden wollen.

Als die Männer sie heranwinkten, warf sie einen Blick in den Innenspiegel. Zum Glück sah sie keinen Wagen hinter sich, und die einfallende Dunkelheit verschaffte ihr die nötige Tarnung. Danielle ließ sich nach vorn fallen und legte den Kopf leicht aufs Lenkrad. Durch ihre halb geschlossenen Lider sah sie, dass die Wachen sie wieder heranwinkten. Als sie nicht auf das Signal reagierte, kamen die Männer auf sie zu.

Beide. Gut.

Sie bewegten sich zu beiden Seiten des Wagens und spähten hinein, schaute auf Danielles scheinbar bewusstlose Gestalt. Der

Mann auf ihrer Seite griff durchs offene Fenster und versuchte, sie zu wecken. Als es ihm nicht gelang, sagte er auf Russisch etwas zu der Wache auf der Beifahrerseite und riss die Tür auf.

Danielle kippte heraus und fiel auf den Boden. Sie hörte den Schotter knirschen. Die Wache auf der Beifahrerseite eilte um den Wagen herum. Danielle spürte, wie die Arme des anderen Mannes nach ihr griffen, blieb jedoch regungslos, bis sie sicher war, dass der zweite Mann neben ihr stand.

Dann griff sie an.

Es ging sehr schnell. Blitze explodierten in der Dunkelheit vor ihren Augen, und die Abfolge der Ereignisse verwischte zu einem rasenden Wirbel von Bildern, bis beide Wachen bewusstlos zu Boden sanken.

Schwer atmend zerrte Danielle die Männer in ein nahes Gebüsch. Ihr Herz hämmerte. Ein Knie schmerzte, in einer Hand pochte es, und die Knöchel waren blutig und schwollen bereits an. Bei jedem Atemzug verspürte sie einen schneidenden Schmerz in den Rippen, unten, auf der rechten Seite.

Doch Danielle hieß den Schmerz willkommen. Sie hatte so lange Zeit nichts gespürt, dass es gut tat. Jahre zuvor, während ihrer Dienstzeit im Sayaret, waren es Augenblicke wie dieser gewesen, in denen sie sich am lebendigsten gefühlt hatte. Um den Job zu erledigen, musste man Gewalt nicht nur akzeptieren, man musste sie willkommen heißen. Nach dem Vorfall in Beirut hatte sich alles verändert. Der Höhepunkt war vor sechzehn Monaten gewesen, als Danielles Schwangerschaft ihr die Lust auf die Arbeit genommen hatte. Ihre eigene Sterblichkeit war auf einmal zum Thema geworden.

Jetzt aber fühlte sie sich frei, als wäre eine große Last von ihr genommen. Es war kein vollkommenes Glücksgefühl, doch nicht länger das Gefühl hoffnungslosen Elends, das sie jeden wachen Moment beherrscht hatte, seit sie ihr Baby und ihren Job verloren hatte. Sie fühlte sich erneuert, wiederhergestellt, wieder geboren. Sie war nicht mehr wütend, weder auf sich selbst, noch auf Ben.

Ben …

Er müsste jetzt bereits in Russland sein. Danielle erkannte, dass sie ihn vermisste und sich Sorgen um ihn machte. Als ob sie jetzt, da sie sich endlich selbst vergeben hatte, auch ihm vergeben könnte.

Danielle sah Scheinwerfer den leicht ansteigenden Hügel heraufkommen und eilte zurück zu ihrem Wagen. Sie hoffte, die Abwesenheit der Wachen würde zumindest lange genug unbemerkt bleiben, dass sie die Russen befragen konnte, die die Thora bei Katz & Katz mitgenommen hatten. Greif sie dir alleine und diskutiere so lange es dauert, um herauszufinden, wohin die Schriftrolle mit den Diamanten geht. Die nächste Sprosse auf der Leiter.

Auf der Zentralpromenade waren keine Fahrzeuge erlaubt, also stellte Danielle den Wagen auf einem Parkplatz außerhalb ab, unter den wachsamen Blicken gut bewaffneter Zivilisten. Während sie zum Zentrum der Siedlung ging, fiel ihr auf, dass die israelische Armee nicht präsent war; die Bewohner von Klein Moskau hatten es offenbar vorgezogen, die Siedlung selbst zu schützen und zu überwachen. Das passte. Diese letzte Welle russischer Immigranten hatte sich selbst isoliert und ihre eigene Kultur hierher verpflanzt – eine Tatsache, die auf der Promenade mehr als deutlich wurde.

Russische Musik plärrte aus Läden, vor denen ältere Männer unter greller Außenbeleuchtung Karten spielten. Jüngere Männer tranken in den Bars und Cafés, die das Straßenbild beherrschten. Von Frauen war nicht viel zu sehen; wenn doch,waren sie nicht allein. Danielle hatte keine Chance, sich unauffällig unter die Menschen zu mischen, während sie auf die Gelegenheit wartete, die zwei Russen allein zu erwischen.

Sich der misstrauischen Blicke bewusst, die ihr zugeworfen wurden, sah Danielle, wie die Männer, die sie aus Katz' Juweliergeschäft hatte kommen sehen, eine Bar betraten, in der eine Gruppe von Gästen zu einer russischen Ballade tanzte. Danielle setzte sich an den Tisch eines Straßencafés, von wo aus sie die Bar im Blick hatte. Sie war sich über ihren nächsten Schritt noch nicht im Klaren. Sie könnte die Bar auf gut Glück betreten oder bleiben, wo sie war und warten, um den zwei Männern weiter zu folgen, sobald sie wieder zum Vorschein kamen. Dann konnte sie ihren eigenen Zug machen, sobald sie den ersten dunklen Fleck erreichten, der Deckung bot.

Da sie offensichtlich eine Fremde war, dauerte es nicht lange, bis ein älterer Russe mit einer dichten weißen Haartracht und einer Schürze erschien und seine fetten Unterarme vor der Brust verschränkte.

»Ich kenne Sie nicht.«

»Sprechen Sie bitte Hebräisch oder Englisch.«

Der Mann entschied sich für Englisch. »Ich kenne Sie nicht.«

»Stimmt.«

»Niemand hier kennt Sie.«

»Das erwarte ich auch nicht.«

»Erklären Sie das.«

Danielle beugte sich vor und senkte die Stimme. »Ich bin von der National Police und in offizieller Mission hier. Und jetzt verpissen Sie sich.«

»Sie haben hier nichts verloren«, knurrte der Mann und beugte sich seinerseits zu ihr hinunter. »Wir kümmern uns um uns selbst.«

Danielle versuchte, einen Blick auf die zwei Männer zu werfen, als die Tür zur Bar sich wieder öffnete. »Offensichtlich nicht gut genug.«

Der Inhaber kicherte, lachte, und schüttelte den Kopf, als er davonging. Technisch gesehen besaß die National Police die Gerichtsbarkeit in jeder Siedlung. Doch Danielle war bisher auf keinen Bericht einer Ermittlung gestoßen, die hier in Klein Moskau vorgenommen worden wäre.

Niemand kam, um ihre Bestellung aufzunehmen. Gäste an nahen Tischen setzten sich an entferntere Tische. Ihr Flüstern summte Danielle in den Ohren.

Minuten vergingen. Die zwei Männer, denen sie von Tel Aviv hierher gefolgt war, kamen nicht wieder aus der Bar. Danielle fragte sich, ob sie ihnen nach drinnen folgen sollte, um sicherzugehen, dass sie nicht durch einen anderen Ausgang verschwunden waren.

Sie drehte den Stuhl leicht vom Tisch weg, so weit, dass sie einen Mann sehen konnte, der sich der Mitte der Promenade näherte, ohne den Versuch zu machen, sich zu verbergen. Seine Stiefel klackten auf dem Kopfsteinpflaster. Als er seinen schweißgetränkten Cowboyhut abnahm sah Danielle, dass die fein gemeißelten Gesichtszüge von zottigem, sehr langem Haar umrahmt wurde, das an den Schläfen ein wenig grau geworden war. Bis auf das Haar und ein paar tiefen Furchen, eingegraben von einer ständigen Sonnenbräune, sah der Mann genauso aus wie zwölf Jahre zuvor.

James Allen Black erreichte den Tisch und lächelte Danielle an. »Stört es Sie, wenn ich mich zu Ihnen setze, Madam?«

50.

Ben nahm einen zweiten Bus zurück zum Flughafen, wo er einen Wagen mietete. Er bekam ein kleines, klappriges russisches Modell, das von allen Annehmlichkeiten befreit war. Das Wetter war frostig für den Frühling; dennoch ließ Ben auf der Fahrt nach Dubna das Fenster meist halb heruntergekurbelt.

Obgleich er Russisch beherrschte, konnte er es kaum lesen, sodass er den lokalen Tageszeitungen nicht entnehmen konnte, welche Art Krise sich in Dubna zugetragen hatte. Er war ziemlich sicher, dass die Stadt in keiner Schlagzeile erwähnt wurde, und die Mitarbeiterin der Mietagentur zögerte nicht, ihn zu warnen, als er nach einer Wegbeschreibung zur Stadt fragte. Statt der computerisierten Version in Amerika gab ihm hier eine Frau mündliche Auskünfte; Ben schrieb sie an den Rand der Karte, die sie ihm besorgt hatte.

Während der Fahrt nach Norden – auf Straßen, die fast so schlecht waren wie die in Palästina – wiederholte er in Gedanken das wenige, was er über Dubna wusste. Dubna war eine Stadt, um die sich seit ihrer Geburtsstunde die Legenden rankten. Ihr isolierter Standort, das relativ milde Klima und die günstige Nähe zu Moskau veranlassten Stalin nach dem Zweiten Weltkrieg, einen dichten Kiefernwald an der Wolga fällen zu und dort das erste nukleare Forschungszentrum errichten zu lassen. Die Stadt selbst, die jahrelang auf keiner Karte verzeichnet war, wurde um das Forschungszentrum und andere wissenschaftliche Anlagen in der Nähe herum errichtet.

Das Institut für Nukleare Forschung blieb geheim, bis Chruschtschow 1956 den Schleier lüftete. Innerhalb der ursprünglichen Anlage stand der erste Reaktor der Welt. Später wurden Kraftwerke und Fabriken aus dem Boden gestampft, um Flugzeuge, Navigationssysteme, Satellitenkomponenten und Bauteile für Atomkraftwerke herzustellen, die Energie für einen großen Teil der ehemaligen Sowjetunion lieferte. Der Zusammenbruch 1991 hatte die Schließung vieler dieser Einrichtungen zur Folge; bei den restlichen waren die Sicherheitsvorkehrungen unzureichend. Die Bevölkerungszahl in Dubna nahm mit dem Verlust des bevorzugten Status, den die Stadt so lange genossen hatte, beträchtlich ab. Sie überlebte, hatte Ben gelesen, indem einige erhaltene Anlagen in Zentren für medizinische Behandlung und Forschung umgewandelt wurden – ein Symbol der Hoffnung für die russische Wissenschaft und Entwicklung.

Wenn man es in Dubna schafft, lautete ein Spruch, schafft man es überall.

Doch irgendetwas musste geschehen sein – etwas, das alles geändert hatte.

Weiter im Norden schluckte der Wald die Straße, und Ben fand sich eingehüllt von Wäldern zu beiden Seiten wieder. Der Himmel am späten Nachmittag war dunkel, und er kurbelte das Fenster hoch und versuchte, die Heizung anzuschalten, bevor er entdeckte, dass der Wagen über keine funktionierende Heizung verfügte.

Dreißig Minuten später bildete sich leichter Nebel, und Ben schaltete Scheinwerfer und Scheibenwischer ein. Die Wischerblätter zögerten zuerst; dann jedoch kratzten sie in langen, abgehackten Zügen über die Scheibe. Er versuchte es mit Fernlicht, um die Straße besser sehen zu können, schaltete jedoch zum Abblendlicht zurück, da das Fernlicht die Sache nur noch schlimmer machte.

Ben hatte sich auf eine Nebenstraße verirrt, die immer schmaler und kurviger wurde und auf und ab führte. Er überlegte, ob er anhalten sollte, um auf der Karte nachzusehen, doch es gab keinen Randstreifen, auf dem er hätte parken können, also fuhr er weiter und versuchte, die Karte so gut es ging während der Fahrt zu studieren, um herauszufinden, an welchem Punkt er falsch abgebogen war. Der winzige Wagen hatte Probleme, in den Kurven auf der Straße zu bleiben. Ben hatte für die nächste Biegung gerade ein wenig gebremst, als ein Knacken ertönte und der Wagen wild über die Straße schoss und sich drehte. Ben kämpfte mit dem Lenkrad. Doch außer Kontrolle schleuderte das Fahrzeug über den Fahrbahnrand und eine steile Böschung hinunter, die vom dichten Baldachin des Waldes bedeckt wurde.

Bens Kopf wurde nach oben geschleudert und prallte gegen das Wagendach. Seine Zähne schlugen aufeinander. Er spürte, wie er im Sicherheitsgurt nach vorn geschleudert wurde. Zweige rissen und kratzten an ihm. Ein Fenster zerbarst. Er spürte, wie kaltes Glas seine Haut bedeckte wie Splitter zerstoßenen Eises, während die Welt um ihn herum auf und abtauchte und hin und her schoss. Schließlich neigte sich die Nase des winzigen Wagens nach vorn, bevor ein wuchtiger Stoß Bens Bewusstsein löschte.

51.

»Sie hielten mich für tot, stimmt's?«, sagte Jim Black, steckte sich einen Zahnstocher in einen Mundwinkel und biss zu.

»Nicht, nachdem heute Morgen die Leiche von Dov Levy in Gaza gefunden wurde«, erwiderte Danielle. »Ich wusste, dass das Ihr Werk war.«

»Für einen alten Kerl war er gar nicht mal so übel. Hat mir einen höllischen Kampf geliefert.«

Danielle spürte, wie ihr Blut unter der Haut brodelte. Der Hauch eines süßlich riechenden Aftershaves, der über den Tisch hinweg wehte, stieg ihr in die Nase. Ein unangemessener Geruch für den Cowboy. »Bevor das hier vorbei ist, werde ich Sie töten, Mister Black.«

Der Cowboy beugte sich ein wenig vor; die Aussicht schien ihm zu gefallen. Er hatte eine entspannte, ungezwungene Art, vermied jedoch jede unnötige Bewegung. Er gehörte zu den Männern, die jedes Blinzeln und jeden Atemzug kontrollieren konnten. »Worauf warten Sie dann noch, wo ich hier vor Ihrer Nase sitze? Sie haben vermutlich Mr. Katz einen Besuch abgestattet?«

»Das ist richtig.«

»Das bedeutet wohl, dass diese Rolle, die die beiden Jungs aus dem Laden getragen haben, leer ist.«

»Wieder richtig«, sagte Danielle. »Ich habe die Blutdiamanten, nach denen Sie suchen.«

Black schaute zufrieden drein. »Dachte ich mir.« Seine Augen blitzten. »Mochten Sie das Souvenir, das ich auf Katz' Gesicht hinterlassen habe?«

»Wenn das Opfer sich nicht wehrt, dann ...«

Black lehnte sich im Stuhl zurück. »Der Alte *hat* sich gewehrt.«

Danielle schluckte schwer. »Sie hatten Glück, dass Sie ihm nicht vor zwanzig Jahren begegnet sind.«

»Schätze, ich muss mich mit Ihnen abfinden.« Black legte den Kopf schief und blickte sie abschätzend an. »Wollen wir?«

»Das bestimmen Sie.«

»Im Moment sind wir einfach zwei Profis, die einander Geschichten aus ihrem Leben erzählen und die Gegenwart des anderen genießen.« Er starrte sie weiterhin an. »Ich habe gesehen, was Sie da hinten mit den Wachen veranstaltet haben.« Er pfiff leise und schüttelte den Kopf. »Teufel, Sie sind gut. Wenn sich die Chance bietet, mit den Händen zu arbeiten, muss man sie nutzen. Heute hat jeder Blödmann eine Waffe. Es gibt kaum noch Gelegenheit, die Dinge von Mann zu Mann zu regeln.«

Danielle ließ ihn sehen, dass auch sie ihn abschätzte. »Oder von Mann zu Frau.«

Black zwinkerte ihr zu. »Wissen Sie, warum Sie so gut sind? Weil Sie lieben, was Sie tun.« Black prostete ihr mit einem imaginären Glas zu. »Es war mir ein Vergnügen, Ihnen bei der Arbeit zuzusehen.«

»Ich wünschte, ich könnte dasselbe sagen«, erwiderte Danielle, ohne den Zorn zu verbergen, der in ihrer Stimme mitschwang.

Black grinste. »Stimmt. Sie haben mich auch bei der Arbeit gesehen, nicht wahr?«

Danielle verbarg ihre Überraschung, dass er das herausgefunden hatte.

»Sie müssen die ganze Sache im Fernsehen verfolgt haben, damals in Beirut. Super Show, was?«

»Sie hätte ein anderes Ende genommen, wäre ich zusammen mit den anderen drinnen gewesen.«

»Das habe ich mir auch gedacht. Nachdem ich Ihren Hintergrund überprüft habe, als die Sache im Gefängnis schief lief«, erklärte Jim Black. »Hab vermutet, dass Sie etwas Besonderes sind. Und nun stelle ich fest, dass Sie so gut sind, wie es besser nicht geht.« Er musterte sie wieder. »Zumindest waren Sie's. Dieser alte Typ, den ich erledigt habe, war Ihr Boss. Sie haben eine Menge Loyalität einem Mann gegenüber, der Sie aus seinem Kommando gefeuert hat.«

»Er hatte keine Wahl.«

»Das sagen alle. Es erklärt, warum ich aus den Reihen der Offiziellen ausgeschieden bin, wo man für alles und jedes eine Erklärung abgeben muss. Jede Kugel und jeden Kilometer abzählen und aufschreiben.« Black schüttelte den Kopf. »Nein, Dannygirl, nicht mit mir.« Er schnippte den Zahnstocher zur Seite und schmatzte mit den Lippen. »Sehen Sie es einmal so:

Ich hätte Sie in Beirut zusammen mit den anderen getötet, und wir hätten jetzt diese Unterhaltung nicht.«

»Was hält Sie zurück, mich auf der Stelle zu töten?«

»Ich soll die Steine zurückbringen. Ich kann Sie nicht umbringen, bevor Sie die Steine nicht rausgerückt haben.«

»Ich bekomme die Gelegenheit, mit Ihrem Boss zu sprechen, und er bekommt die Steine.«

»So einfach?«

»Ich brauche seine Hilfe.«

Jim Black streckte die Beine aus und verschränkte die Hände hinter dem Kopf. Dabei ließ er Danielle die zwei Neunmillimeter-Pistolen sehen, die in Halftern unter seiner Jacke steckten. »Sie sind vielleicht ein neurotisches Miststück. Sie sollten aufhören, sich um so Vieles zu kümmern. Das nimmt einem den Spaß. Ich mache es besser. Bei mir gibt es kein lästiges Gepäck.«

Jim Black setzte sich gerade hin. Die zwei Pistolen schlugen klackend gegen seine Seiten. Dann beugte er sich wieder vor, die Hände flach auf den Tisch gestützt; er kam Danielles Händen nahe genug, dass sie die Hitze spüren konnte, die von ihnen ausging.

»Wir sollten jetzt auf die Höflichkeiten scheißen und die Sache angehen.« Seine Augen leuchteten, als hätte jemand eine Glühbirne in seinem Kopf angeknipst. »Ich gebe Ihnen eine meiner Knarren, und wir tragen es gleich hier aus. Was meinen Sie?«

»Darf ich mir eine aussuchen?«

»Trauen Sie mir nicht?«

Danielle zuckte die Achseln. Sie wusste, dass der Cowboy jedes Wort ernst meinte. »Eine leere Waffe bringt bei einer Schießerei nicht viel.«

»Haben Sie keine eigene Waffe mit?«

Sie schüttelte den Kopf. »Ich hab sie im Wagen gelassen.«

»Ziehen Sie eine bestimmte Waffe vor?«

»Beretta.«

Jim Black verhöhnte sie mit seinem Blick. »Zu langsam und viel zu unhandlich. Hier, versuchen Sie meine Sig«, sagte er, riss eine seiner Pistolen aus dem Halfter und reichte sie Danielle.

Danielle prüfte Gewicht und Ausgewogenheit der Sig Sauer. Sie musste zugeben, dass der Cowboy Recht hatte. »Hübsch«, erklärte sie. Sie reichte ihm die Waffe über den Tisch zurück, als er keine Anstalten machte, nach seiner zweiten Pistole zu greifen.

Wieder ließ er sein Grinsen aufblitzen, als er die Waffe zurück in ihr abgetragenes Lederhalfter gleiten ließ. »Wollen Sie, dass ich jetzt meine raushole?«

»Sind Sie wirklich deswegen hergekommen?«

Jim Black sah enttäuscht aus. »Sie haben Recht. Wir sollten gehen.«

Danielle beobachtete, wie er aufstand, blieb jedoch sitzen. »Wohin?«

»Sie wollen doch mit dem Boss reden«, sagte Black. »Das trifft sich gut, denn er will auch mit Ihnen sprechen.«

52.

»Er lebt noch.«

Ben hörte die Stimme, doch er war sich nicht sicher, woher sie kam, denn seine Augen waren noch geschlossen. Raue Hände packten seine Schultern und zerrten ihn mit Gewalt aus der Enge seines zerdrückten Mietwagens. Schmerz explodierte in einem seiner Arme bis hinauf zur Schulter; sein rechtes Bein brannte höllisch. Sein Mund war trocken an wie Sandpapier.

Er zwang sich, die Augen zu öffnen.

Vier Gestalten umstanden ihn; in der Dunkelheit und dem Nebel waren sie unmöglich unterscheiden.

»Warum?«, brachte Ben heraus.

»Was sagt er?«, fragte eine Frauenstimme.

»Warum haben Sie meinen Reifen zerschossen?«

»Ihr Russisch ist lausig«, sagte ein Mann. »Und wir haben Ihren Reifen nicht zerschossen.«

»Ist von selbst geplatzt«, fügte die Frau hinzu. »Ihr Wagen ist Schrott.«

»Er muss sich im Nebel verirrt haben«, mischte sich eine jüngere Stimme ein.

Die Frau kniete sich zu ihm. Ben nahm die Gerüche nach ungewaschenem Haar und Schweiß wahr.

»Stimmt das, Fremder?«, fragte sie ihn. »Wenn es so ist, sind sie so ziemlich der größte Pechvogel, den ich je getroffen habe. Sich in Dubna festsetzen zu lassen!«

»Was von Dubna übrig ist«, warf die jüngere Stimme ein.

Ben zwang sich in eine sitzende Position. Sein Schädel drohte zu platzen.

»Wir wollten abhauen, als wir gesehen haben, wie von der Straße geschleudert sind«, sagte der Mann. »Wir schlagen uns im Dunklen durch die Büsche, wohin die Soldaten uns nicht folgen.«

»Soldaten ...«, wiederholte Ben.

»Er ist kein Russe«, sagte die jüngere Männerstimme. »Auf keinen Fall.«

»Hat mein Sohn Recht?«, fragte die Frau.

Bens Verstand wurde allmählich klar. Es musste eine Familie sein, die ihn gefunden hatte ... eine Familie, die angehalten und ihm geholfen hatte, obwohl sie selbst aus Dubna flüchtete. Die Eltern und zwei Söhne, wenn seine Augen ihm keinen Streich spielten. Der Junge, der anfangs gesprochen hatte, war im Teenageralter. Ein jüngerer, der stumm geblieben war, sah aus wie elf oder zwölf.

»Ja«, antwortete Ben und fügte hinzu: »Ich bin Amerikaner«, weil es leichter zu sagen war als Palästinenser.

»Wir können ihn nicht mitnehmen«, sagte der ältere Sohn zu den anderen. »Denkt nicht mal daran, ihn mitzunehmen.«

»Halt die Klappe, Misha!«, fuhr die Mutter den Jungen an. »Er war auf dem Weg nach Dubna, nicht von dort weg.«

»Was ist hier los?«, fragte Ben tonlos. Er hatte schrecklichen Durst.

»In Dubna wurde das Kriegsrecht ausgerufen«, sagte der Vater. »Die ganze Stadt steht unter Quarantäne.«

Ben starrte den Mann durch die neblige Nacht hindurch an. Das Gesicht war müde und verbraucht, und die Hände trugen die Schwielen harter Landarbeit, mit der man in Russland kaum genug zum Essen verdienen konnte. Ben war noch immer ein wenig benommen, doch die Worte »unter Quarantäne« brachten eine Flut an Erinnerungen mit sich. Die tödliche Waffe, die Anatoljewitsch sich zu identifizieren geweigert hatte und die vom Frachter *Peter der Große* gestohlen worden war, kam aus Dubna. Und jetzt stand Dubna unter Quarantäne …

»Die Menschen sind infiziert worden?«, fragte Ben die Familie zaghaft.

»Das könnte man so sagen. Manche hat es schlimmer erwischt als andere. Abhängig vom Wind und dem jeweiligen Standort.«

»Was war es?«, fragte Ben. »Woraus ist es entwichen?«

»Ich glaube, er muss sich den Kopf gestoßen haben«, meinte der ältere Sohn, während der jüngere die anderen anschaute und sich mit dem Finger an die Schläfe tippte.

Der Vater runzelte die Stirn. »Deshalb wurde Dubna nicht unter Quarantäne gestellt.«

»Dubna wurde unter Quarantäne gestellt wegen dem Zeug,

das sie in die Luft gesprüht haben, um es zu töten«, erklärte die Mutter.

»Um zu töten, was *entwichen* ist? Wollen Sie das damit sagen?«, fragte Ben. Noch während er sprach, kam ein Fahrzeug mit aufgeblendeten Scheinwerfern die Straße hinunter.

»Warum so viele Fragen?«, wollte der Vater wissen, als der Wagen vorüber war. »Warum interessiert Sie das so brennend?«

»Weil ich hier bin, um herauszufinden, was genau passiert ist.«

»Sie wollen uns helfen? Der Welt erzählen, was hier vor sich geht?«

»Wenn ich kann.«

Ben hörte ein Rascheln. Bevor er weitersprechen konnte, packten der Mann und die Frau ihn unter den Achseln und zogen ihn unter die Bäume, gefolgt von ihren Kindern.

»Die Soldaten«, raunte der jüngere Sohn furchtsam, der bisher geschwiegen hatte.

53.

Ahmed Tejan Kabbah, Präsident von Sierra Leone, schritt über das mit Blut getränkte Gelände des Militär-Ausbildungszentrums von Benguema.

»Ich konnte nichts tun, Sir, ich schwöre es!«, beharrte Captain Jonathan Marks, dessen Uniform mit Blut und Schweiß bedeckt war. »Als der Sergeant Major und ich gemerkt hatten ...«

Kabbah drehte sich so abrupt zu Marks um, dass seine Bodyguards zusammenzuckten. »Welcher Sergeant Major?«

»Reese, Sir. Der Mann, der für die Übungen verantwortlich war.«

»Und wo ist er?«

Marks schluckte schwer und schüttelte den Kopf.

Wütend wandte Kabbah sich von dem britischen Offizier ab. Der Exerzierplatz, der Stunden zuvor in eine kombinierte Krankenstation und Leichenhalle verwandelt worden war, lag verlassen vor ihm. Der harte Boden war ein Muster aus hässlichen blassroten Flecken. Der Gestank nach Blut und Angst hing in der brütenden Hitze, selbst nachdem alle Leichen entfernt worden waren.

Präsident Kabbah war erschienen, lange nachdem der Schauplatz gesichert worden war, doch er konnte sich leicht vorstellen, was in den Wäldern ringsum stattgefunden hatte; er hatte während seiner Amtszeit schon viele ähnliche Schauplätze gesehen.

Männer, die schrien und sich vor Schmerzen wanden, während das Rettungspersonal darum kämpfte, Verbände um klaffende Wunden oder um die Stümpfe von Armen und Beinen zu wickeln, die abgehackt worden waren.

Schreie der Angst vor den Rebellen; panische Furcht, sie könnten zurückkommen.

Freetown, die Hauptstadt Sierra Leones, hatte fast genauso ausgesehen, nachdem der Angriff der Rebellen im Januar 1999 fehlgeschlagen war. Kabbah erinnerte sich an die langsame, schreckliche Wanderung, die er über den Old Market in Susans Bay gemacht hatte: Der Festtagsschmuck war Zerstörungen gewichen, und der Marktplatz war in eine behelfsmäßige Krankenstation umfunktioniert worden. Der Anblick von Frauen und Kindern mit abgehackten Gliedmaßen würde ihn für alle Zeit verfolgen. Der Gestank war damals derselbe gewesen wie jetzt und war nie ganz vom Marktplatz verschwunden. Wie eine böse Erinnerung hing er in den alten Holzrahmengebäuden.

Kabbah war in den Außenbezirken der Hauptstadt aufgewachsen, in den Shantytowns von Lumley, wo es stets nach frischem Gemüse gerochen hatte, das die nahen Straßenstände füllte.

Dann aber hatte er mitansehen müssen, wie das Land, das er liebte, in einen Kreislauf von Gewalt geriet, den eine endlose Abfolge an Politikern und Soldaten nicht hatte aufhalten können. Mit der Hoffnung, er selbst könne die Dinge endlich zum Besseren verändern, war Kabbah selbst in die Politik gegangen und 1996 zum Präsidenten von Sierra Leone gewählt worden. Nachdem er einen Putschversuch der Streitkräfte überlebt hatte, der die RUF an die Macht brachte, war er 1998 von einer nigerianisch geführten Opposition wieder ins Amt eingesetzt worden. Doch seither hatte es einen ständigen Krieg mit den Rebellen gegeben, nur hin und wieder unterbrochen von Friedensgesprächen, die jedoch nie zu Ergebnissen führten.

»Wie viele Rebellen haben wir getötet?«

Marks schüttelte hilflos den Kopf. »Mister President, unsere Soldaten haben Waffen getragen, die mit *Farbe* geladen waren.«

Kabbah schluckte schwer. »Verluste?«

Marks' Lippen bewegten sich kaum, als er antwortete. »Dreihundertfünfzig.«

Kabbah ließ den Blick erneut über den blutgetränkten Boden schweifen. »Wir können also von mindestens vierhundert Opfern ausgehen.«

Er ging weiter. Marks folgte ihm. »Hinzu kommen die Mitglieder der anderen Truppe, deren Platz die Rebellen eingenommen haben.«

Der Präsident seufzte tief. »Wie viele mehr?«

»Hundert sind tot, zweihundert werden vermisst, Sir.«

»Vermisst?«

»Wir … äh, haben ihre Leichen noch nicht gefunden.«

»Was haben Sie beobachtet?«

»Ich war auf dem Turm, Sir. Als ich unten ankam, war es fast vorüber. Ich konnte nichts erkennen bei dem Rauch.«

»Ich verstehe. Und Sergeant Major Reese?«

Marks schluckte. »Er hat sich in den Kampf gestürzt, Sir. Mister President, wenn ich einen Vorschlag machen dürfte …«

»Reden Sie, Captain.«

»Mir wurde gesagt, dass die beiden Bataillone, die von den Amerikanern in Nigeria ausgebildet wurden, bereit seien. Mehrere tausend Mann, Sir. Mehr als genug, um die verdammte RUF ein für alle Mal zu vernichten.«

»Ich weiß von den nigerianischen Truppen, Captain. Aber das ist nicht ihr Krieg.«

Marks blickte über den leeren Platz. »Bei allem Respekt, Sir …«

»Ich werde Ihren Rat in meine Überlegungen einbeziehen.«

»Sir, die heutige mörderische Aktion der RUF kann nur bedeuten, dass sie einen Großangriff vorbereiten. Ich flehe Sie an, handeln Sie, bevor es zu spät ist!«

»Ich soll die Nigerianer in von Rebellen besetztes Gebiet schicken?«

»Sie sind weit besser ausgebildet als Ihre eigenen Truppen, Sir.«

»Es würde das Land in ein Schlachthaus verwandeln.«

»Bei allem Respekt, Sir, aber ist es das nicht schon?«

»Es sind die Zivilisten, die einen solchen Großangriff am schlimmsten zu spüren bekämen. In Sierra Leone sind schon genug unschuldige Menschen gestorben. Überlassen Sie mir die Entscheidung, was mit den nigerianischen Truppen geschieht.«

Tränen liefen dem Captain übers Gesicht. »Die Rebellen haben Major Reese den Kopf abgeschlagen! Sie haben ihm mit seinem eigenen Schwert den Kopf abgeschlagen!«

»Er wird gerächt. Sie müssen mir vertrauen, Captain«, erklärte Kabbah mit einer Gewissheit, die die Umstände Lügen straften.

Bevor Captain Marks antworten konnte, raste ein Jeep durch

das offene Tor des Ausbildungszentrums und hielt. Verteidigungsminister Sukahamin stieg aus. Kabbah beobachtete, wie sein engster Vertrauter sich mit schnellen Schritten näherte. Seine Kleidung war staubig und voller Schlammspritzer. Eine amerikanische Frau, die Kabbah nie zuvor gesehen hatte, blieb im Jeep sitzen und steckte sich mit zitternden Fingern eine Zigarette an. Sukahamin ging über den Boden, wo nur Stunden zuvor Männer gestorben waren oder ihr Blut vergossen hatten, doch er schien es nicht wahrzunehmen; sein glasiger Blick war der eines Menschen, der noch Schrecklicheres gesehen hatte.

»Wir müssen reden, Mister President«, schnaufte der Verteidigungsminister.

»Allerdings, Herr Minister.«

»Nein, nein – nicht über diese Sache hier, Sir«, erklärte Sukahamin und ließ den Blick über den Platz schweifen. »Über etwas anderes, viel Wichtigeres …«

54.

»Ziemlich beeindruckend«, sagte Danielle, nachdem die israelischen Soldaten Jim Black durch den Checkpoint gewunken hatten.

»Tja, Sasha hat sich eine Kommt-aus-dem-Gefängnis-frei-Karte gekauft.«

»Sasha Borodin? Für den arbeiten Sie?«

Black grinste. »Schlau ist sie auch noch.«

Sasha Borodin, so viel wusste Danielle, war Russe. Er war nach Israel eingewandert, kurz nachdem er von der Anklage freigesprochen worden war, in Russland den Doppelmord an seiner Frau und einem Minister arrangiert zu haben. Es gab Gerüchte über Verbindungen Borodins zum organisierten Verbrechen, doch nie hatte ihm etwas bewiesen werden können, und Borodins zwölf Jahre in Israel waren bemerkenswert ruhig verlaufen.

Er brüstete sich öffentlich mit Schenkungen, die er Leuten zukommen ließ, deren Interessen seine eigenen entgegenkamen, und wenn er auch behauptete, keine eigenen politischen Ambitionen zu haben, unterstützte er offen Kandidaten, die sich um seine Gunst bemühten. Mehrere Länder hatte erfolglos versucht, Borodin ausliefern zu lassen, wurden von den israelischen Behörden aber immer wieder abgewiesen – schließlich hatte Borodin Schulen und Gemeindezentren in Russisch bewohnten Gegenden errichten lassen und später sogar Klein Moskau aufgebaut. Er hatte Integrationsprogramme für russische Immigranten eingerichtet und half ihnen, Arbeit zu finden, sobald sie sich niedergelassen hatten.

Viele seiner Aufträge waren einst von Palästinensern erledigt worden, die Arbeitsvisa besaßen, die ihnen täglichen Zugang nach Israel erlaubten. Später hatten die Gewalt, die Unruhen und der daraus resultierende Wechsel der israelischen Regierung dies alles jedoch geändert. Wagenkolonnen steckten an den Checkpoints von der West Bank nach Israel fest, während Kilometer entfernt Steine und Kugeln flogen. Oft behaupteten Palästinenser, sie könnten Tränengas riechen und Gewehrschüsse hören, wenn der Wind richtig stand.

Einige behaupteten sogar, Borodin hätte einen großen Teil der Gewaltausbrüche inszeniert – und würde es immer noch tun –, um seinen Leuten möglichst Gewinn bringende Erwerbstätigkeiten zu sichern. Danielle dachte zurück an die Waffenlieferung, die Ben an genau dem Tag verhindert hatte, an dem sie in Ostjerusalem gewesen war. Kein Wunder, dass die russische Mafia in Israel gewillt war, mit militanten Palästinensern Geschäfte zu machen; es kam ihnen sehr gelegen.

Dass Jim Black für Borodin arbeitete, war keine Überraschung. Die russische Mafia hatte schließlich das meiste zu verlieren, wenn sie ihre Ermittlungen fortsetzten. Nicht nur wegen der Waffenschiebereien, sondern weil sie dies unter den wohl wollenden Blicken bestochener israelischer Beamter taten. Was kümmerte es sie, was in Afrika geschah? Es war leicht, wegzuschauen, wenn es um einen Ort ging, den man nicht sehen konnte und auch nicht sehen wollte.

Für Moshe Baruch jedoch galt das nicht. Seine Dienstzeit als *Rav nitzav*, als Commissioner der National Police, war gekennzeichnet von mehreren Verhaftungen hochkarätiger Unterweltbosse, die ihre Millionen unter anderem mit Drogen und Prostitution verdienten. Diese Verhaftungen hatten seine Machtposition gefestigt, während Danielle vor Wut kochte. Sie fragte sich sogar, ob Baruchs Beziehung zu den Russen von langer Hand geplant und seine Erfolge ein direktes Ergebnis ihrer Beteiligung waren.

Sasha Borodin hatte sich im israelischen Badeort Netanyah niedergelassen, allgemein bekannt als das »Miami des Mittelmeers«. Einst Zentralstelle für den Anbau von Zitrusfrüchten, war es heute zu einem der beliebtesten Wohngebiete geworden, Heimat für eine Vielzahl amerikanischer und israelischer Ruheständler sowie für einige der wohlhabendsten Bürger Israels. Eine friedvolle Gemeinde, bis sich kürzlich durch Terroristenbombardements der Geruch nach Kordit und Schwefel unter den üppigen Duft der Orangenbäume gemischt hatte.

»Wenn ich Jude wäre … Israeli, meine ich«, begann Jim Black plötzlich, »hätte ich getan, was Sie getan haben. Hätte mich dem Sayaret angeschlossen und so weiter. Wie war die Ausbildung?«

»Hart.«

»Nicht anders als in Fort Bragg in den Staaten, so viel kann ich Ihnen sagen.«

»Für einen Mann oder einen Staat zu arbeiten, wo ist da der Unterschied?«

»Der Mann zahlt eine ganze Ecke besser, Dannygirl. Ich sage nur, Sie sollten es sich durch den Kopf gehen lassen und sich Möglichkeiten offen halten. Für den Fall, dass es Ihnen noch nicht aufgefallen sein sollte: Sie haben hier keine echte Zukunft. Vor allem müssen Sie hier lebend wieder rauskommen.« Er steckte sich ein Kaugummi in den Mund und schaute zu ihr hinüber. »Ich könnte Sie mit ein paar Leuten zusammenbringen, die gewisse Dinge ins Rollen bringen.«

»Ich habe andere Pläne.«

»Mit dem Araber, der Sie aus dem Knast geholt hat?«

»Er ist Palästinenser.«

»So zäh wie Sie?«

»In mancher Beziehung zäher als wir beide zusammen.«

Jim Black kicherte. »Sie sollten wirklich über mein Angebot nachdenken. Es könnte das Beste sein, das Sie eine ganze Weile hören werden, Dannygirl. Es würde mir wirklich Leid tun, Sie töten zu müssen.«

Danielle dachte an Dov Levys mit Eis bedeckte Leiche in Gaza. »Das kann ich im umgekehrten Fall nicht behaupten.«

55.

Zusammen mit der russischen Familie hielt Ben sich in der Deckung der Bäume. Zwei russische Soldaten kämpften sich den steilen Abhang in die Schlucht hinab. Ben beobachtete, wie sie seinen schrottreifen Wagen überprüften und anschließend oberflächlich die Umgegend des Fahrzeugs absuchten. Ein dritter Soldat versuchte einen langsamen Abstieg, einen Suchscheinwerfer in der Hand.

Der Mann landete flach auf dem Rücken und rutschte das letzte Stück auf dem Hosenboden.

Die anderen Soldaten lachten. Ihr Kamerad rappelte sich auf und wischte den Schmutz von seiner Uniform, bevor er die Lampe einschaltete und in sämtliche Richtungen schwenkte. Der Lichtstrahl kam Ben und der russischen Familie einige Male bedrohlich nahe. Die kleinste Bewegung hätte sie verraten. Die Eltern hielten ihre Kinder ganz fest. Ben bezwang das Verlangen, hinter dem Baum hervorzuspähen.

Einige Minuten später gaben die russischen Soldaten auf und machten sich an den schwierigen Aufstieg. Weder die Familie noch Ben sagten ein Wort, bis die Scheinwerfer des Lasters eingeschaltet wurden und der Motor dröhnend zum Leben erwachte. Sekunden später war der Lastwagen verschwunden.

»Wir hatten Glück«, meinte der jüngere Sohn.

»Glück?«, fuhr der Ältere ihn an. »Wir wären nicht einmal in der Nähe, wäre der Mann hier nicht gewesen! Wir wären längst über alle Berge!«

»Sie werden zurückkommen«, meinte der Vater. »Wir müssen los.« Er warf Ben einen Blick zu. »Wir nehmen Sie mit.«

»Wie heißen Sie?«, fragte Ben.

»Stepanski«, antwortete der Vater. »Ich heiße Victor. Das ist meine Frau Shavel, und das sind unsere Söhne Misha und Alexander.«

»Können Sie mir erzählen, was in Dubna passiert ist?« Ben fühlte sich nach dem Unfall noch immer zittrig.

»Ein Problem in einem der alten Lagerhäuser«, sagte Victor. »Wir haben nicht herausgefunden, was es war.«

»Aber ein paar Tage später«, nahm seine Frau Shavel den Faden auf, »hat das Sprühen angefangen.«

»Sprühen? Aus der Luft? Über der Stadt?«

»Nein, nur in ländlicher Umgebung wie hier. Der Wind hat es dann über die Stadt geweht.«

»Und dann wurde die Quarantäne verhängt?«, fragte Ben.

»Weil die Menschen krank wurden, ja. Überall wurden Menschen krank und starben. Das Sprühmittel hat gerochen wie Haushaltsreiniger. Wie heißt es gleich ... Ammonium? Die Krankenhäuser sind überfüllt. Aber man kommt nicht aus der Stadt, weil überall Sperren errichtet wurden.«

»Das hier ist der einzige Weg nach draußen«, fügte Victor hinzu. »Durch die Wälder.«

»Aber man muss nachts los«, erläuterte Shavel. »Nach der Ausgangssperre, wenn sie nicht so genau hinschauen.«

Victor schaute sich ungeduldig um. »Wir müssen los.«

»Die Lagerhalle«, sagte Ben, »was ist dort passiert?«

»Ich habe es Ihnen gesagt. Niemand weiß es. Könnte alles Mögliche gewesen sein. Es gibt kein Geld für Sicherheitsvorkehrungen oder Instandhaltung. Das Sprühen fing an, und die Stadt wurde abgeriegelt – was nicht schwierig ist, denn es führt nur eine Straße aus Dubna heraus, aus Sicherheitsgründen, um die Wissenschaftler und ihre Laboratorien zu schützen.«

»Was ist mit der Straße da oben?«, fragte Ben und zeigte den Hang hinauf.

»Endet fünfzehn Kilometer vor der Stadt.«

»Wann hat das alles angefangen?«

»Vor fünf oder sechs Tagen«, antwortete Shavel.

Ben versuchte zu schätzen, wann Anatoljewitschs Lieferung in Richtung Mittelmeerküste losgeschickt worden sein musste. Irgendwann zwischen einer Woche und zehn Tagen schien eine vernünftige Schätzung zu sein. Konnte es eine Verbindung geben zu dem, was danach in Dubna geschehen war? Plötzlich hörten sie Äste knacken, begleitet von raschelnden Geräuschen: die Schritte von Männern, die sich durchs Unterholz bewegten.

»Noch mehr Soldaten«, flüsterte der ältere Sohn der Stepanskis.

»Eine Patrouille«, erklärte sein Vater. »Vermutlich in Alarmbereitschaft versetzt, um nach jemandem Ausschau zu halten. Wir sollten zurück zur Stadt, bevor es zu spät ist.« Victor schlug seinem Ältesten eine Hand auf den Mund, um dessen Protest zu ersticken. »Wir versuchen es in ein paar Tagen noch einmal. Wenn alles ruhiger ist.«

Ben trat nahe an Stepanski heran und sagte in drängendem Flüsterton: »Ich muss diese Lagerhalle sehen. Ich muss herausfinden, wodurch das alles ausgelöst wurde!«

Stepanski schien widersprachen zu wollen; dann aber nickte er. »Morgen, Amerikaner. Ich werde Sie morgen hinführen.«

56.

»Sie wissen, warum Sie nicht tot sind, nicht wahr, Pakad?«, fragte Sasha Borodin. Er und Danielle saßen am Pool in Borodins Strandhauses in Netanyah.

»Aus demselben Grund, aus dem auch Sie nicht tot sind. Wie haben beide etwas, das der andere will.«

Borodin lächelte, offensichtlich beeindruckt. »Mister Black hat in diesem Moment eine Waffe auf Sie gerichtet.«

»Wollen Sie Ihr Leben darauf verwetten, dass er schneller ist als ich?«

Borodin lachte und drohte ihr spielerisch mit dem Finger. »Sie sind ja noch besser, als man mir gesagt hat. Also gut, sprechen wir über die Rohdiamanten, die Sie dem Juwelier in Tel Aviv abgenommen haben.«

»Sie können sie haben – für einen angemessenen Preis.«

Borodin war groß und schlank, ganz anders, als Danielle erwartet hatte. Sie hatte sich ihn als massigen Mann vorgestellt, dessen Leibesfülle seiner gewaltigen Macht entsprach. Ein Jahr zuvor waren in Netanyah zwei Autobomben explodiert. Es war Borodin gewesen, der die Identität der Bombenleger herausfand und sie von der russischen Söldnertruppe, die unter seinem Befehl stand, exekutieren ließ. Zuvor hatte Borodin große Summen in die Taschen verschiedener Leute fließen lassen, die den Tätern nahe standen; diese Leute hatten ihre eigenen Freunde verraten.

Borodin, der einen Bademantel über der Badehose trug, verschränkte die Arme vor der Brust und fröstelte leicht in der kühlen, abendlichen Frühlingsluft. Überrascht blickte er Danielle an. »Sie wollen Geld?«

»Nein. Ich will die Ladung dieses Frachters.«

»Ich dachte, die Ladung wäre gestohlen worden.«

»Und Sie haben natürlich keine Ahnung, woraus die Fracht bestand.«

»Natürlich nicht. Ich habe über die Jahre gelernt, dass es das Klügste ist, mich von solchen Dingen fern zu halten.«

»Dann wird auch die Lieferung Blutdiamanten fern bleiben. Es sei denn, Sie helfen mir.«

»Ihnen helfen? Wobei?«

»Herauszufinden, was mit der verschwundenen Ladung geschehen ist.«

57.

»Ich danke Ihnen für Ihr rasches Erscheinen«, sagte Latisse Matabu, nachdem die Führer der Revolutionären Einheitsfront sich gesetzt hatten. »Sie alle wissen, warum Sie hier sind, also werde ich keine Zeit vergeuden.«

Sie hatten sich nicht im Hauptquartier der RUF in Kono getroffen, da dort die Gefahr der Spionage bestand. Stattdessen hatte Latisse Matabu ihre Kommandeure in einen zentral gelegenen Ort befohlen, der in einer Gegend lag, die von General Yancy Lananga kontrolliert wurde, dem einzigen hohen Offizier Matabus, der tatsächliche militärische Erfahrung besaß. Außerdem fand das Treffen im Schutz der Dunkelheit statt. In Sierra Leone wurde es nachts so still, dass selbst eine erfahrene Kampftruppe sich nicht nähern konnte, ohne bemerkt zu werden – falls doch, würden die Geräusche sie so früh verraten, dass genügend Zeit für eine Flucht blieb, wenn nicht über Land, dann durch die Tunnelsysteme, die auf Befehl Matabus unter sämtlichen Hauptquartieren angelegt worden waren.

Von den zwölf Männern, die den Rat der Revolutionäre Einheitsfront bildeten, fehlte lediglich einer: General Sheku Karim – derjenige, dem Latisse Matabu am wenigsten traute und mit dem sie bisher am häufigsten aneinander geraten war.

»Die Zeit ist gekommen, die die Macht zu übernehmen«, sagte sie nun. Im Schein der Laternen erwiderte sie die Blicke der Anwesenden. Jedes hellere Licht würde aus der Luft ein verlockendes Ziel bieten; die Gerüchte, dass die Amerikaner bald Kampfhubschrauber bereitstellen würden, zeigten Wirkung. »Seit es uns vor drei Jahren nicht gelungen ist, Freetown einzunehmen, haben wir eine Strategie der Blitzangriffe angewendet und die Regierungstruppen in die Defensive gezwungen. Auch die UN-Friedenstruppen können kaum etwas ausrichten, sobald sie mit unserer Macht konfrontiert werden. Die Regierung versucht, uns mit falschen Friedensinitiativen und dem Versprechen abzulenken, uns zu unterstützen. Wir haben uns unterworfen, weil es unseren Zwecken diente. Gleichzeitig hat uns diese Handlungsweise Zeit verschafft. *Fohs ful nohto ful, boht sekohn ful, na-in na ful.* Wer sich einmal zum Narren halten lässt, ist kein Narr, doch wer es zweimal geschehen lässt, der ist einer.«

Matabu wusste, dass sie jetzt die volle Aufmerksamkeit ihrer Befehlshaber hatte – eine Gelegenheit, die sie nicht ungenutzt verstreichen lassen durfte, denn die Gruppe neigte schnell zu Eifersüchteleien und Feindseligkeiten: Ungeachtet ihres gewaltigen Erfolgs war die RUF wenig mehr als ein loser Zusammenschluss von Stämmen und Familienklans, die ebenso leicht gegeneinander Krieg führen konnten wie gegen die Truppen der Kabbah-Regierung. Matabus größte Schwierigkeit bestand darin, Gemeinsamkeiten zu betonen. Der Schlüssel zu einer solchen Allianz, das wusste sie aus ihren Studien in den Vereinigten Staaten, bestand darin, keine eindeutigen Aussagen darüber zu machen, was eine solche Macht dem Einzelnen brachte. Es war sinnlos, das Fell des Bären zu verteilen, bevor der Bär erlegt war.

Der Langzeitplan Latisse Matabus bestand darin, Sierra Leone in Distrikte aufzuteilen, die von Männern wie diesen kontrolliert würden, die jedoch wiederum einer provisorischen Regierung gegenüber zur Rechenschaft verpflichtet wären – eine Regierung, an deren Spitze sie selbst stünde. In Anbetracht ihres gesundheitlichen Zustands musste dieser Plan natürlich geändert werden; aber davon brauchten ihre Befehlshaber an diesem Abend nichts zu erfahren.

Sie hatte Angst vor Vergeltungsmaßnahmen. Sie wollte diese Männer nicht auf ihre Feinde loslassen – auf die Dörfer, die die Regierung unterstützt hatten. Wie aber konnte man die Wut und den Hass unter Kontrolle halten? Wie konnten man sie in etwas Positives verwandeln, anstatt sie zum Wegbereiter der Anarchie werden zu lassen? Die RUF musste Herz und Verstand der Besiegten gewinnen.

»Während wir unseren hingebungsvollen Bemühungen um den Friedensprozess nachkamen, wurde unser Gegner selbstgefällig«, fuhr Matabu fort. »Sie glauben jetzt, sie hätten uns geschlagen. Sie glauben, ihre amerikanischen Waffen und Soldaten würden ausreichen, damit wir davonlaufen. Sie halten uns nicht mehr für stark genug, um sie vernichten zu können.«

Sie hielt kurz inne, um ihre Worte wirken zu lassen.

»Sie sind der Illusion zum Opfer gefallen, die wir aufrechterhalten haben! Deshalb werden sie nicht vorbereitet sein, wenn unser Angriff beginnt – in genau achtundvierzig Stunden.«

Einige RUF-Generäle wechselten sorgenvolle Blicke. »In der Nacht?«

»In einer mondlosen Nacht. In der schwärzesten Nacht.«

»Ein Großangriff im Dunkeln«, bemerkte Lananga beeindruckt.

Latisse Matabu nickte. »Unsere Truppen werden am Tag so nah auf die Hauptstadt vorrücken wie möglich, wobei Hügel und Wälder als Deckung dienen werden. Sobald die Nacht anbricht, werden sie zu vorher festgelegten Gebieten dirigiert, sodass die Stadt eingeschlossen und abgeriegelt wird. Um Mitternacht werden wir aus allen Richtungen zugleich angreifen. Sobald der Widerstand der Regierung gebrochen ist und Präsident Kabbah und seine Kabinettsmitglieder als Geiseln genommen wurden, gehört der Sieg uns.«

»Und wir werden Kabbah und seine Minister hinrichten«, sagte ein weiterer General der Revolutionären Einheitsfront.

»In aller Öffentlichkeit!«, rief der verrückte Stammesführer der Ganta, dessen Männer die Skalps und Ohren ihrer Opfer sammelten.

»Wenn wir das tun«, entgegnete Matabu mit scharfer Stimme, »zeigen wir der Welt, dass wir Barbaren sind. Ganz so, wie die Kabbah-Regierung die Welt glauben machen will. Nein, sobald die Regierungsmitglieder sich in unserem Gewahrsam befinden, werden wir uns für Friedensverhandlungen und Schlichtungsgespräche einsetzen. Der Übergang der Macht wird geordnet vonstatten gehen. Wir kämpfen für die Vergangenheit, während wir uns auf die Zukunft vorbereiten.«

»Was ist mit den Amerikanern?«, fragte Lananga. »Was werden die unternehmen?«

»Sobald wir Freetown eingenommen haben, nichts.«

»Und vorher?«

Latisse Matabu verschränkte die Hände auf dem Rücken. »Das ist nicht ihr Kampf. Die Vereinigten Staaten wissen, dass sie für immer hier bleiben müssen, wenn sie die Regierung Kabbah retten.«

»Sie glauben, die Amerikaner werden sich ducken wie die Hunde, die sie sind?«, rief der Stammesführer der Ganta in seiner gewohnt leidenschaftlichen Art.

»Das ist nicht ihr Kampf, es sei denn, wir machen es zu ihrem«, erwiderte Latisse.

»Wir sollten zu Beginn des Angriffs ihre Quartiere überfallen«, schlug ein anderer General vor und ließ den Blick in die Runde schweifen in der Hoffnung, Unterstützung zu finden. »Wir dürfen ihnen gar nicht erst die Möglichkeit geben, sich zu entscheiden, ob sie kämpfen wollen oder nicht. Das gilt auch für die UN-Friedenstruppen.«

»Ich stelle meine Männer zur Verfügung!«, bot der Stammesführer der Ganta eilfertig an.

Matabu blieb gelassen. »Folgt dieser Strategie, und unser Triumph wird einen Tag dauern, statt unser Leben lang. Provokation ist genau das, was die Amerikaner und die Vereinten Nationen wollen! Das würde ihnen den Vorwand verschaffen, den sie brauchen, um ihre Intervention zu wiederholen, genau wie in Bosnien. Die Amerikaner sind leicht zu berechnen!«

»Wir sind nicht in Bosnien, General«, erinnerte Lananga.

»Nein, in Westafrika, wo sowohl der Einfluss als auch Präsenz der Amerikaner weitaus stärker ist. Wir dürfen ihnen keinen

Grund zum Einschreiten geben. Wir müssen so plötzlich und entschlossen zuschlagen, dass sie gar keine andere Wahl haben, als die von uns gebildete Regierung anzuerkennen.«

»Was ist mit den schwereren Waffen, die wir von unseren Diamanten gekauft haben?«

»Jedem von Ihnen wird ein Stück Land zugeteilt, der Größe seines Kommandos entsprechend. Sorgen Sie dafür, dass diejenigen, denen eine solche Waffe zur Verfügung gestellt wird, auch damit umgehen können. Überprüfen Sie Ihre Funkgeräte. Versichern Sie sich, dass Sie Ersatzeinheiten und zusätzliche Batterien haben. Kommunikation wird in den nächsten Stunden entscheidend sein.«

»Eines Tages haben wir Satellitentelefone«, meinte einer der Generäle.

»Damit die Amerikaner unsere Gespräche mithören können«, tadelte Lananga hitzig.

»Bis dahin«, meinte Matabu, »werden die Amerikaner gegangen sein.«

Die Tür der Hütte flog auf, und General Sheku Karim marschierte hindurch, einen Sack über der Schulter. Er wurde von zwei Lieutenants begleitet. »Und wenn nicht«, prahlte er, »werde ich mit ihnen das tun, was ich mit den Soldaten der Kabbah-Regierung getan habe.«

»Und das wäre?«, fragte Matabu.

Karim, ein hoch gewachsener, kräftiger Mann mit einer weißen Narbe auf der rechten Wange, stellte den Sack zu seinen Füßen ab. »Eine Gelegenheit, die ich nicht ungenutzt verstreichen lassen konnte. Ich habe diesen Bastarden in ihrem eigenen Hinterhof eine Lektion erteilt.«

»Sie haben den Waffenstillstand gebrochen«, beschuldigte Matabu ihn, wobei sie sich bemühte, Ruhe zu bewahren. »Sie haben unseren gesamten Plan gefährdet.«

Karim spuckte auf den Boden. »Ich habe keine Zivilisten getötet. Nur Regierungssoldaten. Und ein paar Briten.«

»Mehr haben Sie nicht zu sagen?«

»Ich habe einen mächtigen Schlag geführt.«

»Sie haben die *Gegenseite* zum nächsten Schlag gezwungen!«

»Na und?«

»Sie hatten Ihre Befehle.«

Karim spie wieder aus. »Ich spucke auf Ihre Befehle. Wir waren alleine besser dran. Freetown würde noch immer uns gehören, hätte Ihr Vater auf mich gehört.«

»Und wie viele weitere Zivilisten hätten ihre Gliedmaßen verloren, General?«

»Sie verbringen Jahre bei den Amerikanern, und dann kommen Sie hierher zurück und wollen *mir* einen Vortrag halten? Ich habe die Zukunft dieses Landes schon mitgestaltet, als Sie noch in die Hosen machten!«

In Matabus Gesicht zuckte es. »Ich wollte nicht respektlos sein«, sagte sie beschwichtigend und blickte auf den Sack, den Karim auf dem Boden abgestellt hatte. »Haben Sie Ihre Siegestrophäe mitgebracht?«

Das Gesicht des großen Mannes leuchtete vor Stolz, als er sich vorbeugte und in den Sack griff. »Ein Geschenk, General, mit freundlichen Grüßen von den Briten.«

Damit zog er ein Schwert hervor, auf dem aufgespießt ein Kopf steckte. »Der Bastard hat sechs meiner Männer getötet, bevor er angeschossen wurde. Er hat noch gelebt, als ich seinen Kopf genommen habe.«

Matabu schritt ruhig nach vorn. Jede ihrer Bewegungen wurde von den übrigen elf Mitgliedern ihres Kaders genau beobachtet. »Dann war Ihre Handlung berechtigt, und ich akzeptiere Ihr Trophäe.«

Sie nahm Karim das Schwert am Griff ab und hielt die Klinge hoch, sodass sie in die glasigen, murmelähnlichen Augen des abgeschlagenen Kopfes blickte. »*Kohni-man dai, kohni-man behr am.* Wenn ein gerissener Mann stirbt, ist es ein gerissener Mann, der ihn begräbt«, sagte Matabu, während sie in das geschrumpfte Gesicht der Leiche blickte.

General Sheku nahm das Kompliment mit einem dankbaren Lächeln entgegen. Er lächelte immer noch, als der Drache das Schwert senkte und es ihm in den Leib rammte, dicht unterhalb des Thorax. Karim rang nach Atem. Die Luft entwich zischend seinem Mund und den durchstoßenen Lungen. Speichel flockte an den Mundwinkeln.

Latisse Matabu benutzte ihre freie Hand, um ihre Pistole zu ziehen und Karims zwei Lieutenants zu erschießen, die wie betäubt dastanden. Dann stieß sie das Schwert tiefer in Karims Leib, bis der Kopf, den er seinem Opfer abgeschlagen hatte, gegen seine eigene blutgetränkte Brust gedrückt wurde. Er fiel auf die Knie und kippte nach vorn, während der Drache zurücktrat.

Sie wischte sich die Hände ab, wenngleich die Geste mehr symbolischer Natur war.

»So ergeht es allen Verrätern«, sagte sie nur und wandte sich wieder ihren anderen Befehlshabern zu. »Also, wo war ich stehen geblieben …«

SECHSTER TAG

58.

Die zwei Brüder hatten sich einen Schlafsack geteilt, damit Ben einen eigenen hatte, der in der eiskalten Nacht aber kaum half. Nach Mitternacht wurde der Nebel frostig und breitete ein kaltes Tuch aus Eispartikeln in den Wäldern aus. Die Jungen hatten vorgeschlagen, ein Feuer zu machen, doch ihr Vater hatte abgelehnt, aus Angst, es könne die Aufmerksamkeit von Soldaten auf sich ziehen, die noch in den Wäldern patrouillierten.

»Was haben wir für eine Wahl?«, fragte Shavel Stepanski, zu Ben gewandt. »Wir müssen fliehen – für unsere Kinder. Wir könnten es nicht ertragen, sie krank werden zu sehen, wie es so vielen anderen passiert ist.« Sie warf Ben einen nachdenklichen Blick zu. »Sie sind kein Amerikaner, nicht wahr?«

»Wie kommen Sie darauf?«, fragte Ben, dem noch immer der Kopf dröhnte. Doch die Stepanskis hatten ihm Aspirin gegeben, das die Schmerzen ein wenig dämpfte.

»Ihr russischer Akzent ist anders.«

»Ich bin Amerikaner, aber auch Palästinenser. Ich habe von meinem Vater Russisch gelernt, als wir noch in der Westbank lebten.«

»Das erklärt es«, meine Shavel Stepanski, bevor sie sich in ihren eigenen Schlafsack zurückzog und Ben seinen Gedanken und schließlich seinen Träumen überließ.

Er träumte davon, mit Danielle zusammen zu sein, doch die

Luft war wärmer, und ein Feuer brannte. Und sie waren nicht allein. Bens zwei ermordete Kinder, sein Sohn und seine Tochter, waren in dem Traum bei ihnen. Seltsamerweise fragte er sich nicht, warum er mit Danielle zusammen war und nicht mit seiner Frau, die in derselben Nacht getötet worden war wie seine Kinder, vor fast neun Jahren.

Doch als Ben in der Nacht erwachte, musste er an seinen Vater denken und an das Foto, das 1967 von ihm aufgenommen worden war, nur wenige Tage vor Jafir Kamals Tod. Ben zog es aus der Tasche, als er den Versuch aufgab, wieder einzuschlafen. Er konnte die beiden Gesichter – das seines Vaters und das des unbekannten Jungen – in der Dunkelheit nicht erkennen, doch er drückte das Bild dennoch an sich, in Erinnerungen versunken.

Man denkt, man kann Dinge hinter sich lassen, aber man tut es in Wirklichkeit nie.

Seinen Vater nicht.

Danielle nicht.

Der Morgen dämmerte kalt und klar herauf. Ben zögerte, aus dem Schlafsack zu kriechen, der schließlich doch warm geworden war. Die durch den Unfall verursachte Steifheit war beinahe gewichen, und auch die schlimmsten Kopfschmerzen waren vorüber.

Victor Stepanski kniete neben ihm, während der Rest der Familie loszog, um die Feldflaschen mit Wasser zu füllen. »Es ist ein langer Weg zur Lagerhalle«, flüsterte er. »Aber ich werde Sie dorthin bringen.«

»Was ist mit Ihrer Familie?«

»Wir treffen uns später.« Stepanski unterbrach sich einen Moment. »Sie haben eine Ahnung, was in der Halle gelagert worden ist, nicht wahr?«

»Irgendein Überbleibsel aus dem Kalten Krieg. Eine Waffe, die nie benutzt wurde.«

»Ein Kampfstoff, nicht wahr? Der nun entwichen ist. Aber warum hat die Regierung uns nicht gesagt, was passiert ist?«

»Weil sie Angst hatte«, erwiderte Ben. »Genau wie wir.«

59.

»Sie verlangen sehr viel im Austausch für ein paar Steine, Pakad Barnea«, sagte Sasha Borodin zu Danielle, nachdem er ihre Bedingungen akzeptiert hatte. »Für den Preis müssen eine Menge Gefallen eingefordert werden.«

»Blutdiamanten im Wert von zehn Millionen Dollar, die geschliffen und poliert fünfmal so viel wert sind«, erinnerte Danielle ihn, »sollten ein Menge Gefallen wert sein.«

In der Nacht zuvor hatte Borodin ihr einen wunderschönes Zimmer mit Blick aufs Meer zur Verfügung gestellt. Danielle hatte jedoch unruhig geschlafen, im Sitzen; sie hatte eine Vase gegen die Tür gelehnt, für den Fall, dass Jim Black oder jemand anders versuchen sollte, sich Zutritt zu verschaffen.

»Jedenfalls«, erwiderte der Russe gleichmütig, »sind die Bänder jetzt auf dem Weg hierher. Sie werden Sie sich nicht ansehen, bis der Cowboy mit den Diamanten zurück ist. Ich könnte Sie töten lassen, sobald ich die Steine habe.«

»Das werden Sie nicht tun, wenn Sie die Bänder erst gesehen haben.«

Die Bänder erreichten Sasha Borodins Strandhaus in Netanyah, kurz bevor Jim Black mit den Diamanten aus Tel Aviv zurückkehrte. Danielle hatte sämtliche Steine, die sie aus der Holocaust-Thora entfernt hatte, in einem Schließfach verstaut, das sie am Tag zuvor in einem kleinen Postamt in Tel Aviv gemietet hatte.

Solche Postämter, die erst seit kurzem erlaubt und strengen Vorschriften unterworfen waren, schossen in den belebteren Gegenden Israels wie Pilze aus dem Boden, da die langen Warteschlangen und der langsame Service in den herkömmlichen Postämtern sprichwörtlich waren. Sicherheit hatte ihren Preis; diesen Preis aber waren israelische Bürger fast immer zu zahlen bereit. Doch neue Sicherheitskontrollen, aufgrund neuerlicher Briefbombenanschläge angeordnet, stellten die Geduld selbst der unerschütterlichsten Bürger auf die Probe.

Danielle hatte Jim Black lediglich den Schließfachschlüssel und die Adresse gegeben. Dort hatten, wie versprochen, die Rohdiamanten auf ihn gewartet, die Ranieri im Innern der Thora nach Israel geschmuggelt hatte. Borodin untersuchte die Blutdiamanten nur oberflächlich, während Danielle die Videobänder inspizierte. Die Hüllen waren beschriftet: EIGENTUM DER REGIERUNG DER VEREINIGTEN STAATEN – NUR AUTORISIERTER ZUGRIFF.

Aus gutem Grund.

Im Innern befanden sich Aufklärungsbänder amerikanischer Satelliten, die Aufnahmen des Mittelmeers zeigten; diese Aufnahmen begannen vierundzwanzig Stunden vor dem Zeitpunkt, an dem Danielle und Ben herausgefunden hatten, dass die Mannschaft der *Peter der Große* ermordet und die Ladung des Frachters verschwunden war. Danielle hatte die genauen Längen- und Breitengrade angegeben. Dank einer Reihe von Sicherheitsschulungen, an denen sie teilgenommen hatte, wusste sie, welche gewaltigen technischen Möglichkeiten die Amerikaner besaßen. Natürlich verblieben solche Bänder in Besitz der US-Regierung – außer, sie wären von entscheidender Bedeutung für jemanden mit der Macht und dem Einfluss eines Sasha Borodin.

Danielle vermutete, dass die Gefallen, die man ihm erwiesen hatte, von Kontakten in Israel eingefordert worden waren. Dort war die schmutzige Arbeit erledigt worden, die Bänder von amerikanischen Kollegen zu besorgen.

»Sehr gut«, sagte Borodin, der die Begutachtung der Steine beendet hatte. »Jetzt lassen Sie uns mal einen Blick auf Ihre Bänder werfen, Pakad ...«

Borodin führte Danielle und Jim Black in einen geräumigen Aufenthaltsraum, der von einer Wand aus Fenstern beherrscht wurde. Die zentral gesteuerte Klimaanlage summte leise. Ein flacher Fernsehschirm war an der Wand direkt gegenüber der Glasfront befestigt. Das grelle Sonnenlicht jedoch machte es unmöglich, etwas zu sehen; deshalb blieb Borodin an einem in die Wand eingebauten Schaltpult stehen und setzte mechanische Jalousien in Bewegung, die sich vor den Fenstern herabsenkten. Sie verdunkelten den Raum und ließen ihn augenblicklich kühler werden. Das gleißende Licht verschwand. Borodin drückte einen weiteren Knopf auf der Tafel, und der Fernseher erwachte zum Leben. Dann schritt er durch den Raum zu einem Videorecorder, der außer Sicht in einem ausgefeilten Regalsystem untergebracht war, das den Fernseher zu beiden Seiten umschloss.

Das Bild war grobkörnig und so unscharf, dass selbst die hohe Auflösung des Fernsehschirms nicht viel half. Es war jedoch gut genug, um den Frachter *Peter der Große* deutlich ausmachen zu können, der auf See vor Anker lag, genau wie Danielle und Ben ihn vorgefunden hatten.

Das Bild bewegte sich in Schüben und Sprüngen, nicht in Echtzeit; es war von einem Computer erstellt worden, der die von den Satelliten übermittelten digitalen Bilder zusammengefügt hatte. Die einzige Möglichkeit, das Verstreichen der Zeit zu bestimmen, waren die länger werdenden Schatten, die über den Bug des Schiffes fielen und das Nahen der Nacht ankündigten.

Das Betrachten der Bilder wurde zusätzlich von einem konstanten Datenstrom erschwert, der an einer Seite und dem unteren Rand der Aufnahme mitlief.

Einige Stunden nach Einbruch der Dunkelheit erschien ein Boot auf der Bildfläche. Wie es aussah, näherte es sich dem Frachter im Zeitlupentempo und wurde vergrößert mithilfe fortschrittlichster Computertechnologie, die ein Zusammensetzen visueller Daten aus Tausenden von Kilometern Entfernung ermöglichte. Das Boot, ein großer Fischkutter – ungefähr ein Drittel so groß wie der Frachter –, ging in der Nähe vor Anker. Danielle rutschte näher an den flachen Bildschirm heran, um die Daten besser interpretieren zu können, die noch immer übers Bild liefen.

»Das ist aus der Nacht, bevor ich auf die *Peter der Große* gekommen bin und die Mannschaft tot aufgefunden habe«, erklärte sie Borodin und Jim Black.

Sie sahen weiter zu. Ein halbes Dutzend Gestalten kamen an Bord des Frachters und wurden von einigen bewaffneten Besatzungsmitgliedern beobachtet, die an Deck standen. Offensichtlich hatte der Fischkutter den Frachter zuvor angefunkt und möglicherweise vorgegeben, den geplanten Austausch vornehmen zu wollen, oder gemeldet, sie befänden sich in irgendeiner Notsituation. Wie es auch gewesen sein mochte – die stotternden Bewegungen des Bandes machten es schwierig, den Kampf zu verfolgen, der nun entbrannte, zumal er schnell vorüber war.

Danielle spürte, wie ihr die Kehle eng wurde. Sie musste an die Leichen denken, die sie und Ben im Laderaum gefunden hatten. Die Decksleute der *Peter der Große* waren rasch überwältigt. Sie wurden nach unten geschleppt, wo sie und die anderen Besatzungsmitglieder massakriert worden waren.

»Sieht so aus, als würde da jemand irgendwas übers Deck schleppen«, sagte Black und riss Danielle zurück in die Gegenwart.

»Kisten«, bemerkte sie und dachte an den leeren Kühlraum des Frachters, wo irgendetwas Schweres aufgestapelt gewesen war.

»Sieht mehr nach Särgen aus«, sagte Black.

»Da, sehen Sie!« Danielle wies mit der Hand, während das Band ruckweise weiterlief. »Sie benutzen eine Winde, um die Kisten in einem Netz vom Frachter auf den Fischkutter herunterzulassen.« Sie drehte sich nach Borodin um. »Die Fracht, die Anatoljewitsch an die Afrikaner verkaufen wollte.«

»Aber wer sind sie?«, fragte Borodin.

Danielle blickte wieder auf den Bildschirm. »Lassen Sie uns mal schauen, wo sie die Kisten hinbringen. Vielleicht finden wir es heraus.«

60.

»Die Lagerhalle ist jetzt nur noch etwa anderthalb Kilometer von hier entfernt«, sagte Victor Stepanski zu Ben. Sie waren hinter mehreren Bäumen in Deckung gegangen, von wo aus sie auf die eine Straße sehen konnte, die nach Dubna hineinführte. »Wir müssen sehr vorsichtig sein. Die Soldaten könnten überall stecken.«

»Haben Sie keine Angst, weiterzugehen?«

Stepanski zuckte die Achseln. »Wenn das, was immer aus diesem Ort entwischt ist, mich hätte töten können, dann wäre ich schon tot.«

Sie hatten den ganzen Morgen und einen Teil des Nachmittags gebraucht, um so weit zu kommen. Nach dem langen und strapaziösen Marsch schmerzte Bens Körper wieder, und die Steifheit war zurückgekehrt. Stepanski hingegen schien nicht einmal außer Atem zu sein, wenngleich er bei jeder Gelegenheit ein Zigarette rauchte, sorgfältig bemüht, den Stummel zu vergraben, wenn er aufgeraucht hatte, um jeden Hinweis auf ihre Anwesenheit zu verbergen.

Er und Ben waren in weniger als sechs Stunden zwanzig Kilometer über unebenes Terrain marschiert und hatten lediglich gehalten, um einen Schluck Wasser zu trinken. Außer einem Schokoriegel hatten sie nichts gegessen. Ohne die wärmende Sonne war der Tag kalt und grau. Dennoch klebte Bens Hemd ihm schweißnass auf der Haut. Er hatte mehrere Male die Jacke ausziehen müssen, um seinem Körper Kühlung zu verschaffen. Immer wieder hatten seine Waden sich verkrampft, und seine Knie schmerzten. Der letzte Hügel, den der kräftigere Stepanski mühelos und mit einer Zigarette im Mundwinkel erstieg, hatte Ben alles abverlangt.

»Ich habe viele Freunde, die früher in diesen Gebäuden gearbeitet haben«, meinte der Russe nun. »Sie sind alle fort, aus Geldmangel entlassen. Die meisten sind arbeitslos geblieben. Ich weiß nicht, wer noch dort ist. Es wird interessant sein, das herauszufinden.«

Ben streckte den Arm aus und hielt Stepanski zurück, bevor dieser weitergehen konnte. »Sie haben schon genug getan. Kehren Sie zu Ihrer Familie zurück. Bringen Sie Ihre Frau und die Kinder von hier fort.«

Stepanski nickte zögernd. »Was immer dort ist, warum hat man es nicht zerstört? Warum hat man es einfach hier gelassen?«

»Vielleicht war man der Meinung, es eines Tages brauchen zu können.«

Nachdem er die Straße überquert hatte, blickte Ben zu Stepanski zurück. Der Russe winkte mit seiner schwieligen Hand. Ben erwiderte die Geste und spürte, wie sich seine Finger in der kalten Luft versteiften. Dann verschwand er in den Wäldern. Nach Stepanskis Angaben musste Ben noch etwa einen Kilometer zurücklegen, um die Lagerhalle zu erreichen. Es war bitterkalt. Ben zog den Reißverschluss seiner Jacke bis oben zu. Plötzlich fror er wieder.

Der Pfad durch den Wald war leicht zu erkennen und viel begangen. Dornengestrüpp und tief hängende Zweige kratzten an ihm, und dicke Ranken bildeten Stolperfallen.

Es war ein seltsames Gefühl für Ben, hier zu sein. Der Tod seines Vaters stand in direktem Zusammenhang mit Waffen, die aus der Sowjetunion nach Palästina geschmuggelt worden waren. Jetzt war sein eigenes Leben in Gefahr, weil die Russen Dinge verkauften, die während des Kalten Krieges angehäuft worden waren. 1967 waren den Palästinensern die Waffen von der Sowjetregierung kostenlos angeboten worden. Jetzt wurden sie von der russischen Unterwelt gegen Gewinne auf dem Schwarzen Markt verkauft. Ben schüttelte den Kopf über diese Ironie des Schicksals.

Er stapfte weiter. Wieder einmal dachte er an die letzten Tage seines Vaters. Anatoljewitsch war gestorben, bevor er ihm erzählen konnte, was geschehen war. Warum hatten die Waffen Palästina nie erreicht? Wie hatte dies zu Jafir Kamals Ermordung geführt? Ben hatte das Gefühl, dass der Weg, den er jetzt ging, auch zu den Antworten auf diese Fragen führte, dass eine seltsame Verbindung zwischen ihnen bestand. Allein in den Wäldern, ohne Rückendeckung, glaubte Ben, endlich zu verstehen: Er wollte sein Vater sein. Die verlorenen Jahre, ein flüchtiger Blick auf Jafir Kamal, wie er durch eine Tür am Flughafen verschwindet und nur einen Hauch seines Aftershaves zurücklässt. Ben suchte im Leben die Verbindung, die der Tod ihm verwehrt hatte, indem er einen anderen Kampf auf dieselbe Art kämpfte. Selbst jetzt, als Mann über vierzig, wollte er, dass sein Vater stolz auf ihn sein konnte und wollte der Achtung gerecht werden, die man Jafir Kamal noch immer entgegenbrachte.

Die einzige Verbindung zu dieser längst vergangenen Zeit war der namenlose Junge auf dem zerknitterten Schwarzweißfoto.

Der Pfad durch die Wälder führte nun hügelabwärts. Ben entdeckte einen nachlässig mit Stacheldraht bespannten Zaun. Schilder mit Symbolen, die vor biologischen Kampfstoffen warnten, waren in unregelmäßigen Abständen aufgestellt worden.

Als er näher kam, sah Ben, dass Teile des Zauns fehlten. Den Abdrücken im halb gefrorenen Boden nach zu urteilen, waren Stücke des Zauns entfernt worden, um Lastwagen leichten Zugang zu einem Gebäude zu verschaffen, das Ben deutlich sehen konnte, nachdem er die Anhöhe erklommen hatte.

Die Lagerhalle war wie ein Bunker aus Schichtbeton gebaut und wirkte wie ein schmuckloser, rechteckiger Kasten, den man in den ansonsten unberührten Wald hatte fallen lassen. Die Halle war in einem hässlichen Grünbraun gestrichen, um sie für den unwahrscheinlichen Fall zu tarnen, dass jemand aus der Luft einen Blick darauf werfen wollte. Die kleinen Fenster lagen zurückgesetzt und deuteten auf ein einziges Stockwerk im Innern. Doch Ben wusste, dass solche Gebäude oft unzählige unterirdische Stockwerke aufwiesen.

Er näherte sich einer der Schneisen im Zaun, verbarg sich hinter einem Baum und wartete. Er hatte irgendeine militärische Präsenz erwartet, doch die Soldaten mussten gekommen und wieder verschwunden sein. Ben betrat das Gelände und näherte sich der Halle. Nirgends war eine Tür zu sehen, also umrundete er das Gebäude. Vorsichtig wählte er seinen Weg über getrockneten Schlamm, der nach verdorbenem Obst roch und lauschte auf jedes Geräusch, das auf die Anwesenheit einer anderen Person hindeutete.

Ben bewegte sich zur Vorderseite des Gebäudes und fand die ersten Hinweise darauf, dass tatsächlich etwas nicht stimmte: Deutlich waren die geschwärzten Brandstellen von Explosionen zu erkennen – zu beiden Seiten des Rahmens und über der Tür. Die Tür selbst bestand aus Stahl und war übersät mit Flecken in einem etwas helleren Farbton – ein Hinweis darauf, dass sie kürzlich repariert worden war. Auch das Schloss sah neu aus und besaß eine einfache Zuhaltung, wo man eine elektronische hätte erwarten dürfen.

Ben durchsuchte seine Taschen nach einem Gegenstand, den er als Werkzeug benutzen konnte, und fand den Kugelschreiber, den er sich tags zuvor in der Mietagentur geliehen hatte. Er nahm ihn auseinander und schliff die Spitze am Beton, bis sie dünn genug war, damit er sie als Dietrich benutzen konnte. Es dauerte einige Minuten, dann aber klappte es. Die Spitze ließ sich leicht ins Schloss schieben. Die Zuhaltung aufzubrechen, blieb eine schwierige Aufgabe, die Ben nur mit viel Mühe meisterte.

Endlich schwang die Tür auf und gab den Weg frei in eine Vorkammer. Ben bemerkte, dass das Licht aus Solarzellen gespeist wurde. Dies erklärte, warum die Anlage noch immer mit Strom versorgt wurde. Er sah keine Spuren von Gewehrfeuer oder Explosionen. Es hatte den Anschein, als wären die Eindringlinge einfach in die Anlage hineinmarschiert, nachdem die Haupttür aufgebrochen war.

Vorsichtig bewegte Ben sich weiter und betrat die erste einer Vielzahl gesicherter Abteilungen, in denen die eingemotteten Ergebnisse von Durchsuchungen lagen, die während des Kalten Krieges vorgenommen worden waren. Danach folgte ein Munitionsdepot. Es war leer, roch muffig und war allem Anschein nach seit langer Zeit nicht mehr benutzt worden.

Die nächsten acht Kammern waren ebenfalls leer. Ben ging von einer zur anderen, lauschte auf das blechern klingende Echo seiner eigenen Schritte und versuchte, sein Wissen über die Anlage in Einklang zu bringen mit dem, was er ansonsten schon wusste.

Anatoljewitsch, der einstige KGB-Agent, der dieser Anlage zugeteilt gewesen war, hatte Kisten mitgehen lassen, die irgendeine Waffe enthielten, die man hier gelagert hatte – mit der Absicht, diese Waffe für zehn Millionen Dollar in Rohdiamanten zu verkaufen. Anatoljewitsch hatte deutlich zum Ausdruck gebracht, dass diese geschäftliche Vereinbarung bereits einige Zeit bestand. Die Invasion, die hier vor kurzem stattgefunden hatte, schloss Ben, war daher offensichtlich nicht von Anatoljewitsch initiiert worden. Dritte hatten mitbekommen, was innerhalb dieser Wände gelagert wurde und waren hierher gekommen, um es zu stehlen.

Ben ging weiter, hoffte auf irgendeinen Hinweis. Victor Stepanski hatte gesagt, das Sterben in Dubna habe vor sechs Tagen begonnen, vielleicht an demselben Tag, als der Austausch in Ostjerusalem zwischen Anatoljewitsch und Ranieri hätte stattfinden sollen. Zwei Tage später war der Frachter *Peter der Große* geentert und seine Ladung geraubt worden.

Was war daraus zu schließen?

Es gab zu viele Variablen; zu viele Teile fehlten noch.

Vielleicht befand sich die Antwort in den unteren Etagen dieses Gebäudes. Ben entdeckte eine Tür, von der er annahm, dass sie nach unten führte, und stieß sie auf. Als er hindurchgetreten war, fand er sich vor einer langen, schwach beleuchteten Treppe wieder.

Er hörte, wie die Tür hinter ihm zuschlug, gefolgt von einem Geräusch, als würde jemand mit den Füßen schlurfen.

»Eine Bewegung, und du bist tot!«, sagte eine Stimme, und etwas Kaltes, Hartes wurde an seinen Hinterkopf gedrückt.

61.

Zwei weitere Bänder folgten dem ersten. Beide zeigten den Fischkutter, der in nördliche Richtung die Mittelmeerküste entlang fuhr. Das Bild wurde noch grobkörniger, als die Dunkelheit sich aufs Meer senkte. Die Beobachtungssatelliten, die das Boot klar ausgemacht hatten, besaßen zwar lichtverstärkende Instrumente, doch die Leuchtkraft war nicht ausreichend, um auf Deck Einzelheiten zu erkennen.

»Ist es nicht immer so?«, sagte Jim Black. »Nie ist ein israelisches Patrouillenboot zur Stelle, wenn man eins braucht ... «

»Das Boot der Schmuggler ist vermutlich mit einem Gerät ausgestattet, das den Radar stört. In der Nacht, auf dem Mittelmeer, wäre es visuell kaum auszumachen.«

Das letzte Band war zu zwei Dritteln abgespielt, als ein Landesteg in Sicht kam. Danielle studierte die Koordinaten, die über den Schirm liefen und versuchte, die Position festzustellen. Sie arbeitete noch daran, als eine Reihe sprunghafter Bilder zeigte, wie das Boot den Landesteg ansteuerte und anlegte.

»Was sehen wir da?«, fragte Borodin. Er stand jetzt noch näher am Schirm als Danielle; sein Interesse war offensichtlich geweckt. »Wo ist das?«

»An der Küste bei Beirut«, erwiderte Danielle, die es soeben ermittelt hatte. Sie wandte sich Jim Black zu. »Ein Stück von der Stelle am Strand entfernt, an der unser Sayaret-Team vor zwölf Jahren an Land gegangen ist.«

Eine Gestalt erschien am Ende des Landestegs. Ihr Gesicht wurde kurz vom Strahl einer Taschenlampe erhellt.

»Dreieinhalb Kilometer vom Haus dieses Mannes entfernt«, fuhr Danielle fort, die ihn sofort erkannt hatte. »Sheik Hussein al-Akbar.«

Das Leuchten des Bildschirms fing sowohl Danielle als auch Black ein. Borodin stand knapp außerhalb des Lichtkreises.

»Er wäre tot, hätte Mr. Black es nicht verhindert«, fügte Danielle hinzu und warf dem Cowboy einen schnellen Blick zu.

Black zwinkerte ihr zu.

»Wollen Sie damit sagen, dass dieser Sheik ein Terrorist ist?«, fragte Borodin.

»Nicht irgendein Terrorist, sondern einer der Führer der Hisbollah, die sich der Zerstörung Israels verschrieben hat.« Danielle bemühte sich, ihre Furcht nicht zu zeigen. »Sieht so aus, als müsste ich weitere Hilfe von ihnen in Anspruch nehmen, Mister Borodin.«

»Mein Teil der Abmachung ist erfüllt, Pakad.«

»Wir sprechen hier nicht von Gewehren und Granaten«, brachte Danielle mühsam hervor. »Was immer der Sheik von diesem Frachter gestohlen hat, es könnte dieses Land, ganz Israel zerstören. Ihr Land. Schlecht fürs Geschäft.«

In Borodins Augen flackerte es. Seine Miene wurde hart. »Was brauchen Sie?«, fragte er Danielle.

62.

Ben spürte, wie eine Hand ihn gegen die Wand stieß und ihn herumdrehte. Er roch Waffenöl. Sein Kopf schmerzte, wo die Mündung einen kalten Abdruck auf seiner Haut hinterlassen hatte.

»Wer sind Sie? Sie sind keiner von den Soldaten«, sagte ein Mann, der wie Victor Stepanski aussah, nur zerbrechlicher und ängstlicher. Er stank nach ungewaschenen Haaren und muffiger Kleidung. Seine Blicke huschten unstet umher, als wären er nicht imstande, sich auf irgendetwas zu konzentrieren.

»Was ist hier passiert?«, fragte Ben den Mann. »Was hat diesen Ort getroffen?«

»*Getroffen*? Ich weiß nicht, wovon Sie reden!«

Ben erkannte, dass seine Übersetzung ins Russische fehlerhaft war und versuchte es noch einmal. »Jemand hat die Tür aufgesprengt, um hier hereinzukommen, oder nicht?«

»Sind Sie vom Federal Security Service?«, fragte der Mann, womit er sich auf den Nachfolger des KGB bezog. »Sprechen Sie deshalb so seltsam?«

»Sie sind keiner der Wachen«, sagte Ben, nachdem er einen Blick auf die zerknitterte, schmutzige Zivilkleidung geworfen hatte, die der Mann trug.

»Himmel, nein!«

»Sie haben sich versteckt.«

»Ja.«

»Vor der Armee?«

Der Mann nickte.

»Seit wann?«

»Warum wollen Sie das wissen?«, fauchte der Mann. Die Pistole zitterte in seinem Griff.

»Lassen Sie mal sehen ... vielleicht bekomme ich es auch so heraus. Sie verstecken sich hier, seit die Anlage von der Gruppe geplündert wurde, die gestohlen hat, was immer hier zu stehlen war.«

Der Mann hielt die Waffe jetzt mit beiden Händen. »Wenn Sie einer von denen sind ...«

»Bin ich nicht«, versicherte Ben ihm. »Ich bin nicht einmal bewaffnet. Und ich bin allein.«

»Dann sind Sie ein noch größerer Trottel als ich dachte!«

»Was haben Sie denn geglaubt, zu wem ich gehöre?«

»Ich weiß ihre Namen nicht, doch ich habe Männer wie sie schon vorher gesehen. Ich habe ihr Aussehen wiedererkannt, ihre

Stimmen, ihren Geruch.« Angst zeigte sich in den Augen des Mannes. »Aus Afghanistan. Die Mudschahedin«, schloss der Mann. Er meinte die Freiheitskämpfer, die im Krieg gegen die ehemalige Sowjetunion letztendlich gesiegt hatten.

»Wollen Sie damit sagen, die Mudschahedin haben gestohlen, was immer hier zu holen war?«

»Nein, haben sie nicht. Die Mudschahedin haben *nichts* gestohlen, weil ich sie aufgehalten habe. Ich hatte keine Wahl. Ich wusste, was der Preis dafür sein würde, aber ich hatte keine Wahl!« Die Lippen des Mannes zitterten. Er versuchte zu schlucken, doch es gelang ihm nicht; seine Kehle war zu trocken. »Es war alles meine Schuld. Dubna. Die Toten. *Alles!* Weil ich ihn herausgelassen habe. Es war die einzige Möglichkeit, sie davon abzuhalten, ihn zu stehlen. Sie *müssen* mir glauben!«

»*Wen* zu stehlen?«

»Den Schwarzen Tod.«

63.

Nachdem er das Blutbad auf dem Exerzierplatz des Militärausbildungszentrums Benguema außerhalb von Freetown gesehen hatte, war Präsident Kabbah der Überzeugung, nichts auf der Welt könne ihm noch Angst machen.

Er hatte sich geirrt.

Mit einer dürftigen Erklärung für den Grund des Notfalls beharrte Verteidigungsminister Sukahamin darauf, ins Hauptquartier des Präsidenten im Regierungsgebäude in Freetown zurückzukehren, begleitet von der amerikanischen Frau, die Kabbah nie zuvor gesehen hatte. Jemand hatte einen Fernseher und einen Videorecorder aufgestellt, Geschenke der Briten.

»Mister President«, begann Sukahamin. Die Amerikanerin, deren Kleidung schmutzig und zerknittert war, erhob sich steif. »Das ist Doktor Deirdre Cotter …«

»Professor«, verbesserte die Frau.

»*Professor* Deirdre Cotter. Professor Cotter war vor zwei Tagen so freundlich, mich ins Dorf Katani zu begleiten, das vor kurzem Ziel eines Überfalls der Revolutionären Einheitsfront gewesen ist.«

Präsident Kabbah blickte zwischen seinem Verteidigungsminister und der Amerikanerin hin und her, noch immer verwirrt durch ihre Anwesenheit.

»Professor Cotter ist die politische Lage in unserem Land nicht fremd«, fuhr Sukahamin fort. »Sie ist zusammen mit ihrem Mann hierher gekommen, als Mitglied einer UN-Mission. Ihr Mann wurde vor zwei Jahren von der RUF getötet.«

Präsident Kabbah zuckte entschuldigend die Achseln.

»Professor Cotter ist außerdem eine erfahrene Botanikerin und Gartenbauingenieurin, deren Expertise ich erbeten habe, nachdem das Ausmaß der Verwüstung in Katani sichtbar geworden war.«

»Ich dachte, wir sprechen von einem Überfall der RUF«, meinte der Präsident und schaute seinen Verteidigungsminister verwirrt an.

»Das tun wir, Sir.« Sukahamin und Cotter tauschten besorgte Blicke. »Deshalb habe ich Professor Cotters fachliches Urteil erbeten.«

Deirdre Cotter ging zum Fernseher und schaltete ihn und den Videorecorder ein.

»Was Sie jetzt sehen werden, Mister President«, begann sie und nahm die Fernbedienung in die Hand, »ist Material, das gestern auf dem Farmland des Dorfes aufgenommen wurde.«

Auf dem Bildschirm wurde es hell. Der VCR erwachte leise

surrend zum Leben. Präsident Kabbah starrte erstaunt auf den Schirm. Seine Unterlippe begann zu zittern.

»Wollen Sie damit sagen, das sind die Reisfelder von Katani?«

»Sie waren es, Mister President«, erwiderte Deirdre Cotter.

64.

»Ich hatte keine Wahl«, fuhr der Russe fort. Seine Stimme bebte, und seine Augen waren vor Angst geweitet. »Ich konnte sie den Schwarzen Tod nicht mitnehmen lassen.«

»Wie heißen Sie?«, fragte Ben und gab sich alle Mühe, ruhig zu bleiben.

»Belush«, erwiderte der Russe. »Mikhail Belush.«

»Was genau haben Sie getan?«

»Ich habe gegen die Regeln verstoßen«, antwortete Belush. Er stand offensichtlich kurz vor einem Nervenzusammenbruch. »Ich war allein hier. Wer hätte so etwas vermutet? Und das hier war der Letzte. Ich konnte nicht widerstehen …«

»Sprechen Sie weiter.«

»Ich habe die Eier der letzten Lieferung auftauen lassen. Vor Wochen. Erst nur ein paar, dann alle.«

»Eier?«, fragte Ben.

Doch Belush schien ihn nicht zu hören. »Ich wollte die Eier zerstören, damit die Regierung keinen Grund mehr hätte, mich noch länger hier zu halten. Aber ich konnte es nicht. Schließlich habe ich sie *erschaffen*. Ich habe sie hervorgebracht und ausgebrütet und ihre Eier eingefroren, genau, wie mir aufgetragen wurde, damit der Schwarze Tod stets bereit wäre, wenn man ihn bräuchte.«

»Gerade sagten Sie, Sie hätten sie aufgetaut.«

»Nicht sofort. Erst als die Terroristen kamen. Ich hatte sie aufgetaut, damit ich zum letzten mal das Wunder sehen konnte, das ich geschaffen hatte. Solch meisterliche Arbeit und kein Dank. Die Welt würde nie etwas von den Wundern erfahren, die ich hier hervorgebracht hatte. Doch ich würde es wissen … ich würde es sehen. Ich habe sie aufgetaut, um weiter zu züchten.«

»Gerade haben Sie gesagt …«

»Dass ich vorhatte, sie zu zerstören? Dass ich gehen wollte? Und wohin? Zu wem? Das hier ist mein Leben; das ist mir klar geworden. Ohne den Schwarzen Tod wäre ich nichts.«

»Ihr neues Zuchtprogramm war nicht genehmigt.«

Belush lachte. »Schauen Sie sich um. Wer ist hier noch? Wer hätte es je erfahren?« Sein Blick war in die Ferne gerichtet. Er lauschte, als würde er Stimmen zuhören. »Der KGB, danach die FSS … sie haben mich hier jahrelang postiert, um über meine Kreaturen zu wachen und sie zu beobachten für den Fall, dass sie jemals wieder gebraucht würden. Doch sie sind nie wieder gekommen, nicht einmal, um meine Arbeit zu überprüfen. Ich war eine Selbstverständlichkeit für sie geworden, genau wie der Schwarze Tod eine Selbstverständlichkeit geworden war.«

»Was haben Sie hier geschaffen, Mister Belush?«, fragte Ben betont laut, um die Aufmerksamkeit des Mannes zu erregen.

»*Doktor* Belush. Ich bin Genetiker und Bioingenieur.«

»Okay, *Doktor*. Was ist der Schwarze Tod?«

»Es ist besser, ich zeige es Ihnen«, sagte Belush und führte Ben zum nächsten Ausgang

65.

Präsident Kabbah trat einen Schritt vom Bildschirm zurück, als hoffe er, das Bild würde sich dadurch verändern.

Vor ihm auf dem Schirm war eine kahle Wüste zu sehen, ein endloses Meer aus Staub, bar jeder Pflanze.

Präsident Kabbah hatte einen Großteil seiner Jugend bei der Reisernte verbracht und die schlichte Schönheit und Widerstandsfähigkeit der Pflanze kennen gelernt. Doch die angebauten Nutzpflanzen, von denen die Bewohner von Katani abhängig waren, um ihr Überleben zu sichern, waren … verschwunden. Wie weggetragen von einem gewaltigen Sturm. Der Boden war staubtrocken und vollkommen eben, als hätte eine gigantische Maschine ihn geglättet.

Auf dem Bildschirm ging der Blick nun in die Tiefe; die Kamera wurde scharf gestellt. Deirdre Cotter, die selbst gefilmt hatte, schluckte schwer und beschloss, zu schweigen und die Bilder für sich sprechen zu lassen:

Ein gewaltiges schwarzes Tuch bewegte sich über die Reisfelder von Katani und näherte sich langsam dem, was auf den Feldern noch stand. Es umschloss alles, was auf seinem Weg lag.

»Sieht aus wie … Öl«, stieß ein erschütterter Präsident Kabbah hervor. »Ein sich ausbreitender Ölteppich!«

»Nein, Sir«, korrigierte Deirdre Cotter. »Insekten. Ich habe sie eingehend untersucht. So etwas habe ich noch nie gesehen. Diese Biester sind nicht in Sierra Leone beheimatet, noch sonst wo auf der Welt. Es ist eine gänzlich neue Spezies. Jemand hat sie erschaffen.«

Kabbah löste den Blick vom Bildschirm und schaute auf Deirdre. »Sagten Sie ›erschaffen‹?«

»In einem Labor. ›Verbessert‹ wäre vielleicht ein treffenderes Wort. Denn was immer diese Insekten sind, sie zeigen eine ganze

Reihe Eigenschaften und Charakteristika, wie sie für gewöhnliche Blattläuse typisch sind.«

Kabbah blickte wieder auf den Bildschirm. »Ich kenne mich nicht aus mit …«

»Lassen Sie mich versuchen, es Ihnen zu erklären, Sir«, sagte Cotter, während die schwarze Flut sich weiter über den Bildschirm ausbreitete. »Eine Blattlaus ist ein Insekt aus der Ordnung der Homopter. Diese leben in gemäßigten Zonen als Parasiten an Wurzeln, Blättern und Stängeln von Pflanzen. In ihrem Mund befinden sich Organe, die perfekt dazu geeignet sind, Pflanzen anzustechen und auszusaugen. Es handelt sich um vier lange, scharfe Stachel in einer Scheide oder Hülle. Dementsprechend ist keine Pflanze vor ihnen sicher. Nicht in den Feldern um Katani, nicht irgendwo anders in diesem Land.«

Cotter hielt inne, als Präsident Kabbah sich wieder vom Bildschirm abwandte und zu ihr blickte. Er hatte aufmerksam zugehört, während er gleichzeitig beobachtet hatte, wie die schwarze Woge den letzten Rest der von den Dorfbewohnern angebauten Nutzpflanzen verschluckte. »Ich brauche keine wissenschaftliche Vorlesung, Professor. Ich brauche eine Erklärung für das, was in Katani geschehen ist.«

»Leider ist beides ziemlich genau dasselbe, Mister President«, sagte Cotter und ging hinüber zu dem hartschaligen schwarzen Musterkoffer, den sie mit ins Regierungsgebäude gebracht hatte.

Sie und ihr Mann hatten zwei dieselben Koffer gekauft, bevor sie nach Sierra Leone gekommen waren. Deirdre hatte den Koffer ihres Mannes mit ihm zusammen begraben, fünfzehn Kilometer außerhalb von Freetown, in einem Zypressenwäldchen. Gewehrfeuer hatte das Begräbnis frühzeitig beendet und den Priester sowie ein paar der anwesenden Dorfbewohner in die Flucht geschlagen. Starrköpfig war Deirdre allein dort geblieben.

Jetzt öffnete sie ihren Koffer und nahm eine Glasvitrine heraus, etwa dreißig Zentimeter im Quadrat. Im Innern krabbelte eine Masse schwarzer Insekten über eine Schicht fest gestampften Staubes. Die Kreaturen waren so dicht gepackt, dass sie ein einziger Organismus hätten sein können. Das Bild auf dem Fernsehschirm, als Mikrokosmos eingefangen, nur ohne Pflanzen.

»Ich habe diese Exemplare gestern von den Reisfeldern mitgenommen«, fuhr Deirdre Cotter fort. »Seither habe ich sie ununterbrochen studiert.« Sie hielt Kabbah die Glasvitrine hin. Als er sich weigerte, sie zu nehmen, stellte Deirdre sie auf einen Tisch. »Die Vitrine war nur halb voll, als ich angefangen habe zu arbeiten.«

Kabbah kniete sich vor die Vitrine, um besser hineinsehen zu können. »Halb voll?«

»Sie haben sich fortgepflanzt und ihre Anzahl nach meiner Zählung fast verdoppelt.«

»In vierundzwanzig Stunden?«

Deirdre kniete sich neben den Präsidenten von Sierra Leone. »Im Herbst legen gewöhnliche Blattläuse befruchtete Eier, die den Winter an geschützten Stellen überstehen und aus denen im Frühling die Brut schlüpft. Sie produzieren flügellose Weibchen, die sich parthogenetisch fortpflanzen.«

»Ich weiß nicht, was …«

»Für die Befruchtung brauchen sie keine Besamung durch ein männliches Tier. Die Entwicklungszeit ist so kurz, dass die Tiere manchmal schon schlüpfen, bevor die Eier gelegt worden sind. Oft werden die frisch geschlüpften Tiere sogar schwanger geboren.« Deirdre Cotter tippte an das Glas, als wollte sie die Aufmerksamkeit der Tiere im Innern auf sich ziehen. »Soweit ich es beurteilen kann, ist jedes dieser Insekten ein Weibchen.«

»Wollen Sie mir damit sagen, dass *Blattläuse* die Reisfelder von Katani zerstört haben?«

»Nein, Sir. Ich will damit sagen ... wer immer diese Viecher erschaffen hat, muss mit Blattläusen angefangen haben. Diese Spezies, die wir hier sehen, existiert in der freien Natur nicht. Sie ist nie erfasst worden. Jemand hat sie in einem Labor geschaffen, mit Hilfe molekularer und genetischer Technik –und mit bestimmten Zielen vor Augen.«

»Zum Beispiel?«

»Zum einen sind diese Insekten bis zu zehnmal so groß wie gewöhnliche Tiere, und ihr Metabolismus arbeitet entsprechend schneller als der von Blattläusen. Das heißt, alles erhöht sich um das Hundertfache, einschließlich ihres Appetits. Was immer diese Viecher sind, sie müssen ständig fressen, um überleben zu können und ihren einzigen anderen Zweck zu erfüllen.«

»Reproduktion«, sagte Kabbah.

Deirdre Cotter nickte. »Sie blicken auf den perfekten Organismus, Mister President. Gewöhnliche Blattläuse verbringen oft ihr ganzes Leben im Umkreis von drei Metern von der Stelle, an der sie geboren wurden. Doch der unersättliche Appetit dieser Kreaturen hier hat sie zu Nomaden gemacht, Wanderinsekten. Je mehr sie fressen, desto mehr Nahrung wird den wachsenden Eiern zur Verfügung gestellt, desto schneller werden diese Eier gelegt und desto schneller schlüpft die nächste Generation.«

»Und was fressen sie?«

»Grasartiges, allem Anschein nach. Reis, Weizen, Gerste, Roggen, Mais. Ich habe versucht, sie für andere Pflanzen zu interessieren, aber sie zeigen nur Appetit für grasartige Nutzpflanzen.«

»Was für neunzig Prozent der Nahrungsmittel der Welt gilt«, warf Verteidigungsminister Sukahamin ein.

»Und sie fressen sie nicht, sie saugen sie aus«, erklärte Deirdre Cotter und erhob sich. »Und das ist noch nicht das Schlimmste.«

»Was könnte denn schlimmer sein als das, was Sie mir bereits erzählt haben?«, fragte Kabbah und stand ebenfalls auf, froh, nicht mehr auf die Glasvitrine blicken zu müssen.

Cotter runzelte die Stirn. »Gewöhnliche Blattläuse sondern aus ihren Innereien eine süße, zuckerartige Substanz ab, die man Honigtau nennt. Unsere winzigen Freunde in der Vitrine da sondern ebenfalls ein Sekret ab – einen toxischen, sauren Keimhemmer, der verhindert, dass auf diesem Boden noch irgendetwas wächst.«

»Für wie lange?«

»Ein Jahr, zwei Jahre, ein Jahrzehnt.« Cotter zuckte die Achseln. »Das ist ohne weitere Tests schwer zu sagen.«

Präsident Kabbah ging erneut nahe an den Fernsehschirm heran; seine Bewegungen waren langsam und zögernd. Er blieb stehen und spähte auf den Rest von Katanis Pflanzen, der von der schwarzen Insektenflut verschluckt wurde. »Wie weit werden diese Biester wandern? Wie lange werden sie auf Wanderschaft bleiben?«

Wieder zuckte Deirdre Cotter die Achseln. »Solange es auf ihrem Weg Futter gibt.«

Es wurde totenstill im Raum. Deirdre musste daran denken, wie aufgeregt ihr Mann über eine solche Entdeckung gewesen wäre. Er war der wahre Insektenexperte gewesen. Er hätte keine Angst bekommen, sondern diese Insekten als die Entdeckung seines Lebens betrachtet. Immer der Wissenschaftler. Genau wie Deirde es jetzt sein müsste.

»Sie müssen noch etwas wissen«, erklärte Deirdre, nahm die Glasvitrine wieder an sich und hielt sie hoch, damit sowohl Präsident Kabbah als auch Verteidigungsminister Sukahamin sie sehen konnten.

Fast sofort sprang einer der schwarzen Schatten an den Deckel der Vitrine.

»Manche von ihnen können fliegen.«

66.

Ben blickte in die Wälder auf der Westseite der Lagerhalle. Belush hatte ihn dorthin geführt.

Es sah aus wie eine Wüste. Der Boden unter den Bäumen war kahl und tot, praktisch ohne Leben. Selbst die Bäume würden in der verpesteten Erde wohl nicht mehr lange überdauern; bei einigen hatten die Blätter sich bereits braun verfärbt oder waren frühzeitig abgefallen, sodass der Boden mit dunklen Flecken übersät war. Der Schwarze Tod.

»Das haben die Käfer getan, die Sie geschaffen haben«, sagte Ben zu Belush.

»Ja«, sagte der Wissenschaftler abwesend. »Vielleicht lassen sie mich jetzt tatsächlich endlich gehen …«

»Sie haben nicht erwartet, dass Anatoljewitsch wegen der letzten Einheiten des Schwarzen Todes zurückkommt?«

»Ich hatte ihn angelogen. Er hat gedacht, es wären keine mehr da … dass es nur die drei Lieferungen gegeben hat.«

»Drei?«

Belush nickte. »Anatoljewitsch gehört zu denen, die dafür verantwortlich sind, dass ich noch hier behalten wurde. Hat mir immer wieder versprochen, nach der nächsten Lieferung dürfte ich gehen.« Die Augen des Russen weiteten sich. »Es gab immer eine nächste Lieferung.«

»Und Sie sagen, dass *drei getrennte Schiffsladungen* Schwarzer Tod dieses Labor verlassen haben?«

»Über die letzten sechs Monate verteilt.«

»Wann haben Sie diese Insekten entwickelt?«

»In den Achtzigern, in der Zeit der Reagan-Administration. Sie waren unsere Antwort auf den Star-Wars-Raketenschild.« Er kicherte; es war ein tiefes, trockenes Rasseln, das in einem abgehackten Husten endete.

Ben runzelte die Stirn. »Sie haben Moskau informiert, nicht wahr? Nachdem Sie die Insekten freigelassen haben, damit sie von den Eindringlingen nicht gestohlen werden konnten?«

»Welche Wahl hatte ich denn? Ungehindert könnte der Schwarze Tod ...« Belush verstummte mit einem Achselzucken.

»Deshalb das Sprühen aus der Luft. Um die Käfer zu vernichten.«

Belushs Blick richtete sich wieder in die Ferne. »Ja. Ich habe den Geruch erkannt. Sie haben Diarbitol benutzt, das für *sämtliche* organischen Lebensformen toxisch ist, auch für Menschen.«

»Was die Vielzahl plötzlicher Todesfälle erklärt, die dazu führten, dass Dubna unter Quarantäne gestellt wurde. Die Menschen hier wurden vergiftet.«

»Die Regierung hatte keine Wahl. Ich habe es Ihnen bereits erklärt. Die Käfer mussten aufgehalten werden, bevor es zu spät war. Diarbitol war die vielleicht einzige Möglichkeit.«

»Sie können sich nicht einmal sicher sein, dass es funktioniert hat?«

»Hätte es nicht funktioniert, wüssten wir es.«

»Wie viele Menschen werden in Dubna sterben?«

»Weit weniger, als in ganz Russland gestorben wären, wären die Käfer nicht aufgehalten worden.«

Ben packte den Mann und schüttelte ihn heftig, überrascht von seiner eigenen Reaktion. *»Wie viele?«*

Belush zitterte in seinem Griff. »Zwischen fünf- und zehntausend. Deshalb musste die Stadt unter Quarantäne gestellt werden. Deshalb wurde draußen niemand darüber informiert, was passiert ist.«

Ben ließ Belush los und dachte darüber nach, was er erfahren hatte. Anatoljewitsch hatte dafür gesorgt, dass eine dritte Lieferung »Schwarzer Tod« an Bord des Frachters *Peter der Große* ins Mittelmeer geschickt wurde, von wo aus die Ladung an Ranieris

Strohmann übergeben werden sollte. Dann, vor etwa einer Woche, hatte ein Sturmtrupp – nach Belushs Aussage ehemalige afghanische Befreiungskämpfer – die Anlage überfallen. Als Belush die letzten Käfer freigelassen und die Pläne der Angreifer durchkreuzt hatte, hatten die Afghanen beschlossen, der Lieferung »Schwarzer Tod« an Bord des Frachters *Peter der Große* hinterherzujagen.

Soweit passte alles.

Aber was war mit den beiden anderen Lieferungen Schwarzer Tod geschehen?

»Diese Afghanen«, fragte Ben, »wer waren sie?«

Belush erwiderte Bens Blick noch furchtsamer als zuvor. »Gefolgsleute von Osama bin Laden.«

Ben betete, dass Belush Unrecht hatte, konnte in den Augen des Mannes jedoch erkennen, dass er glaubte, was er sagte. Ben schauderte bei dem Gedanken, dass die gefährlichste Terrororganisation der Welt im Besitz einer Waffe sein könnte, die ganze Nationen zu zerstören vermochte.

»Ich spreche deren Sprache gut genug, um verstehen zu können, was sie gesagt haben«, sagte Belush. »Deswegen habe ich die Käfer ja freigelassen. Ich musste verhindern, dass sie den Leuten bin Ladens in die Hände fallen.«

»Und wenn ihnen stattdessen eine der drei anderen Schiffsladungen in die Hände gefallen ist?«

Auf Belushs Gesicht spiegelte sich Qual. »In diesem Fall …«

Er verstummte abrupt.

»Weiter«, drängte Ben.

Doch bevor Belush fortfahren konnte, hörte Ben das Knacken eines Zweiges hinter sich. Er wirbelte herum und sah sich einem Halbkreis russischer Soldaten gegenüber, die ihre Gewehre auf ihn gerichtet hielten. Zwei, drei Schritte vor ihnen stand ein vierschrötiger Offizier, der Victor Stepanski am Kragen gepackt hielt.

»Ich bin Oberst Yuri Petroskow«, sagte er barsch. »Und Sie sind verhaftet.«

67.

»Sie meinen, dass sie sich *ausbreiten*?«, stieß Präsident Kabbah hervor, als ihm die Bedeutung von Deirdre Cotters Worten klar wurde.

»Es sei denn, wir hindern sie früh genug daran.«

»Und wie?«

»Indem wir sie verbrennen«, antwortete Daniel Sukahamin.

»Sie beide haben sich schon Gedanken darüber gemacht?«, fragte Kabbah.

Cotter und der Verteidigungsminister schauten sich an; dann nickten sie gleichzeitig.

»Ja. Wir haben einen Plan entwickelt«, bestätigte Sukahamin, ging hinüber zu Deirdre Cotters behelfsmäßigem Terrarium, zündete ein Streichholz an und ließ es durch ein kleines Loch im Deckel fallen. Fast augenblicklich fing der Untergrund aus Blättern Feuer; die Flammen erfassten die Insekten und vernichteten sie.

Kabbah bedachte die Konsequenzen, während er beobachtete, wie die Käfer verbrannten. »Wir beide wissen, wie viele Dörfer sich in der Nähe der infizierten Felder befinden, Minister.«

»Sie können evakuiert werden, Mr. President.«

»Ganze Dörfer? Wie stellen Sie sich das ...«

»Die Alternative ist bei weitem schlimmer.«

Präsident Kabbah ging zum Fernseher und blieb direkt vor dem Bildschirm stehen, sodass das schummrige Licht, das dieser erzeugte, auf ihn fiel. »Aber wir übersehen den größeren

Zusammenhang, nicht wahr?«, wandte er sich an Sukahamin. »Sie sagten, die Revolutionäre Einheitsfront steckt hinter alledem.«

»Das besagen unsere Geheimdienstquellen«, bestätigte Daniel Sukahamin leise.

»Und wir haben keine Ahnung, wie viel von diesem … Schwarzen Tod der Drache sich beschaffen konnte, oder?«

Sukahamin seufzte. »Leider nicht.«

Präsident Kabbah schüttelte verärgert den Kopf. »Genug, um ganze Landstriche zu entvölkern, nehme ich an.«

Sukahamin trat näher an den Herrscher Sierra Leones heran. »Die Zeit für entschiedenes Handeln ist gekommen, Mister President.«

»Da stimme ich Ihnen zu.«

»Wir haben mehrere Pläne entwickelt, unter denen Sie wählen können. Der kommandierende Offizier der Amerikaner …«

»Ich will nichts vom amerikanischen Commander hören. Wir bedeuten ihm nicht mehr als der amerikanischen Regierung. Die interessieren sich ausschließlich für das leichte Rohöl, das sie aus Nigeria und Angola importieren. Sie helfen uns nur, um zu verhindern, dass die Instabilität in Sierra Leone auf Staaten übergreift, an denen sie *wirkliches* Interesse haben. Jeder Plan, den sie unterbreiten, wird fehlschlagen.«

»Bei allem Respekt, Sir, aber alle *unsere* Pläne hatten auch keinen Erfolg.«

»Weil wir versucht haben, Matabu nach unseren Regeln zu besiegen, nicht nach ihren.«

»Ich fürchte, ich verstehe nicht …«

»Hören Sie nicht mehr auf das, was die Amerikaner sagen, und Sie werden es verstehen. Jetzt müssen Sie *mir* zuhören«

»Gewiss, Mister President.«

»Gut. Dreitausend unserer Flüchtlinge kommen aus Guinea zurück nach Sierra Leone.«

»Flüchtlinge, Sir?«, fragte Sukahamin verblüfft.

»Sie haben nach dem Vordringen der RUF ihr Zuhause verloren und wurden an der Grenze von Beamten der Regierung Guineas zurückgewiesen. Ich möchte, dass diese Menschen in unseren Camps vor den Toren von Freetown untergebracht werden ...«

»Unter diesen Umständen, Mister President, muss ich ...«

»... und diese Camps müssen innerhalb von vierundzwanzig Stunden aufnahmebereit sein«, fuhr Kabbah ungerührt fort.

»Vierundzwanzig Stunden?«

»Haben Sie verstanden, Minister?«

»Ich ...«

»Haben Sie *verstanden*?«

Sukahamin nickte. Sein Missfallen über den für diese Aufgabe gewählten Zeitpunkt war deutlich zu sehen. »Ich bin sicher, Sie wissen, was Sie tun, Mister President.«

»Ja. Und lassen Sie uns hoffen, dass mein Plan besser funktioniert als Ihre.«

68.

Latisse Matabu stand auf der Kuppe des Hügels und blickte in den undurchdringlichen Regen, der so heftig fiel, dass er den Sauerstoff aus der Luft zu ziehen schien. Das Gewitter hatte mit einem Donnergrollen begonnen, das wie Artilleriefeuer geklungen hatte. Noch immer lag der Geruch nach Ozon in der Luft. Der Donner war rasch verstummt, doch die sintflutartigen Regenfälle hatten angehalten, seit Stunden schon.

Latisse Matabu wischte sich das Regenwasser aus den Augen.

Sie war froh, dass es die Tränen verbarg, die sie jedes Mal vergoss, wenn sie den Ort aufsuchte, an dem General Treest den Korb über den Klippenrand hatte fallen lasen, in dem ihr Baby gelegen hatte. Latisse erinnerte sich, dass sie geschrien hatte, bis sie heiser war. Die Soldaten hatten gelacht, als sie in ihre Jeeps stiegen, durch den Schlamm davonfuhren und Latisse zurückließen. Sie war den Steilhang zum Flussufer hinuntergeklettert und hatte sich Haut und Kleidung aufgerissen.

Bis tief in die Nacht hatte sie damals nach ihrem Baby gesucht, bis ein Suchtrupp der RUF sie am Morgen darauf schließlich fand. Zwei Wochen später war sie in die Vereinigten Staaten geschickt worden. Wären ihre Eltern nicht ermordet worden – sie wäre heute noch dort. Doch nach der Ermordung ihrer Eltern war Latisse, der Drache, nach Sierra Leone zurückgekehrt, ungeachtet der Drohungen seitens der Regierung, auch sie zu töten.

Das erste Problem nach ihrer Rückkehr waren die zwei einstigen Untergebenen ihres Vaters gewesen. Diese unfähigen Dummköpfe hatten den Versuch unternommen, die Führerschaft der Revolutionären Einheitsfront zu übernehmen, indem sie im ganzen Land Gemetzel verüben ließen, in dem Glauben, Angst und Schrecken würden dort Erfolg haben, wo Politik und Strategie versagt hatten. Latisse Matabu hatte sich als Prostituierte getarnt in ihr Lager geschlichen, hatte beide erschlagen und beim nächsten Treffen des RUF-Führungsstabs ihre Plätze eingenommen. Wenn die verbliebenen Generäle sie töten wollten, sollte es eben so sein. Wenn nicht, mussten sie Latisse Matabu, den Drachen, als neue Führerin akzeptieren. Und genau das hatten sie getan.

Zuerst aber hatte eine andere Aufgabe auf Latisse gewartet: General Treest war zum Vizekommandeur der Regierungstruppen aufgestiegen und wohnte mit seiner Familie in den Hügeln oberhalb von Freetown, die den Blick auf Meer gewährten. Eines Abends, kurz nach der Rückkehr des Drachen nach Sierra Leone, war Treest von einer Kabinettsitzung nach Hause gekommen und musste feststellen, dass seine drei Leibwächter verstümmelt worden waren. Seine Frau und seinen Sohn entdeckte er gefesselt im Wohnzimmer.

Latisse Matabu hatte den Jungen zuerst losgebunden und ihn über den Boden geschleift, damit er seinem Vater ins Gesicht sehen konnte. Mit einer Hand hatte sie ihn vor seinem Vater festgehalten, und mit der anderen ein Gurkhamesser aus der Scheide gerissen. Die Waffe hatte sie von einem der britischen Söldner gestohlen, die ins Land gekommen waren, um für die Regierung deren Krieg zu führen.

Der Drache hatte damit gerechnet, nun zu zögern oder ganz auf das Vorhaben zu verzichten; schließlich hatte dieser Junge, der nicht älter war als neun, nichts getan, um ein solches Schicksal zu verdienen. Aber das hatte auch für Latisses Eltern und ihr Baby gegolten …

Latisse hatte dem Jungen die Kehle durchgeschnitten und den Schrecken, das Entsetzen und das Leid in den Augen Treests beobachtet. Sie hatte sich vorgestellt, wie Treests Schreie geklungen hätten, hätte sie ihm nicht den Mund zugeklebt. Dann hatte sie dem toten Jungen den Kopf abgeschnitten und ihn Treest in den Schoß gelegt. Anschließend hatte sie Treests Frau auf die gleiche Weise getötet.

Einen Moment hatte Latisse überlegt, Treests Leben zu schonen, sodass auch er den Schmerz fühlte musste, mit dem sie lebte, seit er ihren Sohn getötet hatte. Letztendlich aber hatten praktische Überlegungen die Oberhand gewonnen, und sie hatte auch Treest getötet – so schnell, dass sie sich gleich darauf wünschte, sie hätte ihn mehr leiden lassen. Bevor sie gegangen war, hatte Matabu die Köpfe des Generals und seiner Familie auf dem Kaminsims aufgereiht, als Warnung an jeden, der auf Rache sann.

Seitdem herrschte in der Regierung das Chaos; sie war so hoffnungslos zersplittert, dass es praktisch unmöglich war, die Macht des Drachen ohne Hilfe von außen zu überwinden, speziell ohne amerikanische Hilfe. Die Amerikaner hatten jene nigerianischen Truppen ausgebildet, die kurz vor dem Einmarsch nach Sierra Leone standen. Latisse Matabus letzter Plan, die Regierung zu stürzen, hatte dies jedoch berücksichtigt. Sobald die Rebellen Freetown eingenommen hätten, würde ein neuer Friedensvertrag unterzeichnet werden. Rebellenführer würden die meisten Ämter auf Kabinettsebene besetzen. Bis Neuwahlen stattfinden konnten, würde das Volk von Sierra Leone wissen, wo seine besten Zukunftscancen lagen.

Latisse Matabu würde diesen Tag vielleicht noch erleben, jedoch nur wenige andere. Diese Aussicht erschreckte sie beinahe so sehr wie eine Niederlage. Es gab niemanden in der RUF, dem sie zutraute, dass er gnädig im Sieg und ein gütiger, mitfühlender Herrscher sein würde. Jene Elemente in der RUF, die Latisse zwar brauchte, aber verachtete, würden in den Straßen Amok laufen, wenn sie nicht mehr da war; dann konnte keiner mehr diese Horden unter Kontrolle halten. Eine Zersplitterung der Armee war unvermeidlich. Verfeindete Parteien würden blutige Kämpfe um die Kontrolle über verschiedene Regierungsorgane austragen, und vielleicht würde die Lage in Sierra Leone instabiler sein als je zuvor.

Latisse hatte bereits General Sheku Karim beseitigt, ihren gefährlichsten Rivalen. Jetzt, im strömenden Regen, war es an der Zeit, ihren Nachfolger auszuwählen.

SIEBTER TAG

69.

Danielle wartete bis nach Mitternacht am Pier, nachdem sie die Inspektion des Bootes beendet hatte, das Borodin ihr zur Verfügung gestellt hatte. Es lag ein paar Meter unter ihr vertäut und war durch die Spalten in den morschen Holzplanken des Stegs zu sehen. Das Boot war ein schlankes Fahrzeug, unauffällig und harmlos aussehend, um keine Aufmerksamkeit auf sich zu ziehen, sollte es auf dem offenen Meer gesichtet werden. Zugleich aber war es mit modernsten Geräten ausgestattet, die jede elektronische Ortung verhinderten.

Es konnte bequem acht Personen aufzunehmen; deshalb hatte Danielle Borodin um sieben seiner besten Männer gebeten. Er beschäftigte mehrere ehemalige Mitglieder der Spetsnatz, Veteranen der russischen Spezialeinheit, die diesem Anspruch mehr als genügten. Sie sprachen sogar ausgezeichnet Englisch, wie er Danielle versichert hatte.

Danielles Nerven blieben gespannt. Das Leben, hatte ihr Vater immer gesagt, holte einen immer ein, zum Besseren oder zum Schlechteren. Und nun fuhr sie zurück nach Beirut, wo ihr Dienst, für den sie so gründlich ausgebildet worden war, nach dem katastrophalen Einsatz so frühzeitig geendet hatte. Welche Ironie, dass die Vorschriften des Sayaret untersagten, auch nur ein Wort über Operationen an Außenstehende zu verlieren. Danielle hatte ihrem Vater nie auch nur die kleinsten Einzelheiten über einen Einsatz erzählt. Er hatte ein paarmal gefragt, um sie auf die Probe zu stellen, doch Danielle war stumm geblieben. Die einzige Mission, über die er genaue Erkenntnisse erhalten hatte, war der Einsatz in Beirut gewesen. Ein Kontaktmann, der Danielles Überstellung zum Shin Bet erklären wollte, hatte geplaudert.

Also hatte ihr Vater nie ihre vielen Erfolge mit ihr geteilt, nur ihren einen Misserfolg …

Sie hörte Schritte auf dem Pier und wandte sich um, wobei ihr rechter Fuß beinahe in einen Spalt gerutscht wäre, der zwischen zwei verrottenden Brettern entstanden war.

Jim Black schlenderte über den Pier. Die Absätze seiner Stiefel hämmerten über die Holzbohlen.

»Howdy, Ma'am«, begrüßte er Danielle und klemmte die Daumen in die Hosentaschen seiner Jeans.

»Haben Sie nicht etwas vergessen, Mister Black?«

»Sprechen Sie von Borodins Jungs?« Er schüttelte den Kopf. »Die hab ich nicht vergessen, keine Bange.«

Danielle versteifte sich.

Black schob die Jacke zurück, sodass seine beiden Sig Sauer zu sehen waren. »Ich habe Ihnen wohl eher einen Gefallen getan. Die Burschen waren nicht annähernd so gut, wie Sie erwartet haben dürften.«

»Tot?«

»Mausetot. Und kein Einziger war ein gefährlicher Gegner. Das leichte Leben hier hat die Burschen verweichlicht.«

Danielle verfluchte sich dafür, dass sie die Pistole, die Borodin ihr beschafft hatte, an Bord gelassen hatte.

»Sie sind noch nicht verweichlicht, oder, Dannygirl?« Mit einem Ruck zog Jim Black eine seiner Sig Sauer aus dem Halfter. »Fang«, rief er und warf Danielle die Waffe zu.

Sie fischte die Pistole aus der Luft, stolperte leicht und packte die Waffe falsch an für den schnellen Schuss, den sie gebraucht hätte. Stattdessen hielt sie die Sig nach unten gerichtet. Es sah aus, als könnte sie Black unmöglich treffen, bevor er zog und schoss.

Blacks verbleibende Pistole steckte noch im Halfter. »Fair genug für Sie?«

Danielle ließ ihre Waffe, wo sie war. »Tun Sie das oft?«

»Nicht oft genug. Ich wünschte, ich könnte es mir öfter erlauben. Wo bleibt sonst die verdammte Herausforderung? Manchmal muss man sich beweisen können, dass man noch der Beste ist.«

»Für wen arbeiten Sie sonst noch, Mister Black?«

»Eine so kluge Frau wie Sie stellt mir eine solche Frage? Ich dachte, das wäre offensichtlich.«

»Das Diamantenkartell«, sagte Danielle.

Black zeigte sein schiefes Grinsen. »Ich habe mich mit denen getroffen, nachdem ich kürzlich in Antwerpen einen Job erledigt habe. Ich habe mich einverstanden erklärt, die Leute auf dem Laufenden zu halten und zu handeln, falls nötig. Als ich hörte, dass Sie mit von der Partie sind, dachte ich mir schon, dass es soweit kommt. Wissen Sie, diese Diamantenhändler können nicht riskieren, dass alle Welt erfährt, was Sie wissen. Es geht nur ums Geld, Dannygirl. Und solange das der Fall ist, gibt es genug Arbeit, um Menschen wie mich zu beschäftigen.«

»Was werden Sie Borodin erzählen?«

»Was glauben Sie?«

»Dass *ich* die Männer getötet habe, die er geschickt hat.«

Jim Black nickte. »So was in der Art, ja.« Er stellte sich breitbeinig hin. »Ich werde Sie zuerst ziehen lassen. Sie wissen schon – Ladys first und dieser ganze Quatsch.« Seine Hand bewegte sich langsam auf den quadratischen Griff seiner Sig zu, die noch immer in dem einen Halfter steckte. Dann verharrte seine Hand mit gekrümmten Fingern.

Ihre Blicke trafen sich. Keiner wagte, auch nur zu blinzeln.

Danielle sah, dass Black es ernst meinte. Er ließ sie den ersten Zug machen. Schwacher Trost. Sobald sie ihre Waffe aufwärts bewegte, würde er ziehen.

Danielle nahm ihre Waffe gar nicht erst hoch. Sie zog den Abzughahn aus dem Winkel durch, in dem sie die Sig hielt, und leerte das halbe Magazin in die Planken zu Blacks Füßen. Er hatte es gerade geschafft, seine Sig zu ziehen, als die Planken nachgaben: Danielles Kugeln hatten die dünnen Bänder durchsiebt. Sie sah die Mündung von Blacks Waffe auf sich gerichtet, als Black auch schon hindurchfiel. Der Pier verschluckte ihn zur Hälfte.

Danielle war mit einem Satz bei ihm, als er verzweifelt nach seiner Sig tastete, halb auf dem Pier, halb darunter. Er streckte den Oberkörper, um die Waffe zu erreichen, und schaffte es, einen Finger darauf zu legen, dann einen zweiten.

Black war noch dabei, die Sig zu sich zu ziehen, als Danielle ihm unters Kinn trat, dicht über dem Adamsapfel. Der Tritt schleuderte seinen Kopf nach hinten; dann federte er wieder nach vorn. Danielle schlug Black die Waffe aus der Hand. Langsam glitt sein Körper durch die Öffnung zwischen den Planken, bis nur noch sein Kopf und die Schultern aus dem Pier ragten. Dann, bevor sie einen weiteren Tritt anbringen konnte, sah Danielle, wie Black verschwand. Sie hörte das Platschen, als sein Körper auf die Wasseroberfläche traf.

70.

Die russischen Soldaten hatten Ben in eine Gefängniszelle gesteckt, die nach antiseptischen Mitteln und Ammoniak stank. Keine Befragung, keine Gespräche. Der Mann, der sich Oberst

Petroskow nannte, hatte alles konfisziert, was Ben am Körper getragen hatte.

Petroskow weigerte sich, die Gefahr zu erkennen, als Ben ihm sagte, wohin der »Schwarze Tod« – die Käfer, als gefrorene Eier gelagert – verschwunden war. Vielleicht war es Petroskow ja egal, dass eine Waffe, die jedes Land der Welt zerstören konnte, in die Hände einer Organisation gefallen war, die mit größter Wahrscheinlichkeit Gebrauch davon machen würde.

In seiner Verzweiflung ertappte Ben sich dabei, wie er an Danielle dachte, an die Fährte der Blutdiamanten, die schließlich zum Schwarzen Tod und nun zu den rachsüchtigen Gefolgsleuten Osama bin Ladens geführt hatte. Selbst Danielle würde kein ernst zu nehmender Gegner für diese Menschen seien, zumal sie nicht wusste, gegen wen sie antrat.

Ben hörte Schritte über den langen Flur näher kommen und erhob sich von seiner steinernen Pritsche. Das Gesicht gegen die Stäbe seiner Zelle gepresst, konnte er zwei Soldaten sehen. Einer schob den Schlüssel ins Schloss, während der andere hinter seinem Kameraden stehen blieb, das Gewehr schussbereit.

»Sie kommen mit uns«, sagte der Mann mit dem Schlüssel.

»Wohin?«

»Sie kommen mit uns«, wiederholte er.

»Was haben Sie mit Stepanski gemacht?«, fragte Ben, der um die Sicherheit des Mannes fürchtete, der ihm geholfen hatte. »Warum wurden wir getrennt?«

Der Soldat zerrte Ben aus der Zelle. Er spürte, wie sich der Lauf eines Gewehres in seinen Rücken bohrte und ihn nach vorn drückte.

»Hier entlang«, sagte der Soldat, als sie das Ende des Flurs erreicht hatten.

Der andere Mann schob die Tür auf. Dahinter kam eine Gasse zum Vorschein, die leicht vertieft lag.

»Kommen Sie.«

Ben fragte sich, ob man ihn erschießen würde. Wenn die Soldaten ihn für einen Spion hielten oder einen Journalisten, war es unter den gegebenen Umständen durchaus möglich.

Doch draußen in der Dunkelheit hörte Ben den Motor eines Wagens. Zwei Scheinwerfer leuchteten auf. Der Wagen fuhr vor und hielt neben ihm in der Gasse.

»Einsteigen«, befahl der Soldat.

Langsam zog Ben die Beifahrertür auf und beugte seinen Körper, um sich ins Innere des Wagen zu zwängen. Oberst Petroskow saß am Steuer.

»Was jetzt?«, fragte Ben.

»Wir machen eine Spazierfahrt«, erklärte Petroskow. »Ich habe mir den Wagen des Bürgermeisters geliehen, damit wir außerhalb der Stadt keine Aufmerksamkeit auf uns lenken.«

Der Russe fuhr rückwärts aus der Gasse.

»Warum tun Sie das?«, fragte Ben.

»Sie sind Ben Kamal, der Sohn von Jafir Kamal?«

»Was spielt das für eine Rolle?«

»Nur deshalb tue ich das hier.«

71.

Danielle setzte sich vor das Armaturenbrett des Bootes. Sie hatte einige Minuten auf dem Pier gewartet, Jim Blacks Sig Sauer schussbereit in der Hand für den Fall, dass der Cowboy noch einmal auftauchte.

Als dies nicht geschah, war Danielle die Leiter des zusammengebrochenen Piers hinunter und ins Boot geklettert. Das Satellitentelefon, das Borodin dazu gelegt hatte, blieb in seinem Kasten; es machte keinen Sinn, den Russen jetzt anzurufen.

Sie bezweifelte, dass er ihr weiterhin würde helfen wollen. Selbst wenn, so wusste Danielle, könnte er ihr nicht rechtzeitig mehr Männer zur Verfügung stellen. Sie benötigte mindestens sechs Mann, um die Mission in Beirut erfolgreich durchzuführen.

Jetzt hatte sie nur sich selbst.

Bevor sie sich an den Kontrollen zurechtgesetzt hatte, war Danielle noch einmal die Waffen und die Ausrüstung durchgegangen, die Borodin besorgt hatte. Er hatte sich genauestens an ihre Einkaufsliste gehalten. Es war alles da, worum sie gebeten hatte; auch die Mitglieder des Spetsnatz-Kommandos hätten Danielle zur Verfügung gestanden, hätte Jim Black die Männer nicht getötet.

Offensichtlich waren die Vorräte an Gewehren, Handfeuerwaffen, extra Munition und Paletten mit Handgranaten jetzt überflüssig; daher richtete sie ihre Aufmerksamkeit auf den luftdichten, grauen Versandbehälter aus Stahl. Im Innern lagen säuberlich die Sprengsätze: dreißig 450 Gramm schwere C4-Quader, Sprengkapseln, Zündschnur und Zeitzünder.

Konzentration! Sie musste sich konzentrieren!

Vor zwölf Jahren hatte General Dov Levy einen Kommandotrupp auf den Einsatz nach Beirut geschickt, zu Sheik Hussein al-Akbars Festung. Er waren insgesamt acht Leute gewesen, weil Levy überzeugt gewesen war, dass es einen so starken Trupp brauchte, um den Job effektiv zu erledigen. In jener Nacht waren sieben Mann des Sayaret-Kommandotrupps gestorben, während Danielle davongekommen war.

Allein.

Jetzt ging sie zurück.

Allein.

Nun saß sie an den Kontrollen des schnittigen Bootes und versuchte sich einzureden, dass sie sich nur auf dieses Risiko einließ, weil ein Verrückter die Fracht der *Peter der Große* gestohlen hatte, was immer es sein mochte.

Aber das war nicht die ganze Wahrheit.

Danielle kehrte auch deshalb in die Stadt zurück, um einen Job zu erledigen, den sie vor zwölf Jahren nicht hatte erledigen können.

Sie warf einen Blick auf das Satellitentelefon in seinem schuhkartongroßen Gehäuse. Langsam erhob sie sich aus dem Sitz und kniete sich hin, um das Gehäuse zu öffnen.

Der Hörer im Innern war wenig größer als ein gewöhnliches schnurloses Telefon. Danielle wählte Bens Handynummer, doch wo immer Ben sein mochte, gab es keinen Empfang; der Anruf kam nicht durch.

Wie sollte er erfahren, was sie erfahren hatte? Wohin sie fuhr? Als Rückversicherung für den Fall, dass sie versagte.

Sie dachte an Colonel al-Asi, bis ihr einfiel, dass der Anschluss des Colonels stillgelegt worden war.

Wie konnte sie mit al-Asi in Kontakt treten? Es musste einen Weg geben …

Danielle lächelte, als ihr ein Gedanke kam. Es dauerte eine Weile, bis sie die Nummer herausbekam, nach der sie suchte, und die Person am anderen Ende schien von ihrer in Englisch vorgetragenen Bitte völlig verblüfft zu sein, bevor sie sich schließlich einverstanden erklärte, Danielles Nachricht zu übermitteln.

Danielle kehrte an die Ruderkonsole zurück, als das kurze Gespräch vorüber war. Vorsichtig fuhr sie das Boot vom Pier und ließ den Motor langsam im Leerlauf tuckern, während sie aufs offene Mittelmeer hinausglitt. Die Küste Israels verschwand hinter ihr in der Dunkelheit. Der frische Wind stach ihre Haut mit kalter Gischt.

Die Nacht verschluckte sie. Danielle schaltete den Störmechanismus und den Infrarotschirm ein, der das Wasser vor ihr projizierte, ohne dass sie sichtbares Licht benötigte.

Mit einer gleichbleibenden Geschwindigkeit von dreißig Knoten würde sie die Hafenanlagen an der Küste von Beirut kurz vor Morgengrauen erreichen, die erste Station auf dem Weg zur Festung von Sheik Hussein al-Akbar, wo Vergangenheit und Gegenwart eins würden.

72.

»Ihr Vater hat mir vor Jahren das Leben gerettet«, fuhr Petroskow fort und holte das Foto von Jafir Kamal und dem Jungen hervor, das Ben in Israel von Anatoljewitsch bekommen hatte. Das Bild war zusammen mit den anderen Papieren konfisziert worden, die Colonel al-Asi besorgt hatte. »Ich habe Jafir Kamal auf dem Foto wiedererkannt. Und Sie ... « Petroskows harte Miene wurde weicher. »Ich habe Ihren Vater nur einmal gesehen, aber Sie sind ihm wie aus dem Gesicht geschnitten.«

»1967«, brachte Ben heraus, dem ein Kloß in der Kehle steckte. Sein Mund war trocken, wie es sonst immer der Fall war, wenn er wusste, dass ihm ein Kampf bevorstand.

»Was wissen Sie?«

»Ich weiß, dass der palästinensische Rat dafür gestimmt hat, mit Waffen aus der Sowjetunion einen Guerillakrieg gegen Israel zu führen. Mein Vater war die einsame Gegenstimme. Aber die Waffen sind nie geliefert worden.«

»Doch, sind sie«, sagte Petroskow. »Ich war einer der Fahrer ... «

Jafir Kamal blickte prüfend auf die Uhr. Die Lastwagen würden jeden Moment von Jordanien her auf die Allenby Brücke auffah-

ren. Von dort würden sie die Wüstenstraße nach Jericho nehmen, wo die Waffen, die sie beförderten, auf zwei Dutzend kleinere Fahrzeuge verteilt würden, um mögliche israelische Spione zu verwirren. Eine kleine jordanische Truppe, das wusste Jafir Kamal, hatte einen Sicherheitszaun zwischen der Brücke und der Wüstenstraße aufgestellt für den Fall, dass eine israelische Patrouille auf der Bildfläche erschien.

Der Inhalt dieser Laster verschaffte den Palästinensern die Möglichkeit, die Israelis mit ihren eigenen Waffen zu schlagen. Ein Guerillakrieg, eine bewaffnete Intifada, würde Israel zwingen, einen großen Teil seiner Kraft auf das eigene Land zu konzentrieren; einer möglichen Bedrohung von außen könnte dann weniger entgegengesetzt werden. Und die anderen arabischen Länder würden nicht untätig bleiben, wenn die Palästinenser sich erhoben. Dieses Mal nicht.

So glaubte man.

Doch Jafir Kamal wusste, wie falsch dieser Gedankengang war. Die arabischen Länder schätzten die Palästinenser nur wenig mehr, als sie die Israelis schätzten. Sie würden das palästinensische Volk benutzen, ohne es unmittelbar zu unterstützen. Die israelische Antwort auf bewaffnete Rebellion würde schnell und verheerend sein. Die Palästinenser hatten keine Chance; die Israelis würden sie noch tiefer in die Westbank treiben – so weit, bis sie mit dem Rücken zum Jordan standen.

Jafir Kamal hatte seine Sprengsätze an strategischen Punkten auf der Allenby-Brücke verteilt. Er hatte sie selbst verdrahtet. Seine Finger waren blutig von der Anstrengung, die darin gipfelte, dass er die Ummantelung abschälte und die Kabel um die Schrauben unter der Saugpumpe wickelte. Der alte Zünder war ein Relikt aus dem Zweiten Weltkrieg, primitiv, aber wirkungsvoll. Jafir Kamal würde auf der anderen Seite der Brücke warten und die Saugpumpe drücken, sobald sämtliche Laster, die Waffen nach Palästina brachten, sich auf der Brücke befanden.

Er wartete in der Deckung eines kümmerlichen Strauchs, zusätzlich getarnt durch den Nebel, der vom Jordan aufstieg. Die Nacht war sehr frisch, und Jafir Kamal war ausgekühlt bis auf die Knochen. Er dachte an die Familie, die er hier gegründet und dann in den Staaten großgezogen hatte, und er glaubte fest daran, dass er sie wiedersehen würde.

Dann musste er an die Ratsmitglieder denken und daran, dass sie sich besinnen und endlich einsehen würden, dass er Recht hatte. Wenn nicht, würde Jafir Kamal neue Führer rekrutieren, die deren Platz einnehmen würden. Er würde seine Landsleute in ein neues Leben führen, das frei und unabhängig war sowohl von Israel, als auch vom korrumpierenden Einfluss der arabischen Nachbarn Palästinas – Alliierte, die ihre Freundschaft mit hinter dem Rücken gekreuzten Fingern beteuerten.

Jafir Kamal bereute nicht, dass er nach Palästina zurückgekehrt war – auch nicht, nachdem er erkannt hatte, dass er nicht mehr der Held von einst war. Dies hier war eine Aufgabe, und sie war wichtiger als jede andere, die er bewältigt hatte, seit er die Israelis 1948 bekämpfte und dann geholfen hatte, sein Volk zusammenzuhalten. Die Menschen hatten geweint an dem Tag, als er Palästina verließ. Er war gegangen, weil es das Beste gewesen war für seine Familie. Nachdem der Sechstagekrieg ihm ein halbes Jahr später Recht gegeben hatte, war Jafir Kamal zurückgekehrt, weil es das Beste für sein Land gewesen war.

Vier Stunden später sah er den ersten russischen Laster auf die Brücke fahren. Die Morgendämmerung war näher, als er gehofft hatte, und die zusätzliche Wartezeit hatte seine Glieder steif werden lassen. Er fror und rieb sich die Hände, um wieder Leben hineinzubringen. Die letzten Augenblicke waren die schwersten, das Warten und Hoffen, dass die feuchte Nacht und die Mee-

resluft die Kabel, die er nach Einbruch der Dunkelheit so sorgfältig gelegt hatte, nicht funktionsunfähig gemacht hatten.

Der zweite Lastwagen fuhr auf die Brücke und folgte dem ersten in dessen gemäßigtem Tempo über die wackelige Konstruktion, die zuvor bereits durch Blindgänger beschädigt worden war. Jafir Kamal drehte den Zünder nach rechts und zog ihn hoch. Ein einziger Druck nach unten, und Metall würde auf Metall reiben und die Laster explodieren lassen, bevor sie die andere Seite der Brücke erreicht hatten. Die Hitze der Brandsätze würde die Reifen platzen lassen und die Unterseite der Laster zerreißen. Den russischen Fahrern und den sie begleitenden Wachen würde noch genügend Zeit bleiben, sich vor der Explosionen zu retten. Doch sie würden keine Chance haben, auch nur ein einziges Gewehr mitzunehmen. Aber sie alle würden überleben und ihren Weg zurück zu den Familien finden.

Für Jafir Kamal war das sehr wichtig.

Er beobachtete einen dritten Laster, der den zwei anderen auf die Brücke folgte. Er war glücklicher denn je, dass er seinen beiden Söhnen dieses Leben erspart hatte, in das sie unweigerlich gestolpert wären, hätte er sie nicht in die Vereinigten Staaten gebracht. Es wäre ein Fluch gewesen, ein langes Leben in Palästina zu leben. Er hätte einen oder beide Söhne sterben sehen. Jafir Kamal kannte die Chancen wie jeder andere auch, und dies hatte ihn zur Auswanderung bewogen. Eines Tages würde er das alles seinen Söhnen erklären. Eines Tages würde er ihnen auch erklären, was er in dieser Nacht getan hatte.

Der Laster rollte auf die Allenby-Brücke; die Lichter des fünften waren nicht weit dahinter zu erkennen. Jafir Kamal zählte jetzt die Sekunden, schmeckte die dicke Luft. Er konnte nicht schlucken. Seine rechte Hand war wieder steif, daher legte er die linke darüber.

Schließlich fuhr der letzte Laster auf die Brücke; der erste war nur einhundert Meter vom diesseitigen Ufer entfernt. Mehr Zwischenraum, als ideal gewesen wäre, aber es musste jetzt sein.

Jafir Kamal drückte den Zünder mit beiden Händen.

Einen langen Augenblick passierte gar nichts. Doch plötzlich schossen überall auf der Brücke weiße Blitze empor – einen Sekundenbruchteil, bevor das Grollen der Explosionen in Jafir Kamals Ohren dröhnte. Die Druckwelle schleuderte ihn rückwärts zu Boden und nahm ihm den Atem. Er blickte auf, sah die Motorhauben und Fahrwerke der fünf Laster in Flammen stehen und beobachtete, wie die russischen Fahrer aus den qualmenden Fahrerkabinen sprangen und um ihr Leben rannten.

Nur der Fahrer des zweiten Lasters im Konvoi versuchte dummerweise, weiterzufahren. Sein Fahrzeug, in Rauch und Flammen gehüllt, streifte den vor ihm stehenden ersten Lastwagen und quetschte sich daran vorbei, als der Tank sich plötzlich entzündete. Das hintere Ende des Lasters flog in die Luft. Er kippte auf die Seite und brachte einen Teil der Brücke zum Einsturz.

Flammen leckten am bereits geschwärzten Stahl des umgestürzten Lastwagens. Jafir Kamal eilte ins Freie und rannte darauf zu. Als er den Laster erreichte, wickelte er sich die Jacke um die Hände und zog sich zur Fahrertür hoch, die jetzt zum Himmel zeigte. Der dünne Stoff konnte Jafir Kamals Haut kaum schützen. Es reichte gerade aus, den Schmerz zu überdecken, als er seine Finger um den Griff schloss und die Tür aufriss.

Der Fahrer war noch im Innern, noch immer halb bei Bewusstsein. Jafir Kamal streckte die Hand nach unten aus, in die immer stärkere Hitze und den Rauch, und packte den Mann, zog ihn hoch, bis er mit der zweiten Hand zupacken konnte und riss ihn dann nach oben. Doch er schaffte es nicht, den Mann ganz aus der Kabine zu ziehen.

»Stoß dich mit den Beinen ab!«, rief Jafir Kamal. Ihre Blicke trafen sich. »Hilf mir, dir zu helfen!«

Er sah, wie der Mannes strampelte, wie seine Füße schließlich Halt fanden und wie er schob, sodass Jafir Kamal ihn hinausziehen und auf die andere Seite der Brücke und in Sicherheit schleppen konnte. Erschöpft und mit brennenden Lungen schaffte er es gerade noch, im Rauch und der allgemeinen Verwirrung zu verschwinden.

Jafir Kamal ging wieder hinter dem nahen Gebüsch neben der Brücke in Deckung und ließ die Hände auf die Knie fallen. Er wollte sich einen Moment ausruhen, als irgendetwas mit der Wucht eines Huftritts auf seinen Rücken prallte. Er spürte, wie ihm etwas Warmes über die Haut lief und in der Nachtluft sofort abkühlte. Dunkel erinnerte sich an ein Krachen, das er zuvor nur am Rande wahrgenommen hatte.

Ich bin angeschossen!

Dann vernahm er knirschende Schritte, die sich rasch näherten. Unter Schmerzen drehte Jafir Kamal sich um.

Über ihm ragte die Silhouette von Omar Shaath auf.

73.

»Den Namen des großen Mannes habe ich erst später erfahren«, endete Petroskow. Seine Finger waren blutleer, weil er während der Geschichte das Lenkrad krampfhaft umklammert gehalten hatte. Nervös knirschte er mit den Zähnen. »Shaath muss das Team geführt haben, das unseren Konvoi hatte treffen sollen. Deswegen war er in der Nähe.«

»Sie haben gesehen, wie Shaath meinen Vater getötet hat«, sagte Ben vom Beifahrersitz, als hätte er erst eine Frage stellen wollen. Er war überrascht, dass ihm diese Worte überhaupt über die Lippen kamen. Fragen, die er sich sein Leben lang gestellt hatte, waren letztlich beantwortet worden.

»Angeschossen, ja«, erklärte Oberst Petroskow. »Getötet, nein.«

»Sie sagten, er hätte die Waffe gehalten und sei bereit gewesen, noch einmal zu schießen.«

»Vielleicht hat er es getan. Ich bin nicht sicher. Ich weiß nur, dass ich jemanden hinter Shaath habe auftauchen sehen, der ihn einen Ast oder einen Scheit auf den Kopf schlug. Shaath ging in die Knie, und die Gestalt schlug ihn wieder, und noch einmal. Shaath brach zusammen.«

»Haben Sie gesehen, wer es war?«, fragte Ben aufgeregt.

»Er ... oder sie war klein ...«

»Ein Junge?«

»Ich bin ziemlich sicher.«

»Der auf dem Foto zusammen mit meinem Vater war?«

»Ich war zu weit weg, und es war zu dunkel. Ich konnte mir nicht sicher sein.«

Ben hatte das Gefühl, als hätte er Watte im Mund. »Und mein Vater?«

Er konnte sehen, wie Petroskow mit den massigen Schultern zuckte. »Ich muss bewusstlos geworden sein. Als ich aufwachte, waren Ihr Vater und der Junge verschwunden. Wohin?« Er verstummte mit einem erneuten Schulterzucken. »Damit steht es eins zu eins. Er hat mich gerettet, und jetzt habe ich Sie gerettet. Ich werde Sie zu einem Militärflughafen bringen. Dort wartet ein Flugzeug auf Sie und fliegt Sie zurück in Ihr Land. Meine Schuld ist beglichen.«

»Noch nicht. Erst wenn Sie mir von Dubna erzählt haben.«

»Sie wissen schon alles.«

»Schließt das Ihre Zusammenarbeit mit Anatoljewitsch ein?«

»Warum glauben Sie ...«

»Weil Sie für die Sicherheit dieses Sektors verantwortlich sind. Weil Belush mir in der Lagerhalle erzählt hat, es seien *Sol-*

daten gewesen, die alle drei Lieferungen Schwarzer Tod abtransportiert hätten.«

Petroskow machte sich gar nicht die Mühe, dies abzustreiten. »Ohne Sold müssen wir russischen Soldaten uns immer wieder etwas einfallen lassen.«

»Sie wussten die ganze Zeit, was Sie da schmuggeln halfen.«

»Umso mehr Grund hatte ich, froh zu sein, es aus meinem Land verschwinden zu sehen.«

»Ihre Männer haben die Kisten mit dem Schwarzen Tod zum nächsten Hafen gefahren. Sie haben die Kiste auf die *Peter der Große* geladen oder einen ähnlichen Frachter – so, wie Anatoljewitsch es angeordnet hatte.«

Petroskows leerer Blick bestätigte Bens Worte.

»Um wohin verschifft zu werden?«, wollte er wissen. »Wer hat sie gekauft? Wohin sollten sie letztendlich geliefert werden?«

Oberst Petroskow holte tief Luft bevor er auf Bens Fragenbombardement antwortete. »Westafrika«, sagte er. »An eine Rebellenführerin namens Latisse Matabu in Sierra Leone.«

ACHTER TAG

74.

Langsam schob Danielle den Einkaufswagen die Corniche entlang, die Promenade, die den Strand im Norden von Beirut begrenzte. Der Tag hatte heiß begonnen, und am späten Vormittag sengte die Sonne vom Himmel. Dampf stieg aus den vereinzelten Pfützen auf, die ein kurzer, heftiger Regenschauer in der Nacht zuvor hinterlassen hatte. Wenige Menschen schenkten Danielle Aufmerksamkeit, und wer es tat, schüttelten meist den Kopf oder runzelte verächtlich die Stirn.

Die durch die endlosen Bürgerkriege entstandene Armut Libanons hatte in Beirut eine neue Subkultur entstehen lassen: die Frauen mit den Einkaufswagen. Oft obdachlos oder mittellos streunten sie über die Corniche und die Straßen im Zentrum zwischen den Gettos von Christen und Muslims, ihre Habseligkeiten zwischen Schrubbern, Lappen und Reinigungsmitteln gestopft, stets auf der Suche nach schnellen Putzjobs. Sie klopften an die Türen von Häusern, Wohnungen und Bürogebäuden in der Hoffnung, dass Fenster geputzt, Böden gewischt oder Flure geschrubbt werden müssten. Die Frauen waren bereit, für ein paar Cents zu arbeiten. Sie taten vielen Menschen Leid – genug, dass sie die Cents bekamen, die sie brauchten, um den Tag zu überleben.

Danielle hatte zehn Dollar für den Einkaufswagen bezahlt. Seine ehemalige Besitzerin hatte sich im Tausch dafür dankbar gezeigt und sich von allem getrennt, was daran festgezurrt war; dann war sie begeistert davongeeilt, bevor Danielle ihre Meinung ändern konnte.

Sie hatte die Frau auf der Corniche getroffen, kurz nachdem sie sich von den Hafenanlagen heraufgewagt hatte. Danielle hatte ihr Boot kurz vor Morgengrauen an einem leeren Slip am Hafen vertäut, freudig überrascht, dass es kein Sicherheitspersonal zu geben schien – kein Vergleich zu den vielen Patrouillen, die es hier vor zwölf Jahren gegeben hatte, wie Danielle sich erinnerte. Tatsächlich waren nur wenige Boote überhaupt so weit unten im neuen Jachthafen festgemacht, wo es 1990 noch den Jachtclub des St. George Hotels gegeben hatte. Dahinter war die einzige von den Hafenanlagen aus sichtbare Veränderung zu sehen: ein Damm, der sich um ein großes Strandstück zog, auch an der Stelle, an der damals Danielles Sayaret-Kommando an Land gegangen war.

Die einst so geschäftigen und lauten Straßen im Zentrum Beiruts waren bei ihrer Ankunft vollkommen still gewesen. Kein einziges Licht hatte gebrannt, soweit sie es vom Wasser aus hatte sehen können. Offensichtlich erregte jeder, der nachts umherstrich, Furcht und Misstrauen. Das bedeutete, dass Danielle ihre Chance bei Tag suchen musste, wenn das Sicherheitspersonal des Sheik nachlässiger war und einen Angriff am wenigsten erwartet würde.

Besonders ein Angriff, der von einer einzigen Person durchgeführt wurde.

Die Idee, wie sie diesen Angriff organisieren musste, war Danielle beim Anblick des Einkaufswagens gekommen. In der Kabine des Schnellboots hatte sie die schmuddeligen Kleidungsstücke des ehemaligen Besitzers in Augenschein genommen und sich für die größten und weitesten entschieden. Sie hatte sie anprobiert und zufrieden festgestellt, dass die Sachen formlos um ihren schlanken Körper schlackerten.

Es war kein Problem, die Quader mit dem Plastiksprengstoff darunter zu verstauen, mit denen Sasha Borodin sie versorgt hatte. Auf dem Einkaufswagen gab es genügend Platz, Sprengkapseln und Zeitzünder unterzubringen, außerdem zwei Uzis, Pistolen, Munition und Handgranaten.

Der Weg über die Corniche bis ins Zentrum von Beirut, wo sich das Anwesen des Sheik befand, war länger, als Danielle in Erinnerung hatte. Die Luft war schwülheiß und der Beton der Promenade, übersät mit Ritzen und Spalten, sorgte für ein Backofenklima. Die schwache Meeresbrise brachte keine Kühlung.

Die Corniche füllte sich allmählich mit mehr Menschen, als Danielle angenehm war, selbst zu dieser frühen Stunde. Sie bog nach links ab und wartete, bis ein Mann auf einem Fahrrad vorbeigefahren war, der frische Brotlaibe transportierte, die von einem Gestell am Lenker hingen; dann schob sie ihren Wagen von der Promenade hinunter auf die Straße. Eine junge Frau auf Inlinern konnte Danielle gerade noch ausweichen und hielt mit Mühe und Not das Gleichgewicht.

»Intabih!«, rief sie. »Pass doch auf!«

Danielle schenkte ihr keine Beachtung und schob ihren Einkaufswagen bis auf die andere Straßenseite. Die Gehwege Beiruts waren in zu schlechtem Zustand, als dass man sie benutzen konnte. Danielle musste den Wagen also durch die mit Müll übersäte Gosse schieben. Gelegentlich verhakte sich ein Rad an einem Stück Abfall oder blieb im Schlamm stecken, und Danielle musste alle Kräfte aufbieten, um den Wagen wieder frei zu bekommen.

Endlich gelangte sie zur Allenby Street, in der wunderschöne Gebäude aus der Zeit um die Jahrhundertwende standen. Die Häuser standen jedoch leer – so leer wie die ausgebrannten Gebäude in den Außenbezirken der Stadt. Verblassende Hinweisschilder in den Fenstern verlassener Häuser warben um künftige Mieter.

Der Besitz von Sheik Hussein al-Akbar lag jetzt nur noch ein paar Querstraßen vor ihr, den Strandhotels gegenüber. Hinter dem Grundstück befand sich eine Seitenstraße, El Sayad, in der die Männer des Sayaret-Kommandotrupps zwölf Jahre zuvor ihre Lastwagen geparkt hatten.

Das war genau die Stelle, zu der Danielle unterwegs war.

75.

Sobald er mit den anderen Passagieren vom Flug aus Kairo durch die Tür war, sah Ben den Colonel im überfüllten Ankunftsterminal warten. Al-Asi fühlte sich sichtlich unbehaglich zwischen so vielen Menschen.

Der Flug, den Petroskow für Ben in Dubna arrangiert hatte, hatte ihn bis zu einer privaten Landebahn im Iran geführt. Von dort war er in einem Wagen nach Teheran gefahren worden, wo er in ein Flugzeug nach Kairo gestiegen war. In Kairo schließlich war er für den kurzen Flug nach Gaza erneut umgestiegen, diesmal in eine alte Militärtransportmaschine.

»Sie sehen erschöpft aus, Inspector«, begrüßte al-Asi ihn. »Ich muss Ihnen leider sagen, dass Sie keine Zeit zum Ausruhen haben werden.«

»Kein Problem. Übrigens – Sie sehen verkleidet aus«, erwiderte Ben, erleichtert, den Colonel zu sehen. Petroskow hatte sein Wort gehalten; er hatte es offensichtlich geschafft, Colonel al-Asi zu kontaktieren, um ihn darüber zu informieren, dass Ben sich auf dem Heimweg befand.

Die Sachen des Colonels waren voller Farbflecken. Er sah wie ein Arbeiter aus und nicht wie ein Top-Spion, einer der mächtigsten Männer Palästinas, der üblicherweise Armani-Anzüge trug.

»Ich habe im neuen Hauptquartier des Protective Security

Service die Wände gestrichen, als der Anruf Ihres russischen Freundes mich erreichte. Ich bin direkt hierher gekommen. Ich war heilfroh, nicht weitermachen zu müssen.«

Ben bemerkte, dass er al-Asi zum ersten Mal ohne eine einzige Wache sah. Doch der Colonel brauchte keinen Armani-Anzug, um in der Menge aufzufallen. Sein Gang und seine Haltung genügten, Besucher des Flughafens zu veranlassen, ein zweites Mal hinzuschauen und ihm dann auszuweichen.

»Kommen Sie«, fuhr al-Asi fort, »es wartet ein Wagen auf uns. Ich habe frische Sachen dort. Sie können sich unterwegs umziehen.«

»Unterwegs wohin?«

»Nach Beirut. Zu Pakad Barnea.«

»Ich hätte es ihr ausgeredet, hätte ich die Gelegenheit gehabt«, sagte al-Asi, sobald sie aus dem Flughafengebäude heraus waren und zu einem Parkplatz schlenderten.

»Ich dachte, Sie hätten mit ihr gesprochen.«

Al-Asi runzelte die Stirn. »Leider müssen meine israelischen Kollegen mit der Geschichte von meinem Ungehorsam die palästinensischen Behörden erreicht haben. Mein Telefon stillzulegen war eine der ersten Strafen. Ein Attentat wird wohl die letzte sein.«

»Woher wissen Sie dann, wo Danielle ist?«

»Sie hat eine Nachricht hinterlassen, bei Rafiq, dem Baumarkt in Ramallah, wo ich meine Einkäufe erledige.«

»Was ist mit Ihrem Fahrer?«, fragte Ben, als sie den Mercedes des Colonel erreicht hatten.

»Er wurde jemand anderem zugeteilt. Eine weitere Bestrafung.«

»Und Ihre Bodyguards?«

»Dasselbe.« Al-Asi stieg in den Wagen.

Ben folgte ihm und warf einen prüfenden Blick in die Runde, ob sich jemand in der Nähe aufhielt, der die Gelegenheit nutzen wollte, dass al-Asi in Ungnade gefallen war.

»Der Russe, der mich kontaktiert hat, hat mir keinen Grund dafür genannt«, fuhr al-Asi fort, nachdem er den Motor angelassen hatte. »Er sagte, dass es besser wäre, mir die Geschichte von Ihnen erzählen zu lassen.«

Ben zog den verknitterten, eselsohrigen Schnappschuss hervor, der seinen Vater und den Jungen zeigte. »Er hat mir deswegen geholfen.«

Al-Asi warf einen Blick auf das Bild, das er offensichtlich wieder erkannte.

»Das ist das Foto, das Sie Anatoljewitsch gegeben haben«, endete Ben.

»Er sollte merken, dass ich Dinge von ihm weiß, die niemand wissen sollte.«

Ben ließ den Blick kurz auf den zwei Gesichtern auf dem Bild verweilen. »Sie wussten natürlich, dass Anatoljewitsch mir das Foto zeigen würde.«

»Ich habe damit gerechnet.«

»Weil Sie nicht wussten, wie Sie mir die Wahrheit sagen sollen.«

»Es gibt Dinge, bei denen es selbst bei einem Freund schwer fällt, sie zu sagen.«

»Sie können mir diese Dinge *jetzt* sagen«, erklärte Ben und blickte al-Asi ins Gesicht. »Sie sind der Junge auf dem Bild, nicht wahr, Colonel?«

76.

Al-Asi nickte kaum merklich.

»Ich habe mich immer schon gefragt, warum Sie so großes Interesse an mir haben«, murmelte Ben. »Schon von dem Moment an, als ich nach Palästina zurückgekehrt bin. Mein ständiger Bewacher und Beschützer.«

»Das schien mir das Mindeste, was ich tun konnte.« Der Colonel seufzte.

»Sie waren in der Nacht da, als mein Vater die russischen Lastwagen in die Luft gesprengt hat«, sagte Ben, als er sich an Petroskows Erzählung von jener Nacht erinnerte. »Sie haben Omar Shaath angegriffen, nachdem er auf meinen Vater geschossen hatte.«

Al-Asi lächelte traurig. »Es war das erste Mal, dass ich einen Mann geschlagen hatte, ob Sie es glauben oder nicht. Meine Familie hat mich immer für zu schwach, zu zerbrechlich gehalten, um zu kämpfen. Ich war dazu verdammt, die Arbeit in den Hinterzimmern zu tun. Wenn ich Shaath in jener Nacht nicht niedergeschlagen hätte, wäre ich vielleicht immer noch dort.«

»Was ist dann passiert?«

Zitternd stand der junge Nabril al-Asi über dem bewusstlosen Omar Shaath und fragte sich, ob er ihn getötet habe. Doch die Brust des großen Mannes hob und senkte sich, und der Junge konnte den pfeifenden Atem des Mannes hören. Er hätte die Sache mit Leichtigkeit zu Ende bringen können, wäre es nötig gewesen, und er war froh, dass dies nicht sein musste.

Al-Asi kniete sich neben Jafir Kamal. Der Atem des Mannes ging schwach und leise. Er war auf den Bauch gefallen, und der Junge konnte einen großen, dunklen Fleck auf dem Rücken des

Hemds sehen. Der Boden unter dem Körper des Mannes war nass von Blut.

Um ihn herum war Chaos ausgebrochen. Männer riefen und schrien, im Licht der auflodernden Flammen, als sie versuchten, die Lastwagen zu erreichen, die brennend auf der Brücke standen. Jemand rief nach Shaath.

Al-Asi entschied, das Durcheinander zu seinem Vorteil zu nutzen. Er war klein und dünn für seine vierzehn Jahre. Dennoch war sein erster Gedanke, sich den bewusstlosen Jafir Kamal über die Schulter zu legen. Zweimal schlugen diese Bemühungen jämmerlich fehl, als die Knie des Jungen unter dem Gewicht nachgaben.

Schließlich verschränkte er die Hände unter Jafir Kamals Achseln und zerrte ihn tiefer ins Gebüsch, wobei er eine fleckige Blutspur hinter ihnen herzog. Al-Asi wusste, wo der große Held den Wagen hatte stehen lassen, mit dem er hergefahren war, denn er selbst hatte sich im Kofferraum versteckt gehabt. Er hatte zugehört, wie die Ratsmitglieder sich über die Ankunft der Lieferung unterhielten und war sicher, dass Jafir Kamal Schritte unternehmen würde, diese zu vereiteln. Der Junge konnte nicht sagen, ob er mit Kamal wirklich einer Meinung war oder nicht, doch er verehrte den großen Helden, der selbst einen so kleinen Jungen, trotz dessen Jugend, mit Respekt behandelt hatte.

Al-Asi wusste, dass er das Vertrauen der Ratsmitglieder in dieser Nacht verriet, und das machte ihm Sorgen. Sie hatten ihn aufgenommen, und wie dankte er es ihnen? Eines der Ratsmitglieder hatte ihn sogar in seine Familie geholt, mehr als Diener zwar denn als angenommenen Sohn, doch er hatte ihm auf diese Weise immerhin ein Dach über dem Kopf gegeben.

Al-Asi fragte sich, ob er noch willkommen sein würde, wenn all das hier vorbei war.

Er fand Jafir Kamals Wagen in der Dunkelheit und schaffte es mit Mühe, den großen Mann auf den Rücksitz zu verfrachten. Der

Geruch nach brennendem Öl und verkohltem Stahl war durchdringend, selbst hier noch, und die Wracks der russischen Laster auf der Allenby-Brücke brannten weiterhin hell genug, um die Dunkelheit zu verscheuchen.

Als er sich hinters Steuer setzte, hatte er keine Ahnung, wohin er fahren sollte. Es hatte keinen Grund gegeben, so weit voraus zu denken, da er sich niemals in dieser Lage gesehen hatte. Er hatte Jafir Kamal begleitet, um zuzuschauen, und nicht, um ihn zu beschützen. Shaath anzugreifen war eine unerklärliche und völlig unerwartete Reaktion gewesen. Ein plötzlicher Ausbruch von Leidenschaft, aus der Gewissheit geboren, dass der Hüne drauf und dran war, noch einmal auf Kamal zu schießen, so oft, bis Jafir Kamal nicht mehr atmete.

Al-Asi war zu Tode erschrocken gewesen in diesem Moment, zugleich aber wild entschlossen, seinen Helden zu retten. Shaath wurde zum Opfer des Hasses, der in ihm gelodert hatte wie eine grelle Flamme.

In der Vorstellung des Jungen war der große Kamal so dankbar, dass er, al-Asi, ihm das Leben gerettet hatte, dass er ihn adoptieren und unter seine Fittiche nehmen würde. Er würde ihn zum palästinensischen Krieger ausbilden lassen, damit er nie mehr irgendwen oder irgendetwas zu fürchten brauchte.

Aber wohin jetzt?

Ein Arzt! Jafir Kamal brauchte einen Arzt!

Der Muktar seines alten Dorfes war Arzt. Der Muktar lebte jetzt in einem Flüchtlingslager, in dem auch das zukünftige Oberhaupt des palästinensischen Protective Security Service gelebt hatte, bis er davongelaufen war, nachdem man ihn geschlagen hatte. Das Flüchtlingslager war einige Kilometer entfernt, eine schwierige Fahrt, auf der er mit israelischen Patrouillen rechnen musste. Doch der Junge schaffte es, sich von den Israelis fern zu halten; zum Teil deshalb, weil er den ganzen Weg mit ausgeschal-

teten Scheinwerfern fuhr. Er kroch dahin, und die Schwärze der Nacht war eine perfekte Tarnung.

Er parkte am Rand des Lagers, das von Leibern wimmelte, die auf einer schlammigen Ebene zusammengedrängt in Zelten hausten. Bei dem Gestank ungeklärter Abwässer, verdorbener Nahrungsmittel und menschlicher Angst drehte sich al-Asi der Magen um. Es war schlimmer, als er es in Erinnerung gehabt hatte.

Auf dem Rücksitz des Wagens stöhnte Jafir Kamal auf.

Er lebte noch, das war wenigstens etwas. Es reichte, al-Asi Hoffnung zu geben. Er eilte durchs Lager, bis er seinen Dorfmuktar gefunden hatte, einen barschen Mann in den Sechzigern, der in Frankreich zur Schule gegangen war. Der Muktar kam mit seinem Arztkoffer, seine Hände dunkel vom getrocknetem Blut mehrerer Verwundeter in seinem Lager, die er vermutlich nicht hatte retten können.

»Die Wunde ist schlimm«, erklärte der Muktar nach einer raschen Untersuchung von Jafir Kamal auf dem Rücksitz im Schein einer Taschenlampe.

»Ja, ich weiß.«

»Wer ist dieser Mann?«

»Es ist der große Held Jafir Kamal höchstpersönlich.«

Der Muktar wandte sich der bewusstlosen Gestalt zu.

»Können Sie ihn retten, Sidi?«

»Ich tue mein Bestes.«

»Es hat nicht gereicht«, sagte al-Asi hinter dem Steuer seines Mercedes zu Ben. Seine Stimme war so leise, dass sie kaum das Summen der Klimaanlage übertönte. »Ihr Vater ist in jener Nacht gestorben. Er hat das Bewusstsein nicht wiedererlangt. Ich war bei ihm – das sollten Sie wissen.«

»So viele Jahre, und Sie haben es mir nie gesagt«, erwiderte Ben, eher schockiert als bestürzt.

»Ich wusste nicht wie, Inspector.«

»So wie gerade eben.«

Al-Asi holte tief Luft und hielt kurz den Atem an. »Hätten Sie mich mit anderen Augen betrachtet, hätte ich Ihnen die Wahrheit schon früher gesagt?«

»Ich glaube ja.«

»Sie hätten das Gefühl gehabt, in meiner Schuld zu stehen?«

»Natürlich.«

»Da haben Sie Ihre Antwort, mein Freund.«

»Wie bitte?«, fragte Ben.

»Ich wollte nicht, dass Sie aus einem Schuldgefühl heraus handeln, wenn Sie bei mir sind. Sie kennen meine Position und wissen, wie ich arbeite. Alles, was ich tue, beruht auf Schuld. Wenn jemand mir etwas schuldig ist, ist er viel leichter zu überzeugen.« Al-Asis dunkle Augen mit den schweren Lidern suchten die Bens. »Ich wollte nicht, dass Sie einer von vielen sind, die ich überzeugen konnte. Ich habe zu viel von Ihnen gehalten.«

»Aber es erklärt, warum Sie praktisch von dem Tag an, als ich in Palästina eintraf, ein Auge auf mich hatten.«

»Nein, Inspector. Was ich getan habe, geschah aus Achtung vor Ihnen, nicht vor Ihrem Vater. Ein Mann muss auf eigenen Füßen stehen. Zu Anfang habe ich Sie vielleicht auf die Probe gestellt, um zu sehen, ob Sie ein Mann sind, dem ich meine Freundschaft anvertrauen konnte.«

»Und habe ich die Prüfung bestanden?«

Al-Asis Gesichtsausdruck änderte sich nicht. »Ich glaube, es gibt nur zwei integre Männer in unserem Land, Inspector. Sie sind einer davon. Vielleicht verstehen Sie jetzt, warum ich Ihren drohenden Umzug zurück nach Detroit nicht gerade mit Enthusiasmus betrachte.«

»Ich habe nicht Sie verlassen, Colonel.«

»Nun, mein eigenes Volk hat mich offensichtlich verlassen,

warum also nicht auch Sie?« Der Colonel lächelte. »Kann ich Ihnen etwas anvertrauen, Inspector?«

»Natürlich.«

»Ich verdanke alles, was ich bin, Ihrem Vater, denn an dem Tag, an dem er getötet wurde, erkannte ich, was man zum Überleben braucht.«

»Omar Shaath ist wieder gesund geworden«, erinnere Ben ihn.

»Ich hätte ihn töten sollen, als ich die Chance hatte.« Die blauen Augen des Colonels funkelten. »Aber ich musste erst noch erwachsen werden.«

»Sie wurden nie identifiziert?«

Al-Asi schüttelte den Kopf. »Niemand hat mich gut genug sehen können. Jeder hat vermutet, dass es sich um einen Komplizen Jafir Kamals gehandelt haben muss. Wer hätte geglaubt, dass ein schwacher kleiner Junge so viel erreichen kann? Ich habe weiter meine Aufgaben erledigt, habe den pflichtbewussten Sklaven gespielt, während ich die ganze Zeit über lernen musste, wie Palästina in Wahrheit funktioniert.« Ein trauriger Ausdruck erschien auf seinem Gesicht. »Es unterscheidet sich heute gar nicht so sehr von damals, nicht wahr?«

»Noch nicht«, pflichtete Ben ihm bei.

77.

Danielle gab vor, sich im Schatten der El Sayad Street auszuruhen; sie saß auf dem Gehweg, mit dem Rücken an den Einkaufswagen gelehnt. In Wirklichkeit ging sie ihren Plan noch einmal durch.

Den Geheimberichten zufolge, die Sasha Borodin hatte beschaffen können, hatte der Sheik einen Fluchttunnel bauen lassen, der mit den brüchigen Überlaufkanälen unter den Straßen Beiruts verbunden war, die sich ins Mittelmeer ergossen. Der Zustieg zu diesen Kanälen und dem Tunnel des Sheiks lag unterhalb eines quadratischen Gullideckels, der sich hinter dem Einkaufswagen im Gehweg befand. Der Deckel musste von innen geöffnet werden, doch Danielle hatte die letzten vierzig Minuten damit zugebracht, mit einer Feile den Riegel auf der Unterseite abzutragen. Die Feile hatte sie zwischen verrosteten Werkzeugen in einer Schachtel im Innern des Einkaufswagens gefunden, dessen Inhalt die Gesamtsumme eines Lebens darstellte, begeistert verkauft für zehn amerikanische Dollar.

Kaum eine Stunde zuvor hatte sie sich im Schneckentempo an Sheik Hussein al-Akbars Festung vorbeigeschlichen. Ihr Atem war in kurzen Stößen gekommen, und vom Hämmern ihres Herzens hatten ihre Rippen geschmerzt, als sie im Geiste zurücktransportiert wurde zu ihrem letzten Aufenthalt an dieser Stelle. Erst da war ihr klar geworden, wie sehr der Fehlschlag dieser Mission sie verfolgt hatte. Ihr Abstieg, der dort begonnen hatte, hatte nie wirklich geendet. Alles Schlimme, das ihr je zugestoßen war, schien seine Wurzeln in jener Nacht zu haben.

Unvollendet …

Das traf auf vieles in ihrem Leben zu. Die Dienstzeit im Sayaret, im Shin Bet und bei der National Police. Zwei Schwangerschaften. Ben. Die Liste ließe sich fortsetzen. Alles hatte zu früh geendet, bevor sie bereit gewesen war.

Dies war ihre Chance, das alles zu ändern; das zu beenden, was mehr als ein Jahrzehnt unvollendet war, und dem Lauf vieler Dinge, die gefolgt waren, eine andere Richtung zu geben …

Der Gedanke erfüllte Danielle mit neuer Entschlossenheit. Als sie am Tor auf der Allenby Street angekommen war, hatte sie ihren Einkaufswagen weiter hinaus auf die Straße geschoben, gefährlich nahe an Beiruts erbarmungslosen Verkehr. Sie wusste, dass es dumm war, konnte aber nicht anders. Sie musste näher heran, musste einen Blick auf das Grundstück werfen. Berühren, was zwölf Jahre zuvor außer Reichweite gewesen war.

Die Erfahrung hatte ans Surreale gegrenzt. Das einzige Mal, dass sie diesen Ort bisher gesehen hatte, war auf Fotos der Sayaret gewesen sowie als grobkörniges Bild bei einer Fernsehübertragung von Captain Ofir Rosens versteckter Kamera.

Der Boden im Innern der Festung war üppig und großzügig angelegt, perfekt instand gehalten und gepflegt. Wachen patrouillierten in regelmäßigen Abständen.

Eine Hupe ertönte. Bremsen quietschten. Fahrer riefen Obszönitäten aus offenen Fenstern und gestikulierten. Sie nannten sie Herumtreiberin und Hure. Danielle spuckte in ihre Richtung.

Sie fuhr den wagen gegen die gegenüberliegende Bordsteinkante, so heftig, dass der Wagen beinahe umgekippt wäre, und erregte die Aufmerksamkeit eines Wachpostens am Haupttor. Danielle zog den Kopf ein, warf jedoch einen verstohlenen Blick auf ihn, als sie vorbei schlurfte.

Der Posten hielt ein Clipboard in der Hand. Viele Namen und Zahlen auf Arabisch standen darauf. Es sah wie eine Checkliste aus.

Danielle ging weiter, blickte nicht zurück. Sie hatte genug gesehen. Am liebsten hätte sie die ganze Festung in Schutt und Asche gelegt.

Jetzt, fast eine Stunde später, am Bordstein der El Sayad Street, spürte sie, wie der Riegel, an dem sie gefeilt hatte, schließlich nachgab und den Deckel zum Öffnen freigab. Jetzt musste sie den Deckel nur noch aufbrechen und in die Eingeweide Beiruts eintauchen. Sie stand auf und ließ den Rest der Ausrüstung, die sie brauchte, so unauffällig wie möglich in die unergründlichen Taschen ihres formlosen Aufzugs gleiten.

Die Sprengkapseln, die Borodin beschafft hatte – aus normalen israelischen Militärbeständen –, waren digital und konnten mit einem einzigen drahtlosen Sender gezündet werden. Danielle steckte sich zusätzliche Zeitzünder in die Taschen, noch unschlüssig, was sie tatsächlich benutzen würde, sobald sie sich in der Festung befand. Die Pistolen und zusätzliche Munition konnte sie leicht verbergen; bei den Uzis war es schwieriger. Schließlich beschloss Danielle, nur eine mitzunehmen.

Zufrieden, dass sie alles hatte, was sie brauchte, kippte Danielle absichtlich eine der Schachteln um, die auf dem Einkaufswagen lagen, und bückte sich, um den Inhalt aufzuklauben. Mit dieser List gelangte sie unauffällig näher an den Gullideckel heran. Dort, wo sie hockte, versperrte der Einkaufswagen die Sicht auf sie und den Deckel von der Straße her; dennoch blieb sie wachsam, während sie die Finger um das Stahlgitter schloss und es mit einem Ruck nach oben zog.

Das Gitter leistete kaum Widerstand. Mit der Uzi unter dem zerlumpten Schal, der ihre Schultern bedeckte, ließ Danielle sich auf die Leiter im Innern hinab. Halb im Schacht stehend, manövrierte sie den Einkaufswagen näher an das Gitter, um es besser zu verbergen. Dann kletterte sie ein paar weitere Sprossen hinunter, bevor sie sich die Uzi umhängte und die Hände durch die Stäbe schob, um das Gitter wieder an seinen Platz zu wuchten. Der Winkel, in dem sie stand und das Gewicht, das sie trug, machten es schwierig, doch sie bewältigte die Aufgabe und stieg weiter in die Tiefe.

Am Fuß der Leiter teilten sich Beiruts Flutkanäle in vier Richtungen. Danielle wählte denjenigen, der sie auf kürzestem Weg zur Festung des Sheiks bringen würde. Über ihr war der Einkaufswagen nur noch ein Schatten, der den Gulli verbarg. Danielle hatte plötzlich die merkwürdige Gewissheit, etwas Lebenswichtiges dort oben gelassen zu haben. Eine geistige Inventur dessen, was sie mit sich trug, half nur wenig, ihre Besorgnis zu mindern.

Schließlich schrieb sie es ihrer Angespanntheit zu, die wohl alle kannten, die in solche Situationen gerieten, und machte sich auf den Weg. Ihre Füße platschten durch flache Wasserpfützen, und die sonnenlose Kühle des unterirdischen Tunnels kühlte den Schweiß auf ihren Gesicht und in ihrer Kleidung. Die Luft stank nach Abwasser, Schimmel und sonstigen Überbleibseln der Kanalisation, die ins Mittelmeer geleitet wurde.

Danielle konnte nur hoffen, dass die Lieferung, die Sheik Hussein al-Akbars Leute von der *Peter der Große* gestohlen hatten, sich tatsächlich im Innern seiner Festung befand. Wenn nicht, würde sie den Sheik direkt konfrontieren müssen, um herauszufinden, wohin die Ladung gebracht worden war. Keine erfreuliche Aussicht; vor allem waren die Erfolgschancen minimal, falls es überhaupt welche gab.

Danielle bahnte sich weiter ihren Weg durch den Tunnel, wobei sie sich vor Augen hielt, dass dieser Weg letztendlich Zugang zum Hauptgebäude der Festung gewährte. Von dort aus würde sie die von der *Peter der Große* gestohlene Lieferung ausfindig machen und vernichten. Und jeden, der sich ihr in den Weg stellte, würde sie umbringen. Sie spürte, wie ihre Nerven sich beruhigten und fühlte sich bald ruhig und gelassen. Sie war da, wo sie sein wollte, wo sie vor zwölf Jahren hätte sein sollen.

78.

»Osama bin Ladens al Kaida?«, fragte al-Asi, als Ben zu diesem Teil der Geschichte gekommen war.

»Der Russe in der Lagerhalle war sicher, dass es bin Ladens Leute gewesen sind, die den Überfall unternommen haben.«

»Und mit leeren Händen abziehen mussten, als dieser Belush die Käfer freigelassen hat.«

»Das hat es notwendig gemacht, auf Plan B zurückzugreifen«, schloss Ben. »Plan B bestand darin, diesen Sheik in Beirut zu kontaktieren und ihn auf die Spur des Frachters zu bringen, der die letzte Lieferung des Schwarzen Todes an Bord hatte.«

»Als Sie dann Anatoljewitsch festnahmen ...«

»... blieb sein Frachter lange genug auf See, damit die Leute des Sheik hingehen und den Inhalt stehlen konnten«, vervollständigte Ben den Satz.

Al-Asi nickte. »Was erklärt, warum Pakad Barnea sich aufgemacht hat, diese letzte Lieferung zu zerstören.«

»Alleine wird sie es nie schaffen, Colonel.«

»Und das ist der Grund, warum wir ihr helfen werden, Inspector.«

»Ein Lastwagen wartet an der Nordgrenze Israels auf uns«, erklärte al-Asi. »Beladen mit Gemüse und Obst und mit Kennzeichen der Vereinten Nationen. Das wird uns den Weg in den Libanon freimachen.«

»Wie haben Sie das alles geschafft, Colonel?«, fragte Ben, wie immer erstaunt über al-Asis Fähigkeiten.

»Es zahlt sich aus, wenn man viele Schulden einzufordern hat.«

»Haben Sie denn noch welche für sich selbst übrig?«

»Gerade genug, um meiner Familie zu helfen, sollte es soweit sein«, erwiderte al-Asi düster, doch seine Stimmung hellte sich sofort wieder auf. »Es ist schon lange her, dass ich so etwas getan habe. Ich finde es erfrischend.«

»Sie haben Freunde in Beirut?«

»Keinen, auf den ich unter diesen Umständen zurückgreifen könnte«, sagte der Colonel. »Völlig außerhalb meines Einflussbereichs. Das verlangt eine andere Strategie. Aufregend, Inspector, nicht wahr?«

Sie wechselten ihre Kleidung, bevor sie in den Versorgungslastwagen kletterten, der sie in den Libanon bringen sollte. Ben zog sich fertig um; dann ging er nach hinten, um die Ladung des Lasters in Augenschein zu nehmen. Er strich mit den Händen über die Kisten mit frischem Obst und Gemüse und nahm ihren Duft in sich auf. Er erwartete, Waffen, vielleicht sogar weitere Männer zu finden, die zwischen den Kisten versteckt waren.

»Ich habe es Ihnen doch gesagt. Keine Tricks, keine Überraschungen«, sagte al-Asi und stellte sich neben ihn. So wie Ben trug auch er die abgetragene, formlose Kleidung eines Arbeiters. »Wir fahren von Israels Norden aus in den Libanon, dann nehmen wir die Küstenstraße nach Tyre.«

»Warum gerade Tyre?«

»Das werden Sie schon sehen. Kommen Sie, fahren wir.« Al-Asi setzte sich ans Steuer. »Ich kann es kaum erwarten.«

»Sie müssen das nicht tun, Colonel«, sagte Ben.

»Soll das heißen, Sie wollen meine Hilfe nicht, Inspector?«

»Ich sage nur, dass Sie Ihre Hilfe nicht anbieten müssen.«

»Sie würden dasselbe für mich tun. Außerdem, wie würden die Palästinenser dastehen, wenn dieser Scheich oder bin Laden diesen Schwarzen Tod auf Israel loslassen? Was wird dann für uns übrig bleiben? Im besten Fall nutzloses Land. Im schlimmsten Fall finden wir uns mitten in einem Krieg wieder, der uns das bisschen Hoffnung stiehlt, das wir noch haben. Das ist unsere Mission, meine und Ihre, Inspector.«

»Hoffnung?«

»Jeder scheint vergessen zu haben, was das bedeutet.« Al-Asi schwieg kurz. »Ihr Vater wusste, was Hoffnung erreichen kann. Das war der Grund für seine Rückkehr. Wissen Sie, wie oft ich mich frage, wie anders die Dinge hätten laufen können, wenn ich früher gehandelt hätte? Wenn ich mich auf Shaath gestürzt hätte, bevor er die Gelegenheit bekam, den ersten Schuss abzufeuern?«

»Wenn er es nicht gewesen wäre, hätte es jemand anders getan. In einer anderen Nacht, an einem anderen Ort.«

»Und wenn nicht, hätten wir jetzt Jafir Kamal anstelle von Jasir Arafat.« Al-Asi lächelte. »Und Sie wären der rechtmäßige Nachfolger Ihres Vaters gewesen.«

»Hätten Sie mir das gewünscht?«

»Stattdessen sitzen wir hier zusammen in einem Boot.«

»Und was wäre aus *Ihnen* geworden, Colonel, wenn mein Vater überlebt hätte?«

Al-Asi lächelte verschmitzt. »Ich würde dasselbe tun wie jetzt auch, nehme ich an.«

»Glauben Sie, mein Vater hätte Frieden geschlossen?«

»Ich glaube, er wäre mit denselben Fallen konfrontiert worden, die unserem jetzigen Präsidenten begegnet sind. Er hätte lernen müssen, mit gespaltener Zunge zu sprechen, da bin ich sicher. Er war kein Mann, der seine Prinzipien verraten hätte, doch Politik in diesem Teil der Welt bedeutet nichts anderes. Unwiderruflich an Prinzipien festzuhalten ist so, als hätte man keine. In beiden Fällen erreicht man gar nichts.«

Ben schloss die hintere Ladeklappe des Lastwagens. »Wie weit wäre mein Vater gegangen?«

»Was meinen Sie?«

»Wenn die Israelis ihn verraten hätten. Wenn sie sich geweigert hätten, Kompromisse zu schließen. Wie weit wäre er gegangen, im Vergleich zu seiner Reaktion 1967, als die anderen Ratsmitglieder nicht mit ihm übereinstimmten?«

»Machen Sie sich Sorgen, ob er die Sache selbst in die Hand genommen hätte, Inspector?«

»Ich dachte gerade an diese Rebellen in Sierra Leone, die die anderen zwei Lieferungen Schwarzer Tod im Besitz haben.«

Al-Asi nickte. »Sie fragen sich, ob sie diesen Schwarzen Tod tatsächlich in ihrem eigenen Land einsetzen. Zerstören, was sie nicht kontrollieren können.«

»Oder zerstören, *um zu* kontrollieren. So würden sie es sehen, und so hätte mein Vater es vielleicht gesehen. Warum aber brauchen die Rebellen so viel?«

»Eine gute Frage, Inspector.«

79.

Danielle bewegte sich weiter westwärts durch den Tunnel. Sie war sicher, dass Sheik Hussein al-Akbars Grundstück sich bald über ihr befinden musste, wenn es nicht schon der Fall war. Danielle würde die gesamte Festung in Schutt und Asche legen, wenn sie die gestohlenen Kisten nicht schnell finden konnte. Sie hatte genügend Plastiksprengstoff dabei; vielleicht war es ohnehin der einzige Weg, auf Nummer sicher zu gehen.

Vorausgesetzt natürlich, dass die Kisten sich noch auf dem Grundstück befanden. Wenn nicht, wenn der Sheik sie anderswo gelagert hatte, war sie erledigt – genau wie vielleicht ganz Israel.

Nein, sie musste sicher sein. Sie musste die Kisten mit eigenen Augen sehen, bevor sie sie zerstörte.

Plötzlich endete der Tunnel. Eine Sackgasse. Was hatte sie falsch gemacht? Sie konnte den Weg zurückgehen, bis sie einen Gang oder Durchlass fand, den sie übersehen hatte, aber das war nicht der Fall, da war sie sicher. War es möglich, dass Borodins Quellen beim israelischen Geheimdienst mit ihren Informationen über die Fluchtroute des Sheiks falsch lagen?

Danielle trat dicht an die Wand vor ihr und berührte sie mit der Hand, als wollte sie die rauen Kanten glätten. Mit dem Kolben ihrer Uzi klopfte sie an verschiedenen Stellen darauf und lauschte auf ein hohles Geräusch. Dann kratzte sie über die Oberfläche, auf der Suche einer Vertiefung oder Erhebung, die auf eine versteckte Tür hindeutete.

Nichts.

Das drohende Versagen zerrte an ihren Nerven. War sie für nichts so weit gekommen? Sollte dieser Ausflug nach Beirut als Fehlschlag enden, wie vor zwölf Jahren?

Danielle blickte nach oben, suchte nach Ausweichmöglichkeiten. Die Decke bestand aus einem Flickwerk, nichts als Risse und Spalten, und das Mauerwerk war feucht; man hatte das Gefühl, die Decke könnte jederzeit einstürzen.

Doch warum gab es dann keinerlei Schutt oder Schmutz auf dem Tunnelboden? Danielle hatte einiges an Trümmern beiseite schieben müssen, um bis hierher zu kommen. An dieser Stelle lag jedoch gar nichts.

Danielle benutzte die Taschenlampe, die sie aus dem Boot mitgenommen hatte, um die Decke genauer zu untersuchen. Wie vermutet fand sie einen quadratischen Eindruck, der vollkommen glatt und sauber war. Kein einziger Fleck, kein Sprung, kein Riss. Zu symmetrisch, um einfaches Flickwerk darzustellen.

Sie musste die Karte falsch gelesen haben: Der Flutkanal war nicht mit der Fluchtroute des Sheiks verbunden. Die Fluchtroute lag *darüber*; der Flutkanal war über eine Luke zugänglich.

Hier. Unmittelbar über ihr.

Drei Meter über ihr. Der Fluchtweg würde jedoch nur von innen nach außen benutzt: Selbst wenn Danielle einen Weg fand, dorthin zu klettern, würde es sie vermutlich das Leben kosten, denn sie war sicher, dass der Einstieg mit Sprengsätzen gespickt oder zumindest mit elektronischen Sensoren versehen war, die sofort die Sicherheitsleute des Sheiks alarmierten.

Sie schalt sich einen Dummkopf, dass sie diese Möglichkeit nicht in Betracht gezogen hatte. Es war so offensichtlich! Was blieb ihr noch übrig? Außer einem Frontalangriff fiel ihr nichts ein. Warten, bis es Nacht war, und sich dann an dem großartigen Sicherheitspersonal des Sheik vorbeischleichen. Dort Erfolg haben, wo zwölf Jahre zuvor sieben Männer gescheitert waren.

Denk nach!

Der Eingang zum Fluchttunnel war der Schlüssel, bei dem sie gedanklich bleiben musste. Wie aber benutzte man ihn? Es musste noch etwas anderes geben, um den so verzweifelt benötigten Zugang zum Gelände zu bekommen.

Danielle dachte an die Wache, die am Eingang gestanden und das Clipboard mit den Notizen durchgesehen hatte, die wie Namen aussahen. Der Sheik musste Gäste erwarten. Dies erklärte, warum es so viele Wachen gab und weshalb die Anlage so makellos gepflegt aussah.

Hussein al-Akbars Soldaten standen vermutlich ebenso bereit wie der Fluchttunnel – für den Fall, dass er gebraucht würde.

Also würde Danielle genau dafür sorgen. Ihr Plan nahm bereits Gestalt an, während sie sich umwandte und durch den Tunnel zurückging.

80.

Dank des Kennzeichens der Vereinten Nationen fuhren Colonel al-Asi und Ben ohne Zwischenfälle durch den südlichen Libanon. Sie überquerten die Grenze an einem israelischen Kontrollpunkt, den man den »Guten Zaun« nannte, nach der israelischen Klinik, in der sowohl libanesische Christen als auch Drusen behandelt werden. Die Beamten am Checkpoint waren erstaunlich gelassen.

Eine Stunde später fuhren sie durch den Ort Sarafand und erreichten die Außenbezirke von Tyrus. Ben spürte al-Asis Anspannung, als dieser den Wagen vor mehreren Läden in der Nähe der antiken Ruinen parkte.

»Ich hoffe, Sie haben Durst, Inspector«, sagte der Colonel als er den Motor abstellte. »Es gibt hier eine exzellente Saftbar.«

Ohne weitere Erklärungen führte al-Asi Ben in ein Geschäft, in dem Orangen, Zitronen, Limonen und Mangos säuberlich aufgereiht in Glasvitrinen lagen. Die Saftbar war hell und modern. Deckenventilatoren drehten sich träge über ihren Köpfen; kühle, klimatisierte Luft malte einen leichten Nebel an die Fenster.

Al-Asi bestellte Fruchtshakes für sich und Ben; dann wandte er sich drei Männern zu, die an einem der vier Tische in der Bar saßen. Al-Asi setzte sich dem Ältesten der drei Männer gegenüber, der volles, weißgraues Haar besaß.

»Salammu aleikum«, grüßte der Colonel.

»Aleikum as-salaam«, erwiderte der ältere Mann. *»Al-masaari?«*

Anstelle einer Antwort griff al-Asi in seine leichte Jacke und zog einen dicken Briefumschlag hervor, der einmal gefaltet und mit Gummibändern gehalten wurde. Der Colonel zog die Bänder ab und strich den Umschlag glatt. Dann nahm er ein Bündel Bargeld heraus – amerikanische Banknoten, wie Ben erkannte –, und schob das Geld über den Tisch in die Hände des Mannes mit dem weißgrauen Haar.

Der Mann blätterte das Bündel kurz durch und lächelte zufrieden. Ben sah, dass ihm fast alle unteren Schneidezähne fehlten. Der Mann drückte mit der rechten Hand den Unterarm des Colonels.

»Shukran«, sagte er und händigte al-Asi einen verknitterten, zweimal gefalteten Brief aus. »Danke. *Al hamdu illah.*«

»Ich danke Ihnen für Ihren Segen«, erwiderte al-Asi auf Englisch. *»Ma'a salaama.* Auf Wiedersehen.«

Der Colonel erhob sich und kam zurück zu Ben.

»Kommen Sie«, sagte er knapp und ging ihm voraus aus der Saftbar.

Als sie wieder im Laster saßen, sagte Ben: »Die Männer gehörten zur Hisbollah, nehme ich an.«

»Der Grauhaarige ist ein örtlicher Anführer, ein ziemlich mächtiger Mann, verantwortlich für eine Reihe von Überfällen in Israel.«

»Wie viel Geld war in dem Umschlag, Colonel?«

»Hunderttausend Dollar.«

»Um dafür zu sorgen, dass man uns in Ruhe lässt?«

»Sollte der Sheik jetzt um Hilfe rufen, wird es keiner hören«, erklärte al-Asi.

»Eine beachtliche Gegenleistung für hunderttausend Dollar.«

»Der Alte hat mir einen guten Preis gemacht, weil wir ihm einen Dienst erweisen: Wenn Hussein al-Akbar aus dem Weg geräumt ist, steigt er in der Hierarchie der Hisbollah weiter auf. Hier ist es nicht anders als sonst wo, Inspector. Geld regiert die Welt.«

»Und es macht Ihnen nichts aus, einem solchen Mann verpflichtet zu sein?«

»Er ist mir verpflichtet, Inspector. Sollte er in eine neue Machtposition aufsteigen, habe ich ihn dort hingebracht. Das wird später hilfreich sein.«

»Was steht in dem Brief, den er Ihnen gegeben hat?«

»Es sind Papiere, die uns Bewegungsfreiheit verschaffen werden.«

»Ich verstehe allmählich, was Sie damit meinen, dass Sie für Ihr Geld viel bekommen.«

»Wir sind hier im Libanon, Inspector«, erwiderte al-Asi. »Hier hat man längst die Träume verloren. Hier hat man die Hoffnung gegen harte Währung eingetauscht.«

»Sie haben uns Schutz gekauft.«

»Ich habe uns die Gelegenheit gekauft, Pakad Barnea zu helfen, Inspector. Wir sind nur noch eine Stunde von der Festung des Sheik entfernt. Halten Sie sich bereit.«

81.

»Was ist passiert?«, fragte Latisse Matabu und fuhr aus dem Schlaf auf. Dr. Sowahy saß auf einem Stuhl an ihrem Bett.

»Ich habe Ihnen eine Spritze gegeben.«

Wut spiegelte sich auf Matabus Gesicht, doch der Arzt fuhr fort, bevor sie etwas sagen konnte.

»Ihre Wachen haben mich gerufen. Sie haben im Schlaf geschrien, aber die Männer konnten Sie nicht wecken.«

Latisse Matabu stellte fest, dass die Bettlaken schweißgetränkt waren. Das Ungeheuer, das in ihrem Körper wütete, wand sich durch ihre Blutbahnen und verbreitete sich in ihrem Körper. Ihre Haut fühlte sich heiß an. Ihre Handflächen waren flammend rot.

»Gehen Sie. Lassen Sie mich in Ruhe.«

»Erst gebe ich Ihnen noch eine Spritze.«

Dr. Sowahy griff nach seinem alten, verwitterten Arztkoffer, stellte ihn sich auf den Schoß und ließ ihn aufschnappen. Er nahm eine Spritze und eine Phiole heraus. Mit zitternden Fingern steckte er die Spritze in die Phiole und zog die richtige Menge Flüssigkeit ab.

Sowahy stellte den Koffer wieder ab, erhob sich und kniete sich vor Matabus Bett. Er rollte den Ärmel an demselben Arm hoch, in den er ihr die erste Spritze gegeben hatte, rieb eine Vene mit einem alkoholisierten Wattetupfer ab, und bewegte die Spritze auf die Vene zu, als Latisse plötzlich sein Handgelenk packte und festhielt.

»Sie arbeiten doch nicht für die Regierung, Doktor?«

»Sie tun mir weh, General.«

Matabu hielt eisern sein Handgelenk fest. »Sie kommen doch nicht auf irgendwelche dummen Gedanken? Zum Beispiel, mich hier und jetzt zu töten?«

Sowahy verzog vor Schmerz das Gesicht. Schweiß lief ihm über die Wangen. Er schüttelte den Kopf.

»Das ist gut, denn auch Sie haben Familie, genau wie General Treest. Ich habe es nicht bei seiner Frau und seinem Sohn belassen, wissen Sie. Da gab es noch seine beiden Brüder und deren Familien – auch sie sind jetzt tot.«

Ihr Griff lockerte sich leicht.

»Muss ich den Inhalt dieser Nadel überprüfen lassen? Wollen Sie es sich noch einmal überlegen, bevor Sie mir die Spritze setzen?«

»Das wird nicht nötig sein.«

»Gut«, sagte Matabu und ließ Sowahy die klare Flüssigkeit in ihre Vene injizieren.

»General.«

Die Stimme berührte die äußeren Bereiche ihres Bewusstseins.

»General?«

Eine Hand packte sie an der Schulter. Sie riss die Augen auf.

»Tut mir Leid, General«, sagte der Mann, der vor ihr stand. »Sie sind eingeschlafen.«

Latisse Matabu sah sich um. Sie saß hinter dem Rattanschreibtisch in ihrem Hauptquartier, gekleidet in ihre Uniform.

Wie war sie hier hergekommen? Wie spät war es? Wohin war Dr. Sowahy verschwunden?

Die Sonne brannte heiß über dem baufälligen Gebäude. Es musste Nachmittag sein, doch Matabu hatte keine Erinnerung an die Stunden, die seit dem Morgen vergangen waren. Ihr rechter Ärmel war hochgerollt, sodass ein dünner Verband zu sehen war. Sie erinnerte sich an die Spritzen, die Dr. Sowahy ihr gegeben hatte.

»Geht es Ihnen nicht gut, General?«, fragte ihr Besucher.

Die Nebel um Latisse Matabus Hirn lichteten sich allmählich. Der Mann vor ihr blickte sie tief besorgt an.

Joseph Tupelo, Außenminister von Nigeria – sie erinnerte sich jetzt. Sie hatten sich unterhalten, als sie plötzlich eingedöst war. Sie erinnerte sich an die Diamanten, wegen denen Tupelo gekommen war, und zog den fest verschnürten Beutel aus einer Seitentasche ihrer Uniformhose.

»Was ist mit den zwei Bataillonen, die die Amerikaner in Ihrem Land ausbilden?«, brachte sie heraus.

Tupelo nahm den Beutel dankbar entgegen. »Sie werden nie in Sierra Leone eintreffen, das versichere ich Ihnen«, sagte er und ging zur Tür. »Wir sehen uns in Freetown, General.«

Sobald Joseph Tupelo sie mit den Diamanten verlassen hatte, stieg Latisse Matabu in den riesigen Bunker hinunter, in dem die Waffen der Revolutionären Einheitsfront im Geheimen gelagert wurden, sicher vor Patrouillen und Suchtrupps der Regierung und der begrenzten Luftüberwachung, die von den verfluchten Söldnertruppen begonnen worden war. Der größte Raum war jetzt leer, die mächtigen Generatoren standen still. Die Kisten, die bis vor ein paar Tagen hier gelagert worden waren, waren bereits verschifft worden und unterwegs zu ihrem endgültigen Bestimmungsort.

»Sie wollten mich sehen, General?«

Matabu wandte sich zur Tür um und sah ihren Vizekommandeur dort stehen, General Yancy Lananga. »Ja, wir haben noch ein paar Dinge zu besprechen, Sie und ich.«

»Ihr Treffen mit dem Nigerianer?«, fragte Lananga besorgt.

»Er wird kooperieren, wie erwartet. Es geht um etwas anderes, General«, erklärte Matabu. »Ich fürchte, die Dinge werden nicht ganz so laufen wie geplant ... «

82.

Danielle hatte den Einkaufswagen in die Mitte des Gehwegs der Allenby Street unmittelbar vor Sheik al-Akbars Festung geschoben, wobei sie dafür sorgte, dass sie weit genug weg war, um nicht die Aufmerksamkeit der am Tor postierten Wachen auf sich zu ziehen. Sie saß mit dem Rücken an den Wagen gelehnt und beobachtete, wie sich ein weißer Mercedes näherte, mit schwarz getönten und zweifellos kugelsicheren Fenstern, um die Insassen sowohl vor Beobachtung als auch vor einem Hinterhalt zu schützen. Der uniformierte Hisbollah-Soldat am Tor hakte etwas auf seiner Liste ab und winkte den Mercedes durch.

Danielle ließ den Einkaufswagen am Bordstein stehen und ging die Allenby Street entlang – vorgeblich, um Geld von den Fahrern zu erbetteln, in Wahrheit jedoch, um unauffällig an die Straßenecke zu gelangen. Die Hälfte der Quader mit Plastiksprengstoff befanden sich auf dem Einkaufswagen; die Zünder waren zu einer einzigen Ultraschall-Sprengkapsel verdrahtet, die in Danielles Tasche steckte. Die Druckwelle, die bei der Explosion entstand, würde Fenster zersplittern lassen und das Fundament der Festung erschüttern – hoffentlich so sehr, dass Sheik al Akbars Streitmacht an einen Angriff glaubte und eine Evakuierung anordnete.

Als sie wieder an den Eingang zu den Tunneln gelangte, die unter den Komplex führten, machte Danielle ihre Waffen schussbereit. Sie band das restliche C-4 unter ihrem schäbigen Aufzug fest und stellte den handygroßen Zünder ein. Es waren dreißig Minuten vergangen, seit der erste Wagen auf das Grundstück gefahren war. Es gab keinen Grund, die Sache länger hinauszuzögern.

Danielle berührte mit dem Finger das Tastenfeld unter dem einzelnen, durchscheinenden Lämpchen.

Augenblicklich gab es im vorderen Bereich des Geländes Explosionen. Von ihrem Beobachtungsposten aus konnte Danielle Flammen in die Luft schießen sehen; dann breitete sich schwarzer Rauch aus, der sich nach mehreren weiteren Explosionen verdichtete.

Im Geiste sah Danielle die Windschutzscheiben der im Innern des Tores geparkten Wagen bersten. Glassplitter verwandelten sich in Projektile und würden die Truppen des Sheik zusätzlich in Verwirrung stürzen: Sie konnten nicht wissen, was wirklich geschah, und mussten von einen Großangriff ausgehen.

Und das bedeutete, dass mit hoher Wahrscheinlichkeit der Fluchttunnel benutzt würde.

Danielle hob das Gitter an. Wieder kletterte sie die Leiter hinab in den Flutkanal. Schnell lief sie in Richtung Kanalende, an dem sich der Einstieg für den darüber liegenden Fluchttunnel befand.

Das Donnern weiterer Explosionen war zu vernehmen: Benzintanks, die in die Luft flogen, vermutete Danielle.

Sie rannte weiter den Tunnel entlang. Minuten vergingen. Sie verlangsamte das Tempo, als ihr der Atem knapp wurde, und blieb schließlich stehen, die Hände auf die Knie gestützt, um frische Kräfte zu sammeln.

Plötzlich hörte sie, wie Schritte näher kamen, die durch Pfützen platschten.

83.

Danielle eilte auf die Schritte zu und erreichte gerade noch rechtzeitig eine Abzweigung im Tunnel, bevor die ersten Schatten erschienen. Sie tauchte nach rechts ab und drückte sich an die Wand, um nicht entdeckt zu werden.

Die ersten weiß gekleideten Schatten stürmten durch den Hauptflutkanal. Danielles Augen hatten sich mittlerweile so gut an das Dämmerlicht gewöhnt, dass sie die Gesichter der Männer sehen konnte, die vorbeistürmten.

Sie schob sich vor, noch immer an die Wand gedrückt, und hielt die Uzi schussbereit.

Sie sah den Sheik, einen älteren Mann, der am Ende der Gruppe lief, umgeben von einem Quartett von Wachen. Dann war die Gruppe auch schon am Tunnelabzweig vorbei.

Doch einen Augenblick später sahen die zwei Wachen, die den Sheik nach hinten deckten, Danielle in den Schatten stehen und rissen die Waffen hoch. Danielle blieb keine Wahl. Sie feuerte. Die zwei Wachen brachen zusammen. Die zwei anderen Männer, die den Sheik nach vorn deckten, wirbelten herum. Danielle schoss sie ebenfalls nieder. Eine der Wachen stürzte gegen den Sheik. Hussein al-Akbar ging zu Boden.

Danielle schleuderte die leergeschossene Uzi weg und zog die Glock. Sie sprang auf den Sheik zu, packte ihn an der Schulter und zog ihn mühelos auf die Beine.

Der Sheik starrte sie entsetzt an. Seine Lippen zitterten.

»Sie kommen mit mir!«, stieß Danielle hervor, schob den rechten Arm unter die Achseln des alten Mannes, um ihn zu stützen, und zerrte ihn mit sich durch den Flutkanal bis zu der Strickleiter, die durch den Zustieg in der Decke hing, den sie zuvor entdeckt hatte.

»Klettern!«, befahl Danielle.

»Nein!«, begehrte der Sheik auf. »Das werde ich nicht tun!«

Sie drückte ihm die Pistole an die Kehle und benutzte die Linke, um eine Handgranate unter ihrem Gürtel hervorzuziehen. Mit den Zähnen riss sie den Stift heraus.

»Klettern, oder wir sind beide tot!«, zischte sie, außer sich vor Wut.

»Nein!«

Danielle warf die Handgranate und beobachtete, wie sie taumelnd über den Boden rollte. Sie blinzelte nicht einmal, als die Explosion den Tunnel erschütterte. Betonstücke regneten von der Decke des Flutkanals. Ein gezackter Splitter traf Danielle am Kopf und hinterließ eine hässliche Schnittwunde. Sie spürte, wie ihr das Blut in die Augen lief.

»Letzte Chance«, sagte sie und drückte Sheik Hussein al-Akbar erneut die Pistole an die Kehle. »Klettern.«

Der Sheik griff nach der Strickleiter.

Er hatte drei Sprossen geschafft, als Schüsse hinter der letzten Kurve des Tunnels dröhnten. Danielle spürte die Hitze der Kugeln, die an ihr vorbeizischten, feuerte mit der Glock und warf eine zweite Handgranate. Sie hörte, wie sie außer Sichtweite zu Boden fiel.

Der Schütze ging in Deckung, bevor die Handgranate explodierte. Doch Danielle hatte die Zeit herausgeholt, die sie brauchte, um hinter dem Sheik herzuklettern.

Als er fast oben war, trat er mit dem Fuß nach ihr und traf sie an der Stirn, wo immer noch das Blut aus ihrer Schnittwunde strömte. Danielle hielt sich mit Mühe fest und drückte ihm die Glock zwischen die Beine.

Der Sheik schnappte nach Luft und wäre beinahe gestürzt.

»Klettern!«, befahl Danielle und stieß ihn mit der Waffe.

Er kletterte das letzte Stück hinauf, dicht gefolgt von Danielle, als Schüsse unmittelbar unter ihr in die Wand einschlugen. Sie klemmte sich die Glock zwischen die Zähne und hangelte sich wild nach oben. Mit beiden Händen zog sie sich durch den offenen Einstieg, einen Augenblick nach dem Sheik. Der alte Mann war so erschöpft, dass Danielle es riskierte, ihn kurz aus den Augen zu lassen, um die Strickleiter hochzuziehen und den Einstieg zu schließen.

Hussein al-Akbar kauerte an der Wand. Verzweifelt ließ er den Blick umherschweifen, auf der Suche nach Hilfe, die nicht kommen würde.

Danielle packte ihn an seinen Gewändern und blickte ihm ins Gesicht. »Die Kisten, die Sie vom Frachter *Peter der Große* gestohlen haben – bringen Sie mich hin. *Jetzt sofort!*«

84.

Al-Akbar kämpfte nicht mehr gegen sie an. Furcht und Entsetzen hatten seinen Widerstand gebrochen.

»Wo sind sie?«, verlangte Danielle zu wissen und rammte den Sheik gegen die Wand, als er nicht schnell genug antwortete. Das Blut aus der Schnittwunde auf ihrer Stirn sickerte ihr in die Augen.

»Schon weg.«

Danielle drückte ihm die Pistole auf die Stirn. Der Sheik erstarrte.

»Dann nützen Sie mir nichts mehr. Ich sollte Sie am besten gleich erschießen!«, rief sie.

Alle Farbe war aus dem Gesicht des Sheik gewichen.

»Auf Lastwagen verladen ...«, keuchte Hussein al-Akbar. »In der Garage ...«

»Bringen Sie mich dorthin!«

Mit schleppenden Schritten bewegte Hussein al-Akbar sich zu

einer Tür, hinter der es eine kleine Steigung hinaufging. Der Geruch von Gummi und Benzin schlug Danielle und dem alten Mann entgegen.

»Hintereingang«, keuchte der Sheik, dessen Gesicht weiß geworden war. »Wir sind fast da.«

Danielle machte sich nicht die Mühe, ihm zu antworten; der Sheik hatte aufgegeben, das konnte sie sehen. Der Eingang zur Garage ähnelte der Schiebetür eines Lagerhauses. Sie riss sie auf und zog den Sheik mit sich hindurch, bevor sie die Tür wieder zuschob und von innen verriegelte.

Die Garage *war* ein Lagerhaus. Überall standen Limousinen und Sportwagen, jeder ein Klassiker, mancher fast unbezahlbar. Drei Kühllastwagen parkten in der Mitte. Ihre Kompressoren dröhnten laut, um die Kisten kalt zu halten, die von der *Peter der Große* gestohlen worden waren.

Sheik Hussein al-Akbar fiel auf die Knie, kippte vornüber und blieb bewusstlos liegen.

Danielle bewegte sich auf die Lastwagen zu. Sie war ganz auf die bevorstehende Aufgabe konzentriert. Sie stieg aus ihrem weiten, sackartigen Kleid; die verbliebenen Quader mit Plastiksprengstoff hatte sie am Körper festgebunden. Sie arbeitete schnell, löste einen Sprengsatz nach dem anderen und befestigte sie in weniger als drei Minuten an den Karosserien der Kühllaster. Durch die selbstklebende Rückseite ließ sich das C-4 einfach anbringen – an jedem der drei Laster je sechs Ladungen Plastiksprengstoff. Jetzt würde der Druck auf einen einzigen Knopf die Kisten zerstören, die sich in den Laderäumen der Laster befanden. Bei dem dritten Lastwagen konnte Danielle nicht mehr widerstehen: Sie öffnete die Ladetür, um zu sehen, was sich im Innern befand.

Ein Schwall eisiger Luft schlug ihr entgegen und kühlte den Schweiß, der ihr Hemd durchnässt hatte. Sie trat einen Schritt zurück. Ein Gegenstand, der wie eine gewöhnliche Aktentasche aussah, fiel auf den Garagenboden. Danielle wollte gerade einen näheren Blick darauf werfen, als ein lautes, metallisches Klicken im hinteren Teil der Garage erklang. Sie wirbelte herum und sah, dass Sheik al-Akbar verschwunden war. Doch es störte Danielle nicht weiter, dass er entkommen war. Sobald sie den Sprengstoff gezündet hatte, war ihre Mission für dieses Mal erledigt. Vorher musste sie allerdings einen Weg hinaus finden. Den Plastiksprengstoff würde sie erst zünden, wenn sie aus dem Tunnelsystem heraus war und das Haupttor in Sicht hatte.

Danielle wollte gerade einen Blick in die Aktentasche werfen, als sich das Garagentor öffnete. Sie riss den Inhalt aus der Aktentasche – einen Stapel Blätter – und stopfte ihn unter ihr Hemd, bevor sie sich zwischen die Kisten duckte, die am nächsten standen.

Fünf uniformierte Wachen, die Danielle vom Haupttor wieder erkannte, stürmten hinein. Mit ihren Gewehren zielten sie in alle Richtungen. Aufgeregt sprachen sie Arabisch miteinander, stießen wütende Schreie und gegenseitige Beschuldigungen aus. Die Laster beachteten die Männer anfangs nicht; stattdessen suchten sie planlos.

Danielle wusste, dass es nur eine Frage der Zeit war, bis ihnen der Sprengstoff auffiel, den sie an den Lastern angebracht hatte. Sie musste die Männer ablenken und gleichzeitig eine Möglichkeit zur Flucht finden.

Danielle glitt hinter die letzte Reihe der Oldtimer, neben einen wunderschön restaurierten Bugatti. Ein kurzes Zögern, dann kletterte sie rasch hinter das rechtsseitige Lenkrad und tastete am Armaturenbrett nach der Zündung. Da die Motoren regelmäßig angelassen werden mussten, steckte der Zündschlüssel.

Danielle hielt den Atem an und drehte den Schlüssel im Schloss. Der Motor des Bugatti sprang an. Danielle legte den ersten Gang ein und drückte das Gaspedal durch. Der Oldtimer schoss nach vorn und jagte mit kreischenden Reifen über den Betonboden. Sofort zog er die Aufmerksamkeit der Wachen auf sich. Danielle hatte eine Hand am Steuer, die andere auf dem Zünder. Kugeln flogen in ihre Richtung. Sie duckte sich tief hinters Armaturenbrett. Die Windschutzscheibe über ihr zerbrach; Glas splitterte in alle Richtungen.

Mit einem dumpfen Schlag, der Funken von der Unterseite des Wagens sprühen ließ, jagte Danielle auf die Rampe. Gleichzeitig drückte sie auf den Zünder.

Sie hatte den Eindruck, die Hitze der Explosion spüren zu können, noch bevor das Dröhnen ihre Ohren erreichte und sie für alles andere taub machte. Der Wagen machte einen Satz nach vorn, hob beinahe ab. Die Druckwelle jagte sie die Rampe hinauf. Die Welt vor ihr erglühte vom Licht der Flammen, die nach draußen schlugen, hell wie ein Blitzlicht.

Danielle jagte hinaus aufs Gelände. Der rote Metalliclack des Bugatti warf Blasen von der Hitze. Sie roch den Gestank verbrannten Gummis und sah, dass die Hinterreifen brannten, bevor sie Augenblicke später explodierten.

Der Wagen schleuderte herum und stand. Danielle sprang vom Fahrersitz und warf sich ins Gras. Von beiden Seiten des Gebäudes eilten Wachen auf sie zu. Schüsse peitschten. Danielle spannte sich in Erwartung einer Kugel. Sie rollte sich herum und zielte auf zwei Wachen, die ihren Sprung ins Gras beobachtet hatten. Ihre Kugeln zwangen die Männer in Deckung. Doch immer noch umringten die Wachen Danielle von drei Seiten, näherten sich und kreisten sie ein, während sie das leere Magazin herausschob und in ihren Taschen nach einem neuen tastete. Sie lud nach. Die Wachen rückten näher.

Plötzlich donnerte ein Laster über die Einfahrt zum Grundstück, brach durchs Tor und zog die für Danielle bestimmten Kugeln der Wachen auf sich. Sie sah zwei Gestalten, die sich aus den Fenstern des Lasters beugten, doppelläufige Sturmgewehre auf die Wachen des Sheik richteten und sie zurücktrieben.

»Komm!«, rief eine Stimme über die Schüsse hinweg. »Mach schon!«

Danielle erkannte Ben, der sich aus dem Fenster auf der Beifahrerseite lehnte, während Colonel al-Asi von der Fahrerseite her feuerte, eine Hand am Lenkrad.

Al-Asi musste die Botschaft erhalten haben, die sie ihm im Baumarkt in Ramallah hinterlassen hatte!

Danielle hoffte, dass die Schüsse der beiden Männer ihr Deckung gaben, sprang auf und stürmte zum Lastwagen. Ben stieß die Tür auf der Beifahrerseite für sie auf, und sie sprang hinein. Al-Asi nahm die rechte Hand vom Lenkrad und legte den Rückwärtsgang ein. Immer noch mit der linken Hand schießend benutzte er die Rechte, um das Steuer herumzureißen, sobald er die Straße erreicht hatte.

»Sie werden die Straße blockiert haben!«, rief Danielle eindringlich. »Ich wette, der Sheik hat eine ganze Armee gerufen!«

»Diesmal nicht«, sagte al-Asi und jagte mit aufheulendem Motor weiter. »Entspannen Sie sich, Pakad Barnea, wir haben alles unter Kontrolle.«

85.

Obwohl al-Asi die erwartete Verstärkung al-Akbars bestochen hatte, blieben sie auf der kurzen Strecke aus Beirut hinaus wachsam und misstrauisch. Der Laster klapperte und rasselte, seit al-Asi das Tor durchbrochen hatte. Flüssigkeit lief aus dem Motor, und dünner schwarzer Qualm wehte in die offenen Fenster.

»Bist du sicher, dass du alle Kisten erwischt hast?«, fragte

Ben, nachdem Danielle erzählt hatte, was sich im Innern der Festung abgespielt hatte. »Sie sind alle verbrannt?«

»Ja, da bin ich sicher«, erwiderte Danielle, noch immer entsetzt über Bens Worte, was den Inhalt der Kisten betraf. »Käfer? Du sagst, es waren Käfer?«

»Von sowjetischen Wissenschaftlern während des Kalten Krieges in einem Biolabor erschaffen. Man nennt sie den Schwarzen Tod«, erwiderte er. »Und das nicht ohne Grund …«

Danielle schüttelte den Kopf. »Weil sie fähig waren, beinahe eine Stadt zu vernichten«, meinte sie und bezog sich auf Dubna.

»Nein, *die Russen* haben beinahe eine Stadt zerstört, um zu verhindern, dass der Schwarze Tod sich ausbreitete. Es war ihre einzige Chance.«

»Erzählen Sie ihr auch den Rest, Inspector«, forderte al-Asi ihn auf. Das Getriebe des Lasters knirschte laut, und der vom Motor aufsteigende Qualm wurde dichter und öliger.

»Es gab zwei weitere Lieferungen Schwarzer Tod. Beide gingen an den Anführer einer Rebellentruppe in Sierra Leone.«

»Wo die Blutdiamanten ursprünglich herkamen«, sagte Danielle. »Aber warum sollten die Rebellen die Absicht haben, ihr eigenes Land zu zerstören?«

»Das ist das Problem. Sie wollen es nicht.«

Danielle erinnerte sich an die Blätter, die sie in der Garage aus der Aktentasche genommen und unter ihr Hemd gesteckt hatte. Jetzt zog sie die verknitterten Blätter hervor.

»Selbst wenn die Rebellen vorhaben sollten, den Schwarzen Tod einzusetzen«, fuhr Ben fort, »brauchen sie nur eine Lieferung. Sie müssen weitere Pläne haben. Verkaufen oder an andere aufständische Gruppen in anderen afrikanischen Staaten weitergeben.«

»Nein«, sagte Danielle leise, nachdem sie eine farbige Karte entfaltet hatte, die sie sofort wiedererkannte. »Die Rebellen werden den Schwarzen Tod weder verkaufen noch weitergeben.« Sie sah auf und blickte Ben und al-Asi an. Ihre Augen waren vor Furcht geweitet. »Sie werden ihn einsetzen.«

Sie drehte den Männern die Karte zu.

»In den Vereinigten Staaten.«

86.

Rauch und Ruß ließen Präsident Kabbah husten. Von einer Hügelkuppe aus, von der man das Dorf Katani überblicken konnte, musste er mit ansehen, wie sein Land in Flammen aufging. Die Feuer waren nach Anweisungen Deirdre Cotters entfacht worden: ein fünfzig Kilometer durchmessender Ring im Zentrum des Landes, dazu gedacht, die schwarze Welle der Käfer zu umschließen. Bilder, die aus Hubschraubern aufgenommen wurden, die über die Region flogen, zeigten ein Ödland, das sich von Katani nach Norden ausbreitete und nach Osten und Westen breiter wurde. Die Feuer würden sich nach innen brennen, bis sie mit der herannahenden schwarzen Flut aufeinander trafen.

Mein Gott, dachte Kabbah, *es sieht aus wie im Krieg.*

Und ein Krieg war genau das, worauf er sich im Verlauf der nächsten vierundzwanzig Stunden vorbereitete.

»Wir können die Truppen Matabus nicht auf ihrem eigenen Territorium bekämpfen«, hatte er bei ihrem strategischen Treffen am Vortag dem Verteidigungsminister gegenüber wiederholt. »Sie kontrollieren jetzt dreißig Prozent des Landes, konzentriert auf den Süden und den Osten, sowie vereinzelte Städte und Dörfer anderswo. Selbst mit den zwei nigerianischen Bataillonen wäre unser Stützpunkt hier wie leergefegt, würden wir die erforderlichen Kräfte dort einsetzen, um einen Großangriff zu starten. Sollten wir dann im Osten und Süden gegen die Rebellen unterliegen«, schloss Kabbah, »könnten sie unsere verbliebenen Kräfte überrennen und uns in den Atlantik treiben.«

Die Männer, die sich am Tisch in Kabbahs Konferenzraum im Regierungsgebäude in Freetown versammelt hatten, wechselten verängstigte Blicke.

»Im Übrigen bin ich der Meinung«, fuhr Kabbah fort, »dass die Revolutionäre Einheitsfront hier und jetzt vernichtet werden muss. Alles andere wäre ein Fehlschlag.«

Im weiteren Verlauf hatte der Präsident einen Plan vorgetragen, den er selbst entwickelt hatte. Latisse Matabu hatte ihm nur eine Möglichkeit gelassen, und die musste er nutzen. Doch Kabbah kannte Matabu mittlerweile gut genug, um sie nicht noch einmal zu unterschätzen. Bei ihren Kommandeuren sah das allerdings ganz anders aus. Kabbah war sicher, dass sie dem Köder, den er ihnen hinhalten würde, nicht würden widerstehen können.

Innerhalb der nächsten vierundzwanzig Stunden würde der Krieg, der eine Dekade gewütet hatte, entschieden werden. So oder so.

»Mister President.«

Kabbah wandte sich um. Daniel Sukahamin stand unmittelbar hinter ihm, ein Satellitentelefon in der rechten Hand. »Neuigkeiten für mich?«

Sukahamin nickte. »Wir konnten sämtliche Flüchtlinge, die man an der Grenze zu Guinea zurückgewiesen hat, in Lagern um Freetown herum unterbringen, Sir.«

Die beiden Männer blickten sich einen langen Moment an, bevor Kabbah antwortete: »Gut. Dann sollten wir zurück in die Hauptstadt fahren, Minister. Es gibt viel zu tun.«

87.

»Anatoljewitsch hat seinen Kunden in Sierra Leone den Schwarzen Tod nicht einfach verkauft«, schloss Danielle, nachdem sie sich die Karten, die in der Aktentasche gesteckt hatten, genauer angeschaut hatte. »Er hat ihnen obendrein die Pläne verkauft, wie man den Schwarzen Tod in den USA einsetzen muss.«

»Nicht sehr überraschend, Pakad Barnea«, bemerkte Colonel al-Asi, »da die Sowjets den Schwarzen Tod eigens dafür entwickelt haben, ihn als Waffe gegen Amerika zu benutzen.«

Ben überflog die Karten eine nach der anderen, während sie durch den Libanon in Richtung Westbank fuhren. »Diese Karten hier zeigen die Verteilung der Käfer in Relation zu Ort und Menge der freigesetzten Insekten. Mathematische Formeln, aufgeschlüsselt in zurückgelegten Entfernungen und Zeitsequenzen. Alles auf Gegenden konzentriert, in denen viel angebaut wird. Der mittlere Westen, Florida, Kalifornien ...«

»Zwei bis drei Dutzend voneinander unabhängige Aussetzpunkte, um die größtmögliche Wirkung zu erzielen«, erklärte Danielle weiter. »Mein Gott, die sowjetischen Wissenschaftler haben das bis ins Kleinste ausgerechnet, auf Minute und Kilometer genau.«

»Sie müssen die amerikanische Regierung informieren«, sagte Ben zu al-Asi.

»Und was sollen wir sagen, Inspector? Dass afrikanische Revolutionäre die Nahrungsvorräte ihres Landes zerstören werden? Dass sie in der Lage sind, das reichste Land der Welt für das nächste Jahrzehnt ökonomisch zum Krüppel zu machen?« Der Colonel schüttelte den Kopf. »Ich bin jetzt ein Ausgestoßener. Meine Kontakte sind dahin und mit ihnen meine Glaubwürdigkeit.«

»Dann legen Sie die Beweise vor«, meinte Ben und wedelte mit den Diagrammen, die Danielle ihm gegeben hatte.

»Relikte des Kalten Krieges«, fuhr al-Asi fort, und in seiner Stimme lag Sarkasmus. »Die Amerikaner hatten nie eine Botschaft in Palästina. Sie nehmen unseren Geheimdienstapparat nicht ernst. Ich habe nicht mehr die privaten Kanäle, die etwas bewirken könnten.«

Danielle dachte einen Moment nach. »Können Sie uns dorthin bringen?«

»In die Vereinigten Staaten?«

»Nein. Nach Sierra Leone.«

Indem sie kleinere Reparaturen jeweils an Ort und Stelle vornahmen, gelangten sie nach Jordanien, ins Dorf Wadi Musa in der Nähe von Petra.

»Ich habe noch immer ein paar Freunde in Amman«, sagte al-Asi, »die uns vielleicht helfen können.«

Sie checkten ins Mövenpick-Hotel ein und erstanden in einer Boutique in der Lobby neue Kleidung. Colonel al-Asi kaufte sich einen europäisch geschnittenen Anzug und verschwand ohne weitere Erklärung. Erst Stunden später tauchte er wieder auf.

»Ich habe mein Bestes getan«, berichtete er Ben und Danielle in der Suite, die sich die drei teilten. »Jordanien unterhält relativ gute diplomatische Beziehungen zu Sierra Leone. Agenten des hiesigen Geheimdienstes haben sich bereit erklärt, alles in ihrer Macht zu tun, Ihnen zu helfen, Präsident Kabbah zu erreichen.«

Ben und Danielle schauten einander an, verbissene Entschlossenheit im Blick.

»Sie werden innerhalb der nächsten zwei Stunden eine Geheimdienstakte über diese Latisse Matabu, auch bekannt als der Drache, in dieses Hotel schicken«, fuhr al-Asi fort. »Mein Kontaktmann hier in Jordanien hat mir bereits etwas über den Drachen mitgeteilt, das Sie vermutlich höchst interessant finden werden ...«

NEUNTER TAG

88.

Für Ben und Danielle war die Reise zum Flughafen Lungi International in Sierra Leone, dreißig Meilen südlich von Freetown, aufreibend gewesen. Sie hatten lange Strecken hinter sich gebracht, angefangen mit einem Flug der South African Airlines von Jordanies Hauptstadt Amman nach Johannesburg. Kurz nach zehn am selben Morgen waren sie dort eingetroffen und mussten zwei weitere Stunden auf ihren Anschlussflug der Air Gambia nach Sierra Leone warten.

Weder Danielle noch Ben hatten gewusst, dass der Flughafen in Lungi auf einer Insel lag, womit ein Fährtransport vom Terminal in Tagrin zum Kissy Terminal auf dem Festland, außerhalb von Freetown, erforderlich wurde. Vor dem Terminal warteten nur drei Taxen, und lediglich ein Fahrer war gewillt, sie nach Einbruch der Dunkelheit nach Freetown zu befördern – zu einem Preis, der fünfmal so hoch war wie auf dem Rücksitz angeschlagen.

Selbst die kurze Fahrt auf der Kissy Road ins Zentrum von Freetown, wo sich die Regierungsgebäude befanden, zeigte die unglaublichen Kontraste, die den Staat Sierra Leone ausmachten. Die Hauptstadt besaß einen romantischen, historischen Touch; zugleich lag eine bedrohlich Spannung in der Luft. Außerdem waren an den Straßenrändern immer wieder ausgebrannte Regierungsfahrzeuge zu sehen, die man zurückgelassen hatte, und die Trümmer eingestürzter Gebäude. Sie sahen keinen Hinweis auf irgendeinen Wiederaufbau, als hätte die Stadt aufgegeben und sich mit der Unvermeidbarkeit ihrer Zerstörung abgefunden.

Checkpoints, besetzt mit Stammesangehörigen der Kamajor, von der Regierung in einer Art Miliz organisiert, reihten sich entlang der Straße. Die Kamajors in ihren fließenden Gewändern und den Netzhemden saßen in Jeeps, mit Gewehren und Granatwerfern bewaffnet. Sie schenkten dem vorbeifahrenden Taxi meist keine Beachtung. Außer den Kamajors sahen Ben und Danielle kaum Menschen auf den Straßen. Seit dem letzten fehlgeschlagenen Versuch der Revolutionären Einheitsfront, die Hauptstadt einzunehmen, war die Bewegungsfreiheit der Einwohner Freetowns drastisch eingeschränkt worden. Ausgangssperren waren zur Regel geworden; selbst wenn sie nicht verhängt wurden, war die Unfähigkeit der Regierungstruppen und der Kamajors, die Einwohner von Rebellen zu unterscheiden, Grund genug, dass die Bewohner der Stadt nach Einbruch der Dunkelheit ihre Häuser nicht verließen.

Sie fuhren an einem verlassenen Bazar am Strand von Susans Bay vorbei. Ben und Danielle hörten die leisen Geräusche des Meeres, und für kurze Zeit wurde ihnen eine Illusion von Frieden gewährt – bis in der Ferne Tausende von Lagerfeuern aufflackerten, entzündet von vertriebenen Bewohnern, die jetzt den Strand ihr Zuhause nannten. Lodernde Fackeln in der Hand der Verlorenen, die auf ewig versuchten, ihren Weg nach Hause zu finden.

Das Taxi setzte Ben und Danielle wenige Blocks weiter an den Regierungsgebäuden ab, von denen aus die Kabbah-Regierung während der letzten vier Jahre über das Land geherrscht hatte. Sie hatten keine Ahnung, was sie erwartete. Alles hing davon ab, ob die jordanische Regierung Kabbah davon hatte überzeugen können, sich anzuhören, was Danielle und Ben ihm zu berichten hatten.

Nur wenige andere private Fahrzeuge fuhren durch die Straßen von Freetown; ansonsten wurden sie von Lastwagen des Militärs, Jeeps, bewaffneten Truppentransportern und vor allem von Waffen beherrscht, getragen von Soldaten in der irrigen Annahme, Kugeln könnten jedes Problem lösen.

Ben und Danielle sahen einander schweigend an. Wie bekannt ihnen das alles vorkam! Andere Namen, andere Uniformen, aber ähnliche Probleme. Gewalt anstelle von Vernunft und gesundem Menschenverstand.

»Wo sollte ich Sie noch mal rauslassen?«, fragte der Taxifahrer in dem besten Englisch, zu dem er fähig war, offenbar geängstigt von Freetown im Dunkeln.

»An den Regierungsgebäuden«, erklärte Ben.

»Sind für Öffentlichkeit geschlossen und verbarrikadiert«, protestierte der Taxifahrer jammernd. »Nicht hin. Nicht nah kommen.«

»Dann fahren Sie eben so nahe heran, wie Sie können«, sagte Danielle.

Der Fahrer hatte sich gerade zu ihr umgedreht, um erneut zu protestieren, als die Lichter Freetowns einmal kurz aufflackerten und dann erloschen.

89.

Latisse Matabu legte den Hörer zurück auf den Tisch. Die Luft in ihrem unterirdischen Bunker war schal, und ihr fiel plötzlich das Atmen schwer.

Es fängt an. Mein Schicksal wird sich bald erfüllen ...

Der Angriff auf Freetown hatte wie geplant begonnen, mit

einem kleinen Team ihrer besten Männer. Sie hatten die Aufgabe, die Elektrizitätswerke zu überrennen, die die Hauptstadt mit Strom versorgten. Es waren disziplinierte Soldaten, die ihr Handwerk unter fremden Flaggen gelernt hatten, bevor sie sich der Revolutionären Einheitsfront anschlossen. Ihre Befehle lauteten, das Kraftwerk nicht irreparabel zu beschädigen; schließlich wollte man den Strom in ein paar Tagen wieder einschalten, um eine neue Regierung zu präsentieren.

Soweit war alles nach Plan verlaufen. Matabus Generäle hatten ihre Einheiten in einem Ring um Freetown herum postiert. Der Ring reichte im Süden bis Kagboro Creek und im Norden bis Lungi, wo der Flughafen sich bald in der Hand der Rebellen befinden würde. Der Plan sah vor, Präsident Kabbahs Regierungstruppen aufzusplittern. Dies würde es General Langanga ermöglichen, geradewegs über die Hügelkette einzufallen – durch die Ortschaft Gloucester, in der General Treest sich sein Zuhause eingerichtet hatte, bis hinein nach Freetown. Von dort aus würde Langanga den Hafen einnehmen und damit der RUF die Kontrolle über den wichtigsten Warenumschlagsplatz des Landes verschaffen.

Der Plan, der drei Jahre zuvor Matabus Eltern das Leben gekostet hatte, war durch das Gezänk und die schlechte Disziplin der RUF-Truppen unterminiert worden, die mehr am Plündern interessiert waren als an Politik. Seit ihrer Rückkehr nach Sierra Leone war alles, was Latisse Matabu getan hatte, auf diesen Moment ausgerichtet gewesen, an dem ihr Vater erlöst sein und seine Arbeit beendet sein würde. Auch das war ihre Rache an General Treest und anderen wie ihm, die in der Regierung saßen.

Latisse Matabu hatte gewusst, dass ihre Bemühungen fehlschlagen würden, sollte die Regierung die zwei Bataillone aus Nigeria mobilisieren können. Doch der Handel, den sie mit dem Außenminister Nigerias abgeschlossen hatte, schob dem einen

Riegel vor: Die nigerianischen Truppen würden nicht erscheinen. Ihr Vater wäre stolz auf sie gewesen.

Sie hörte sich Berichte über weitere Vorstöße ihrer Generäle an, die über Funk hereinkamen. Es lief alles schneller als geplant. Bei diesem Tempo war Kabbah vielleicht noch vor Morgengrauen gezwungen, ihren Forderungen nachzugeben.

Doch Latisse Matabu war noch nicht in Siegerlaune. Sie hatte in der Nacht von ihrer Großmutter geträumt, und dieser Traum hatte eine Warnung beinhaltet, ein Omen, versinnbildlicht von einem Adler und einem Falken, die Seite an Seite am Himmel flogen.

Zwei Feinde waren auf dem Weg nach Sierra Leone, um sie zu töten …

Selbst im Tod hatte ihre Großmutter sie in diesen wichtigen Zeiten nicht verlassen. Dank ihr würde Matabu die Feinde bereits erwarten, wenn sie kamen …

Der Drache wusste, dass sie am sichersten war, wenn sie sich außer Landes aufhielt, bevor der Adler und der Falke sie fänden. Wenn sie verschwand, um den Schwarzem Tod in den Vereinigten Staaten zu verbreiten, wo ihre letzten Taten ihrem Volk die ultimative Freiheit garantieren würden.

Präsident Kabbah und Verteidigungsminister Daniel Sukahamin hielten sich in dem schwer befestigten Regierungsgebäude an der Siaka Stevens Street auf, als die ersten Berichte über Angriffe der Rebellen eintrafen.

Alles lief genau nach Plan, so, wie Kabbah es erwartet hatte.

»Wie lange warten wir?«, fragte Sukahamin nervös und steckte Nadeln in eine Karte an der Wand, um das Vorrücken der RUF zu markieren. Das Notstromaggregat war nicht leistungsfähig genug, um das gesamte Gebäude mit Elektrizität zu versorgen, doch selbst wenn es das gewesen wäre, hätten sie die Lichter gedämpft, um ein weniger einladendes Ziel zu bieten.

»Wir warten lange genug«, sagte Kabbah. Er stand mit hinter dem Rücken verschränkten Armen am Fenster und blickte in die Dunkelheit, die über Freetown lag.

»Sie werden die Stadt verwüsten.«

»Und wir müssen sie gewähren lassen, wenn wir sie retten wollen.«

»Sie müssen den Befehl geben, Sir«, flehte Sukahamin. »Bevor es zu spät ist.«

»Wir haben bereits darüber gesprochen und uns auf eine Strategie geeinigt, Minister.« Kabbah ließ den Blick vom Fenster zu einer schattenhaften Gestalt im abgedunkelten Hintergrund des Zimmers wandern. »Es gibt kein Zurück mehr.«

Ben und Danielle befanden sich auf der Wallace Johnson Street, als plötzlich der Strom ausfiel, kaum anderthalb Kilometer von den Regierungsgebäude entfernt. Der Taxifahrer war längst in der Nacht verschwunden.

»Wir müssen direkt in einen Rebellenangriff marschiert sein!«, sagte Danielle und drückte sich dicht neben Ben an ein mit Brettern vernageltes Gebäude, um sich vor den Regierungspatrouillen zu verbergen, die sich verzweifelt einen Weg durch die Straßen suchten.

»Unsere Chancen, dass wir zu Präsident Kabbah hineinkommen, stehen nicht gut, oder?«

Plötzlich war das Rattern von Maschinengewehrfeuer zu vernehmen. Grelle Leuchtspurgeschosse erhellten die Dunkelheit und ließen vor ihnen eine größere Straße sichtbar werden, auf Höhe des Nationalmuseums von Sierra Leone. Reifen quietschten; dann donnerte eine Explosion. Rauchwolken stiegen auf.

Danielle kannte den Anblick und die Geräusche nur zu gut. Die deutlichsten Erinnerungen wurden jedoch durch die Gerüche wachgerufen: der Gestank heißer, verbrauchter Patronenhülsen, vermischt mit dem stechenden Geruch von Schießpulver und verbranntem Metall. Krieg roch überall gleich, egal in welchem Land.

»Ben«, sagte sie leise.

Er stand gegen die Wand gedrückt und zitterte leicht. Dies war seine erste Erfahrung mit einem Krieg dieser Größenordnung.

»Ben«, drängte Danielle. Sie wartete, bis er reagierte, bevor sie weitersprach. »Wenn ich mich bewege, bleib direkt hinter mir.«

Weitere Explosionen erhellten die Nacht, gefolgt vom Geräusch splitternden Glases.

»Wo gehen wir hin?«, fragte Ben.

Danielle deutete auf eine Treppe. »Wenn ich es richtig im Kopf habe, führen diese Stufen auf den King Jimmy Market herunter, der am Wasser liegt.«

»Eine schlechte Zeit, um einkaufen zu gehen«, machte Ben einen müden Scherz.

»Er liegt ein Stück von der Straße zurück. Wir sind besser vor Schüssen geschützt. Und wenn wir der Straße bis zum Ende folgen, sind wir nur noch ein paar Blocks von den Regierungsgebäuden entfernt.«

»Worauf warten wir noch?«

90.

»Was soll das heißen?«, wollte Matabu über Funk von General Langanga wissen.

»Sie haben richtig verstanden, General. Mit meinen ersten Angriffswellen habe ich die Außenbezirke Freetowns ohne Widerstand eingenommen.«

»Das war nicht der Plan! Sie sollten *warten*, bis Sie die Meldung erhalten, dass die anderen Sektoren gesichert und die Regierungstruppen gebunden sind!«

»Es ist vorbei, General. Wir siegen. Die Soldaten der Regierungstruppen laufen davon wie kopflose Hühner!«

»Sie haben keine Verstärkung, General«, warnte Matabu.

»Ich brauche keine«, erwiderte Lananga. »Meine Soldaten werden innerhalb der nächsten Stunde am Regierungsgebäude sein. Kurze Zeit später haben wir Präsident Kabbah in Gewahrsam.«

»Lassen Sie es, General«, befahl Matabu. »Brechen Sie Ihren Angriff ab, bis ich den Befehl erteile!«

»Zu spät«, erklärte Lananga.

»Da stimmt etwas nicht, General. Es ist zu leicht!«

»Nein, nein. Es läuft alles genau so, wie ich es erwartet habe. Wenn ich das nächste Mal Verbindung mit Ihnen aufnehme, steht Präsident Kabbah neben mir. – Ende.«

Latisse Matabu hielt sich noch lange, nachdem Lanangas Stimme verstummt war, das Funkgerät ans Ohr. In ihrem Traum letzte Nacht hatte ihre Großmutter sie nur vor dem Falken und dem Adler gewarnt. Warum machte sie sich dann Sorgen? Was ging schief?

Etwas, das sie kürzlich gehört hatte und das sie hätte stutzig machen sollen ...

Der Drache legte das Funkgerät hin und ließ sich in einen Stuhl hinter dem wackligen Rattantisch sinken, auf dem eine Karte des westlichen Teils von Sierra Leone lag, einschließlich der Küstenlinie, auf der die Positionen der verschiedenen Truppen markiert waren. Latisse versuchte, einen klaren Gedanken zu fassen, doch ihr Kopf hämmerte zu sehr; die Schmerzen, von denen Dr. Sowahy gesprochen hatte, hatten eingesetzt und benebelten ihren Verstand. Sie spürte, wie das Pillendöschen, das er ihr gegeben hatte, in der Jackentaschc klapperte. Starke Pillen, die ihr die

Schmerzen nehmen würden, hatte Sowahy versprochen, genau wie die Spritzen ein paar Tage zuvor. Doch zu welchem Preis? Die Tabletten würden nicht nur die Schmerzen lindern, sie würden ihren Geist verwirren und ihr Urteilsvermögen schwächen.

Sie wünschte, dem Krieg näher sein zu können, den sie nun aus der Ferne führte.

Dann nämlich hätte Latisse Matabu erkannt, was sie vom Bunker aus nicht sah.

Daniel Sukahamin markierte weiterhin die vorrückenden Positionen der Rebellentruppen auf der Karte, die an der Wand befestigt war.

»Nun?«, fragte Präsident Kabbah.

»Die Rebellen haben soeben Government Wharf eingenommen. Unsere Truppen ziehen sich auf ganzer Linie zurück.«

»Wie geplant.«

Sukahamin runzelte die Stirn. »Schneller als wir erwartet haben, aber wie geplant, das stimmt.«

Hinter dem gut befestigten Regierungsgebäude hatten die Schießereien an Intensität zugenommen. Das Gebäude erzitterte jetzt bei jeder Explosion; es regnete abgeplatzte Farbe und Putz von Wänden und Decke. Nur Minuten zuvor waren Leuchtspurgeschosse an den Fenstern vorbeigejagt. Regierungssoldaten hatten sich hinter Betonbarrieren eingegraben, um den Vorstoß der vorrückenden Rebellentruppen zu erwarten.

»Es ist soweit«, sagte Sukahamin in einem Tonfall, der mehr wie ein Flehen klang.

»Fast«, erwiderte Kabbah und warf erneut einen Blick auf die im Dunklen sitzende Gestalt im Hintergrund des Raumes. »Einverstanden?«

»Ja.« Joseph Tupelo, Außenminister von Nigeria, nickte und erhob sich. »Ich bin vollkommen einverstanden.«

Ben und Danielle stürmten unter der Deckung entlang, die ihnen das halb verfallene Gebäude des City Hotel bot. Sie waren überrascht gewesen, dass das Hotel noch geöffnet hatte; die Lobby war beleuchtet.

Blitze erhellten die Nacht, begleitet von abgehackten Schüssen aus automatischen Waffen. Ben und Danielle hielten sich im Schutz der bröckelnden Steinfassaden. Ben stellte fest, dass er bereits die Schüsse schwererer Kaliber von denen herkömmlicher Gewehre unterscheiden konnte. Der Unterschied lag darin, wie die Geräusche in seinem Kopf widerhallten. Die lautesten Schüsse spürte er bis in die Magengrube; sie verursachten Wellen der Übelkeit, bei denen er jedes Mal glaubte, sich übergeben zu müssen.

Das M 16 in der Hand, fühlte er sich lächerlich. Die Waffe war schwer und schlecht ausgewogen. Nachdem sie den King Jimmy Market verlassen hatten, waren Ben und Danielle an zwei Regierungssoldaten herangeschlichen, die hinter ihrem Patrouillenjeep kauerten. Der Kampf war kurz gewesen und hatte damit geendet, dass Ben und Danielle sich nun im Besitz der M 16-Gewehre befanden, während die Soldaten in Richtung Meer flüchteten. Die zusätzlichen Magazine klapperten in Danielles Taschen, als sie sich umdrehte und Ben das Zeichen gab, dass es für sie beide an der Zeit war, weiter zu gehen.

»Wohin jetzt?«, fragte Ben.

»Zwei Blocks noch bis zur Siaka Stevens Street, in der die Regierungsgebäude stehen«, erklärte Danielle. »Beweg dich einfach in meinem Schatten und halte dich dicht an den Gebäuden.«

Sie fühlte sich so frei und unbeschwert wie während ihrer Zeit beim Sayaret: Es stand viel auf dem Spiel, und doch hatte sie wenig zu verlieren. Das einzig Seltsame war, dass heute der einzige Mann, dem sie sich wirklich nahe fühlte, jetzt darum kämpfte, mit ihr Schritt zu halten – in einer Welt der Gewalt, die er nicht verstand. Was sagte das über ihr Leben aus? Hatte sie ihre wahre Bestimmung wiedergefunden, oder fehlte sie ihr völlig?

Danielle konzentrierte sich auf das, was vor ihr lag. Ein stark geschwächtes und verzweifeltes Amerika würde Israel keine Hilfe mehr bieten können. Ohne die drohenden Vergeltungsschläge der USA würden die Feinde Israels die Gelegenheit nutzen und angreifen. Ein allumfassender Krieg zwischen Israelis und Palästinensern würde ausbrechen. Sie und Ben würden für immer getrennt.

Sie hatten ein gutes Stück auf der Siaka Stevens Street zurückgelegt, als Danielle ein vertrautes Geräusch hörte.

Hier draußen? Das konnte nicht sein.

Doch ihre Augen zeigten ihr, dass es stimmte. Kampfhubschrauber, gefolgt von Blackhawk-Transportflugzeugen, donnerten aus Richtung Meer über ihre Köpfe hinweg.

91.

»Wir werden angegriffen!«

Die Worte General Lanangas ließen Matabus Inneres gefrieren. Der Schmerz in ihrem Kopf wurde zu einem Hämmern, als sie sich bemühte, die plötzliche Wendung der Ereignisse in den Straßen Freetowns zu begreifen.

»Ich wiederhole, wir werden angegriffen! Schweres Feuer aus Kampfhubschraubern! Wir haben Verluste! Feindliche Truppen gleiten an Seilen vom Himmel!«

Matabu schlug so heftig mit der Faust auf den Tisch, dass das Rattan splitterte. Um Haaresbreite hätte sie das Funkgerät getroffen.

Das war der Grund gewesen, weshalb sie Lananga befohlen hatte, auf Verstärkung zu warten, bevor er seine Truppen nach

Freetown einmarschieren ließ! Er hatte den Angriff übereilt geführt und war deshalb in einen Hinterhalt geraten.

Plötzlich kamen pausenlos weitere Meldungen aus dem Funkgerät, die wegen der panischen Rufe und Schreie aber kaum zu verstehen waren. Alle ihre Generäle, so schien es, wurden in einer perfekt abgestimmten Offensive angegriffen. Doch weder Präsident Kabbahs Truppen noch seine Kommandeure waren fähig, einen solchen Angriff zu organisieren – weder was das Können anging, noch zahlenmäßig.

Wer aber griff dann an? Und woher kam dieser Angreifer?

Die zwei nigerianischen Bataillone … Sie mussten es sein!

Aber das war nicht möglich. Das hatte die Bestechung des nigerianischen Außenministers Joseph Tupelo sichergestellt, und selbst wenn nicht, hatten die Nigerianer Sierra Leone in den letzten vierundzwanzig Stunden nicht betreten. Ihre Späher und Spione hatten sie dessen versichert.

Es sei denn …

Matabu drückte sich die Finger gegen die Schläfen, als wollte sie versuchte, den Schmerz herauszumassieren, der mit der Erkenntnis einherging, dass sie hereingelegt worden war. Präsident Kabbah hatte ihren Ehrgeiz und die Impulsivität ihrer Generäle gegen sie benutzt.

Die nigerianischen Truppen mussten bereits seit Tagen in Sierra Leone sein.

Die Flüchtlinge, die aus Guinea zurückgekehrt waren, angeblich an der Grenze zurückgewiesen!

Es war genau vor ihren Augen geschehen, und doch war es Latisse Matabu entgangen. Und jetzt mussten ihr Volk und ihre Sache schrecklich darunter leiden.

Präsident Kabbah sah mit Begeisterung zu, wie der Gegenangriff vor den Fenstern des Regierungsgebäudes vonstatten ging. Die

Soldaten waren von ihrem Stützpunkt weit draußen vor dem Strand hereingekommen – auf zivilen Frachtschiffen, die speziell angemietet worden waren, um ihnen als Tarnung zu dienen. Auf Kabbahs Befehl waren die bereits im Land befindlichen, von den Amerikanern ausgebildeten nigerianischen Truppen aus strategisch platzierten Flüchtlingslagern ausgerückt. Dieser Trick, der sie nach Sierra Leone gebracht hatte, ohne Aufmerksamkeit zu erregen, war von Präsident Kabbah und Nigerias Außenminister Joseph Tupelo ausgeheckt worden.

Es war Kabbah gewesen, der Tupelo vorgeschlagen hatte, sich mit der Revolutionären Einheitsfront einzulassen und sie in dem Glauben zu wiegen, dass er wirklich mit ihnen zusammenarbeitete. Insgeheim aber hatte er die ganze Zeit die bestehende Regierung unterstützt. Tupelo wusste, dass er sein Leben aufs Spiel setzte, wenn er sich bereit erklärte, sich mit Latisse Matabu zu treffen. Doch ihm war auch klar, dass es bei einem Sieg der Revolutionären Einheitsfront in Sierra Leone nicht lange dauern würde, bis sich ein Ableger dieser Organisation in Nigeria einnistete. Nein, die Flut musste gleich hier eingedämmt werden.

Kabbah hatte gewusst, dass die Revolutionäre Einheitsfront bei ihrem Angriff auf Freetown die Flüchtlingslager nicht attackieren würde. Er hatte die Lager daher so platziert, dass sie dem erwarteten Angriffsplan des Drachen entgegen wirken konnten. Sobald sich die Streitkräfte der RUF auf der Flucht befanden, würden die nigerianischen Truppen nach Osten schwenken, Widerstandsnester beseitigen und feindliche Stützpunkte im Sturm erobern. Die Revolutionäre Einheitsfront wäre zersplittert und isoliert. Matabu und ihre Kommandeure hätten keine andere Wahl, als sich zu ergeben, gemäß den Bedingungen der Regierung, oder in die Hügel zu fliehen.

Die über Funk hereinkommenden Berichte hörten sich immer schlimmer an. Latisse Matabu hörte zu, während die größte Offensive, die je von der RUF unternommen worden war, in einer Katastrophe endete. Ihr Soldatengesindel, das sich vom Geruch des Blutes nährte, geriet in Panik, wenn das Blut, das vergossen wurde, das eigene war. Sie wurden wieder zu den Schlägern und Angebern, die sie zuvor gewesen waren und immer bleiben würden. Und ihre Generäle konnten nichts dagegen tun, da sie sich in dieser Hinsicht nur wenig von ihren Untergebenen unterschieden.

Die Plötzlichkeit dieser Niederlage stärkte allerdings Matabus Entschlossenheit. Wieder waren es amerikanische Waffen und amerikanisches Knowhow, die verantwortlich waren für den Sieg. Sie hatten Matabus Eltern getötet und jetzt versuchten sie, auch ihren Traum zu töten. Die Revolutionäre Einheitsfront würde überleben und irgendwann erneut in den Krieg ziehen, doch ohne Latisse Matabu, den Drachen.

Denn mit dem morgigen Tag würde sich alles ändern. Matabu hatte ihre Flucht in die Vereinigten Staaten durch das befreundete Liberia von dem Tag an vorbereitet, als sie die erste Lieferung des Schwarzen Todes gekauft hatte. Sie würde vor dem Morgengrauen auf einer vorgezeichneten Route fliehen, während die Regierung verzweifelt versuchen würde, die Rückkehr gefangener amerikanischer Soldaten und ausländischer Beobachter zu erreichen, für die die RUF keine Verwendung mehr hatte. Diese Verhandlungen würden Kabbah und seine Marionettenminister lange genug beschäftigen, um Matabus Erfolg in den Vereinigten Staaten zu sichern.

Latisse Matabu behielt klaren Kopf und befahl ihren Generälen, während des Rückzugs so viele Geiseln wie möglich zu nehmen. Dann hätte die RUF die Verhandlungsmacht, die sie brauchte, um zumindest zu überleben.

Für das Heute war die Hoffnung verschwunden.

Für das Morgen blieb sie.

Ben und Danielle hatten die Hälfte der Strecke zu den Regierungsgebäuden hinter sich gebracht. Um sie herum strömten die Bewohner aus brennenden, durch Explosionen zerstörten Gebäuden auf die Straße und flüchteten in alle Richtungen. Gewehrfeuer peitschte um sie herum.

Die Schießerei wurde plötzlich heftiger. Ben und Danielle waren gezwungen, sich in den engen Spalt zwischen den beiden Gebäuden zu quetschen, in denen das Oberste Gericht untergebracht war. Sperrfeuer aus den Kampfhubschraubern ging auf die Siaka Stevens Street nieder, um sämtliche Rebellen zu erwischen. Die Salven dröhnten mit ohrenbetäubendem Rattern durch die Nacht. Asphaltstücke und Steinsplitter flogen durch die Luft.

Ben und Danielle duckten sich in ihre Deckung zwischen den zwei Gebäuden und hofften, dass der Kampf so weit abebbte, dass sie einen Ausfall aufs Regierungsgebäude hin wagen konnten.

Ein weiterer Kampfhubschrauber zog über ihre Köpfe hinweg und feuerte abgehackte Salven aus seinen Bordwaffen. Ben hoffte, dass dieser Beschuss die Rebellen zum Rückzug bewegte. Stattdessen nahmen sie ihre Schießerei wieder auf, sobald der Kampfhubschrauber verschwunden war. Heftiger als zuvor nahmen sie Bens und Danielles Position unter Beschuss.

Dies war die Welt seines Vaters gewesen, 1948, im ersten Krieg mit Israel, und dann wieder 1956. Die Welt, aus der sein Vater geflohen war, als deutlich wurde, dass ein dritter Krieg folgen würde – und es war der Grund dafür gewesen, dass Jafir Kamal im blutigen Kielwasser dieses Krieges nach Palästina zurückgekehrt war. Ben verstand diese Welt zum ersten Mal wirklich; er erkannte, warum sein Vater sie so gehasst und sich geweigert hatte, die Rolle des Anführers zu übernehmen, die sein Volk ihm aufzwingen wollte.

Ben hatte erkannt, dass man durch Krieg nichts erreichte. Nicht für Israel, nicht für Palästina, nicht für Sierra Leone. Krieg war grausam und sinnlos, und doch waren Israelis und Palästinenser wieder dabei, sich in einen Krieg zu stürzen.

Ben wollte nicht mehr Jafir Kamal sein, wollte nicht mehr in dessen Welt leben.

Er wünschte sich, seinem Vater sagen zu können, dass er ihn jetzt verstand, dass er ihn nicht mehr hasste für das schwere Vermächtnis, das er hinterlassen hatte, oder dafür, seine Familie verlassen zu haben. Jafir Kamal hatte sein Leben eingesetzt, um zu verhindern, dass Nächte wie diese wieder in Palästina einkehrten. Wahrscheinlich hatte er in jener Nacht, als er die russischen Lastwagens in die Luft gejagt hatte, als sie die Allenby-Brücke überquerten, genau dies getan … in der Nacht, die ihn sein Leben gekostet hatte.

Der dritte Kampfhubschrauber schwebte über ihnen. Er schoss Licht anstelle von Kugeln. Die Rebellen richteten ihre Waffen in die Luft, feuerten wild und gaben so dem nächsten Kampfhubschrauber, der unmittelbar folgte, ihre Positionen preis.

»Jetzt!«, rief Danielle, als der Hubschrauber aus seinen beiden aufmontierten Maschinengewehren das Feuer eröffnete. »Das ist unsere Chance!«

Sie stürmte auf die Straße, weg vom tödlichen Kugelhagel der Kampfhubschrauber. Ben folgte ihr. Im Laufen drehte er sich um, um ihr Rückendeckung zu geben. Danielle hechtete auf den Gehweg, blieb mit der Schulter dicht an der Gebäudereihe, während sie rannte, und hielt sich im Dunkeln. Ben tat es ihr gleich. Er spürte, wie das gezackte Glas ihm Schnittwunden zufügte, wenn er einem zerbrochenen Fenster zu nahe kam.

Vor ihm wartete Danielle an einer Ecke auf ihn.

»Über die Straße«, stieß sie keuchend hervor und versuchte, wieder zu Atem zu kommen. »Siehst du?«

»Eine Kirche …«

»Eine Zuflucht.« Durch den wogenden Rauch blickte Danielle den Hügel hinauf zu den geisterhaften Silhouetten der Regierungsgebäude. »Heute Nacht werden wir Kabbah nicht mehr treffen.«

Sie und Ben wechselten einen Blick; mehr brauchte es nicht. Dieses Mal liefen sie gemeinsam, die Waffen schussbereit. Die bunten Glasfenster der Kirche St. George waren zerstört worden, wie alle anderen in Freetown. Ihre majestätischen Doppelflügeltüren waren von innen verschlossen, was Danielle zwang, aus einem sicheren Winkel darauf zu schießen. Ben trat ein paar Schritte zurück und drückte die Hände auf die Ohren, als Danielle das Feuer eröffnete.

Das Holz brach und hustete Splitter nach allen Seiten. Der Riegel gab nach, und die nach innen schwingenden Türen öffneten sich. Danielle schlüpfte hindurch, gefolgt von Ben.

Beide erstarrten.

In und um die Kirchenbänke wimmelte es von verstörten, schluchzenden Einwohnern Freetowns. Sie duckten sich vor Angst, klammerten sich Halt suchend an ihre Liebsten.

»Keine Angst«, sagte Danielle leise und hoffte, dass einige von ihnen Englisch verstanden. »Wir sind nicht eure Feinde.«

Sie und Ben hatten gerade die letzte Bank erreicht, als ein Klicken sie innehalten ließ. Es hörte sich an, als würde eine Waffe durchgeladen. Sie blickten zur Balustrade hinauf. Ein Dutzend Rebellen der Einheitsfront hielten Kalaschnikows und von Regierungssoldaten eroberte M 16-Gewehre genau auf sie gerichtet.

Sie waren an einen Ort geraten, an dem Geiseln versammelt wurden!

»Waffen fallen lassen! Ihr Waffen fallen lassen jetzt!«, befahl einer der Rebellen in gebrochenem Englisch.

Ben und Danielle ließen ihre Gewehre zu Boden fallen.

92.

Sie wurden herumgeschubst, von einem Rebellen zum nächsten. Einer schlug Danielle ins Gesicht; Ben wollte ihr zu Hilfe eilen, stürzte jedoch, als ihm ein Gewehr gegen den Schädel geschlagen wurde. Er brach zusammen. Beschützend beugte Danielle sich über ihn, um weitere Angriffe zu verhindern.

Es war offensichtlich, warum die Rebellen sie herausgegriffen hatten. Gesprächsfetzen konnten sie entnehmen, dass die Aufständischen sie für Angehörige eines der Internationalen Sonderkommandos hielten, von denen angenommen wurde, dass sie insgeheim die Kabbah-Regierung unterstützten. Doch statt sie zu exekutieren, sonderten die Rebellen Ben und Danielle zusammen mit einigen gefangenen, uniformierten Mitgliedern der Friedenstruppen von den anderen ab. Mit verbundenen Augen, geknebelt, die Handgelenke fest auf dem Rücken verschnürt, wurden diese aus dem Hintereingang der Kirche geführt und in einen Lastwagen dcs Roten Kreuzes gesteckt, der während einer Ruhepause im Kampf gestohlen worden war.

»Jetzt sind wir Geiseln«, flüsterte Danielle. »Um als Tauschobjekte zu dienen.«

Einer der Rebellen sprach gut genug Englisch, um sie warnen zu können, sich ruhig zu verhalten. Der Rot-Kreuz-Laster fuhr los, holperte durch die Straßen und wich großen Schlaglöchern aus, die Granaten in den Asphalt gerissen hatten, bis er seine Fahrt schließlich verlangsamte, als er auf eine unbefestigte Straße stieß. Im Schneckentempo fuhr der Laster einen Hügel hinauf und in die östlichen, höheren Regionen des zentralen Sierra Leone – ein Gebiet, das von den Rebellen kontrolliert wurde.

Die Zeit hatte jede Bedeutung verloren; sie wussten nicht, wie viele Stunden vergangen waren, als sie unsanft aus dem Laderaum des Lastwagens gezerrt und einen feuchten Tunnel gestoßen wurden, eine Art unterirdischen Bunker. Jetzt erst wurden ihnen die Augenbinden und Knebel abgenommen. Ben und Danielle verbrachten den Rest der Nacht aneinander gekuschelt, erst, um sich zu wärmen, dann zu ihrem Schutz, als die Hitze der dicht zusammengedrängten Körper die Wärme und Feuchtigkeit im Bunker auf ein unerträgliches Maß getrieben hatte.

Sie schüttelten sich gegenseitig wach, als ein Trupp verbissen dreinblickender Rebellen im Bunker erschien, sie mit den Läufen ihrer Gewehre anstieß und Haltung annahm, als eine hoch gewachsene, schlanke Gestalt erschien.

General Latisse Matabu, Anführerin der Revolutionären Einheitsfront, warf einen abschätzenden Blick auf die Geiseln.

Matabus Inspektion schien oberflächlich, bis sie zu Ben und Danielle gelangte. Beide standen aufrecht da, doch weder Danielle noch Ben waren groß genug, um Matabu ins Gesicht zu blicken. Sie schaute auf die beiden hinunter, als würde sie sie wiedererkennen.

»Der Falke und der Adler«, murmelte sie und schüttelte verwundert den Kopf. Ihren Gesichtsausdruck konnte man am ehesten als ironisch bezeichnen; vielleicht spiegelte sich auch ein klein bisschen Angst darin. Matabu wandte sich an ihre Wachen. »Bringt die zwei in den Bunker«, befahl sie und setzte ihren Weg die Reihe entlang fort.

Die Wachen überzeugten sich, dass Arme und Beine der Gefangenen fest an die beiden hölzernen Stühle gefesselt waren, bevor sie Latisse Matabus Befehl nachkamen, den RUF-Kommandobunker zu verlassen.

»Ihr seid hierher gekommen, um mich zu töten, nicht wahr?«, fragte der Drache.

»Nur wenn es sich nicht vermeiden ließe«, antwortete Danielle. »Wir tun, was nötig ist, um Sie daran zu hindern, den Schwarzen Tod auf die Vereinigten Staaten loszulassen.«

Matabu verengte die Augen zu Schlitzen. »Ihr wisst sehr viel.«

Danielle warf Ben einen raschen Blick zu. »Mehr, als Sie glauben.«

»Ihr solltet eure letzten Worte sorgfältiger wählen. Wer hat euch hierher geschickt, um mich zu töten? Redet, und ich verspreche euch einen schnellen Tod.«

»Wir haben bereits gesagt, weshalb wir hier sind. Wir sind gekommen, um Sie daran zu hindern, den Schwarzen Tod zu verbreiten«, meinte Ben.

»Warum sollten sich Attentäter um solche Dinge kümmern?«

»Wir sind keine Attentäter«, erwiderte Danielle. »Wir sind Polizisten.«

»Ich bin Palästinenser«, nahm Ben den Faden auf. »Sie ist Israelin.«

Latisse Matabu verzog überrascht das Gesicht. »Da befindet ihr euch aber weit außerhalb eurer Jurisdiktion, oder sehe ich das falsch?«

»Warum Amerika?«, fragte Ben.

»Das fragt mich ein *Palästinenser*? Bedenken Sie, was die euch angetan haben! Sie sollten mir die Daumen drücken, dass es mir gelingt, die Amerikaner zu vernichten.«

»Die Israelis brauchen keine Hilfe von den Amerikanern, um die Palästinenser zu unterdrücken.«

Matabu nickte nachdenklich. »Das brauchen sie wirklich nicht. Sie haben ihre Lektion gut gelernt. Der Unterdrückte wird zum Unterdrücker. Die Juden, die Palästinenser, mein Volk – wir alle haben gekämpft oder kämpfen weiterhin, und zwar denselben Kampf. Gegen Tyrannei, Unterdrückung und Brutalität.«

»Ist das der Grund für die dreißigtausend verstümmelten Zivilisten in Ihrem Land? Der Grund, dass eine Million Menschen durch den Bürgerkrieg vertrieben wurden, den Sie geführt haben?«, fuhr Danielle sie an. »Was für ein Kampf ist das, bei dem Ihre Soldaten anderen Menschen Gliedmaßen abhacken, General? Vergleichen Sie sich nicht mit uns!«

»Warum nicht? Vergessen Sie nicht die Bemühungen der eigenen Irgun und Haganah, die ihre Untaten auf Geheiß ihrer Regierung begangen haben, in den frühen Jahren Ihres Staates. Waren sie weniger brutal?«

»Sie haben Kindern nicht die Arme und Beine abgehackt.«

»Nein, sie haben die Kinder aus den Häusern geworfen und sie zu Flüchtlingen gemacht, die nur für ihren Hass leben. Sie waren genau wie wir. Wir alle haben Niederlagen erlitten und haben uns geweigert, zu kapitulieren. Wir alle haben stets unter dem Vorzeichen gekämpft, das Beste für unser Volk zu wollen.«

»Wir«, sagte Ben, »nicht Sie.«

»Ich sehe den Unterschied nicht.«

»Wir haben unser Volk nie so verraten, wie Sie es jetzt tun.«

»Was macht es schon aus, wer das Sagen hat, solange der wahre Feind weit weg ist?« Matabu näherte sich Ben. »Die Zeiten, da wir so etwas passiv hingenommen haben, als unvermeidlich, sind vorbei. Mann muss stets versuchen, etwas zu *ändern*. Und ich habe die Absicht, Änderungen vorzunehmen.«

»Wenn Sie Amerikas Ernte mithilfe des Schwarzen Todes vernichten, werden Abermillionen Menschen sterben«, erklärte Danielle.

»Dann soll es so sein.«

»Es wird nicht auf Amerikaner beschränkt bleiben«, warf Ben ein. »Wenn die Nahrungsmittel verschwinden, die in den USA angebaut und produziert werden, muss ein Viertel der Weltbevölkerung hungern.«

»Vielleicht sogar die Hälfte«, verbesserte ihn Latisse Matabu. »Die Vereinigten Staaten kontrollieren sechzig Prozent des Exportgetreides der Welt, außerdem andere Nahrungsmittel, die für die menschliche Existenz nötig sind. Das Land hält ein größeres Monopol auf die Nahrungsmittelexporte, als alle OPEC-Staaten zusammen es je in Bezug auf Erdöl haben werden. Sobald der Schwarze Tod sich ausbreitet, wird Brot am Ende mehr kosten als Kaviar. Amerikas Handelsbilanz wird zu existieren aufhören.«

»Und das *wollen* Sie?«

»Ich will die Macht wieder in den Händen des Volkes wissen. Und ich will freie Wahlen, die uns in Kabbahs Polizeistaat verweigert wurden. Solange die Vereinigten Staaten das Sagen haben, wird weder das eine noch das andere eintreten.«

»Darum geht es hier doch gar nicht«, sagte Danielle.

»Wer sind Sie, dass *Sie* mir sagen, worum es geht?«

»Ich bin eine Frau, die ebenfalls ein Kind verloren hat. Durch Gewalt, so wie Sie.«

»Sie wissen nichts über mich oder mein Kind!«

Wieder warf Danielle Ben einen Blick zu. »Wir wissen mehr, als Sie denken. Mehr, als Sie *wissen*.«

Matabu riss die Pistole aus ihrem Gürtel und richtete sie auf Danielle. »Ich werde Sie eigenhändig erschießen!«

»Hören Sie sich erst an, was ich zu sagen habe. Hören Sie, warum das alles hier *umsonst* ist.«

Danielle sah, wie Matabus Griff sich lockerte, und senkte die Stimme. »Sie haben General Nelson Treest getötet.«

»Ah, Sie wissen Bescheid über Treest. Sollte mich das überraschen?«

»Er hat Sie vergewaltigt und geschwängert. Sie haben einen Sohn geboren.«

»Den er getötet hat, als er von der Existenz des Kindes erfuhr.«

»Treest hat das Kind nicht getötet«, sagte Danielle.

»*Was?* Das ist verrückt!«

»Der Korb, den er damals in den Fluss warf, war leer. Er hat den Jungen behalten, um ihn als seinen Sohn großzuziehen – was er auch getan hat.« Danielle hielt Matabus fassungslosem Blick stand. »Und dann haben Sie ihn getötet.«

93.

Latisse Matabu stand bewegungslos vor ihnen. Alle Farbe war aus ihrem Gesicht gewichen. Sie öffnete den Mund, um zu sprechen, doch kein Laut kam über ihre Lippen.

»General Treest hat sich vor jordanischen Geheimdienstoffizieren, mit denen er zusammengearbeitet hat, mit seinen Taten gebrüstet«, fuhr Danielle fort. »Das haben wir herausgefunden.«

Latisse Matabu begann zu zittern und stand plötzlich unsicher auf den Beinen. Sie blickte starr geradeaus, war in Gedanken ganz woanders.

»Sie haben Ihren eigenen Sohn umgebracht. Wie fühlt man sich dabei?«, fuhr Danielle sie an, ohne die Verachtung aus ihrer Stimme heraushalten zu können.

Matabu taumelte zurück.

»Sie haben sich selbst verraten – schlimmer, als jemand anders es je hätte tun können«, setzte Danielle nach.

Matabu öffnete die Tür und rief die Wachen, die sie davor postiert hatte.

»Tötet sie«, befahl sie ohne jede Regung, den Blick kalt und starr auf Danielle und Ben gerichtet.

Die Wachen stießen sie die Stufen hinauf und nach draußen in die kühle, windige Nachtluft. Ben sah, wie Danielle nach einer Möglichkeit suchte, sich zur Wehr zu setzen, nach einer Waffe, nach irgendetwas. Doch mit den noch immer gefesselten Händen konnte sie nichts tun.

Der Landschaft und den Strömungsgeräuschen eines nahen Flusses nach zu urteilen, lag der Stützpunkt der RUF in einem abgelegenen Gebiet im nordöstlichen Teil Sierra Leones; am wahrscheinlichsten, vermutete Danielle, im Outbamba-Kilimi-Nationalpark. Die Luft roch süß und schwer – ein unglaublicher Kontrast zu den stickigen, schmutzigen, blutgetränkten Straßen von Freetown.

Zwanzig Meter vom Bunker entfernt fing Danielle Bens Blick auf und bedeutete ihm, bereit zu sein. Dann ging es blitzschnell. Danielle trat mit dem linken Bein nach hinten aus und traf einen der Rebellen am Knie. Der Mann schrie vor Schmerz auf und fiel zu Boden. Danielle wirbelte herum und trat ihm das Gewehr aus der Hand, bevor er anlegen konnte. Ein Schuss peitschte durch die Nacht. Danielle rammte dem zweiten Rebellen das Knie in die Leistengegend und zog mit den gefesselten Händen das Messer aus der Scheide, die der Mann am Gürtel trug.

Der erste Rebell hatte sein Gewehr inzwischen in Schussposition gebracht, da rammte Ben ihn mit der Schulter. Beinahe wäre der Rebell wieder in die Knie gegangen, schaffte es aber, sich aufzurichten und Ben den Gewehrkolben in den Magen zu stoßen. Nun aber griff Danielle ein, stach mit dem Messer nach dem Mann und erwischte ihn am Arm. Blut schoss aus der Wunde und tränkte ihre Kleidung. Der Mann folgte dem anderen Rebellen und stolperte ebenfalls davon, flüchtete in die Wälder, ohne sich um sein Gewehr zu kümmern, das zu Boden gefallen war.

Ben beobachtete, wie Danielle den Griff des Messers in den schmalen Spalt zwischen zwei Bäumen rammte. Dann hielt sie die Handgelenke im Rücken und schnitt mühelos die Fesseln durch, mit denen ihre Hände gebunden waren.

»Verschwinden wir von hier«, sagte Danielle bestimmt und zerrte die Fesseln von ihren Handgelenken. Dann zerschnitt sie auch Bens Fesseln.

Ben schüttelte die tauben Hände und rannte hinter Danielle her durch die Wälder, ohne auf die Äste zu achten, die ihm das Gesicht zerkratzten. Seine Lungen brannten, ihm schmerzte die Brust, und er schnappte nach Luft. Er hätte nicht sagen können, wie weit sie gerannt waren, als ein plötzlicher Lichtstrahl sie einfing.

Sofort blieb Danielle stehen und warf die Arme hoch, um den Männern, die sie als Regierungssoldaten erkannte, zu zeigen, dass sie unbewaffnet war. Ben tat es ihr gleich, doch die Soldaten hielten ihre Gewehre weiterhin schussbereit.

Danielle sank auf die Knie und verschränkte die Hände hinter dem Kopf. »Freunde!«, rief sie auf Englisch. »Wir sind Freunde!«

»Wir wissen, wer Sie sind«, sagte ein älterer uniformierter Offizier und trat vor. »Wir haben nach Ihnen gesucht.«

ZEHNTER TAG

94.

»Tut mir Leid, dass wir Sie nicht früher ausfindig machen konnten«, entschuldigte sich Präsident Kabbah, nachdem er Ben und Danielle zwei Stunden später, kurz nach Sonnenaufgang, in seinem Büro im Regierungsgebäude begrüßt hatte. »Und entschuldigen Sie die Verwirrung, als meine Soldaten in den Wäldern auf Sie gestoßen sind. Angesichts der Geschehnisse hier konnte der jordanische Abgeordnete mich erst nach Ende der Kämpfe erreichen.«

Das auf dem Hügel erbaute Regierungsgebäude erlaubte einen ungehinderten Blick auf Freetown und die Folgen der Kämpfe der vorangegangenen Nacht. Die Straßen waren voller Schutt; viele Gebäude lagen in Trümmern. Das Kriegsrecht war verhängt worden, sodass die Bewohner sich nicht nach draußen wagten, um mit den Aufräumarbeiten zu beginnen. Stattdessen streiften Regierungstruppen durch die Stadt, um Plünderungen zu verhindern und vereinzelt umherirrende Rebellen aufzuscheuchen.

»Der jordanische Abgeordnete hat Ihnen von Latisse Matabus Plänen für die Vereinigten Staaten erzählt?«, fragte Ben. Er sprach laut genug, damit seine Stimme über das Geräusch der Motorsägen und das Hämmern hinweg zu hören war, die das Regierungsgebäude erfüllten. Handwerker beeilten sich, das Gebäude wieder in einen vorzeigbaren Zustand zu versetzen.

Kabbah nickte grimmig. Außer den bewaffneten Wachen, die zu beiden Seiten der Tür Wache hielten, waren sie alleine im Büro des Präsidenten, dessen Fenster vernagelt worden waren, sodass das Licht der Morgensonne nicht ins Innere fiel. Die Scheiben waren durch die Druckwellen der Explosionen in der Nacht zerstört worden.

»Ich darf Ihnen sagen«, meinte Kabbah, »dass ich das Werk des Schwarzen Todes mit eigenen Augen gesehen habe.«

»Dann wissen Sie sicher, warum Sie alle Kräfte mobilisieren müssen, um dafür zu sorgen, dass der Drache das Land nicht verlässt«, warf Danielle ein.

»Es ist leider zu spät, sie aufzuhalten«, erklärte Kabbah.

Er nickte einem der Wachsoldaten zu, der daraufhin die Tür öffnete und zwei Männern bedeutete, hereinzukommen. Der Erste trug einen Anzug, war perfekt frisiert, frisch rasiert und besaß das Aussehen eines erfolgreichen Geschäftsmanns. Der andere Mann, groß und schlank, trug eine Militäruniform, die an Knien und Ellbogen aufgerissen war. Um die Taille herum wiesen ein paar Stellen Schweiß- oder Blutflecken auf. Seine Augen waren blutunterlaufen und geschwollen, die Wangen aufgeschürft. Seine Nase schien gebrochen zu sein. Er bewegte sich zaghaft, als hätte er Angst davor, wohin sein nächster Schritt ihn führte.

»Darf ich Ihnen General Yancy Lananga vorstellen, den kommandierenden Offizier der Streitkräfte der Revolutionären Einheitsfront«, sagte Kabbah. »Stellvertretend für Latisse Matabu hat General Lananga sich bereit erklärt, als Verbindungsmann zu den Rebellen zu fungieren, um ein umfassendes Friedensabkommen auszuarbeiten. Dafür wird er mit einem wichtigen Amt in meinem Kabinett belohnt.« Kabbah wandte sich um und lächelte den gut gekleideten Mann neben Lananga an. »Ist es nicht so, Minister Sukahamin?«

»Jawohl, Sir.«

»Stimmen auch Sie mir zu, General?«

Lananga nickte, doch seine Augen blickten leer.

»Er hat mich außerdem darüber informiert, dass Latisse Matabu, der Drache, Sierra Leone verlassen hat, begleitet von zwei ihrer Soldaten, und zwar heute früh, nach Ihrer Flucht. Sie ist in Liberia eingetroffen, wo die Regierung Taylor die Rebellen von Anfang an unterstützt hat.« Wieder wandte Kabbah seine Aufmerksamkeit Lananga zu. »Wir können davon ausgehen, dass Matabu sich bereits auf dem Weg in die Vereinigten Staaten befindet, nicht wahr, General?«

Wieder nickte Lananga.

Kabbah hielt den Blick auf ihn gerichtet. »Der General war so freundlich, uns mitzuteilen, dass der Rest des Schwarzen Todes, der sich im Besitz des Drachen befindet, bereits von ihr verschickt worden ist. Der ursprüngliche Plan hatte vorgesehen, die Kisten aufzuteilen, um ihren Inhalt an strategisch wichtigen Punkten innerhalb des Landes freizusetzen. Das hat sich geändert, nicht wahr, General?«

Wieder ein Nicken.

»Offensichtlich«, fuhr Kabbah fort, »hatten die Russen detaillierte Pläne, was die Freisetzung des Schwarzen Todes betrifft, die Matabu nie bekommen hat. Ergibt das für Sie einen Sinn?«

Danielle nickte und dachte an die Pläne, die die letzte Lieferung des Schwarzen Todes begleitet hatten, und die sie sich in Sheik al-Akbars Garage in Beirut unter die Kleidung gesteckt hatte.

»Der General teilte mir mit, dass Matabu noch immer vorhat, ihren Plan auszuführen und dass der Schwarze Tod in die Vereinigten Staaten verschifft wurde, um per Lastkahn den Mississippi hinauf transportiert zu werden.«

»Ins Zentrum des Landes«, erklärte Ben.

Kabbah nickte. »So ist es. General Lananga sagte, dass Matabu die Kisten in St. Louis übernehmen will. Ist es nicht so, General?«

Wieder ein Nicken, bedächtig und emotionslos. General Lanangas Augen blickten leer.

»Haben Sie die amerikanische Regierung alarmiert?«, fragte Danielle den Präsidenten.

Kabbah runzelte die Stirn. »Sie sehen, in welchem Dilemma ich stecke. Die Probleme, die aus einer solchen Katastrophe resultieren, dürfen keinesfalls mit Sierra Leone in Verbindung gebracht werden.«

»Sie müssen den amerikanischen Behörden die Chance geben, Matabu aufzuhalten!«

»Das ist der Punkt, an dem Sie beide ins Spiel kommen«, erklärte Kabbah und ließ den Blick zwischen Ben und Danielle hin und her wandern. »Minister Sukahamin hilft Ihnen bei den Vorbereitungen und stellt Ihnen zur Verfügung, was Sie benötigen, einschließlich eines Regierungsjets, der Sie an jeden von Ihnen gewünschten Ort in den Vereinigten Staaten bringt. Er wird außerdem jegliche zusätzliche Ausrüstung für Sie besorgen, die Sie verlangen. Sind Sie damit einverstanden?«

Ben und Danielle warfen einander Blicke zu und nickten. Sie hatten keine Wahl.

»Sehr gut«, beendete Kabbah das Gespräch. »Ich nehme an, Sie wollen nach Washington fliegen?«

Wieder tauschten Ben und Danielle Blicke.

»Nein«, erwiderte Danielle. »Nach St. Louis.«

Präsident Kabbah entließ die Wachen, nachdem die Fremden gegangen waren, und schloss die Tür hinter ihnen. Anschließend ging er zum Telefon und wählte die Nummer in Amman, Jordanien, die man ihm gegeben hatte.

»Alles klar«, sagte er, als die Stimme am anderen Ende der Leitung sich meldete. »Sie werden in Kürze unterwegs sein.«

Latisse Matabus Maschine war soeben von Johannesburg gestartet und befand sich auf dem Weg nach New York, als die Schmerzen wieder einsetzten. Ihr Kopf schien sich mit Luft zu füllen und aufzublähen. Sie hatte ein flaues Gefühl im Magen und war froh, nichts gegessen zu haben. Es waren diesmal nicht nur die Auswirkungen der Krankheit, es waren die Worte, die die Israelin ihr entgegengeschleudert hatte. Es war die Wahrheit, die hinter diesen Worten steckte.

Sie, Latisse Matabu, hatte ihren eigenen Sohn getötet.

Sie hätte gern geglaubt, dass es bloß ein Trick war, um sie zu schwächen und sie von ihrem Entschluss abzubringen. Doch es war die Wahrheit; Matabu hatte es in den Augen der Israelin gesehen und wusste es in ihrem Herzen.

Jetzt sah sie jedes Mal, wenn sie die Augen schloss, den entsetzten Ausdruck im Gesicht des Jungen – ihres Sohnes –, bevor sie ihn vor den Augen seines Vaters, General Treest, getötet hatte. Hätte sie ihren Sohn doch in die Arme geschlossen, statt ihm die Kehle durchzuschneiden!

Sie verdiente es, bestraft zu werden.

Doch jetzt noch nicht. Zuerst musste sie ihr Land retten, indem sie seinen größten Unterdrücker vernichtete. Beschaffer der Waffen, die ihren Vater getötet hatten. Alliierte des Mannes, der sie vergewaltigt und ihr Kind gestohlen hatte.

Matabu saß in der Touristenklasse auf einem Sitz in der Mitte, in weite, formlose Gewänder gekleidet, die war mit Perlen geschmückt waren, um ihre Tarnung als normale westafrikanische Frau zu unterstreichen, die eine Reise in die USA unternahm. Zusätzlich hatte sie ihr Haar mit einem kompliziert gewundenen Turban bedeckt und sogar Make-up aufgelegt, um ihren von

Wind und Wetter gegerbten Teint zu verdecken. In diesem Moment wünschte sich Matabu, sie hätte die zwei Soldaten nahe bei sich, die sie nach Amerika begleiteten. Doch aus Sicherheitsgründen hatte sie vor dem Flug angeordnet, dass die zwei sich in der Kabine weit auseinander setzten, um weniger Aufmerksamkeit zu erregen.

Der Drache kämpfte eine neuerliche Woge der Übelkeit nieder und bemühte sich, nicht an den jämmerlichen Fehlschlag der letzten Nacht zu denken. Sie zwang sich stattdessen, sich auf ihre letzte Chance zu konzentrieren, Wiedergutmachung zu leisten und zugleich einem inneren Frieden so nahe wie möglich zu kommen.

Jim Black erschien ein wenig zu früh im Café im Zentrum von Amman, damit er noch ein Bier trinken konnte, musste aber feststellen, dass man keinen Alkohol ausschenkte, wie in keinem Lokal in der Stadt, ausgenommen in den großen, westlich orientierten Hotels, in denen Black sein Gesicht im Moment aber lieber nicht zeigte.

Er hatte zwei Nächte zuvor das Bewusstsein wiedererlangt. Nach Luft schnappend war er im Meer aufgetaucht, nachdem er durch die morschen Planken des Piers gestürzt war. Er hatte seine Sinne schnell genug wieder beisammen, um zuerst den Pier nach Danielle Barnea abzusuchen. Doch sowohl sie als auch das Boot, das Sasha Borodin bereitgestellt hatte, waren verschwunden gewesen. Black hatte lächeln müssen, trotz seiner Schmerzen. Niemand hatte ihn bisher so ausgetrickst. Barnea war tatsächlich besser, als er erwartet hatte; er war beinahe froh, dass sie davongekommen war.

Black nahm einen Schluck Kaffee und spie ihn beinahe aus, so bitter war er. Er gab reichlich Zucker hinein. Als auch das nichts half, ging er zur Theke und bestellte einen Tee. Als er zum

Tisch zurückging, saß dort ein Mann in Anzug und *Keffiyah*, der im Stuhl gegenüber Platz genommen hatte.

»Wer hat Sie geschickt, sagten Sie?«, fragte Black.

»Ich habe gar nichts gesagt.«

»Jemand mit Einfluss, würde ich sagen.«

»Damit liegen Sie richtig.«

Black nahm einen Schluck und stellte fest, dass der Tee nur wenig besser schmeckte als der Kaffee. »Sie haben ein ernstes Problem, was die Getränke in diesem Land angeht. Ich frage mich, ob Ihr Boss nicht etwas dagegen unternehmen kann.«

»Keine Sorge«, sagte der Mann ihm gegenüber und beugte sich vor. »Sie werden nicht lange hier sein. Der Mann, den ich vertrete, hat einen Auftrag für Sie.«

»Ich bin teuer.«

»Er kann es sich leisten.«

»Wohin reise ich denn?«

»In die Vereinigten Staaten.«

Black verzog das Gesicht. »Normalerweise ist es nicht klug, dort zu scheißen, wo man wohnt.«

Der Mann schob ein Foto über den Tisch. »Sie kennen diese Frau, nehme ich an.«

Jim Black starrte ins Gesicht von Danielle Barnea. »Sie machen Witze. Mann, ich komme einfach nicht los von diesem Weib …«

»Wie meinen Sie das? Ich glaube, ich kann Ihnen nicht ganz …«

»Schon gut«, sagte Black. »Sagen Sie mir einfach, wo ich die Frau finde.«

95.

Ben und Danielle flogen von Sierra Leone aus im Militärjet nach Westen. Es war ein unbequemer Flug, der sie zwischen Tankstops und plötzlichen Turbulenzen um den Schlaf brachte.

Kurz von dem Ziel schlug Danielle die Augen auf und sah, dass Ben sie anschaute.

»Wir sind bald in New York«, sagte er. »Gut, dass wir dort nicht von Bord müssen.«

»Mir ist während der letzten Woche etwas klar geworden«, erwiderte Danielle. »New York hat mir mehr genommen als nur das Baby: Es hat mir auch den Mut genommen. Als Mutter war ich gezwungen, meine Einstellung zu ändern, meine Prioritäten. Keine Risiken mehr, keine Einsätze, keine Abenteuer. Alles, was ich gewesen war, musste sich ändern. Dann haben wir das Baby verloren. Trotzdem – ich *hatte* mich verändert und konnte es nicht mehr umkehren.« Sie blickte Ben an. »Ich habe dir die Schuld gegeben, weil ich mich selbst schon so sehr hasste, dass ich mir gleichgültig war. Du hattest alles riskiert, um das Kind zu retten, genau wie du jetzt alles riskierst. Zum Dank habe ich dir den Rücken zugekehrt. In Sierra Leone ist mir das alles klar geworden.«

»Matabu?«

»Ich habe sie angeschaut und zu viel von mir selbst gesehen. So schlimm ihr Leben auch war – sie selbst hat es noch schlimmer gemacht. Genau wie ich.«

»Ich sehe die Parallelen nicht«, sagte Ben.

»Man verliert die Hoffnung. Man gibt auf. Ich war auf dem Weg dorthin, wo Latisse Matabu jetzt ist, habe aber noch rechtzeitig Halt gemacht – Gott sei Dank. Denn ich kann gut darauf verzichten, an diesem Ort zu sein. Alles, was mir passiert ist, hat mich an den Rand eines Abgrunds getrieben, aber ich bin nicht gesprungen, so wie Matabu.«

»Weil du dich nicht wirklich verändert hast«, sagte Ben. »Du hast es nur geglaubt. Du hast dich selbst so gesehen, wie Baruch und andere Politiker dich gesehen haben.«

»Und wie siehst du mich?«

Ben schaute Danielle und lächelte. »Genau so, wie ich dich haben will.«

Drei Tankstops und endlose Warterei auf die Startgenehmigungen auf den internationalen Flughäfen sorgten dafür, dass sie erst kurz vor der Morgendämmerung auf dem Flughafen Lambert Field in St. Louis landen. Der Flugbetrieb war gerade aufgenommen worden; die ersten morgendlichen Passagiere trafen ein. Eine diplomatische Eskorte, arrangiert von Präsident Kabbah, wartete auf sie, als sie die Ankunftshalle erreichten. Die Eskorte hatte einen Wagen für sie bereitstehen, doch in letzter Sekunde entschied Danielle, ihn nicht zu nehmen. Sie traute Kabbahs Sicherheitsleuten noch immer nicht. Deshalb warteten sie und Ben, bis die Eskorte verschwunden war. Dann schlüpften sie aus dem Haupteingang und riefen ein Taxi. Den Seesack, den Kabbahs Verteidigungsminister für sie beschafft hatte, warfen sie in den Kofferraum, bevor sie auf der Rückbank Platz nahmen.

Das Problem war jetzt, dass sie zwar wussten, dass Latisse Matabu und ihre Soldaten ins Land kommen und auf der Suche nach einem Schiff waren, aber sie wussten weder wo noch wann. Sie konnten nur hoffen, dass es ihnen gelungen war, noch vor dem Drachen in die Stadt zu gelangen, obgleich ihnen das ohne weitere Informationen auch nichts nützen würde.

»Wohin?«, fragte der Fahrer.

»Zum Mississippi«, erwiderte Ben.

Der Fahrer drehte den Kopf und schaute seine Fahrgäste an. »Da müssen Sie schon genauer werden.«

»Zum Hafen«, sagte Danielle. »Zum größten Frachthafen in St. Louis.«

Latisse Matabu war bereits wach und schlenderte über die Decks des Lastkahns, als die Sonne aufging. Sie hatte die zwei Soldaten, Timo und Dikembe, als Begleiter ausgewählt, weil sie dasselbe Heimatdorf hatten wie Matabu selbst. Ihre Väter waren mit denselben aus Amerika gelieferten Waffen umgebracht worden, die auch Matabus Vater getötet hatten. Die beiden Männer hielten sich stets in ihrem Schatten auf, stets wachsam und beschützend, wenn auch sichtlich unbehaglich in westlicher Zivilkleidung.

Die isolierten Kisten mit dem Schwarzen Tod waren in drei großen, gekühlten Containern untergebracht, die durch riesige Kompressoren achtern im Lastkahn mit Strom versorgt wurden. Obwohl die Kisten unmöglich sämtliche drei Container füllen konnten, hatte Matabu, um Komplikationen zu vermeiden, den gesamten Laderaum gemietet. Lediglich die Zeitspanne zwischen dem Zeitpunkt ihrer Ankunft und dem Eintreffen der Schiffsmannschaft hatte sie nicht bedacht. Sie hätte die Leute bezahlen sollen, dass sie an Bord blieben. Jetzt musste sie warten, bis die Besatzung wiederkam; erst dann konnten sie ablegen. Vielleicht in einer Stunde, vielleicht in zwei oder drei.

Latisse Matabu versuchte, geduldig zu sein und sich abzulenken, indem sie ihren Plan in Gedanken noch einmal durchging. Während ihres langen Aufenthalts in den Vereinigten Staaten hatte sie den Mississippi nur einmal gesehen, ohne auch nur zu ahnen, welche Rolle er in ihrer Zukunft spielen sollte.

Nördlich von St. Louis, bis zur Kette von Rocks Bridge, war der Mississippi durchsetzt mit Schleusen, Dämmen und Kanälen, die von der Armee angelegt worden waren. Südlich von St. Louis war der Fluss wilder und ungezähmter, ohne Schleusen oder Dämme, um den Verkehr der Lastkähne nicht zu behindern. Matabu hatte sogar von Schleppverbänden gehört, die sich über einen Kilometer Länge erstreckten – ineinander verkeilte Ungeheuer, die so gewaltige Bugwellen verursachten, dass sie kleinere Fahrzeuge, die ihnen zu nahe kamen, kentern ließen.

Von St. Louis aus nach Süden, bis in den Golf von Mexiko, vereinigte sich der Fluss mit buchstäblich Hunderten von Zuflüssen, die das Kernland Amerikas wie ein Netzwerk von Venen und Arterien durchzogen. Matabu hatte bereits zwei Dutzend Häfen ausgewählt, an denen sie lange genug anlegen würde, um dort einen Teil der Kisten zu lagern. Wenn sie ihre Reise in den Süden beendet hätte, war der Schwarze Tod über das Zentrum der Vereinigten Staaten verteilt und bereit, das Land zu überschwemmen. Sie, Matabu, würde zu den verschiedenen Häfen zurückkehren, um die gefrorenen Eier aufzutauen und die Kreaturen freizulassen, damit sie sich ungehindert verbreiten konnten. Die Käfer würden unablässig nach Nahrung suchen.

Matabu hatte ihren Plan ausgearbeitet, nachdem sie die Karten mit den Bewässerungsplänen des Farmlands studiert hatte, das sich an beiden Ufern Mississippi ausbreitete. Wenn der Schwarze Tod demselben Weg folgte wie die Bewässerungskanäle, mit denen die Farmen versorgt wurden, würde er schließlich auf Land stoßen, das ihm endlosen Nahrungsvorrat bot.

War er erst einmal frei und konnte sich ungehindert ausbreiten, war der Schwarze Tod nicht mehr aufzuhalten.

Der Drache hatte noch keinen festen Zeitplan für die Freisetzung; wahrscheinlich musste die ganze Sache über mehrere Tage verteilt werden. Alles hing davon ab, wie lange der Rückweg in die Häfen dauerte, in denen die isolierten Kisten gelagert wurden.

Dann hätte sie ihre Rache.

Jim Black war seit fast zwei Jahren nicht in den Staaten gewesen und brauchte nicht lange, um herauszufinden, warum er sein Zuhause nicht allzu sehr vermisst hatte: Jeder redete und hörte gleichzeitig zu, was andere sagten. Jim Black aber fühlt sich viel wohler, wenn er nicht verstand, was die Leute sagten, und wenn sie ihn nicht verstanden. Es machte die Dinge einfacher und beschränkte eine Unterhaltung auf das Mindestmaß. Man gab jemandem zu verstehen, was man wollte, und das war es auch schon. Kein Smalltalk, kein Gefasel. Orte wie St. Louis waren schlimm für Jim Black; die Menschen redeten und lächelten und erwarteten, dass man ihr Lächeln erwiderte.

Die seltsamen Einzelheiten seines Auftrags machten Black noch gereizter. Er wusste nicht einmal, wohin er sollte. Alles war vage und verschwommen. Und das war nicht einmal das Schlimmste: Wenn es einen Menschen gab, den er nicht noch einmal treffen wollte, war es Danielle Barnea. Doch es schien, als würde es an diesem Tag darauf hinauslaufen.

Jim Black stellte Kaffee und Muffin auf dem Beifahrersitz des Mietwagens ab und machte sich auf den Weg zum Mississippi.

96.

Es war kurz nach sieben Uhr morgens, als Ben und Danielle den Hafen von St. Louis im Schatten der berühmten Gateway Arch erreichten, die in der Morgensonne glitzerte. Die Docks dort waren speziell dafür eingerichtet, Lastkähne abzufertigen, die routinemäßig den Mississippi befuhren. Sie hatten das Taxi an einem Schnellrestaurant halten lassen, um etwas zu frühstücken, da sie von der Reise völlig ausgehungert waren. Sie schlangen die salzigen, überbackenen Käse-Eier hinunter, ohne sie zu schmecken. Der Kaffee, heiß und stark, belebte sie wieder.

Der Vormann sollte erst in einer Stunde erscheinen, doch sein Untergebener war redselig und berichtete stolz, dass die Lastkähne, was die Versorgung der mittleren USA anging, noch immer die Lastwagen ersetzten. Ben und Danielle gaben vor, Repräsentanten eines ausländischen Firmenkonsortiums zu sein, das mit seinem derzeitigen Transportunternehmen unzufrieden war und einen Wechsel wünschte.

Der Stellvertreter des Vormanns trank schwarzen Kaffee aus einer Thermoskanne, während er Danielle und Ben voll Eifer auf eine Besichtigungstour der Gebäude am Flussufer mitnahm. Ben und Danielle taten aufmerksam, zugleich aber schweiften ihre Blicke über die Lastkähne, an denen sie vorbeikamen, auf der Suche nach einem Kühlschiff, das Latisse Matabus Schwarzen Tod an Bord haben könnte.

»Wir bieten einen umfassenden Tiefkühl- und Kühlservice«, sagte der Mann stolz. »Auf verderbliche Ware gibt es hundert Prozent Garantie.«

»Ist kürzlich etwas hereingekommen?«, fragte Ben.

»Aus Übersee vielleicht?«, fügte Danielle hinzu.

Der Mann kippte seinen Kaffee hinunter und kratzte sich am Kinn; dann schüttelte er den Kopf.

Die nächsten zwei Hafenanlagen für Lastkähne erbrachten dieselben Resultate. Der Taxifahrer war es zufrieden, sie weiterhin herumzufahren, solange sie bar bezahlten.

»Tja«, meinte er, als sie sich nach der dritten Station ihrer bislang ergebnislosen Suche in die Sitze fallen ließen, »wir haben zwar noch ein paar Hafenanlagen abzuklappern, aber könnte es sein, dass schon verschifft worden ist, was Sie suchen?«

»Das hoffe ich nicht«, erwiderte Ben.

»Kisten?«, fragte der Angestellte am Empfang an ihrer vierten Anlaufstelle.

»Stahl, isoliert«, erwiderte Ben und rief sich Mikhail Belushs Beschreibung in Dubna ins Gedächtnis. »Etwa anderthalb Meter mal zwei Meter groß. Wir sollten die Lieferung hier entgegennehmen.«

Der Angestellte überprüfte seine Frachtlisten. »Tut mir Leid, aber die haben sie gerade verpasst.«

»Verpasst?«

»Die Kisten sind auf einem Kühlschiff, das vor etwa zwanzig Minuten in Richtung Süden ausgelaufen ist. Habe es selbst ausgecheckt. Tut mir Leid.«

»Irgendeine Idee, wie wir das Schiff einholen können?«, fragte Danielle, der das Herz plötzlich bis zum Hals schlug.

Der Angestellte runzelte die Stirn. »Nein. Es sei denn, Sie besorgen sich ein schnelleres Boot.«

Ben und Danielle fanden das Schnellboot der Flusspatrouille an einem Pier vertäut. Dieser grenzte an ein kleines Büro mit dem Wappen der Wasserpolizei von St. Louis.

»Mach die Leinen los«, sagte Danielle und sprang an Deck.

»Ich hoffe, du weißt, wie man ein solches Boot fährt«, erwiderte er und machte das Tau von dem ersten Poller los. »Ich weiß es nämlich nicht.«

Danielle bewegte sich zu den Armaturen, riss ein paar Drähte heraus, hielt zwei aneinander und schloss den Motor kurz. »Wir werden sehen.«

Dröhnend sprang der Motor an.

Latisse Matabu hielt sich auf der Schattenseite des Lastkahns, denn das grelle Sonnenlicht machte ihre Kopfschmerzen schlimmer. Timo und Dikembe, ihre zwei Soldaten, zeigten sich besorgt, doch Matabu lächelte und tat es als Ermüdungserscheinung ab.

Lass mich das hier noch beenden. Gib mir die Kraft!

Sie dachte an die Moorfrau, als sie dieses Gebet sprach, und fragte sich, ob sie beide mehr gemeinsam hatten, als sie bislang geglaubt hatte. Zwei Ausgestoßene, aus der Gesellschaft verbannt, als Strafe für ihre Sünden. Ihre Großmutter hatte Matabu nie erzählt, was die Moorfrau getan hatte, dass man sie ins Exil schickte. Vielleicht hatte auch sie ihr eigenes Kind getötet.

Der Lastkahn hatte die Außenbezirke von St. Louis bereits hinter sich gelassen. Matabu konzentrierte sich darauf, ihre Karte auf den ersten Hafen hin zu überprüfen, an dem sie anlegen wollte, achtzig Kilometer südlich in Ste. Genevieve. Als diese Anstrengung ihr zu viel wurde, lenkte sie sich von dem schmerzenden Pochen in ihrem Kopf ab, indem sie sich die Freisetzung des Schwarzen Todes entlang des Mississippi vorstellte. In Gedanken sah sie die gefräßigen Käfer, die sich wimmelnd ausbreiteten, bereit, das Kernland der Vereinigten Staaten zu verwüsten.

An den Ufern des Mississippi verschwand die Stadtlandschaft allmählich aus ihren Augen. Zur Rechten, im Bundesstaat Missouri, prägten Klippen und Hügel die Landschaft; gegenüber, in Illinois, herrschten dagegen Flachwasserzonen vor.

Plötzlich hatte Matabu das Gefühl, als hätte eine Nadel sich in ihren Schädel gebohrt. Ein Blitz explodierte vor ihren Augen und schien ihre Haut von innen und außen zu verbrennen. Sie kniff die Augen zusammen, erreichte damit jedoch das genaue Gegenteil. Dikembe und Timo packten sie von beiden Seiten; ihre Gesichter waren angespannt vor Sorge. Dies war keine der üblichen Schmerzattacken, an die sie sich bereits gewöhnt hatte. Diesmal war es anders.

Der Falke und der Adler …

Latisse Matabu hatte sie wieder gesehen, wenn auch nur ganz kurz. Das konnte nur eines bedeuten: Die beiden waren in Sierra Leone irgendwie dem Tod entronnen. Und nun waren sie *hier*, ganz nah – ihre Jäger, die gekommen waren, um Latisses Schulden einzutreiben.

Doch sie war noch nicht bereit zu zahlen. Noch nicht. Nicht jetzt, wo der Sieg, den sie so lange angestrebt hatte, zum Greifen nahe war. Amerika musste sterben, musste bezahlen, genau wie sie.

Achtern stehend spürte Latisse Matabu plötzlich, wie der Lastkahn langsamer wurde. Sie trat aus dem Schutz eines der gekühlten Laderäume, um zu sehen, was der Grund dafür war.

97.

Ben klammerte sich an die Reling des Patrouillenbootes, während Danielle das Ruder bediente. Vom Ufer aus hatte das Wasser ruhig ausgesehen, doch in der Mitte schien sich der schlammfarbene Fluss zu verdichten und zerrte mit Strudeln, die aus allen Richtungen zugleich zu kommen schienen, an dem kleinen Boot. Der Mississippi wurde zu einer brodelnden Masse wütenden Wassers und zwang Danielle, wild am Ruder zu drehen, um das Boot halbwegs auf Kurs zu halten.

»Ich dachte, du weißt, wie man so ein Boot steuert«, rief Ben ihr zu.

Danielle wollte gerade etwas erwidern, als der Motor des Patrouillenbootes plötzlich stotterte und erstarb.

Der nahende Schleppzug umfasste sechs Schiffe und erstreckte sich nach Latisse Matabus Schätzung gut vierhundert Meter den Fluss hinunter. Im Ruderstand hatte ihre Zweimann-Besatzung den Lastkahn hart in Richtung Flachwasser gelenkt. Sie waren langsamer geworden, um das riesige Ungeheuer vorbeizulassen. Gleichzeitig hatten sie sich quer gestellt, um nicht von dem mächtigen Strudel auf Grund gedrückt zu werden. Der Lastkahn rollte und nickte. Die Vögel, die auf der Oberfläche des Mississippi nach Futter suchten, stiegen flatternd auf. Schwärme von Moskitos aus dem sumpfigen Flachland am Ufer von Illinois fielen über sie her.

Latisse Matabu knirschte mit den Zähnen und wartete.

»Wir treiben ins Flachwasser!«, rief Danielle. Sie warf Ben eines der beiden Paddel zu, die außen am Patrouillenboot festgemacht waren. Ihre Bemühungen, den Motor wieder in Gang zu bekommen, waren fehlgeschlagen.

Gemeinsam kämpften sie gegen die starke Strömung des Flusses an, konnten das Unvermeidbare aber nur hinauszögern. Ben legte sich mit aller Kraft in die Riemen, doch er und Danielle konnten nur ihre Position halten; mehr war nicht drin. Sie kamen nicht vom Fleck.

Plötzlich schoss das Boot nach oben und krängte stark nach Backbord.

»Zum Teufel!«, rief Ben, als ein lautes Signalhorn ertönte. Er drehte sich um und sah einen Raddampfer auf sie zu kommen, der die Fahrt verlangsamte und längsseits ging.

»Soll ich euch mitnehmen?«, rief ein Mann in Kapitänsuniform aus dem Ruderstand zu ihnen hinunter.

»Ich wusste gar nicht, dass die Leute von der Flusspatrouille Zivilkleidung tragen«, begrüßte der Kapitän der *Spirit of St. Louis* sie, als Ben und Danielle die Strickleiter hinaufgeklettert waren und zu ihm in den Ruderstand traten. »Gut, dass ich gerade auf einer routinemäßigen Testfahrt war. Ich bin Wayne Lockridge.«

Ben ergriff die ausgestreckte Hand des Mannes.

»Wir brauchen Ihre Hilfe, Captain.«

»Was ist denn so Wichtiges auf diesem Kahn, nach dem Sie suchen?«, fragte Lockridge, nachdem Ben geendet hatte.

Ben hatte sich ein Fernglas geben lassen und ließ den Blick über den Fluss vor ihnen schweifen. »Helfen Sie uns, ihn zu finden, Captain, dann erfahren Sie mehr.«

Danielle schaute sich im Ruderstand um. »Wie schnell kann Ihr Schiff fahren?«

»Wie schnell müssen Sie denn fahren?«

»Schnell genug, um einen Lastkahn einzuholen, der eine halbe Stunde Vorsprung hat und in Richtung Süden den Fluss hinunterfährt«, erklärte Ben.

Lockridge schaute beinahe beleidigt drein. »Mister, die *Spirit of St. Louis* mag vielleicht aussehen wie eine Antiquität, aber lassen Sie sich davon nicht täuschen. Voll besetzt macht sie gut zwanzig Sachen. Geben Sie mir eine halbe Stunde, und Sie sind längsseits von diesem Kahn!«

Latisse Matabu wartete besorgt, als ihr Lastkahn fast zum Stillstand kam. Die Hitze brachte ihr Blut zum Kochen und ließ ihr keine Wahl, als in einen der gekühlten Laderäume zu flüchten. Sie entriegelte den hintersten Container und trat hinein. Die eisige Luft auf ihrer Haut brachte sofort die ersehnte Abkühlung.

Sie blickte auf die Dutzende isolierter Kisten, die im Innern gelagert waren, und konzentrierte sich auf die Aufgabe, die vor ihr lag. Auf Deck waren Schritte zu hören. Matabu drehte sich um und sah Dikembe und Timo im verdunkelten Türrahmen stehen. Sie hielten lange Jagdmesser in den Händen.

»Ich sehe das Kühlschiff!«, rief Ben.

Sie hatten gerade eine Kurve im Fluss durchfahren, als Ben den Lastkahn mit den Kühlcontainern am Ufer liegen sah; der

Motor tuckerte im Leerlauf. Er reichte Danielle das Fernglas, das Captain Lockridge zur Verfügung gestellt hatte.

Sie setzte das Glas an die Augen. »Matabu hat die Tür zu einem der Kühlräume offen stehen. Ich sehe die zwei RUF-Soldaten, die sie mitgebracht hat.« Sie senkte das Fernglas und schaute Ben an. »Der Rest vom Schwarzen Tod muss sich in den Laderäumen befinden.«

»Schwarzer Tod?«, fragte Lockridge.

»Haben Sie gedient, Captain Lockridge?«, fragte Danielle.

»Ja. Bei der Navy.«

»Dann wissen Sie ja, wie man für sein Land kämpft. Sie müssen mir glauben, wenn ich Ihnen sage, dass Sie genau das gerade tun.«

Lockridge blickte sie an und nickte. »Sagen Sie mir, was ich tun soll.«

Die zwei Soldaten, denen Latisse Matabu mehr vertraute als jedem anderen unter ihrem Kommando, blieben bewegungslos stehen, die Spitzen der Messerklingen auf das Deck gerichtet.

»Es tut uns Leid, General«, sagte Timo.

»Wir haben keine Wahl«, ergänzte Dikembe.

»Ich verstehe.« Latisse Matabu war seltsam gefasst. Sie verstand tatsächlich. Verrat war die höchste Strafe für die schrecklichen Sünden, die sie begangen hatte. Es würde hier enden, so, wie es sein sollte. Welches Recht hatte sie, auf Erlösung zu hoffen?

»Genauso, wie wir bei Ihren Eltern keine Wahl hatten«, schloss Timo.

Latisse Matabu spürte, wie die kalte Luft aus dem Laderaum gegen ihren Rücken drückte. Sie starrte Timo an und schluckte schwer. Ihre Kehle war plötzlich rau und trocken. »Meine Eltern?«

»Sie haben die Regierung und die Amerikaner für deren Tod verantwortlich gemacht – fälschlicherweise. Aber genau, wie Sie es tun sollten.«

»Es gab zu viele Leute, zu viele Gruppen, die mit den Plänen Ihres Vaters nicht einverstanden waren«, fügte Dikembe hinzu. »Er wollte zu viel aufgeben. Als er Tongo verloren hatte und es ihm nicht gelang, Freetown einzunehmen …«

»Welcher von meinen Generälen steckt dahinter? *Rede!*«

»Alle«, antwortete Timo und hob sein Messer. »Der Kampf vergangene Nacht wurde als Ihre letzte Chance betrachtet.«

Dikembes Messer blitzte. »Wir müssen es für unser Land tun, bevor Sie uns in den Augen der Welt zu Ausgestoßenen machen.«

»General Lananga wusste als Einziger, dass ich hier bin«, sagte der Drache leise.

»Stimmt«, erwiderte Timo.

Er und Dikembe bewegten sich gleichzeitig vor, angespannt und lauernd.

Latisse Matabu griff an, bevor die beiden Männer es konnten. In diesem Moment war sie weder krank, noch war sie eine schuldbeladene Sünderin, die den Tod verdiente. In diesem Moment erfüllte sie die Wut über den Verrat gegen sie und ihren Vater mit derselben Kraft, die beinahe eine Regierung zu Fall gebracht hatte.

Furcht erschien in den Augen ihrer Soldaten. Zu spät stachen sie mit den Messern nach Matabu und verfehlten sie weit. Bevor sie ein zweites Mal zustechen konnten, hielt Latisse Matabu die Handgelenke beider Männer in eisernem Griff.

Beide versuchten, sich loszureißen, doch es war zu spät. Matabu hatte Klingen bereits gegen die, die sie führten, gewandt. Sie blickte ihnen in die Augen; dann stieß sie beide Hände mit aller Macht vor.

Die Schreie der Männer kratzten wie Schleifpapier in Matabus Ohren. Sie spürte, wie sie mit ihrem Blut getränkt wurde, spürte, wie die Männer starben.

Verräter!

Ihr Vater war von den Leuten ermordet worden, denen er zu dienen glaubte!

Wenn sie ihr Werk jetzt nicht beendete, hätten ihre Eltern sich umsonst geopfert. Ihr Sohn wäre umsonst gestorben. Treest hatte sie mit der Krankheit angesteckt, die sie bald töten würde, doch Gott hatte ihr noch genug Zeit gegeben, diese letzte Aufgabe zu beenden. Der riesige Schleppzug war vorbeigefahren, und der Drache spürte, wie ihr Kühlschiff aus dem seichten Gewässer glitt.

»Es bewegt sich wieder!«, rief Danielle. Die *Spirit of St. Louis* hatte sich dem Lastkahn bereits bis auf einhundert Meter genähert. »Sie drehen zurück in die Flussmitte!«

Ben riss ihr das Fernglas aus der Hand und suchte das Deck nach Latisse Matabu ab. »Zwei Leichen im Heck. Ihre Soldaten, nehme ich an.«

»Wie bitte?«

»Der Ruderstand! Ich sehe Matabu im Ruderstand!«

Der Raddampfer schaukelte heftig auf dem unruhigen Wasser.

»Wir sollten lieber ein Auge auf diesen Schleppzug haben, der genau auf uns zukommt«, riet Lockridge grimmig.

»Steuern Sie herum!«, befahl Danielle. Die Autorität in ihrer Stimme war unüberhörbar.

»Das bedeutet, eine Fahrt durch die Untiefen zu riskieren.«

»Tun Sie, was sie sagt«, entgegnete Ben. »Es ist besser so, glauben Sie mir.«

»Nehmen Sie die Waffe runter«, sagte einer der Steuermänner des Lastkahns zum Drachen. »Egal, wohin Sie wollen, wir bringen Sie hin.«

»Fahrt weiter!«, befahl Matabu, die bereits einen neuen Plan ausheckte. »Haltet erst an, wenn ich es sage!«

Sie hob die Pistole, die sie aus Timos Gürtel gezogen hatte, und feuerte zwei Schüsse auf das Funkgerät ab.

»Wenn ihr versucht, den Ruderstand zu verlassen, oder wenn ihr langsamer fahrt, erschieße ich euch! Habt ihr verstanden?«

Beide Männer nickten furchtsam.

Bis der Bug der *Spirit of St. Louis* sich dem Heck des Kühlschiffs genähert hatte, hatten Ben und Danielle sich mit den Waffen versorgt, die Verteidigungsminister Sukahamin ihnen in den Seesack gepackt hatte.

»Los geht's«, sagte Danielle und übernahm das Kommando. »Du nimmst das untere Deck, ich das obere. Damit sie uns nicht beide erschießen kann, bevor einer von uns sie erwischt.«

Sie sind hier!

Der Lastkahn näherte sich der Brücke an den Jefferson-Kasernen, als Latisse Matabu die Stimme in ihrem Kopf hörte. Wieder einmal warnte sie vor dem Falken und dem Adler, der israelischen Frau und dem palästinensischen Mann, die in Sierra Leone wider Erwarten dem Tod entronnen waren. Gerade fuhr der Lastkahn an einem weitläufigen Militärfriedhof vorbei, der am Missouri-Ufer hinter den Klippen lag.

Noch ein Omen, dachte der Drache.

Jetzt, da die Soldaten tot waren, die sie verraten hatten, sah Matabu ihre einzige Hoffnung darin, den Schwarzen Tod hier und jetzt eigenhändig in den Fluss zu entlassen. Sie *konnte* die Kraft aufbringen, und wenn es das Letzte war, was sie tat. Sie musste so viele Kisten wie möglich aus den Kühlräumen holen und die Eier an der Sonne auftauen lassen. Die Käfer würden in kürzester Zeit schlüpfen. Der Schwarze Tod wäre frei, kaum dass sie die Kisten an Bord ausgeleert hätte.

Sie musste allerdings berücksichtigen, dass der Falke und der Adler hier waren …

Latisse Matabu hatte hämmernde Kopfschmerzen. Übelkeit drohte sie zu überwältigen. Ihre Illusion von Stärke war verschwunden. Sie brauchte Zeit, um ihren neuen Plan in die Tat umzusetzen.

Sie stolperte nach vorn zu dem Kasten, den Dikembe neben der ersten Reihe der aufgestapelten Kisten verstaut hatte. Bei der Einfuhr in die USA war der Inhalt als »religiöser Natur« deklariert worden. Matabu ließ den Kasten aufschnappen und wühlte durch Bücher und Papiere, bis ihre Finger das Geheimfach darunter ertasteten, in dem die Kalaschnikows versteckt waren.

Im selben Moment fuhr ein Raddampfer geradewegs auf das Kühlschiff zu.

Das M 16 im Anschlag, stand Ben an der Reling, bereit zu schießen, sobald Matabu wieder erschien. Er erhaschte eine Bewegung und versuchte, sie im Visier zu finden, als eine Salve von der Reling abprallte und die Fenster hinter Ben zersplitterten. Er verlor das Gewehr aus den Händen, versuchte noch, die Waffe zu packen, musste aber zusehen, wie sie über Bord rutschte. Ben ließ sich aufs Deck fallen und entkam nur knapp der nächsten Salve, die über seinem Kopf einschlug.

Ben hörte, wie Danielle auf dem oberen Deck die Schüsse erwiderte. Er jetzt fiel ihm ein, dass eine Pistole unter seinem Gürtel steckte. Er riss sie hervor und versuchte erneut, Matabu ins Visier zu bekommen, doch sie bewegte sich zu schnell; wie ein Phantom huschte und wirbelte sie über das Deck des Lastkahns.

Danielles Schüsse nagelten den Drachen schließlich fest, doch der Raddampfer glitt viel zu schnell am Kühlschiff vorbei.

Ben erkannte, dass ihnen ihre beste, vielleicht einzige Chance entgehen würde.

Er traf die Entscheidung, ohne darüber nachzudenken, und schwang sich über die Reling auf das Deck des anderen Schiffes.

Der Drache sah aus den Augenwinkeln, dass die Steuermänner des Kühlschiffes ihre Posten verließen, sobald die Schießerei losging. Sie erhob sich, zielte mit ihrer Kalaschnikow und feuerte zwei Schüsse ab. Ihre Kugeln trafen die Männer, die von der Leiter zum Ruderstand auf das Deck rutschten.

Augenblicklich legte sich der Lastkahn, jetzt völlig außer Kontrolle, auf die Backbordseite, und neigte sich dem schwarzen Flussbett am Illinois-Ufer zu. Myriaden von Moskitos hießen sie willkommen. Der Drache lächelte. Land war das, was sie jetzt brauchte.

Sie eilte ans Heck des Schiffes, richtete die Waffe auf die drei Kompressoren, und schoss das Magazin leer. Funken und Rauch schossen empor. Sekunden später erstarb der Motor. Die Kühlaggregate, die die Temperatur in den Laderäumen konstant hielten, wurden abgeschaltet. Unter der heißen Sonne über dem Mississippi würde die Temperatur sehr schnell ansteigen.

Das Auftauen des Schwarzen Todes hatte begonnen.

Der Raddampfer war jetzt an Matabu vorüber geglitten und hatte ihre Gegner, Falke und Adler, mit sich genommen. Sie griff in die Tasche und holte ein Ersatzmagazin hervor. Sie hatte es gerade in den Magazinschacht geschoben, als der Falke sich auf sie stürzte.

Latisse Matabu prallte hart aufs Deck, die Kalaschnikow an die Brust gedrückt, als Ben sie ansprang.

98.

»Setzen Sie zurück! Bringen Sie uns zurück zu dem Kühlschiff!«, fuhr Danielle Captain Lockridge an und fuchtelte ihm mit dem Gewehr vor dem Gesicht herum.

»Wir haben größere Probleme, als zurück zu diesem Kühlschiff zu fahren«, sagte der Kapitän und wies aus dem Fenster.

Ein gewaltiger Schleppzug aus acht Ölkähnen, beladen mit Tanks, aus denen die Häfen längs des Mississippi mit Kraftstoff versorgt wurden, kam mit Volldampf vom Fluss her auf sie zu; sein Signalhorn dröhnte ohrenbetäubend.

»Er hat Wegerecht«, sagte Lockridge. »Wenn ich nicht beiseite fahre, werden wir diese Welt mit einem großen Feuerwerk verlassen.«

»Gut«, sagte Danielle.

»Wie bitte?«

Wieder fuchtelte Danielle mit dem Gewehr. »Fahren Sie weiter und bringen Sie mich so nah an diese Ölkähne heran, wie Sie können.«

»Das bedeutet, ich muss auf die Klippen zusteuern!«

»Genau.«

Vor Schreck blieb Lockridge der Mund offen stehen. »Sie kennen diesen Fluss nicht!«

Danielle entdeckte den stählernen Notfallkoffer in einer Nische neben dem Ruder und griff danach. »Nein«, sagte sie, »aber ich lerne.«

Ben hatte Latisse Matabu zu Boden gerissen. Ihr fauliger, heißer Atem schlug ihm entgegen, als sie sich mit erstaunlicher Kraft wehrte. Es gelang ihr, sich so zu winden, dass sie auf Ben zu liegen kam. Sie kämpfte mit verbissener Wildheit, kratzte mit den

Nägeln nach seinen Augen und riss ihm mit den Zähnen die Wange auf.

Der Schmerz verschaffte Ben den Adrenalinstoß, den er brauchte, um Matabu von sich herunterzustoßen. Obwohl seine Augen schmerzten und tränten, sah er, wie sie nach dem Gewehr tastete, das sie beim Aufprall hatte fallen lassen. Erneut griff Ben sie an, bevor sie die Waffe erreichen konnte, und krallte die Finger in ihr Haar, um ihr Gesicht gegen das nasse Holz zu schlagen. In diesem Moment lief der Lastkahn auf Grund. Der Aufprall war so heftig, dass das schlammige Wasser bis auf das Deck spritzte.

Matabu stieß einen kehligen Schrei aus, wand sich und warf Ben ab. Geduckt hastete sie auf den nächsten Kühlraum zu und riss die Tür auf.

»Los!«, rief Captain Lockridge vom Ruderstand aus Danielle zu, als der Raddampfer sich der Küstenlinie unterhalb der Klippen an den Jefferson-Kasernen näherte. »Wir haben nur einen Versuch!«

»Bringen Sie mich so nahe wie möglich heran.«

Als sie an der Brücke vorbeiglitten, gelang es Lockridge, mit der Steuerbordseite der *Spirit of St. Louis* den ersten Ölkahn des Schleppzugs am Heck zu streifen. Danielle sprang auf das höher gelegene Deck, landete hart und ließ sich nach vorn fallen, um nicht abzurutschen.

Der kleinen Besatzung des Ölkahns war sie gar nicht aufgefallen. Die Männer hatten ihre ganze Aufmerksamkeit auf das Ufer von Illinois gerichtet, an dem das Kühlschiff auf Grund gelaufen war. Danielle huschte zwischen Tanks hindurch, sprang über Rohrleitungen und Schläuche, zog ihre Pistole und lud durch.

Sie schoss in die Luft, um die Aufmerksamkeit der Männer zu

erlangen. Wie auf Kommando drehte die Besatzung sich um. Erschrecken lag auf den Gesichtern.

»Runter vom Schiff! Sofort!«, rief Danielle ihnen zu und schwang drohend die Pistole.

»Was …?«, brachte einer fassungslos hervor.

»Runter hier! *Springt!*« Sie richtete ihre Pistole auf den Sprecher. Ihre funkelnden Augen ließen erkennen. dass sie die Waffe auch benutzen würde.

Die Besatzungmitglieder gehorchten und sprangen über Bord. Zwei Mann jedoch waren unbemerkt im Kontrollraum zurückgeblieben. Verzweifelt versuchten sie, sich mit dem Schlepper in Verbindung zu setzten und den Kapitän aufzufordern, den Schleppzug zu stoppen. Danielle beachtete sie nicht. Stattdessen betrachtete sie die Bilgenkontrollen. Dann griff sie nach einem Wasserschlauch.

Der Drache spürte, wie die Temperatur im Kühlraum stieg. Bestimmt war es nur Einbildung, doch sie vermeinte, das leise Knistern und Knacken zu hören, als die Truppen des Schwarzen Todes erwachten, um Verwüstung und Krankheit zu bringen, sobald die Kisten geöffnet waren.

Der Drache würde sie hier drinnen öffnen, hier an Bord des Schiffes. Die Käfer würden instinktiv auf das Licht zusteuern, auf die Hitze.

Auf Nahrung.

Latisse Matabu bewegte sich auf die Kiste zu, die ihr am nächsten stand, und entriegelte den Deckel.

In dem Moment, als sie ihn anhob, verdunkelte ein Schatten den Türrahmen.

Ben warf sich auf Matabu. Beim Aufprall kippte die Kiste um und verteilte ihren Inhalt über den Boden.

Schwarze Insekten krabbelten umher. Mehr sah Ben nicht, denn Matabu trat und schlug so wild auf ihn ein, dass er zu Boden ging. Dennoch kroch er ihr hinterher, als sie zur nächsten Kiste eilte.

Sie hatte die zweite Kiste bereits geöffnet, als Ben sich an ihre Beine klammerte und versuchte, sie wegzuziehen. Sie heulte wütend auf und stieß ihn zur Seite; dann eilte sie aus dem Laderaum und zurück an Deck des Kühlschiffes. Sie entdeckte die Kalaschnikow sofort und hechtete darauf zu.

Ben rappelte sich schwerfällig auf und wankte zur Tür. Er war benommen, und ihm war schwindelig. Er schmeckte sein eigenes Blut. Alles drehte sich um ihn. Er fürchtete, sich übergeben zu müssen. Als er an Deck gelangte, stach ihm das Tageslicht schmerzhaft in die verletzten Augen.

Eine riesiges, ölverschmierte Schiff fuhr unmittelbar längsseits. Ben sah Danielle, die in der Mitte an der Reling stand, einen schwarzen Schlauch in beiden Händen.

Danielle drehte den Hahn auf und spürte, wie der Druck den Schlauch in eine fette Schlange verwandelte, die sich in ihren Händen wand. Sie hielt ihn fest, stellte sich breitbeinig hin, um das Gleichgewicht besser halten zu können und beobachtete, wie der Strom schwarzer, giftiger Flüssigkeit aus dem Schlauch schoss. Danielle richtete ihn auf das Kühlschiff. Die Flüssigkeit bedeckte die Kisten und breitete sich als dichter dunkler Film auf den Decks aus. Eine graue Schicht flimmerte in der Luft.

Danielle hielt den Schlauch fest, solange sie konnte, wenngleich die Hitze ihr die Handflächen versengte. Der langsamer werdende Ölkahn glitt vorbei.

Plötzlich erschien Latisse Matabu am Heck, die Kalaschnikow genau auf Danielle gerichtet.

Öl lief ihren Körper hinunter. Matabu spürte es, als sie schussbereit dastand, den Adler aus ihren Träumen unmittelbar vor sich und genau im Visier. Aus den Augenwinkeln sah sie, wie der Falke von der Seite her auf sie zuflog, genau in dem Moment, als sie den Abzug betätigte. Beim Aufprall verriss Matabu die Waffe, sodass der Schuss weit daneben ging und die Israelin verfehlte.

Matabu versuchte, das Gewehr wieder in Anschlag zu bringen, doch der Falke hatte bereits ihre Handgelenke gepackt und ließ nicht mehr los. Matabu wehrte sich. Die Füße glitten unter ihr weg, sodass beide auf das glitschige Deck schlugen. Diesmal lag Matabu oben. Verzweifelt versuchte sie, die Hände um die Kehle des Gegners zu legen und ihn zu erwürgen, damit sie ihr Werk doch noch vollenden konnte.

Danielle riss die Leuchtpistole, die sie im Notfallkoffer der *Spirit of St. Louis* gefunden hatte, unter ihrem Gürtel hervor und zielte auf das gestrandete und nun ölbedeckte Kühlschiff. Doch sie zögerte, die Leuchtrakete abzuschießen. Ben wäre mit Sicherheit in den Flammen gefangen, sobald das Feuer aufloderte. Zugleich aber wusste Danielle, dass das Kühlschiff bald außerhalb der Reichweite der Leuchtpistole war.

Sie traf eine bittere Entscheidung, richtete den Lauf der Pistole aufs Kühlschiff, kniff ein Auge zu und drückte ab.

Ben konnte einen kurzen Blick auf Danielle werfen, die bereits ein gutes Stück am Kühlschiff vorbei war, eine Leuchtpistole in der Hand. Er wusste, dass sie schießen würde, schießen musste, so wie er wusste, dass er kaum noch eine Chance hatte, sich rechtzeitig aus Latisse Matabus Griff zu befreien.

Ben rollte sich auf dem glitschigen Deck zur Seite, gefangen in einer tödlichen Umarmung mit Matabu, deren Hände um seinen Hals lagen und mit unglaublicher Kraft zudrückten. Beide rutschten immer weiter zur Backbordseite des Schiffes, die nahe dem Heck über dem Fluss hing.

Der Drache erkannte Bens Absicht im letzten Moment, doch dieser hatte die Handgelenke Matabus schon gepackt und ließ nicht mehr los. Er sammelte alle Kraft, die ihm geblieben war, nahm auf dem schlüpfrigen Deck zum letzten Mal Schwung und warf sich über die Reling in das braune, ölbedeckte Wasser des Mississippi, wobei er Matabu mit sich riss.

Danielle feuerte, als Ben bereits unter der Wasseroberfläche verschwunden war. Wie ein Blitz jagte die Leuchtrakete los und verlor an Geschwindigkeit, als sie sich dem gestrandeten Kühlschiff näherte. Einen Moment sah es so aus, als würde die Rakete im Wasser landen, doch sie jagte weiter durch die Luft und in direkter Linie auf das Schiff zu.

Die Leuchtrakete traf die Breitseite des Kühlschiffes und explodierte in einem roten, flammenden Blitz, der Sekundenbruchteile später von einer riesigen Stichflamme verschluckt wurde – ein brennendes Streichholz, das einen benzingetränkten Lappen entzündet, millionenfach vergrößert. Die Hitze traf Danielles Gesicht und verengte ihr Haar, als die Flammen um sich griffen und auch an der Wasseroberfläche leckten, während das Feuer auf dem Kühlschiff auf die Kühlräume übergriff.

Die Kisten mit dem Schwarzen Tod, die sich im Innern befanden, verbrannten zu Asche.

Danielle riss den Blick von den Flammen los und suchte die Wasseroberfläche nach Ben ab.

Keine Spur von ihm.

Sie sprang, tauchte ins schmutzige, ölige Wasser und schwamm eilig zum Flachwasser im Uferbereich hinüber, das vom flammenden Ölteppich bereits aufgeheizt wurde.

»Ben!«

Vergeblich rief sie seinen Namen. Das Schwimmen wurde immer schwieriger und kräftezehrender. Schwarzes Öl bedeckte jeden Zentimeter ihrer Haut und ihrer Kleidung und verlangsamte ihre Bewegungen, als sie sich mühte, näher an das brennende Schiff heranzukommen.

»Ben!«, rief sie noch einmal. Fieberhaft versuchte sie zu schätzen, wie lange er und Matabu schon unter Wasser waren.

Plötzlich hörte sie ein lautes Keuchen ganz in der Nähe. Eine Welle öligen Wassers schwappte auf sie zu. Sie drehte sich um und sah Ben, der die Wasseroberfläche durchstoßen hatte, nur ein paar Meter von ihr entfernt. Er schnappte nach Luft, hustete und krümmte sich.

Danielle schwamm auf ihn zu.

Latisse Matabu sank immer tiefer, fort vom bernsteinfarbenen Leuchten des Wassers über ihr. Die Welt um sie herum wurde dunkel. Sie fühlte sich seltsam ruhig und friedlich. Die Schmerzen der Krankheit, die ihren Körper verwüstete, schwanden.

Vor dem geistigen Auge sah Latisse die Moorfrau auf sich zu schwimmen und war enttäuscht darüber, dass weder ihre Eltern, ihre Großmutter, ja nicht einmal ihr Sohn gekommen waren, sie im Tod zu begrüßen. Dann aber wurde ihr klar, dass es für sie keine Erlösung gab, dass keiner ihrer Lieben an jenem Ort wartete, an den sie und die Moorfrau gehörten. Der Schmerz, den sie im Leben gekannt hatte, wartete nun für alle Ewigkeit auf sie.

Die Moorfrau schwamm weiter auf sie zu und streckte eine Hand aus.

Latisse Matabu ergriff die Hand, bevor ihre Augen sich für immer schlossen.

Danielle, die immer noch darum kämpfte, Ben über der Wasseroberfläche zu halten, drehte sich nach dem Geräusch eines aufheulenden Motors um. Ein Patrouillenboot der Flusspolizei kam auf sie zu und wirbelte einen breiten, schäumenden Streifen Kielwasser auf. Eine Sirene heulte. Das Boot wurde erst im letzten Moment langsamer, als ein Zusammenstoß schon unvermeidbar schien; der Motor wurde in den Leerlauf geschaltet. Unmittelbar neben ihnen kam es zum Stehen.

Jim Black schaute auf Danielle hinunter und schüttelte den Kopf. »Du weißt wirklich, wie man ’ne Party schmeißt.«

99.

Black streckte eine Hand nach Danielle aus, wobei die zwei Sig Sauer zum Vorschein kamen, die er in Schulterhalftern trug.

»Ich dachte, Sie wären tot«, rief Danielle zu ihm hinauf.

Black lächelte. »Wie schön für dich und deinen Freund, dass du mit dieser Annahme falsch liegst.«

Danielle streckte den Arm aus und spürte Blacks kraftvollen Händedruck. Er zog sie hinauf aufs Deck; dann steckte er ein zweites Mal den Arm hinunter und hievte auch Ben aus dem Wasser.

»Dein Freund ist ziemlich übel zugerichtet, aber er wird es überleben«, sagte der Cowboy und drehte sich zu Danielle um. »Hast du was auf dem Herzen?«

Danielle hob die Sig Sauer, die sie Black aus einem der beiden Halfter gezogen hatte, als er sie an Bord zog.

Black lächelte. »Gibst du mir die Chance, meine eigene Waffe zu ziehen?«

»Nur zu.«

»Nein.« Der Cowboy grinste. »Ich schau einfach mal, wohin uns das hier führt.«

Danielle drehte die Waffe in der Hand und reichte sie Black mit dem Griff zuerst. »Ein andernmal.«

»Wann immer du willst, Dannygirl.«

»Was tun Sie hier?«, fragte Danielle und kauerte sich neben den völlig erschöpfen Ben.

Black zeigte sein gewohntes Grinsen. »Ich bin ausgeschickt worden, um euer beider Leben zu schützen. Gut, dass ihr mir diese Fahrgelegenheit dagelassen habt. Wenn wir später Zeit haben, werde ich euch das ein oder andere über Motoren beibringen«, sagte er und trat ans Steuer.

»Wer hat Sie geschickt, Mister Black?«, fragte Danielle, als das Boot sich in Bewegung setzte.

»Der Freund deines Freundes in Araberland. Al irgendwas.«

»Colonel al-Asi?«

»Ja. Hat mich hierher geschickt, um euch sicher und gesund zurückzubringen. Ich würde sagen, das Geld habe ich mir verdient.«

»Ich hoffe, Sie haben im Voraus kassiert«, meinte Ben. Sein Gesicht war geschwollen. Mit dem Unterarm wischte er Blut und Schmutz ab. »Weil wir nicht zurückgehen.«

Danielle nahm seine Hand fest in die ihre und lächelte ihn an.

Jim Black blickte die beiden erstaunt an. »Aber Colonel Al hat dafür gesorgt, dass ihr in Israel und Palästina nichts zu befürchten habt. Eure Namen seien reingewaschen, hat er mir heute Morgen mitgeteilt. Es würden keine Fragen gestellt. Wenn man überlegt, über was für Peinlichkeiten ihr auspacken könntet. Und Colonel Al scheint mir ein Mann zu sein, der seinen Job versteht. Er rechnet mit euer Heimkehr.«

Ben und Danielle wechselten einen Blick. Sie zeigten wenig Begeisterung für diesen Vorschlag. Beide schüttelten den Kopf.

»Danken Sie dem Colonel für seine Bemühungen«, sagte Ben

und lächelte leicht, als er an al-Asi dachte. »Aber wir sind nicht interessiert.«

Black schlug nach einem Moskito auf seiner Wange und schnippte ihn in den Fluss. »Wollt ihr damit sagen, ihr wollt *hier* bleiben? Ihr lasst die Chance sausen, nach Hause zu gehen und die Helden zu spielen?«

»Das haben wir schon einmal versucht«, erwiderte Ben. »Es hat nicht funktioniert.«

Der Cowboy nickte. »So langsam beeindruckt ihr mich, ihr zwei.«

»Lassen Sie uns am nächsten Pier raus«, sagte Danielle.

»Das war's?«

»Ja. Oder wollen Sie, dass ich es mir doch noch überlege und Sie auf der Stelle töte?«

Black zwinkerte ihr zu. »Es gibt immer ein Morgen.«

Danielle blickte Ben an. »Jetzt ja.«

Ein Kernforscher wird in seinem Schweizer Labor ermordet aufgefunden. Auf seiner Brust finden sich merkwürdige Symbole eingraviert, Symbole, die nur der Harvardprofessor Robert Langdon zu entziffern vermag. Was er dabei entdeckt, erschreckt ihn zutiefst: Die Symbole gehören zu der legendären Geheimgesellschaft der „Illuminati". Diese Gemeinschaft scheint wieder zum Leben erweckt zu sein, und sie verfolgt einen finsteren Plan, denn aus dem Labor des ermordeten Kernforschers wurde Antimaterie entwendet …

ISBN 3-404-14866-5

BASTEI
LÜBBE